ナボコフ書簡集 1

1940 – 1959

ドミトリ・ナボコフ／マシュー・J・ブルッコリ編

江田孝臣訳

みすず書房

VLADIMIR NABOKOV : SELECTED LETTERS, 1940 - 1977

edited by

Dmitri Nabokov and Matthew Joseph Bruccoli

First published by Harcourt Brace Jovanovich, Inc.,
Orlando, Florida, *1989*

ナボコフ書簡集　I

一九四〇―一九五九

謝辞

以下の機関および人々の寛大なご協力に、その名を記して感謝の意を表します。ブリン・マー大学図書館、コーネル大学図書館、フーヴァー戦争・革命・平和研究所、議会図書館、サウス・キャロライナ大学トマス・クーパー図書館（インターライブラリー・ローンによる）。ダニエル・ボイス、イヴォンヌ・アンドリューズ、キャシー・ゴットリーブ、ロジャー・アンジェル、アルフレッド・アペル・ジュニア、アリソン・M・K・ビショップ、ポール・カールトン、グレアム・グリーン、アリソン・ビショップ・ジョリー、パット・ヒッチコック・オコネル、ジーナ・ピーターマン、ワイデンフェルド卿。ブライアン・ボイド教授には、寛大なお申し出に甘えて、タイプ原稿の段階で目を通していただきました。

目次

序　文……vii
編者注記……xviii
ナボコフ年譜……xx
ドイツおよびフランス時代の書簡　一九二三―一九三九年……1
アメリカ時代の書簡　一九四〇―一九五九年……31

第2巻　目　次

スイス時代の書簡　一九五九―一九七七
訳者あとがき
索　引

序文

ドミトリ・ナボコフ

私には、演ずべき役ならいつでも手持ちが山ほどありました。たとえ詩の女神（ミューズ）がしくじった場合でもね。蝶を追い求めて夢のような森を歩きまわる鱗翅目研究家というのが、まず第一番でした。二番目がチェスの名人、それから無敵のサーヴィスを誇るテニスのトップ・プロ、その次が歴史的シュートを阻止するゴールキーパーかな。そして最後の最後が、『青白い炎』、『ロリータ』、『アーダ』等々、知られざる本の山の作者でした。死後、相続人が発見し出版するという訳です。

ウラジーミル・ナボコフ、一九七七年、
BBCのインタビュー

本の扉に描かれた蝶を見ると、その頭は小さな亀の頭ですし、模様はどこにでもいるモンシロチョウのものです（一方、私の詩のなかの蝶は、翅の裏面に紋を持つ小型のブルーのグループに属するものとして、はっきり記述されております）。この絵はまったく無意味です。『白鯨』のジャケットにマグロの絵が描かれているのと同じくらい無意味です。はっきり率直に申し上げたいと思います――様式化に別段異存はありませんが、様式化された無知には断固反対です。

ウラジーミル・ナボコフ、一九五九年、出版者宛の書簡

確かにお渡ししたい物語があるのですが、まだ頭のなかなのです。といってもすっかり出来上がっておりまして、いつでも羽化（イマージ）できるものなのです。さなぎの翅鞘の下から模様が透けて見えております。

ウラジーミル・ナボコフ、一九四六年、
キャサリン・A・ホワイト宛の書簡

然るべき方々にひと言お礼申し上げます。行方不明の書簡を提供してくださった友人、研究者の方々に感謝申し上げます。ハーコート・ブレイス・ジョヴァノヴィチ社のウィリアム・ジョヴァノヴィチ氏ならびにジュリアン・マラー氏には、長くそしてときに気まぐれな準備のあいだ、辛抱強く待っていただきました。感謝いたします。そして誰よりもマシュー・ブルッコリ氏に感謝いたします。氏には、貴重な協力を頂戴したのみならず、次々と先送りされる締め切りが、疾駆する列車の窓をかすめる電信柱のように過

ぎていくあいだ、優しい励ましの言葉をかけていただき、また冷静な顔で接していただきました。

遅延は、しかしながら、予期せぬ果実を産むこともあります。この本の出版もまた、喜ばしいことに世界規模のナボコフ・ルネッサンスと時を同じくしました。主要作品を集めたものから全集にいたるまで、さまざまな版が空前の数で出版されつつあります。海外のものでとくに注目すべきは、すべて同じ装丁のドイツのローヴォルト社のシリーズ、スペインのアナグラーマ社の版、イタリアでは、ボンピアーニ社の古典叢書に加えられる大部の二巻本と別の出版社による一〇巻のシリーズ、そしてフランスではリヴァージュ版と近く刊行されるプレイヤード版などであります。ナボコフの作品のロシア語版——英語版からのさまざまな翻訳を含む——も急増しております。これらは基本的にふたつの種類に分けることができます。アナーバーのアーディス社において、細心の注意を払って準備されつつある『全集』(保証付きの忠実さ《ギャランティード・フィデリティ》をもって作られた製品。文学も近頃はこう呼ばれております)が一方にあり、かたや、グラスノスチと紙の供給がつづくあいだに、大慌てで出版されるソヴィエト版があります。後者の製品はピンからキリまであります。正確を期そうと奮闘する、ひと握りの洗練された、勇気ある学者も(少なくとも一人は)存在しますし、底本に見境のない、善意はあるが劣悪なリプリントもありますし、英語版からの見るも無残な重訳も数種あります。そしてグラスノスチにとっては悲しむべきことでありますが、一九八八年出版の『賜物』を見るかぎり、政治による検閲という鉤爪は、いまだ半ば抜かれたに過ぎないようであります。

ナボコフがみずから選んだ第二の母国からも、よい知らせをお届けすることができます。ナボコフのフィクション作品のほぼすべてを集成する作業が、ある新しい出版社の広々とした社屋で、いま現在進行中なのです。丹念な準備と然るべき流通経路を経て、網羅的なアメリカ版ナボコフがほどなく書店に並ぶはずです。

この本に収められた書簡は、ナボコフによる手紙のやりとりの、ほんの一部をかいま見せてくれるに過ぎません。これらの書簡を選ぶにあたっては、いくつかの大雑把な目安が念頭にありました。ほとんどの書簡が、以下に列挙するナボコフの側面のうち、ひとつあるいはそれ以上を反映しております。

一　作家としての進歩の道筋。創作過程に対する洞察

二　大学教師の仕事

三　情熱の対象としての鱗翅目とチェス
四　彼の人生にかんする小さな、しかし重要な事実
五　親族との付き合い
六　彼の芸術上のモラルと個人のモラル
七　買い出し用の食料リスト、脱線した伝記作家を叱りつける書簡に始まり、親族あるいは芸術上の問題にかんする重要な書簡に至るまで、すべてに見られるユーモアと独創性

無味乾燥な学を衒って、こういう分類を試みたわけではありません。これらは、必ずや読者諸氏を魅了するであろう、この本のテーマのいくつかなのです。これらのテーマが、多面的なナボコフの小説が持つのと同じ複雑さと均整と緊張をともなって、本書のなかで展開されていくのです。『ロリータ』が経験した信じがたい冒険の数々だけでも、一冊の小説に値するものであります。

出版に向けて本を準備しているときのナボコフについて言えば、実際に手を動かして書いているときには、心ここにあらずということも時々ありましたが、それは、テクストにとって決定的な段階で彼が見せる、細部に対する顕微鏡的な注意力（作品構想中の思考の精確さ、創造に必要な下調べ（リサーチ）の綿密さ、校正段階で一語一語、最終チェックするときの厳密さ）によって相殺されておりました。この間のナボコフは「科学者の情熱」に駆り立てられてまちがいを犯すこともありましたが、最後には「芸術家の精確さ」が彼を引き戻し、そのまちがいを訂正させたものでした。時折の誤植その他の誤りは、言うまでもなく、どんなに注意深くチェックされたテクストにもつきものではありますが、ナボコフは、こういった不運をあらかじめ回避するために、打てる手はすべて打つ作家でありました。まさに生まれようとしている作品に、ナボコフがいかに細心の注意を払っていたかを例証するために、彼が出版社に送った校正表をいくつか収録しました。とりわけ、彼が『ロリータ』初版のゲラに加えた校正が、その役に立つかと思います。

本書のために、これらの校正表を準備していて、結果として一九五五年のナボコフの校正作業を細部までたどり直すことになりました。それによって、著者による校訂のみならず、誤植と拒絶の亡霊までもが、しかるべく蘇生されたと確信しております。

ナボコフのテクストを、こういう風に注意深くチェックしてみると、嬉しい副産物が生まれるものです。たとえば、何度読んでいようとも、読むたびに、前には気づかなかった驚きに遭遇するのです。『ロリータ』第二部第二六章の

冒頭で描かれるリタとの出会いを例にとってみましょう。この挿話はこの本の決定的な要素ではありませんから、無頓着な読者なら、体のよい解釈に甘んじて、スーっと通り過ぎてしまうことでありましょう。そうだとすれば残念なことです。

彼女はロリータの歳の倍で、私の歳の四分の三だった。とてもほっそりとした体つきの、黒髪に、青白い肌の大人の女で、体重百五ポンド、魅力的な左右非対称の目と、角張った、大急ぎで素描された横顔を持ち、しなやかな背中にはこの上もなく魅惑的な内曲（アンスルール）があった——彼女にはスペイン人かバビロニア人の血が混じっていたのだと思っている。私は彼女を、五月のある堕落した夜、モントリオールとニューヨークのあいだの、ある場所で引っかけた。もっと限定すれば、トイルストンとブレイクのあいだの、虎蛾（タイガーモス）という看板のかかった、薄暗く燃える酒場だった。彼女はそこで機嫌よく酔っ払っていた。彼女は私と同じ学校に通ったと言い張り、それからその震える小さな手を私の猿肢（エイプ・ポー） [ape paw] の上においた。

「バビロニア人の血」も、「左右非対称的の目」も、「大急ぎで素描された横顔」も実際には素描などではまったくありません。これらの語句は、一頁使って念入りに細部を描き込んだ場合よりも明確に、この女のひとつひとつの特徴を生き生きと想起させるのです。トイルストンとブレイク、そして虎蛾（タイガーモス）がネオンの看板のまわりを飛びまわる「薄暗く燃える酒場」（おそらく、ハンバートはイメージに合わせて、酒場の名前に手を加えている）も同様です。そして、「五月のある堕落した夜」——これこそ独創的な言語（ライティング）であります。ここでは凝縮されたイメージがすべてを支配し、文体と内容が（本来そうなるべき通りに）ひとつとなり、読者の背中に心地好い寒気を走らせるのです。一方では、耳慣れぬディコンストラクション用語を武器に貪欲な分析を試みる者を、小さな落し穴が待ち伏せているのも確かです。ときには、物事がまさに目に見える通りのままであることもあるのです。一例を言えば、ハンバートの猿肢（エイプ・ポー）は、『ロリータ』の作者後書きに見える、木炭画に精出す動物とは何の関わりもないと言って差し支えないかと思います——おれの計算結果は違う、と異を唱える方がおいでかもしれませんが。また、別の方がさらなる研究を重ねられ、ナボコフがこの本のテーマを思いつくきっかけとして引用している新聞記事がまったく存在せず、檻を模写する絵心ある猿など、そそっかしいシンボル・ハンターを化かすための作者の作り話である、という結論を出されるかもしれません。

重要なのはイメージであり、猿肢（エイプ・ポー）という結合から読者が受ける「感じ」であり、そしてこの結合がどのように生まれたかということです。その過程はおよそ次のようなものでした。ナボコフはこのイメージ（かつて私に「未現像のフィルム」と言ったことがあります）を長年のあいだ温めてきました。胎児ハンバートは、『賜物』（一九三七年から三八年にかけて、『ダール』という題で連載されました）が上演されているとき、すでに舞台の袖で、生まれ出るべく待ち構えていたのです——登場人物のひとりが夢想している一冊の本として。この毛深く猿のようなという特徴は、ナボコフにとっては、すでに彼の芸術の子宮のなかに宿っていた奇怪な人物のグロテスクさと悲哀の両方を体現するものでした。『魔法使い』（一九三九年作。死後、一九八六年に英語およびフランス語版が出るまで未発表）を生み出すために、この「フィルム」が部分的に現像されたとき、以上の特徴をすべて備えたハンバートと言える人物が誕生したのでした。ナボコフは『ロリータ』の下書きのときには「猿のような」apelike、あるいは「猿の」simian という言葉さえ考えていたかもしれません。もう一度「手」（あるいは「腕」）という言葉を繰り返すことを考えていたかもしれません。しかし彼は、よりシンプルで、直截で、鮮明な言葉の方を選んだのです。ナボコフは、インタビューの際によく受ける質問に答えて、「私は、どんな言語よりイメージでものを考える」と言ったものでした。しかしながら彼はそのときはまだ、意識のあるレベルにおいては、いくつかのイメージや言い回しを、ロシア語の（ときにはフランス語の）言い回しから直訳して使っていたのでした——この例は書簡のなかに、とくに一九四〇年代と五〇年代初期の書簡のなかに容易に見つけることができます——。私が言っているのは、最終的に『ロリータ』の背景とすべく、こと細かく調べ上げられたアメリカ（アメリカーナ）的風物の諸層ではなく、たとえば、いつの日かアメリカの作家になろうとは未だ夢にも思っていなかった頃に、ナボコフの頭のなかに存在したこの本の諸要素のことなのです。こうして彼は直覚的に「猿」と「肢」という言葉を選んだのです——実際には「猿肢」ではなく「猿の肢」でしたが——。それというのも、その方が使い慣れたロシア語の *obezyanya lapa* という組み合わせに、語感がいくらか近かったからです。ナボコフは長いあいだハンバートをこの表現と結びつけて考えていたのです。そして校正段階——未だ頭のなかにあって修正可能な作品が、具体的な形に凝固する前の最後の機会——になってやっと「猿の」を「猿」に変更したのです（一九五五年七月九日の校正表における三七二頁二行目に対する校正）。それによって「私の猿の肢」という曖昧で、ぎこちない二重所有格の表現を避けたのでした。

かくも凝縮度高く豊かな意味に満ち、しかしながら表面的にはかくも読み易いパラグラフを生み出すためには、創造的天才といえども、細部に対する計り知れない細心の注意が不可欠なのです。今、私たちが拡大レンズを使って覗いたものは、このことを具体的に示すひとつの例に過ぎません。そして、今ご覧のこの頁のゲラに、最後の最後の校正を加えていると、想像力は、突然、拡大レンズの向こう側の鏡のなかに引き込まれてしまうのです。そこに思い描かれるのは、レンズを手に一枚のゲラを覗きこむ未来の編集者あるいは研究者の姿であり、そのゲラはと目を移せば、オリンピア版『ロリータ』にウラジーミル・ナボコフが加えた校正を再現し、『ウラジーミル・ナボコフ書簡集、一九四〇―一九七七』のためにドミトリ・ナボコフによって校正され、そして、たとえば『ウラジーミル・ナボコフをめぐる書簡集、一九七七―二〇〇一』に収録されるべく運命づけられたゲラというわけなのです。そして、増殖し始めた鏡は無限に続く鏡の部屋と化し、また別の編集者たちや研究者たちが、鏡を覗きこむ者の幻想によって生み出された世界を背景に、『二〇〇一年』における宇宙飛行士の未来の分身よろしく、また『マクベス』の未来の王たちのように、鏡のなかにおぼろげな姿を見せてくるのです。時間と空間は、ナボコフの原文がもつテクスチャーを通してここかしこに生起する時間も空間もない夢の次元へと、巧みな変容を遂げるのです。

当初、本書簡集に収める書簡は、言語的には英語で書かれたものに、年代的には一九四〇年のナボコフのアメリカ到着以後に書かれたものに限定する予定でありました。その後この範囲をいくらか拡大することとなったのですが、それはアメリカ時代直前の背景を描き出すためであり、かつナボコフの個人的側面に焦点を当てるためでした。親族、その他のロシア人との書簡のやり取りは、注記した場合を除き、ロシア語で行なわれております。これらの書簡と例外的にフランス語で書かれた一通の書簡は、ヴェーラ・ナボコフの協力を得て、ドミトリ・ナボコフが英訳しました。書簡に用いられている言語あるいは個々の表現にかんして読者が疑問を抱かれるような個所には、説明のための注を付しました。

ナボコフ文庫（アーカイヴ）は膨大な量の書簡を含んでいるため、少なくともさらにもう一巻の出版が計画されております。これには、ナボコフと、亡命文学者たち、両親、そして妻とのあいだに交わされた書簡が含まれる予定です。これらは、本書には数えるほどしか収録していない種類の書簡であります。

アメリカとヨーロッパの各地を転々とするあいだ、ナボコフは、家族に随伴していたロイヤル社製の忠実なタイプライターを使用しておりました。そのため、ときにロシア語をやむなく英語のアルファベットに音訳する場合がありました。また別の場合には面白半分で同じことをやりました。たとえば、妹宛の一九六七年一一月二六日付の書簡がそれで、エレーナ・シコルスキーの滑稽なフランス語の発音を、滑稽なロシア語に音訳しているのです。このような複数言語間のニュアンスを、ロシア語もフランス語も分からない読者にも理解できるような形で翻訳するのは、至難の技でありました。一九七〇年九月の妹宛の葉書に書かれた小さな詩の翻訳も、それから、一九三〇年に弟のキリルに送った、事務的な文章を装いながらロシア語の作詩法を具体的に手解きした書簡の翻訳も、同様でした。このような場合、意味と形式を伝えるような英語の表現を充て、これらがさらに他の言語に翻訳された場合どうなるかは考えないようにしました。ソヴィエトの翻訳家が、これら苦心惨澹のすえ英訳された書簡を、私たちに相談することなく、ロシア語に戻そうとしているとしても私は驚かないでしょう。少なくともナボコフの詩のひとつについて、すでに同じことが起こっているのです。

音訳は頭の痛い問題であります。本書においては、『エヴゲーニー・オネーギン』（一九六四年）の翻訳のなかでナボコフが述べている方法に従いましたが、若干逸脱した場合もあります。よく知られている名前、題名等の綴りで、一般に受け入れられているものについては手を加えておりません。ナボコフの綴り方は年とともに大きく変っておりますが、これも変更しておりません。しかしながら正誤を決めがたい場合も多く、首尾一貫しているとは言えません。たとえば *Nikolai Gogol* の場合、「著者所蔵本」においてVNは *Nikolay Gogol* と綴りを変えておりますし、英語版『賜物』における“Chernyshevski”は、規則に従えば“Chernïshevski”と綴られるべきものです。その他にもいくつかの要因を考慮しなければならないケースが存在します。ロシア語のЙとЫはとくに音訳が難しい文字ですし、音訳の規則をいくら見直してみたところで、y、ï、i等の音を忠実に表わすことはできそうにありません。

二三の例外を除いて、ナボコフから妹のエレーナおよび弟のキリルに宛てた書簡は、『妹宛て書簡』（アナーバー、アーディス社、一九八五年）の題の下に、ロシア語で出版された書簡集に含まれております。エドマンド・ウィルソンとのあいだに交わされた書簡は、すでに、サイモン・カーリンスキー編『ナボコフ＝ウィルソン書簡集』（ニューヨーク、ハーパー&ロウ社、一九七九年）として別途出版されております。

手紙を書くことにかんしては、ウラジーミル・ナボコフとヴェーラ・ナボコフのあいだで、しばしば相互補完的な協力が行なわれました。ナボコフが手紙の骨子を示し、妻が本文の一部または全部を作成し、ナボコフが署名するということもありました。また別の場合には、ナボコフの考えで、何らかの理由から、一字一句ナボコフのものである手紙に妻が署名するということもありました。なによりヴェーラ・ナボコフは長年のあいだにわたって夫のタイピストでありました。一九六〇年代後半になって、急増する書簡のやり取り、その他のために秘書が不可欠となりました。ジャクリーン・コリアーが雇われ、以来ナボコフ夫妻を大いに支えてきてくれました。ロシア語のタイプは、長年にわたって、ほぼ例外なくヴェーラ・ナボコフとエレーナ・シコルスキーによって行なわれました。

概してナボコフは、自分の芸術の追求のために、その他のほとんどのことを犠牲にしました。彼がわざわざ手紙をしたためる場合、親族との絆、親密な友情、そして彼自身の署名が必要な芸術上、職業上、あるいは科学上の事柄が動機でありました。批評家には、彼の芸術家としての、あるいは個人としての誠実さを疑われた場合に限って返事を出しました。重要な事実関係あるいは道徳上の問題にかんする訂正を求めて、新聞社や雑誌社に手紙を書き送りましたが、こういうことは何度もあったわけではありません。一部のファンの手紙に動かされることもありましたが、文通のために執筆の時間を犠牲にはできませんでした。ごく稀に、ファン・レターのなかに並外れた才能を見い出し、習慣を破って返事を出す場合もありました。とりわけ心動かされる手紙のなかに、意図的に自分の住所を書かず、返事もサインも求めていないことを明示したものがありました。私は、なかでも「小ナボコフ」という署名のある一通の手紙を、今でも記憶しております。また一方、返事を出すために取り分けておいた数通の特別な手紙を、運命とファイリングの気まぐれのために紛失し、名前も住所もたどる手掛かりが他にないということもありました。もう何年も前に、イスラエルから一通の非凡な手紙を受け取りましたが、他の書類のなかに紛れて行方不明になってしまいました。これは、とりわけナボコフを無念に思わせた手紙のひとつでありました。

後年モントルーにおけるナボコフには、返事を出すべき手紙にも答える時間がないということがしばしばありました。エドマンド・ウィルソンの助言に従って——彼は文例も送ってくれました——文通志願者に送るために、短い感謝と釈明の言葉を印刷したカードが用意されました。

文通志願者とは、種と亜種ほども違うのが、サイン収集マニアでありました。私どものファイルには、出所も出来もまちまちのナボコフの写真の複製を貼り付け、著者サインのためにわざわざスペースを空けてあるカードが、山ほど綴じ込んであります。ときには、サインして、遠隔の住所まで返送してくれるよう願う手紙といっしょに、本が送り届けられて来ることもありました。また、リゾート地のホテルでは、本を片手に持ったウェーターがナボコフのテーブルにやって来ては、上司あるいはホテルの他の客のためにサインしてくれないかと、よく懇願したものでした。書店主催のサイン会は大賑わい、市場での取引きは野球カードも顔負けというサイン産業を、ナボコフは蔑んでおりました。彼が本にサインするのは、親戚や親しい友人のためか、他の例外的な場合に限られていました。見ず知らずの他人に懇願されてサインを送ったのは数えるほどでした。そのうちの一度は、人道的な同情の結果でありました。この御仁、癌で今にも死にそうな父親の最後の願いだから、と書いて来たのです。ところが、一年かそこらたって、うかつにもまったく同じ筆跡の手紙がまた送られて来ました。余命幾許もない息子が病床でつぶやいた最後の願いが、ナボコフのサインだったというのです（あるいは、順序は逆だったかもしれません）。

ごく少数の特別な人々に送る手紙や本を飾ったナボコフの挿絵は、とりわけ美しく興味深いものでした。手紙の場合、文中に挿入される場合もありましたし、別の用紙やカードに描かれる場合もありました。絵は、何かの比喩であることもあれば、幻想的なものであることもあり、両方であることもありました。いずれの場合も、彼の作品を彩る独特のナボコフ的ユーモアで味つけされておりました。一方、献本には常に蝶の絵が描かれました。多くの場合それらは、存在はしないが動物学上はありうるといった蝶であり、それにふさわしい架空の分類名が添えられることもありました。ナボコフの挿絵のコレクションは、個人的な回想を集めた一冊の本に収録される予定であります。この本は現在出版準備中であります。

マシュー・ブルッコリと私は、この序文でこまごましたことまで述べるよりも、読者にとってもっとも有用で、見易い個所に、説明的な注を付けることにしました。読者はまた、楽しい驚きにもいくつか出会うこととなるでしょう。一例を挙げれば、なぜナボコフと面識のない人々のあいだに、彼が厳格かつ冷淡で、いくらか非人間的な人物であるという考えが生まれたのか、ナボコフをよく知る私にとって長いあいだ謎でありました。おそらく、彼が芸術にかんして妥協を許さず、俗悪なものに容赦なく、そして洒脱な社交の世界を敬遠していたことが、原因でありましょう。ナボコフは、かつてこう言ったことがあります。

私が生み出した登場人物たちは、私が鞭を手に近づいていくと、小さくなってしまうのです。大通りに並ぶ想像上の木々が、私が通るのに怖れおののいて、ことごとく葉を落としていくこともありました。

（一九七七年、BBCのインタビュー）

しかし、真実の人生と日々の会話において、ナボコフはこの上もなく温かく、ユーモアに満ちた人物でありました。作者が不幸な男や獣のために割って入れるときには、作品（ライティング）の方があとずさりすることさえありました。まさにこの分裂が、一部の読者には理解できないものなのでしょう。こういう類の読者は、一語一語唇を動かして本を読み、作者が作者自身の人生の断面を授けているのだと信じて疑わず、本のなかから、そこに投影された読者自身の人生の断面を探し出してきて、それと「同一化するのです」、

あたかも、自分自身以外のいかなる題材についても
もはや長い詩が
書けないかのように

A・プーシキン『エヴゲーニー・オネーギン』、V・ナボコフ訳（ニューヨーク、ボーリンゲン社、一九六四年）

プーシキンを困惑させた現象は散文についても当てはまりますし、現代の散文についてよりいっそう当てはまるのです。一方、手紙の場合、個性は屈折することなく直接読む者に伝わってくるのです。ここに収めた手紙もまた、これまで誰も目にすることのなかったナボコフの私的な側面を、かいま見せてくれることと思います。

これで、『記憶よ、語れ』、『ストロング・オピニオンズ』、そして『書簡集』と、ナボコフの自伝的三部作が揃ったことになります。『記憶よ、語れ』は綿密な構成の下に、真実の人生を美しく語った本であります。『ストロング・オピニオンズ』は、事実と、ときに偶像破壊的とも響く見解を集めた魅力的な本であります。そして今、死後出版となった『書簡集』が、芸術家ナボコフの直截で自然な肖像を——いわば馬の口から語られた[1]ナボコフを——私たちに伝えてくれるのです。

第三者による文学的伝記について言えば、ご存知のように、種々雑多な馬がおりましたし、種々雑多な馬の口があ

りました。しかし、読者の皆さん、絶望されることはありませんせん。ブライアン・ボイドによる二巻本のナボコフの伝記が、一九九〇年に出版される予定であります。そして、これはサラブレッドまちがいなしであります。

（1）「本人が直接語った」の意。

編者注記

各書簡本文に冠した二行には、書簡の形態とその所蔵者を、以下の形で記載した。

宛　先（または差出人）　　書簡の形態と所蔵者
日　付（本文中にない場合）　　書かれた場所（本文中にない場合）

所蔵者の記されていない書簡は、すべてスイスのモントルーにあるウラジーミル・ナボコフ文庫（アーカイヴ）の所蔵である。略号の意味は以下の通り。ALS ― 自筆（手書き）・署名入り書簡、TLS ― タイプ・署名入り書簡、TL ― タイプ・無署名書簡、CC ― TLのカーボン・コピー。

差出人住所、日付は、書簡にあるそのままの形で残した。ただし順序が不規則な場合は、一般的な様式に従って、日付、住所の順に変えた。

タイプあるいは筆記のさいのまちがいは、ヴェーラ・ナボコフあるいはドミトリ・ナボコフが訂正した。そのことはとくに注記していない。ヴェーラ・ナボコフあるいはドミトリ・ナボコフによる削除がある場合には注記した。下線が引かれた語にはイタリック体を用いた。[1]

書簡文中には、しばしば英語以外の言葉が持ち込まれている。ローマ字で書かれたロシア語とフランス語は翻訳した。ただし、よく知られたフランス語の表現は残した。

脚注は、ヴェーラ・ナボコフ、ドミトリ・ナボコフ、そしてマシュー・J・ブルッコリが作成した。ヴェーラ・ナボコフあるいはドミトリ・ナボコフによる個人的な性質の脚注である場合には、そのことを注記した。出版準備の際に、ジュディス・S・ボーマンの多大な協力を得た。

M・J・B

（1）　本訳書のなかでは傍点を用いた。

ナボコフ年譜

一八九九・四・二三（新暦）　ウラジーミル・ウラジーミロヴィチ・ナボコフ、ロシアのサンクト・ペテルブルグに生まれる。V・D・ナボコフとエレーナ・ルカヴィシュニコフ・ナボコフの長子。

一九一四　無題の詩一篇を自費出版。

一九一六　『詩集』[*Stikhi*] を自費出版。

一九一八　『暦、二つの道』[*Al'manakh: Dva Puti*] として、アンドレイ・バラショフの詩と共に、自作の詩を自費出版。

一九一九・四・一五（新暦）　ロシアを出国。

一九一九―一九二二　ケンブリッジ大学。

一九二二　ベルリンに居を構える。『房』[*Grozd'*] を出版（ベルリン、ガマユン社）。

一九二二・三・二八　V・D・ナボコフ、暗殺される。

一九二三　『天上へ登る道』[*Gorniy Put'*] を出版（ベルリン、グラニ社）。

一九二五・四・一五　ヴェーラ・スローニムと結婚。

一九二六　『マーシェンカ』[*Mashen'ka*] を出版（ベルリン、スローヴァ社）。英訳『メアリー』[*Mary*]（ニューヨーク、マグロー＝ヒル社、一九七〇年）。

一九二八　『キング、クィーン、ジャック』[*Korol' Dama Valet*] を出版（ベルリン、スローヴァ社）。英訳、ニューヨーク、マグロー＝ヒル社、一九六八年。

一九二九　『チョールブ帰る』[*Vozvrashchenie Chorba*] を出版（ベルリン、スローヴァ社）。

一九三〇　『ルージンの防御』[*Zashchita Luzhina*] を出版（ベルリン、スローヴァ社）。英訳『防御』[*The Defense*]（ニューヨーク、パットナム社、一九六四年）。[邦訳題『ディフェンス』]

一九三二　『偉業』[*Podvig*] を発表（パリ、亡命文学雑誌『現代紀要』[*Sovremennye Zapiski*]）。[邦訳題『青春』]

一九三三　『暗箱』[*Kamera Obskura*] を発表（ベルリン、『現代紀要』）。同イギリス版英訳（ロンドン、ジョン・ロング社、一九三六年）。同アメリカ版英訳『闇の中の笑い』[*Laughter in the Dark*]（インディアナポリスおよびニューヨーク、ボブズ＝メリル社、一九三八年）。[邦訳題『マルゴ』]

一九三四・五・一〇　ドミトリ・ナボコフ、生まれる。

一九三六　『絶望』[*Otchayanie*] を出版（ベルリン、ペトロポリス社）。同イギリス版英訳（ロンドン、ロング社、一九三七年）。同アメリカ版英訳 [*Despair*]（ニューヨーク、パットナム社、一九六六年）。

一九三七　パリに移る。

一九三八　『密偵』［*Sogliadatay*］を出版（ベルリン、ルースキイ・ザピースキ社）。英訳『目』［*The Eye*］（ニューヨーク、フィードラ社、一九六五年）。

一九三八　『死刑への招待』［*Priglashenie Na Kazn'*］を出版（パリ、ドーム・クニーギ社）。英訳『断頭台への招待』［*Invitation to a Beheading*］（ニューヨーク、パットナム社、一九五九年）。

一九四〇　アメリカに移る。

一九四一　『セバスチャン・ナイトの真実の生涯』［*The Real Life of Sebastian Knight*］を出版（コネチカット州ノーフォーク、ニュー・ディレクションズ社）。

一九四一・夏　スタンフォード大学。創作科講師。

一九四一・秋　ハーヴァード大学。比較動物学博物館非常勤職。

一九四一・秋―一九四二・春　ウェルズリー・カレッジ。比較文学客員講師。

一九四三―一九四八　ウェルズリー・カレッジ。ロシア語およびロシア文学非常勤講師。

一九四四　『ニコライ・ゴーゴリ』［*Nikolai Gogol*］を出版（コネチカット州ノーフォーク、ニュー・ディレクションズ社）。

一九四五　英訳『三人のロシア詩人』［*Three Russian Poets*］を出版（コネチカット州ノーフォーク、ニュー・ディレクションズ社）。

一九四七　『ベンド・シニスター』［*Bend Sinister*］を出版（ニューヨーク、ホルト社）。

一九四七　『九つの物語』［*Nine Stories*］を出版（コネチカット州ノーフォーク、ニュー・ディレクションズ社）。

一九四八―一九五九　コーネル大学。ロシアおよびヨーロッパ文学教授。

一九五一　『確証』［*Conclusive Evidence*］を出版（ニューヨーク、ハーパーズ社）。『記憶よ、語れ』［*Speak, Memory*］を出版（ロンドン、ゴランツ社）。

一九五二　『賜物』［*Dar*］を出版（ニューヨーク、チェーホフ社）。英訳［*The Gift*］（ニューヨーク、パットナム社、一九六三年）。

一九五二　『詩集、一九二九―一九五一年［*Stikhotvoreniya 1929-1951*］』を出版（パリ、リーフマ社）。

一九五五　『ロリータ』［*Lolita*］を出版（パリ、オリンピア社）。同アメリカ版（ニューヨーク、パットナム社、一九五八年）。同イギリス版（ロンドン、ワイデンフェルド&ニコルソン社、一九五九年）。

一九五六　『フィアルタの春』［*Vesna v Fial'te*］を出版（ニューヨーク、チェーホフ社）。

一九五七　『プニン』［*Pnin*］を出版（ニューヨーク州ガーデン・シティー、ダブルデイ社）。

一九五八　ミハイル・レールモントフ『現代の英雄』［*A Hero of Our Time*］の英訳を、ドミトリ・ナボコフとの共訳で出版（ニューヨーク州ガーデン・シティー、ダブルデイ社）。

一九五八　『ナボコフの一ダース』［*Nabokov's Dozen*］を出版（ニューヨーク州ガーデン・シティー、ダブルデイ社）。

一九五九　コーネルを退職。ヨーロッパを旅行。

一九五九　『詩集』［*Poems*］を出版（ニューヨーク州ガーデ

一九六〇　ン・シティー、ダブルデイ社）。
英訳『イーゴリの遠征の歌』［*The Song of Igor's Campaign*］を出版（ニューヨーク、ランダム・ハウス社）。

一九六一　スイスのモントルーに移る。パレス・ホテルに住む。

一九六二　『青白い炎』［*Pale Fire*］を出版（ニューヨーク、パットナム社）。映画『ロリータ』公開される。

一九六四　アレクサンドル・プーシキン『エヴゲーニー・オネーギン』［*Eugene Onegin*］の英訳を出版（ニューヨーク、ボーリンゲン／パンテオン社）。

一九六六　『ワルツの発明』［*The Waltz Invention*］を出版（ニューヨーク、フィードラ社）。

一九六六　『ナボコフの四重奏』［*Nabokov's Quartet*］を出版（ニューヨーク、フィードラ社）。

一九六九　『アーダあるいは情熱、ある家族の年代記』［*Ada or Ardor: A Family Chronicle*］を出版（ニューヨーク、マグロー＝ヒル社）。

一九七一　『詩と問題』［*Poems and Problems*］を出版（ニューヨーク、マグロー＝ヒル社）。

一九七二　『透明なる物』［*Transparent Things*］を出版（ニューヨーク、マグロー＝ヒル社）。

一九七三　『ロシアの美女、その他の物語』［*A Russian Beauty and Other Stories*］を出版（ニューヨーク、マグロー＝ヒル社）。

一九七三　『ストロング・オピニオンズ』［*Strong Opinions*］を出版（ニューヨーク、マグロー＝ヒル社）。

一九七四　『ロリータ映画台本』［*Lolita: A Screenplay*］を出版（ニューヨーク、マグロー＝ヒル社）。

一九七四　『道化師を見よ』［*Look at the Harlequins!*］を出版（ニューヨーク、マグロー＝ヒル社）。

一九七五　『殺された独裁者、その他の物語』［*Tyrants Destroyed and Other Stories*］を出版（ニューヨーク、マグロー＝ヒル社）。

一九七六　『ある夕映えの情景、その他の物語』［*Details of a Sunset and Other Stories*］を出版（ニューヨーク、マグロー＝ヒル社）。

一九七七・七・二　スイスのローザンヌにて死去。

一九七九　サイモン・カーリンスキー編『ナボコフ＝ウィルソン書簡集』［*The Nabokov-Wilson Letters*］が出版される（ニューヨーク、ハーパー&ロウ社）。

一九七九　『詩集』［*Stikhi*］が出版される（アナーバー、アーディス社）。

一九八〇　『文学講義』［*Lectures on Literature*］が出版される（ニューヨーク、ハーコート・ブレイス・ジョヴァノヴィチ／ブルッコリ・クラーク社）。［邦訳題『ヨーロッパ文学講義』］

一九八一　『ユリシーズ講義』［*Lectures on Ulysses*］が出版される（サウス・キャロライナ州コロンビア、ブルッコリ・クラーク社）。

一九八一　『ロシア文学講義』［*Lectures on Russian Literature*］が出版される（ニューヨーク、ハーコート・ブレイス・ジョヴァノヴィチ／ブルッコリ・クラーク社）。

一九八三　『ドン・キホーテ講義』［*Lectures on Don Quixote*］が出版される（サンディエゴ、ハーコート・ブレイス・ジョヴァノヴィチ／ブルッコリ・クラーク社)。

一九八四　英訳『USSRから来た男、その他の劇』[*The Man from the USSR and Other Plays*] が、ドミトリ・ナボコフ訳で出版される（サンディエゴ、ハーコート・ブレイス・ジョヴァノヴィチ／ブルッコリ・クラーク社)。

一九八五　『妹との書簡集』[*Perepiska s Sestroy*] が出版される（アナーバー、アーディス社)。

一九八六　英訳『魔法使い』[*The Enchanter*] が、ドミトリ・ナボコフ訳で出版される（ニューヨーク、パットナム社)。[邦訳題『魅惑者』]

ドイツおよびフランス時代の書簡　一九二三―一九三九年

以下の十五通の書簡は、ウラジーミル・ナボコフ一家について、また、合衆国移住に向けてナボコフが行なった準備について、その背景を明らかにしてくれる。

1　エレーナ・ルカヴィシュニコフ・ナボコフ[1]宛

ALS　二枚

一九二三年六月一九日
アルプ・マリチーム県ソリエス＝ポン

最愛のお母さん[2]

今日、心のこもったお葉書受け取りました。詩二篇（「さくらんぼ」ともう一篇）[3]だけ届いたとのことですが、それより前に、長い手紙に二篇の詩「ヴェーチェル」[4]と「クレースティ」[5]を添えて送りました。この二篇の詩が失われたのはかまわないのですが（二篇とも暗記していますす）、手紙の方は残念です……。今日は、二篇の短詩（明日はずっと出来のよいのを送ります）と、それより長めのものを一篇送ります。（実際の出来事について書いた詩です。この問題（アン・ケスチヨン）の歌は、「お前の瞳の中にある、お前の奔放な抱擁の中にある……」で始まる恋歌です）。

今は夕暮れで、空には心打つ小さな雲が浮かんでいます。プランテーションのあちこちや、コルク・オークの木立の向こう側を散歩し、桃と杏を食べ、夕日をうっとり眺め、ナイチンゲールがチューーと鳴く声や、ヒューーと鳴く声に耳を傾けました。その歌も夕日も杏と桃の味がしました。

家の近くには大きな金網の小屋があって、ひよこ、雄鶏、家鴨、雌の孔雀、それに白いうさぎが、みんな仲良く（いっしょくたにされて）暮らしています。一匹のうさぎが前足を伸ばして寝そべっていました。まるで長い耳を垂らしたスフィンクスのようでした。するとひよこが背中によじ登って、どっちもびっくり仰天……。

ここのところずっとインク壺に心を引かれているのですが、書く時間がありません。そういうわけで——お母さんが一緒でないとお日様もいつものようではないというのも理由ですが、遅くとも七月二〇日までには帰ることにします。体重も増え、全身真っ黒になりました。ここでは仕事のときには短いズボンしかはいていないからです。ここに来て本当によかったと思っていますし、ソル・サム*には本当に感謝しています……[6]。

V[7]

*ソロモン・サモイロヴィチ・クルイム[8]

1　VNの母。
2　VNは、後に、この挨拶の部分に鉛筆で［　］を付け、この手紙をアンドリュー・フィールドに見せる前に削除すべき個所とした（ファクシミリを見よ）。この削除は、紳士としての慎みから、亡き母親に対する敬意から、そしておそらくは若干の不信感から行なわれたものである。ＶＮは、フィールドの『ウラジーミル・ナボコフ、その半生』（一九七七年）を原稿段階で読み、無数の馬鹿げた誤りをすべて取り除くよう執拗に要求していた。これに対してフィールドは、ナボコフ家が一家の恥をひた隠しにしており、ＶＮが強情を張るなら、もう一冊こんどはもっと批判的な本を書かざるをえないかもしれない、などとほのめかしてきた。フィールドは、おそらくは冗談ではあろうが、「彼はママをロリータと呼んでいた」という仮のタイトルさえ口にした。ＶＮが死んで怖れるものがなくなると、フィールドは『ＶＮ、ウラジーミル・ナボコフの人生と芸術』（一九八六年）において、ＶＮと母親の関係についての根拠のない憶測を主要なテーマの一つとして用いた。不正確な字数計算と、ＶＮが一度も使わなかったスラブ語系の愛称を、ロシア人がけっして使わないスペイン語の愛称に置き換えるという離れ業、それに彼が“T”の痕跡と見なすものなどに力を得て、フィールドは削除された“Radost'”（「最愛の」あるいは「愛する」）が「まちがいなく‘Lolita’」であると結論した(1)。フィールドは、ナイーブな読者の頭の中ではこの憶測が事実となったと仮定して、さらにその上にいかさまカードで危なっかしい家を構築し、心理学的批評の愚の骨頂を示した。ＤＮ。

3　長い間ＶＮは母親に自分の詩を手渡したり、送ったりしたものであった。母親は受け取った詩をアルバムに几帳面に書き移した。それらのアルバムは現在モントルーのナボコフ文庫（アーカイヴ）の一部をなしている。

4　「夕暮れ」。

5　「十字架」。

6　末尾の語句を削除。“Radost'”の場合と同じ理由。最後の語句は「さよなら、ロリータ」ではない。ＤＮ。

7　ロシア語からＤＮが英訳。

8　ＶＮの脚注。クリミア臨時政府の前議長、フランス南部の大農園ボーリュー領の不在執事。一九二三年夏、ＶＮはここで農場労働者として働いた。

（1）　フィールドは削除された部分の大きさから、削除された字数を七つと推測し、ＶＮが母親のことを、“Elena”のロシア語愛称“Lolya”に接尾辞“-ta”を付けて“Lolita”と呼んでいたと主張した。しかし、今回公開されたファクシミリが示す通り、削除されたのは実際には“Radost'”であった。フィールドは“Lolita”を七字と数えるという、馬鹿げたミスを犯している。さらには“Elena”のロシア語愛称は、フィールドの言う“Lolya”ではなく“Lyolya”である。また、ボイドによれば、その性格から考えて、ナボコフが母親を、愛称はおろかファースト・ネームで呼ぶことさえも考えられないという（Brian Boyd, “*Vladimir Nabokov: The American Years*（Princeton, N.J.: Princeton University

Press, 1991), pp. 620–21)。

夕暮れ

俺は肩に担いだつるはしとシャベルを
　納屋の片隅に投げ出した。
汗を拭って、ゆっくりと歩き出て、夕陽を拝んだ
　冷たく薔薇色に燃える大きなかがり火。

それは、そびえ立つブナの木立の彼方で赤く燃えていた、
　陰鬱な大枝の間で。
そこに、ほんの一瞬の間、声を震わすナイチンゲールの
　えも言えぬこだまがきらめく。

そして、轟く喉を鳴らす声、蛙たちの聖歌隊が、
グッタペルカの木のように
　池の上で陽気な歌を歌っていた。
その声がふっと止む。俺の額を、何かを託しに来た
うぶ毛のように
　蛾の飛翔がサッとかすめていった。

山々は黒味を増した。そこに、夜の光の瞬きが
　人を安心させようときらめきだす。
遥か彼方で、汽車が蒸気を響かせ、そして消えていった。
　立ち去りかねる
　汽笛の音が、ためらうようにかすれていく……。

草の香りが漂う。魅入られて俺は立ち尽くしていた、何も考えず。
　そして、混濁した低い鳴き声が静まると
夜が降りたことに気づいた。星々が頭上まじかに懸かり
　涙が俺の頬をつたっていた。[1]

1　冒頭の手紙と同じ時期に書かれた。ロシア語からDNが英訳。

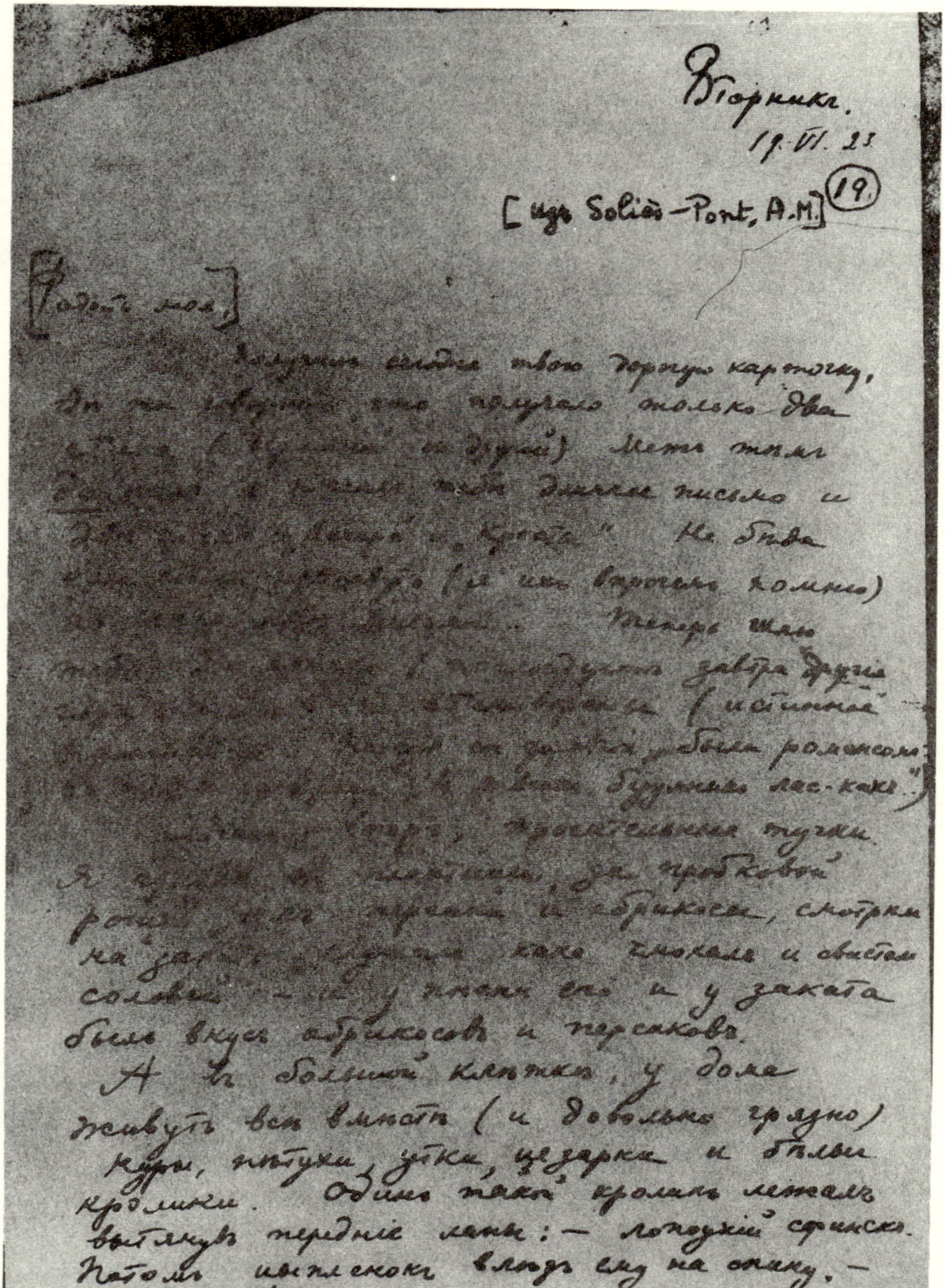

Вторникъ.

19.VI.23

[изъ Soliès-Pont, A.M.] (19)

[Радость моя,]

Получилъ сегодня твою дорогую карточку, [illegible] что получила только два [illegible] ([illegible] и другой) Меня [illegible] [illegible] [illegible] письмо и [illegible] „[illegible]". Не бѣда [illegible] (я [illegible] впрочемъ помню) [illegible]... Теперь [illegible] [illegible] завтра другіе [illegible] (истинное [illegible] [illegible] были романсомъ: [illegible] бурныхъ лас-касъ".)

[illegible] вечеръ, [illegible] тучки. Я [illegible], за пробковой рощей [illegible] персики и абрикосы, смотрѣлъ на [illegible] какъ щелкалъ и свисталъ соловей [illegible] у пѣсни его и у заката былъ вкусъ абрикосовъ и персиковъ.

А въ большой клѣткѣ, у дома живутъ всѣ вмѣстѣ (и довольно грязно) куры, пѣтухи, утки, цесарки и бѣлые кролики. Одинъ такой кроликъ лежалъ вытянувъ переднія лапы: — молодой сфинксъ. Потомъ цыпленокъ влѣзъ ему на спину, — и оба испугались...

Меня эти дни — все тянетъ къ героинямъ

а писать некогда. Поэтому — и ещё
потому, что безъ тебя солнце не въ солнце
я возвращусь не позже 20го іюля.
Разчеркнулъ я и весь черновикъ, такъ
какъ работаю теперь въ однихъ кальсонахъ.
Вообще я безконечно радъ, что пріѣхалъ
и безконечно благодаренъ Сол. Сам.® (который
все не идётъ)

В

® Соломона Самойловича
Крачмальникова

(19)

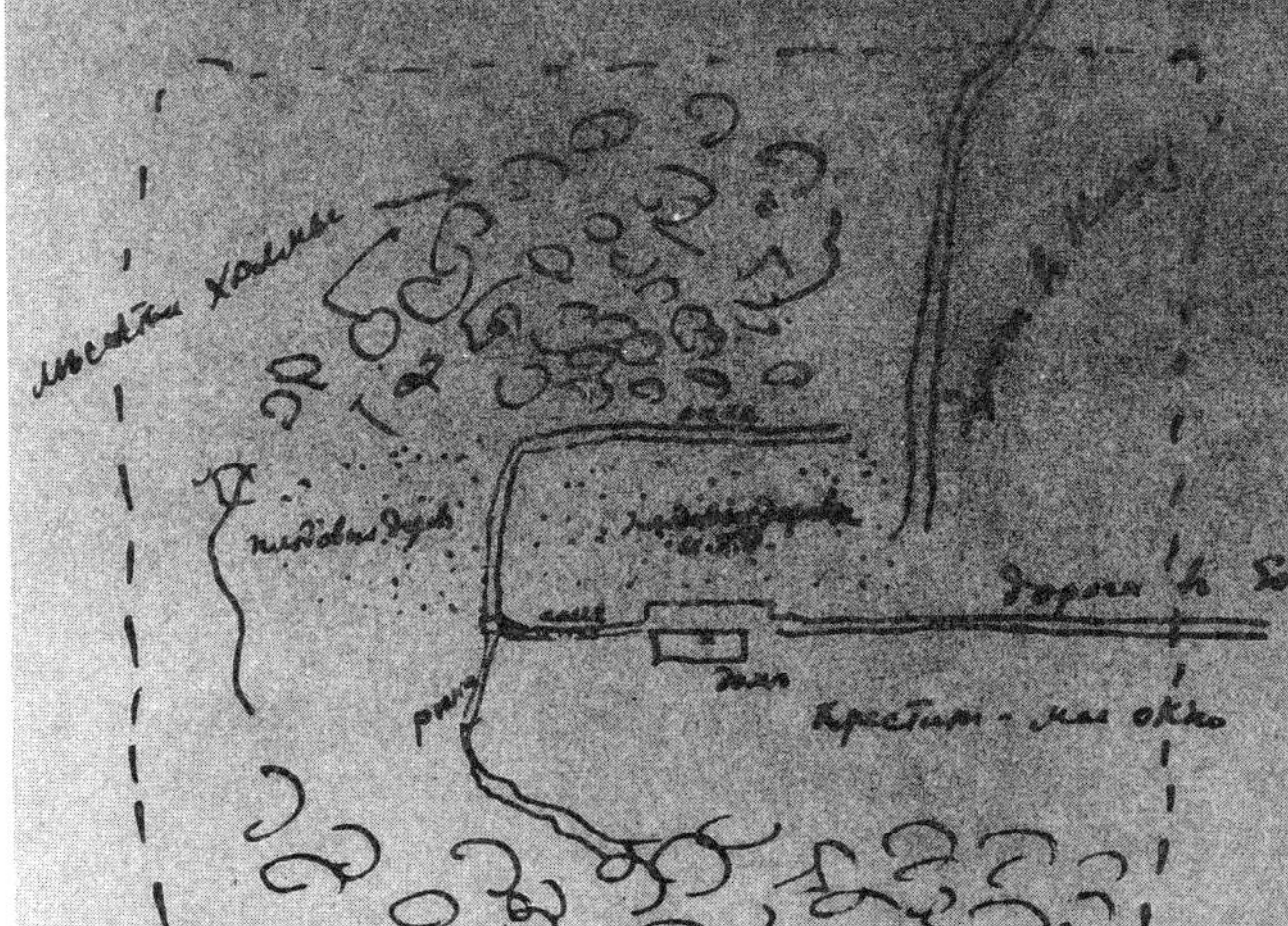

планъ „Beaulieu"

2　キリル・ナボコフ[1] 宛

一九三〇年頃

ALS　二枚
ベルリン

親愛なるキリル

　送ってくれた詩は前のものよりかなりよい。「見知らぬあなたに」は終わり方がうまい。つまり最後の二行がよい。トンボ等々のイメージは、窓を歌った詩だから悪くないし、“P”の繰り返しのお陰で、一行目の「ひとの魂は詩（ポエム）と熱情（パッション）に満たされ」には心地好い響きがある。でも、戴けないものもある。炎が「次第にぱっと燃え上がる」ことはない（ぱっと燃え上がるというのは瞬間的な現象だ）。「［その］肩を記憶に留める」などという仕草はブロークに任せておけばよい。*okonnaya dvertsa*［窓の小ドア］は意味不明だ。この語は*serdtse*［心］と韻を踏むために置かれているに過ぎない。ついでだが、ずっと後で、*okontse*［小窓］が、*solntse*［太陽］のためだけに存在しているのとちょうど同じだ。

　そして、何よりも手垢のついた表現に用心されたい。「恋の炎」「ミューズの創造物」「愛しき人を歌う」「大いなる心の動揺」「嵐のごとき暴風」（こういう冗漫は、ぜひとも駆逐せよ）「歓喜の海」等々のことだ。こういう言葉の組み合わせは、過去にもう何百回も使われたものだ。“When in one's soul”という詩の場合、詩のリズムそのものにも陳腐な響きがある。最初が“when”で始まるスタンザで、次が“then”で始まるスタンザだ。これでは単なる演説の原稿だ。一般的な法則としては、言葉の新しい組み合わせを見つけるようにすることだ（奇を衒うためではない。人間は誰もがものごとをそれぞれ違った目で見ているからだ。それを表現するには、自分自身の言葉を見つけねばならないのだ）。もはや何の意味も持たない形容辞は使わないこと（「騒がしい街角」）。ギャップを埋めないこと。なぜなら詩というものは何も欠けることのない完全な形で、ぎっしり詰まった形で生まれて来るものだからだ。穴をふさぐために何か形容詞をひねり出さねばならないとすれば、その行全体がまちがっているということだ。

　ストレスのある音節を“/”で、ストレスのない音節を“_”で表せば、ロシア詩の韻律（ミーター）パターンは、以下に尽きる（ただし規則的な格調で書かれた場合）。

　弱強格“_/_/_/_/”（“within my soul, those eyes of yours”〔我が魂の内奥で、あなたのあの瞳が〕）。各“_/”を詩脚と呼ぶ。ここでは、四つの詩脚からなる弱強の格調だから、弱強四歩格（アイアンビック・テトラミター）と呼ぶ。

強弱格は弱強格の反対だ。詩脚は“/-”である（“trochees merit your attention”〔強弱格は使う価値あり〕）。

さらに三種類の格調がある。詩脚は二つではなく三つの、音節から成る。

弱強弱格“-/-”（“this too is a meter in which you should write”〔これも君が使うべき格調だ〕）。

弱弱強格“--/”（“and this too is a meter in which you should write”〔そして、これも君が使うべき格調だ〕）。

強弱弱格“/--”（“also a meter toward which don't be squeamish”〔これも、気難しく考えてはいけない格調〕）

六つの詩脚から成る強弱弱格＝六歩格（ヘクサミター）[2]。

ご覧の通りどれも単純な規則だ。五分もあれば呑み込める。教科書など必要ない。

二つの設問に答えよ。

㈠　与えられた例において、行末の詩脚はなぜパターンに一致しないのか（“should write”と“squeamish”）。

㈡　“when imperturbably at work”のような弱強格の詩行（最初の音節を落として強弱格の詩行としてもよい）は、半端なストレス・パターン（“---/---/”）にもかかわらず、なぜ弱強格（あるいは、最初の語を除けば強弱格）なのか。答えてみてくれ。

君のV[3]

1　VNの弟。このときプラハのドイツ系大学の学生。彼の書いた詩のいくつかは、ロシア人亡命者が出している雑誌に掲載された。

2　ロシア語の韻律法では、*geksametr* という用語は、強弱弱を基本とする六歩格（ヘクサミター）を意味する。

3　ロシア語からDNが英訳。

3　キリル・ナボコフ　宛

一九三〇年頃

ALS　二枚
ベルリン

親愛なるキリル

まず要点から。君は誰もが書いているから片手間に詩を書いているのか。あるいは本当に詩に抵抗しがたい魅力を感じているのか。詩が君の魂の奥底から押し寄せてくるのか。イメージや感情が自然に詩の衣装をまとって殺到してくるのか。もし前者なら、もし君にとって詩が気軽なゲーム、愉快で粋な芸に過ぎないのならば、どこかの女の子にしかつめらしい顔で手渡したいと思うものに過ぎないのならば、そんなものは忘れた方がよい。時間の無駄というものだ。

反対に、もし後者ならば（僕としてはそうであることを大いに望みたいが）、詩作がいかに困難で、責任を伴う仕事であるかを、何よりもまず最初に理解しなければならない。それは、情熱をもって習練に励まねばならない仕事だ。ある種の畏敬の念と純潔が必要だ。四行連句を共鳴させるときの見かけばかりの手際のよさ（韻をくっつけて、はい出来上がりというやつ）など、蔑まねばならない。

陳腐な表現に用心されたい。たとえば、君の詩の最初の連（スタンザ）は確かに誤りを含んではいるが（これについては後で言う）、全然陳腐ではない。薔薇についての言説を含んでいるが、陳腐ではない（これは独創的な種類の言説だ）。陳腐なのは、しかも質の悪い陳腐さだが、君の韻の踏み方だ。『ルーリ』[1]で、不快な韻については一度ならず書いたはずだ。耳を苛立たせ、聴覚的な連想のために滑稽な印象を生んでしまう韻のことだ。たとえば、君は *mozg*［「脳」］と *roz*［「薔薇」の複数形］に韻を踏ませているが、耳が韻を予期している場合、聴覚は自動的に *roz* を *rozg*［「カンバの枝鞭」の複数形］に変えてしまうのだ。そして、このカンバの枝鞭というのが滑稽なのだ。*Zhadny*［「強欲な」］と *sada*［「庭」の格変化］、あるいは *pozharishch*［「大火の跡」の複数形］と *lapishch*［「巨大な足」の複数形］は、けっして韻を踏むことはできない。一方、*raztsvet*［「開花」名詞］と *tsvet*［「色」］、あるいは *kogti*［「鉤爪」］と *nogti*［「爪」］の押韻はあまりに明白過ぎる。なぜならこれらの語はほとんど同じ語だからだ[1]。これは戴けない。韻というものは、読み手のなかに驚きと満足を引き起こさねばならない。韻の意外さに対する驚きと、韻の正確さ、あるいは音楽性に対する満足だ。

だが、もっと重要なのはイメージだ。君は嫉妬をタコに喩えているが、君が描くタコのイメージは不正確だ。君はタコを「とぐろ」や「巨大な足」や「鉤爪」や「爪」を持つものとして描いているが、実際にはタコというのは二つのぎょろ目と長い触手を持った灰色の袋なのだ。言い換えれば、君のタコはまったく何の必然もなく生まれたものなのだ。おまけにいったいどこから持って来たのか、何だか訳の分からぬ「泥沼」だの「懲らしめの手」だのがこのタコとごたまぜにされている。「巨大な足」について語っているのにだ。もう一度この詩の始めから終わりまで目を通して、他の欠陥を見てみよう。ここに――「最初の色が……熟すだろう」というのがある。熟すのは果実で、色ではない。「小鳥が一羽、翼にのって飛び込んでくる」。鳥がそれ以外の何にのって飛ぶと君は思うのか。……「庭の放棄の中で」というのはバリモントばりのおぞましい言い回しだ。「打ち捨てられた庭で」とすべきだ（偶然だが、これも恋歌によく見られる表現だ)。「*pozharishchi* の炎」だが、*pozharishche* が「巨大な大火」を意味すると思っているならまちがいだ。この言葉は「大火のあった場所」の意味だ。「足が……輪を描く」は間が空き過ぎている。「[その?」口で……喉の渇きを満たす」だが、他にどうやって水を飲もうというのだ。第五連にはどういう理由か分からないが、女性韻と男性韻の位置の入れ替えがある。*Prevozmoch* [「圧倒する」] と *noch* [「夜」] はあまりに拙い韻だ。

以上述べたことを頭に入れて、どうしても書きたいという衝動を感じるなら、できるかぎり誠実な気持ちでやってみてくれ。右に述べた馬鹿なまちがいを繰り返さぬよう努力してくれ。

元気で。

V[2]

1 『舵』。ヨシフ・V・ゲッセンとVNの父、ウラジーミル・ドミートリエヴィチ・ナボコフが編集していた亡命者向け日刊紙。

2 ロシア語からDNが英訳。

(1) *tsvet* には、同じ綴りで「花」の意味を持つ語がある。

4 アルタグラシア・ディ・ジャネリ[1] 宛

CC 一枚

ドイツ
ベルリン=ハーレンゼー
ネストールシュトラッセ22
V・ナボコフ
一九三五年三月二三日

親愛なるミスター・ディ・ジャネリ

『功績（イクスプロイツ）』[2]の要旨ですが、残念ながらそう簡単にお送りすることはできません。作るのにあまりに労力がいるのです。この小説の美質はプロットそのものではなく、プロットの扱い方にあるのです。その上、本が単なる内容の説明によって判断されることに私は強く反対なのです。『功績』は未だ他の言語に翻訳されていませんので、代わりにもうひとつの小説『キング、クィーン、ジャック』に対するオプション[(1)]を提供いたします。ドイツ語版を一冊同封しました。先に差し上げたオプションは五月一日に期限切れとなりますので、ここに『キング、クィーン、ジャック』に対する新たなオプションをそれに代わるものとし、期限を一九三五年七月三日とします。

これが現状でできる最上の措置と信じ、私の今回の申し出に対するご同意をお待ちします。

心から

追伸　シャスター&サイモン社から連絡があり、例の本（ルージンの防御（ディフェンス））に対するオプションの提供は確かに受理したが、まだ決めかねている、とのことでした。さらに展開がありましたらお知らせします。

1　ニューヨークの著者代理人（エージェント）。ナボコフ作品の翻訳権を買ってくれる出版社を探していた。当時、ヨーロッパから流れてくる『暗箱（カーメラ・オブスクーラ）』（『闇の中の笑い』）の噂を聞きつけ、エージェントたちの射撃部隊（プラトゥーン）が、ナボコフを標的に矢のような手紙を撃ち込んできたが、彼女はその中で一番精力的であった。最初の二年間の手紙のやり取りの間、愉快な誤解（彼女は訂正しようとしなかった）がもとで、ナボコフはディ・ジャネリを「ミスター」で呼びつづけた。その後、挨拶は「ミセス」に変えられる。自分のエージェントが女性であることを知ったのである。一九四〇年、ニューヨークにやって来たナボコフは初めて彼女と会った。彼女はナボコフの文学的真価を予感していたが、ナボコフがビジネスの細部まで目を向け、やらねばならない「取引き」があるときには著述に時間を浪費してはならないと主張した。ナボコフの書く作品が、現代の社会的・政治的問題と（昨今の流行語をつかえば）関連（レリヴァント）を持つべきであり、読者が「同一化」できるような登場人物と苦難を配すべきだという点では、彼女もいくつかの出版社と同意見であった。彼女の努力は大方、出版社からの謝絶票（リジェクション・スリップ）という結果に終わったが、ようやく一九三八年、ボブズ＝メリル社から『笑い』を出すことができた。（一九四〇年、ホートン・ミフリン社は『彼女は来る、来るだろうか彼女は？（ジー・コムトコ・ムト・ジー）』［『メアリー』］の出版を拒否したが、そのときの理由が「翻訳権を確保することが常によいとはかぎりませんので」というものであった）。ディ・ジャネリは幼いドミトリ・ナボコフに彼の最初のカメラ、コダックのベイビー・ブラウニーをくれた。DN。

2　『偉業（グローリー）』として出版（ニューヨーク、マグロー＝ヒル社、一九七一年）。

（1）採否を優先的に検討する権利。

5　ハッチンソン社[1]宛

CC　一枚

ベルリン＝ハーレンゼー
ネストールシュトラッセ22
ウラジーミル・ナボコフ＝シーリン
一九三五年五月二二日

拝復

一五日付のお手紙ありがとうございます。例の翻訳が印刷所で活字に組まれている旨、そして、まもなくゲラを送っていただける旨うかがいました。[2]必要以上の書き直しをする気はまったくありませんし、いささかの遅滞も引き起こすつもりはありません。私の要求は控え目なものであります。当初から私は正確で、完全で、まちがいのない翻訳を得るべく努力してきました。いったいクレメント氏[3]は、彼が送ってよこした翻訳を見て私が指摘した欠陥について貴社に報告したのでしょうか。馬鹿なまちがいと穴だらけで、力強さにも活力にも欠け、散漫で、形もなく、締まりもない翻訳でした。あまりに単調かつ平板な英語に落とされ、最後まで読めない始末でした。作品の中で究極の精確さを目指し、その達成のために最大限の骨折りを惜しまぬ作家にとっては、いささか耐えがたいものがあります。そのような努力の末に到達した祝福された語句のひとつひとつを、翻訳者が平気な顔で台無しにするのを見せられるのですから。どうか信じていただきたいが、あの翻訳がぎりぎり受け入れられるものなら、私は合格を出したのです。貴社ほどの出版社であれば必ずや分かっていただけるでしょうが、本の成功にとって翻訳の出来がもっとも重要なのです。あの翻訳にすでに徹底した改善が施され、私が校正する際、今述べた種類の異議を引き起こさぬよう願っています。

いただいたもうひとつの情報にも心から感謝します。クレメント氏からは、「暗箱」と一緒に、私のもうひとつの小説も入手されたでしょうか。もしそうでしたら、それは「絶望（ディスペア）」でしたか、それとも「ルージンの防御」（フランス語版では、「狂人の道（ラ・クルス・デュ・フウ）」という題です）でしたか。お尋ねばかりして面倒をおかけすることをお赦しください。しかし、私がいかに馬鹿げた立場に置かれているか、きっと理解していただけると思います。クレメント氏は私が出したどの手紙にも、もう何か月も返事をくれないのです。たぶんこの御仁、亡くなられたのでしょう。さて、要点ですが、私の耳にするところ、ダブルデイ＝ドーラン社というアメリカの出版社が、後者の本をイギリスの出版社と共同で出したいと言っております。それでこの本の英語版の[4]翻訳権がどこにあるのかうかがいたいのです。

敬具

追伸　お手紙いただける場合、「ベルリン」を省かれませんよう。

1　ロンドンの出版社。

2 『暗箱』。W・ロイ訳（ロンドン、ジョン・ロング社、一九三六年）。ロングは、ハッチンソン社の発行者名（インプリント）のひとつ。後にVNによって翻訳された——『闇の中の笑い』（インディアナポリスおよびニューヨーク、ボブズ＝メリル社、一九三八年）。

3 オットー・クレメント。著述業専門のエージェント。

4 『防御』は、一九六四年、ニューヨークのパットナム社によって出版された。

6 アルタグラシア・ディ・ジャネリ 宛

CC 一枚

ベルリン＝ハーレンゼー
ネストールシュトラッセ22
V・ナボコフ
一九三五年八月一一日

親愛なるミスター・ディ・ジャネリ

どのアメリカの出版社も、イギリスに出版のパートナーを見つけられるような本の方を好むということ、お手紙の文面から分かりました。したがって、偉業と狂人の道（ラ・クルス・デュ・フウ）の出版社探しは一時中断して、暗箱と絶望の方で腕試しされたらいかがでしょうか。この二つの本はすでにイギリスに出版社を得ております。ハッチンソン有限会社という名です。

少なくとも暗箱の方は、この秋にロング社の名で出る予定です。翻訳作業はすでに完了しましたが、現在までのところ校正済みの本は一部しか存在しません。たぶんこの手紙と一緒にお送りするロシア語版で何とかなるのではないでしょうか。絶望の原稿も送ります。後者は、イギリスで、おそらく来年の春に出ると思います。[1]

心から

1 ロンドン、ジョン・ロング社、一九三七年。VN訳。

7 ハッチンソン社 宛

CC 二枚

ベルリン＝ハーレンゼー
ネストールシュトラッセ22
ウラジーミル・ナボコフ＝シーリン
一九三六年八月二八日

拝啓

私の本「暗箱」（この翻訳に私は満足できませんでした――不正確な上に、手の込んだ言い回しをわざとトーン・ダウンさせる、陳腐な表現に満ちております――）の出版後、ジョン・ロング社は彼らが出版することになっている、私のもうひとつの小説「絶望」を、私自身が翻訳するよう提案しました。私は英語をよく心得ておりますが、すべての責任を引き受けたくはありませんでしたので、私が一応の訳を作り、それを出版社の費用で誰か専門家に手直しさせてはどうかと申し出ました。J・ロング社は、この条件を受け入れましたが、「選ばれて校訂する人物にも、別に報酬を払わねばならないから、千語につき、まず一〇シリング六ペンス以上の報酬は払えない」と言明しました。その後、報酬は千語につき一五シリングに引き上げられ、私も同意しました。

　ロング社は、私が送った翻訳を確かに受け取ったと、一九三六年四月初めに言って来ましたが、それからほとんど二か月の間、音沙汰なしでした。ようやく連絡してきましたが、「一部の出版顧問（リーダー）の報告が、とくに貴殿の翻訳に関して、まったく熱のないものだったので」、この本の出版に関してはまだ何らの計画も立てていないとのことでした。私は、J・ロング社に、彼らの奇異な振る舞いを指摘することはせず、一通の手紙で返事するだけにしました。ここにその一部を引用することをどうぞお許しください。

「じっくり考えた結果、貴社の出版顧問の方々が困惑されたのは、おそらく、不完全な翻訳のためではなく、作品そのものの特異な性格と、文体が持つある種のぎこちなさのためだと思います。このぎこちなさは作者の意図的な配慮のひとつなのです。実のところ、それほど洗練されていないタイプのロシア人書評家の中にも、「ストーリー」の向こう側まで突き進むことができず、率直なところ当惑してしまった人がひとりふたりおりました。それにもかかわらず、この本はすぐに評判を取りました――どれほどの評判か申し上げるのは私の慎みが許しませんが。私も理解しておりますが、この本の「独創性」――批評家はこの表現を好んで使いました――は、表面にざっと目を通したくらいでは、若干の困惑を引き起こすかもしれません。二、三年前、特別苦労してロシア人の読者に伝えようとしたものを、同様の苦労を繰り返してすべて英語に移し変えたのですから、なおいっそうそうなのでしょう。」

　また、私はロング社に、ニューヨークのマクブライド社[1]と連絡を取ってはどうかと提案してみました。私のエージェントによれば、この会社の支配人のマンジョーネ氏が、「絶望には大いに乗り気である。むろん、暗箱よりも気に入って」おり、イギリスで出版された場合には出版を考えたい、と手紙で言ってきたからです。

この六月二九日付の手紙には、まだ何の返事もありません。

この件に関するJ・ロング社の態度が非難を免れうるものとは思えません。なぜなら、彼らは私の翻訳を誰かに校訂させると約束し、それゆえ、私の作業に対して非常に控え目な報酬しか払えないのだと言っていたからです。しかしながら、私はもう一度事態を始動させるために、イギリス人の友人（翻訳の専門家であります）に翻訳を校訂してくれるよう依頼しております。二、三週間のうちに手直しされた原稿が出来上がると期待しております。

言い添えておきたいことがあります。先頃ロング社の平均的な出版物がどんなものか知りましたが、私の感じるところ、もしできればジョン・ロングではなく、ハッチンソンの名（インプリント）前で出版していただいた方が「絶望」にはずっとふさわしいのではないでしょうか。J・ロング社が対象としている一般読者には、右の手紙で述べました相当に特異な性格のゆえに、「絶望」のよさが分からないのではないかと思うのです。

敬具

1　ロバート・M・マクブライド社。ニューヨークの出版社。

8　ハッチンソン社宛

CC 一枚

ベルリン＝ハーレンゼー
ネストールシュトラッセ22
ウラジーミル・ナボコフ
一九三六年一一月二八日

拝啓

最終的な決断はすべて貴社にお任せしますが、もう一度説得を試みるのが私の責務と考えます。「絶望」はジョン・ロングではなく、貴社自身の名前で出版するのが、私だけでなく貴社にとっても利益となります。

ジョン・ロングの新しい出版物がどのようなものか、少しずつ分かってまいりましたが、私の本はそれらと一緒にされると、ハチドリの世界に紛れ込んだサイのように見えるのではないかと懸念いたします。ロング社の出版物はそれ自身としては優れたものであることにまちがいありません。愉快な話やスリリングな話を好むような読者の欲求を、十分に満たしているのですから。しかし、このような読者に、その長所がプロットではなく、まったく違った次元にあるような純粋な心理小説を差し出して、その真価を味わってくれというのは無理な話です。この作品の本質は「平均的」でも「普通」でもない精神に精緻な解剖を施すところにあるのです。自然は私の主人公に文学的天才を与えましたが、同時に彼の血は犯罪者の素質に汚されてもいるのです。彼の中の犯罪者が、彼の中の芸術家を圧倒し、自然が芸術家に与えた才能を横取りしてしまうのです。この本は「探偵小説」ではないのです。

ふさわしい読者に供せられれば、「絶望」は貴社にとっても私にとっても大きな成功作になるのではないかという予感を、私は禁じ得ません。どうぞ信じていただきたいのですが、私は生来の習癖から自分の作品を自賛しているのではありません。私がこの作品のいくつかの特徴（ロシア人批評家たちはそれらを指摘しております）に貴社の注意を向けようとしているとすれば、それは単にビジネス上の考慮からそうしているのです。

先に何通かお手紙差し上げたにもかかわらず、なぜこの件に関して私との相談を避けておられるのか想像いたしかねます。すみやかなご返事をお待ちしております。

敬　具

9　ヴェーラ・ナボコフ[1]宛

一九三七年二月二〇日　　ALS　二枚　パリ

僕の愛する人、僕の喜び

昨日、航空便で返事を出した。これは追加です。考えれば考えるほど、ひとの忠告を聞けば聞くほど、君の計画は馬鹿げたものに見えてくる（同時に、母の心の平安がかかっているかと思うと、また、一般的な意味で、どこか高所の、あるいは内なる法が、「何をおいても母を訪ね、僕らのおチビちゃんを見せよ」と命じているかと思うと耐えられない。どれもがあまりに酷い拷問だ。僕には耐えられない。常に心の負担になっている。僕の心はどこにも休む場所がない）。だから、僕が書き送ったことすべてについて、そして僕が斟酌したことすべてについて君も考えてもらいたい。何年もかけて、かくも多大な努力の末に、ようやくロンドンやパリと太いパイプをつくったというのに、突然すべてを投げ棄てて、何もないチェコスロバキアの荒れ地に行かねばならない[2]などということがあっていいものだろうか。かの地に行けば、（あらゆる意味で、心理的にも地理的にも）僕はどの生計の源からも、また生計を立てる機会からもふたたび切り離されてしまうだろう。どうか考えてみてくれ。あそこに行けば南フランスに脱出することなどけっしてできないだろうし、僕が予定している四月末のロンドン行きも極端にややこしいことになってしまうだろう。ボルム[3]なら、落ち着いて休養できること請け合いだ。医者の腕もまったく変わらない。愛する人よ、どうか理性に耳を傾けて、心を決めてくれ。君がこのまま考えを変えないなら、次の汽車に乗ってベルリンに行くまでだ。[4]つまり、君を連れに帰るということだ。それは当然、賢明でもないし安くもつかない。向こう岸との接触を断たぬことが、いかに重要かを君にどう説明したものだろうか。僕はやっとのことでそこに泳ぎついたのだ。これは比喩でもあるが、正確な表現でもある。なぜなら君の手紙を読んでからは、まるで自分が海を泳ぎ渡っている人間のように思えてきたからだ。それもやっと岩にたどり着いたというのに、ネプチューンの気まぐれか、知られざる悪意に導かれた大波か、あるいは突風か、何かそんなものによって、引き離されようとしているのだ。僕の愛しい人よ、どうかお願いだから今言ったことを考えて行動してくれ。近いうちにマダム・チュオルニーから手紙が届くはずだ。四月一日には、トゥーロンで彼女と会う予定だ。ついでながら、あの県（ヴァール）の蝶にとくに関心はない。[5]なぜなら、あそこでは前に採集したことがあって、どれも知り尽くしているからだ。だから昼は僕らのおチビちゃんの面倒をみて、夜はものを書くつもりだ。そして五月にはもっと安い家を見つけよう。今度は僕の方に常識があると思っている。（ひとつだけ絶対同意できないことがある。君と、僕らのおチビちゃんなしにはこれ以上やっていけない。[6]）

ロング[7]の手紙によると、カーニアン（著名な批評家だ）に『絶望』[8]を見せたらしいのだが、こう書いてきたそうだ。「これが気に入った書評家は天才の作品として歓迎するだろう……。気に入らない書評家はおそろしく不愉快な作品だと言うだろう……。私の想像するところ、これは犯罪マニアの手になる作品として書かれたのだ。そして、そういうものとしては実にみごとな出来だ」云々[9]。馬鹿げているが、全体としては持ち上げてくれている。ロングはこの手紙の他に、アメリカの出版社からの問い合わせの手紙を転送してくれた。オールド・グレイス[10]に送るつもりだ。

僕の愛しい人よ、世のイリーナ[11]はどれも無力だ（タタリノフの家[12]で三人目に出くわしたばかりだ——元マドモワゼルといった感じだった……）。僕の一分間の東半分は、もうそこまで迫った再会の光に彩られている。あと半分は真っ暗で、退屈で、君なし（ユー・レス）だ。抱き締めてキスがしたい[13]。愛している。

風呂桶を忘れないように（それともこっちで買った方がよいだろうか）。本は、昨日リューシャ[14]に届けておいた。プチの店でアルダーノフ、マクラコフ、ケレンスキー、ベルナツキー[15]、それにこっちの二人[16]とで昼飯を食べた。医者が何と言ったか詳しく書いておくれ。

言葉にできないほど愛している。

V[17]

1 私の夫は、家を留守にしているときは毎日手紙をくれました。一九三七年の一番長かった「別離」の間に夫から受け取った手紙のうち、四通を選んでおきました。ヴェーラ・ナボコフ。

2 VNの母はプラハに住んでいた。

3 南フランスの町。そこに、ナボコフ家の友人だった詩人サーシャ・チュオルニーの未亡人が住んでいた。

4 原文英語。

5 原文英語。

6 「君と、僕らのおチビちゃんなしには」は英語。

7 ジョン・ロング社。

8 原文では表題は英語。

9 原文英語。

10 エージェント、アルタグラシア〔Altagracia〕・ディ・ジャネリの名前に引っかけて。

11 VNに言い寄って来たり目をつけたりした、この名前を持つ女性の方々。

12 『舵』の編集員かつ作家であったウラジーミル・E・タタリノフとその妻。

13 原文英語。

14 ヴェーラ・ナボコフのいとこイリヤ・フェイギン。

15 マルク・アルダーノフ、ロシアの小説家。ワシーリー・アレクセイエヴィチ・マクラコフ、ロシア臨時政府の最後のパリ代表。アレクサンドル・ケレンスキー、ロシア臨時政府の首相。ベルナツキー、未詳。

16 イリヤ・フォンダミンスキーとV・M・ゼンジノフ。フォンダミンスキーは、政治的作家であり活動家。亡命者向け文学雑誌『現代紀要（ソヴレメーンヌイエ・ザピースキ）』の中心的存在で、VNの親しい友人。このときVNは、彼の所に滞在していた。ゼンジノフは、ロシアにあっては著名な社会主義者革命家党員、亡命先では編集者かつ批評家。彼も、ナボコフの親しい友人であった。

17 ロシア語からDNが英訳。

10

ヴェーラ・ナボコフ宛

一九三七年三月三〇日

ALS 二枚

イリヤ・フォンダミンスキー気付
パリ
ヴェルサイユ大通り一三〇

僕の愛しい人よ、いったいどうなっているのだ。もう四日も手紙をもらってないよ。おチビちゃんは大丈夫かい。昨日、赤毛がカールした三歳の男の子を抱き上げた。ブドベルグ男爵夫人の[1]、もの思わしげで腕白な甥ッ子だ（同じドミトリという名で、やっぱり愛称で呼ばれている）。思い出して涙が出てしまった……。シャンゼリーゼにあるおもちゃ屋のなんとすばらしいことか――チェコの店などその比ではない――汽車のおもちゃのすばらしいこと！（「流線型」の機関車に、すてきな作りの青の客車のついた「おもちゃの世界でいちばん速い汽車」）。山ほど悩みのあるのは分かるが、もっと頻繁に手紙をおくれ！

ドゥニ・ロシュが「春」のみごとな訳[2]を作ってくれている。もうすぐ完成する予定だ。昨日、手の込んだ言い回しのあれこれについて彼と話をした。一方ブドベルグの方は「春」に歯が立たないようだ[3]。したがって短篇集には「チョールブ帰る」を入れるか、僕自身が「春」を訳すことになる（あるいはストルーヴェ[4]が「ピルグラム」をやるかだ）。いずれにせよ遅くとも八月までには届けねばならない。パットナム[5]が自伝をたいへん[6]気に入ってくれて、ある評論誌に連載したいと言っているのだが、相談する誰もが話に乗れと助言してくれる。たぶんそうすることになるだろう。それ以外の形ではリズムが崩れるだろうし、長過ぎて一冊の本として出すのは無理なのだ。同じ人物（ブドベルグ）が、今日アレクセイ・トルストイ[7]に会わせてくれると言ってくれたが、たぶん行かないだろう。マリア・パヴロヴナ[8]（いつも煙草を手放さない、喉頭炎持ちの小柄な女性だ）から電話で何度もお茶の誘いがあったが、無駄というものだ。復活祭（イースター）なのだから。彼女とは、アメリカ講演旅行について話し合ったが、援助してくれると約束してくれた。自然が残ったある場所（スポット）で、昔アヴィノフ[9]といっしょに蝶を採集したことがあるそうだ。……と……については、いい人たちだが俗物[10]だと言っていた。こういう表現も彼女の口から出てくると、僕にはプルースト的な魅力を持って響く。彼らに対して使うと、新鮮で、ぎょっとするほどの説得力がある。ヴィレンキン[11]と晩飯を食べた。ロンドンでの朗読会の手配や、本の売り込みに頑張ってくれている。（ところで、偶然知ったのだが、『ルージン』[12]がスウェーデンで大成功らしいのだ――「まれにみる」[13]という言葉を使っていた[14]――。）明日は、マダム・ポリャコフとマダム・サブリンに会う。今晩は、マエセナスとかいう人の家で六人の作家と会食だ。「プレゼント」[15]が一昨日出たが、三〇〇行を越えていることが分かった。四二〇行だった。結構なことだ。次の抜粋は「報酬」という題にするつもりだ。今度も割り当てより多く押し込んでやる。ああ、愛しい人よ、なんと君に会いたいことか……。五月のことを考えると嬉しくてたまらない。ジョーカ[16]が言っていたが、おチビちゃんはずっとハンサムになったそうじゃないか。この一月でヴィクトール[17]は二〇〇フラン以上つかってしまったよ。近々ファヤールとルフェーヴル（『ヌーヴェル・リテレール』）とチボー[18]（『ルヴュ・ドゥ・パリ』）を訪ねるつもりだ。

愛しているよ。[19] 君なしに生きていくのはとてもむずかしい。早く手紙をおくれ。もう三時だ——女医の所に行く。その後で一、二時間、書いてみるつもりだ。君は僕の命だ。愛している。

V[20]

1　行動的な文学好きの女性、翻訳家。最初マクシム・ゴーリキーの、次にH・G・ウェールズの同伴者（コンパニオン）。
2　フランス語への翻訳。英語では「フィアルタの春」として発表。
3　英語への翻訳。
4　グレープ・ストルーヴェ。ロシア亡命文学とソヴィエト文学の権威、親しい友人。
5　ロンドンの。
6　自伝的スケッチ。この形式では一度も発表されず。
7　歴史小説家、詩人。
8　パーヴェル大公の娘。
9　一時期、ピッツバーグのカーネギー博物館の館長。
10　この一語は英語。
11　大学時代の友人
12　『ルージンの防御』。後に英語で『防御』として出版。
13　文学好きの女性後援者（パトロネス）。
14　イギリスがソヴィエト政権を承認する以前ロンドンに駐在していたロシア外交使節の最後の団長の妻。
15　『ダール』（『賜物』）からの抜粋。『最新報知（ポースレドニー・ノーヴォスティ）』、パリ、一九三七年三月二八日。
16　ジョージ・ゲッセン、親しい友人。
17　おどけて自分を呼ぶときの名前。
18　三つとも出版社の名前。
19　英語。
20　ロシア語からDNが英訳。

11　ヴェーラ・ナボコフ 宛

一九三七年四月一五日

ALS　三枚

ヴェルサイユ大通り一三〇　パリ

僕の命よ、僕の愛しい人よ、今日で一二年だ。[1] そして、まさにこの日に『絶望』が出版され、『賜物』が『現代（アナル・コン）

紀要（タンポレーヌ）』『ソヴレメーンヌイエ・ザピースキ』」に載った。

「怒り」[2]は大成功。『ムジュール』の五月号に載るだろう。そして、僕らのヴィクトールはもうすてきな一〇〇〇フランを稼いだ。ヘンリー・チャーチ（『ムジュール』の出版者。首筋にみごとなこぶのあるアメリカの億万長者。年配の寡黙な男。夫人はドイツ系で文学中毒）の別荘（ヴィラ）での昼食会はすばらしくうまくいった。オデオン座のアドリエンヌ・モニエの本屋で待ち合わせて、そこから車でサン・クルーの先にあるチャーチの家に行った（何もかもが緑色でしっとりと水気を帯び、アーモンドが花を咲かせ、ブヨが群れ飛んでいた）。僕は「賓客」扱いで、至極調子がよかった。作家代表はミショー[3]だった。ジョイスを出版したシルヴィア・ビーチとは、話がトントン拍子に進んだ。ガリマールとアルバン・ミシェルが先に進んでくれない（ヌ・マルシュ・ロン・パ）場合、『絶望』の出版をかなり手助けしてくれるかもしれない。昼食の後、『ムジュール』の編集会議のようなものが開かれ、女性の写真家がわれわれの写真を一五枚撮った。席上、ある種の音波を使って植物が発する音を特定する可能性が話題に上った。僕はポプラの声はソプラノでオークはバスだと主張したが、ポーラン[4]は僕を上回るウィットをきかせて、オークは明らかにヒナギクと同じ声だと明言した——「どうしてって、そりゃたぶん、いつもちょっと恥ずかしそうだからさ」。明日は、彼とサングリア、シュペルヴィエル[5]、それにミショーといっしょにモンマルトルで昼食だ。僕の愛しい人よ、愛しているよ。僕のおチビちゃんについての話（「岸を目指し」[6]）には、うっとりさせられた。ゼンジノフは笑いが止まらず、皆に話してまわっている。君のイリューシャ[7]宛の手紙はとても素敵だ、愛しい人よ。[8]君のパスポートは、君が到着し次第フランスで更新できる。プラハでの計画がまただめになったことにはとても心を痛めている。でも、僕はうまくいくと思ったことは一度もない。イギリスには、月末に一週間の予定で行ってくる。明日五時に、マダム・サブリン宅を訪ね、そこで行なわれるロシア語の朗読会の打ち合わせをする。いずれにせよ二五日より前には出発しない——ブドベルグとストルーヴェが二人とも手紙で言っているように、本には発酵する時間を与えねばならないのだ。シルヴィア・ビーチがさらにいくつか住所を教えてくれたので、ロングに送っておいた。僕の「プーシキン」[9]は、とても満足できる成功を収めつつある。体重が増え、日焼けして皮がむけた。でもいつもいらいらの状態が続いている。仕事をする場所も時間もないからだ。今夜はキャンジュンツェフ[10]の家で食事だ。これからご老体[11]に電話する。

僕の愛しい人よ、僕の愛しい人よ。[12]君が最後に僕の前に立ったのは、いったいいつのことだろう。神よ、僕のおチビちゃんについて、どれくらい新しいことを僕は知ることになるのだろうか、そしてなんと多くの誕生を僕は見逃したことだろうか（言葉の、遊びの、その他すべての）。

　昨日、チュオルニー夫人に手紙を書いた。愛しい人よ、念入りに旅の支度を整えて、最後の最後で遅れぬようにしておくれ。I・C・バルデレーベン夫人（フラウ）[13]の話は愉快だったよ。かわいそうにイリフ[14]が死んでしまった。なぜか、シャム双生児が離ればなれにさせられる光景が目に浮かんでしまう。愛しているよ、愛しているよ。フランスでの僕の株はぐーんと上がった。ポーランくらい魅力的な男もいない。その陽気さ、黒い利発な目、性格、それに不精ひげが、どこか死んだイリューシャを思い出させる。アニュータ[15]によろしくと言っておくれ。彼女の手紙を楽しみにしているとも。

　僕から抱擁を送る、僕の喜びよ、疲れ気味のかわいい子よ……。

V[16]

1　結婚以来。原文英語。

2　原文でも表題は英語。だが、短篇「オビーダ」のフランス語訳を指すと思われる。この短篇は、後に英語で「ひどい一日」として出版された。

3　アンリ・ミショー。ベルギー生まれのフランスの作家、批評家。

4　ジャン・ポーラン。影響力あるフランスの出版者、編集者。

5　シャルル＝アルベール・サングリアとジュール・シュペルヴィエル。フランスの作家。

6　おそらく、三歳のDNがプーシキンの詩「遠い故国の岸を目指し」の一部を朗読したことに関連する。

7　フォンダミンスキー。

8　原文英語。

9　「プーシキン、ウ・ル・ヴレ・エ・ル・ヴレサンブラーブル」。VNがフランス語で書いたエッセイ。最初に『新フランス評論（ヌーヴェル・ルヴュ・フランセーズ）』に発表された（パリ、一九三七年三月）。『文学マガジン（マガジン・リテレール）』のVN特集号に採録（パリ、一九八六年九月）。ふたたび『ニューヨーク・レヴュー・オヴ・ブックス』に、DN訳「プーシキン、あるいは真実と真実らしきもの」として採録（一九八八年三月三一日）。

10　サヴェリイ・キャンジュンツェフ。サンクト・ペテルブルグ時代のVNの級友で、親しい友人。

11　ヨシフ・V・ゲッセンを指す。VNの父の友人で政治上の仲間。その息子ジョージ・ゲッセンはVNの親友。

12　原文英語。

13　ベルリン市、ルイトポルトシュトラッセ二七番地のアパートを、ナボコフ一家に貸したことのあるドイツの退役軍人の妻。
14 有名な喜劇作品『黄金の子牛(ゾロトーイ・テリョーノク)』、その他の本を書いた作家コンビ、イリヤ・イリフとイェヴゲーニイ・ペトロフの一方。
15 ヴェーラ・ナボコフのいとこアンナ・フェイギン。
16 ロシア語からDNが英訳。

12 ヴェーラ・ナボコフ 宛

一九三七年五月一五日

ALS 三枚
パリ
ヴェルサイユ大通り一三〇

僕のかけがえのない喜びよ——どうやらじきに君の所にたどり着けそうだ——電報は、昨日ツバメの速さ(アヴェック・ユヌ・アリュール)で届いた。今日一〇時にはもうチェコ領事館にいた(土曜日は早く閉まるのだ)。結局、すでに送られているのに、ヴィザはまだ届いていなかった。ところで、ヴィザが送られるときに、僕のパスポートの保留期間が不十分であることが記入してあっただろうか。というのも、ヴィザは僕の特別の要請ではなく、その前の母の奔走に応えて送られたのだ。それとも表示されていただろうか。はっきり記入してくれるように頼んでおいたし、僕のファイルの番号も送っておいたのだが。領事館から、マクル[マクラコフ]が書いた手紙(書くのに四日もかかった!)を持って、公使に会うためにチェコ公使館に駆けつけた。ところが、そこにもいなかったので、火曜日の朝に領事館に行くことにしている。ヴィザが取れたら、その日にプラハに出発する。昨夜、僕らのおチビちゃんの夢を見た。歩道を僕の方に歩いてくるのだ。どういうわけか両頬に泥をつけて、黒っぽい小さなコートを着ていた。「私は誰かな」と尋ねると、ずるそうな笑いを浮かべて「ヴォロージャ(1)・ナボコフ」と答えた。僕の歯の方は今日済んだ——二、三か月もつ一時的な詰め物だ——。でも、神経を抜くだけの時間はない。カミツレでゆすぐと、いくらか腫れがひいた。僕の最愛の人よ、だいたい、君がプラハでどんな暮らしをしているのか僕にはほとんど分からないのだ。ひどく不愉快で、不安な思いをしているのではないだろうか——[ホテルの部屋の]ベッドのダニの話を聞いただけでよく分かる、かわいそうに……。昨日は、警察(シュルテ)で四時間も時間を無駄にした。木曜日までにフランスのパスポート[1]が取れるようにすると約束してくれたが、もちろん、火曜日にヴィザが手に入ればここには一秒たりともいたくない。それに、いずれにせよ、この手の約束はもはや信用できない。こういう無意味な拷問には僕はほとほと疲れた。君が心配して首を長くして待っているかと思うとなおのことだ。さて金のことだが、リューシャ[2]が三一〇〇フランと一〇五ポンド、預かってくれている。そこから、一一〇〇フランを引き出して、君へ二回送金した（そのときの手持ちを足して、きりのいい金額にして）。その他にコインで一ポンド、それに二〇〇フラン持っている。なんとか掻き集めれば預金に手をつけなくても切符は買えるだろう。

今日ホダセヴィチ[3]が書いた『ダール』『賜物』の気の利いた書評が出た。最近、僕に会いにきたのだ。今晩はロシア劇場に『アゼフ』[4]の初演を観に行く。ここ何日か「Fフィアルタ」の春」[5]を完全な形にするのに忙しかった。うまくいったと思ったが、校正すべき個所がまだ五万とある。それをそれぞれ三回は見直さねばならないのだ。毎日、放射線治療[6]をつづけている。かなりよくなった。なにしろ、今だからはっきり言えるのだが、この治療を受ける前の二月に経験した言語を絶する痛みには、自殺一歩手前まで追い込まれたからね――あと一歩踏み出すことは僕には禁じられていた。なぜって旅の荷物には君も入っていたからさ。愛しい人よ、君にもうすぐ会えるなんて夢ではないだろうか――運命に見捨てられなければ、あと四日後に。愛しい人よ、僕が着いたらゆっくり休養させてあげるよ。生活も今よりは楽で、すっきりしたものにきっとなる。イリヤとV・M[7]との友情がずっと深まった――実にすばらしい連中だ。僕がどれほどコーガン＝ベルンシュタイン博士[8]に感謝しているか、書くのは止めにしよう。彼女には五〇〇〇フラン以上の借りがある！　もし彼女が請求してくるとすればの話だが（普通、一回の治療費が一〇〇フランなのだ！）。愛しい人よ、心配し過ぎぬようにしておくれ。どのみちすぐに会えるのだから。母に、僕から抱擁を送ると伝えておくれ[9]。手紙を書けないのは、君の方に文通のエネルギーを全部注いでいるせいだと伝えてくれ。

V[10]

1　正規のフランスのパスポートではなく、国際的な慣習に従って無国籍の亡命者に対して発行される「ナンセン」パスポート。
2　アンナ・フェイギンの兄弟、イリヤ・フェイギン。
3　ウラジスラーフ・フェリツェアノヴィチ・ホダセヴィチ。今世紀ロシアのもっとも偉大な詩人のひとり。
4　アレクセイ・トルストイ伯爵の戯曲。革命前のロシア政府に仕えた、名高い二重スパイの話。
5　「フィアルタの春」のフランス語訳。
6　乾癬の治療。
7　イリヤ・フォンダミンスキーとV・M・ゼンジノフ。

8　医者で友人。フォンダミンスキーを通じて知り合う。
9　この二つの文、原文英語。
10　ロシア語からDNが英訳。
（1）「ウラジーミル」の愛称。

13　アルタグラシア・ディ・ジャネリ 宛

ヴェーラ・ナボコフによる手書きの写し

ムーリネ、オテル・ドゥ・ラ・ポスト
一九三八年七月一四日

親愛なるミスター・ディ・ジャネリ

小さな山のリゾートからこの手紙を書いております。『賜物』についてN[1]が書いていることは、全体として、かなり気に入っております。ただし、非常に皮相なものではありますが——玄人にとっても一般読者にとっても、私の本はもっとずっと多くのものを含んでおります。私の異議は次のようなものです。

『賜物』は初めから終わりまで写実的な作品であります。これはある特定の人物についての物語なのです。その主人公の外から見える人間としての存在と内なる自己の成長が描かれるのです。彼は作家ですから当然文学上の進歩も描きました。さらに話全体が主人公の恋物語の上に縫い込まれ、先に進めば、表面下に隠れていた運命の働きが露わになるように仕組んであるのです——これは、Nが完全に見逃している本質的な点です。私の文体と手法にジョイスと共通するものは全然ありません（『ユリシーズ』を高く買ってはいますが）。この小説は「気狂いじみた布切れの寄せ集め（キルト・オブ・ビッツ）」ではありません。この小説は、心理的な出来事を論理的に綴り合わせた作品なのです。星の運行は馬鹿者の目には気狂いじみたものに映るかもしれませんが、賢い人間は彗星がまた戻ってくるのを知っております。

主人公自身の書いた作品（チェルヌイシェフスキーの伝記[2]）が「挿入」されると、なぜ読者が「仰天」すると言われるのか私には理解できません。先行する章の内容からして、当然これにつながっていくのです。それに、小説のここかしこで主人公が書いた作品のサンプルを示しているのですから、彼の主要な本を除外するのは無理なのです。その上、チェルヌイシェフスキーの生涯（偶然ですが、これを書くのに私も四年かかりました）についての主人公の解釈は、小説に叙事詩的なトーンを付与し、また、言わば主人公個人というバターをひとつの時代というパンの上に塗るものなのです。それによって、この小説はより見晴らしのきく次元に引き上げられるのです。この作品（チェルヌイシェフスキーの生涯）において、マルクス主義と唯物論の敗北が明らかなものになるだけでなく、主人公の芸術的勝利によって、その敗北が完成されるのです。[3]

『賜物』が外国（アメリカ）の読者の関心を呼ぶかという問題ですが、脚注さえ必要とせずに翻訳するこつを、私は心得ているということを、もう一度申し上げておきたいと思います。「人間的関心」は、私にはアンクル・トムの小屋（あるいはゴールズワージーのたわごと）を意味し、気分が悪く船酔い（シック・シーシック）になります。

貴兄に私の作品を信頼していただくことが、私にとってはもっとも重要なことであります。親切なお言葉には心から感謝いたします。

心から

1　未詳。

2　ニコライ・ガヴリーロヴィチ・チェルヌイシェフスキー（一八二八—一八八九年）。大きな影響力を持った、左翼の政治的作家。後にソヴィエトで人気を博す。

3　一九三七年から一九三八年にかけて、『ダール』（『賜物』）が、『現代紀要』（ソヴレメーンヌイエ・ザピースキ）（パリ）に連載されたとき、第四章が一部の編集員からの圧力で省かれた。この章は全体が、フョードル・ゴドゥノフ＝チェルディンツェフ作のチェルヌイシェフスキー伝であった。これは、ナボコフが削除に（大いに不承不承とはいえ）同意した数少ない例のひとつであった。ともかくもこの小説を連載するには、そういう代償が必要なことを悟ったからである。ソヴィエトの雑誌『ウラル』が、一九八八年五月号から、無削除版と銘打って『ダール』の連載を始めた。第四章が持つ視点を弱めることに反対するという穏当な序奏で始まったが、ここでも興味深いのは、結局その他の個所で削除と改竄が行なわれたことである。DN。

14　アルタグラシア・ディ・ジャネリ宛

CC　一枚

ベルリン＝ハーレンゼー
ネストールシュトニッセ22
ウラジーミル・ナボコフ
一九三八?年一一月一六日

親愛なるミスター・ディ・ジャネリ

一〇月一二日付のすてきな長いお手紙に感謝します。「古臭い主題」について貴兄がおっしゃりたいことはよく理解できますが——私にも率直に言わせてください。「ウルトラ・モダニズム」の流行は、ヨーロッパでは少し過去のものではないかと思います。この類のものは革命前のロシアで盛んに議論されましたし、戦争直後のパリでもそうでした。かなりの数の作家がいて（現在では大半がきれいに忘れ去られましたが）、貴兄がとても嬉しそうにコメントされた種類の「道徳を超えた（アモラル）」生活を描くことによって、大いに繁盛しておりました。それも面白いかもしれませんが、私がアメリカ文明のどこに魅せられるかと言えば、それは正にあの旧世界的な感触なのです。金属的な輝きに熱病的なナイト・ライフ、最新のバスルームに毒々しい広告、その他すべてにかかわらずアメリカ文明に未だにこびりついたまま残っている古臭い何ものか、それに惹かれるのです。ご存知のように頭のいい子供はいつの時代も保守的なものです。送っていただいた評論誌のなかで「大胆な」記事に出くわすと――マーキュリーの最新号にコンドームについての記事がありました――私の耳には、才気走ったモダニストたちが、かくも勇気ある腕白坊主になった自分たちに拍手喝采しているのが聞こえます。バスター・ブラウン[1]は大人になりました、というわけです。アメリカは美しいまでに若く、純朴な国であります。おそらく、どんなに奔放な夢も遠く及ばぬほどの、壮大な知性の未来を持った国であります。しかし今の段階では、貴兄が言われる種類のモダニズムは昔からある、形を変えた因襲尊重に過ぎないのではないでしょうか。

私は、私の小説を擁護するためにこんなことを書いているのではありません。私の小説はロシアとその文学に属するものであり、他の言語に置き換えられると、文体のみならず題材までがおそるべき出血と歪みを被ってしまうのです。ドイツ語版「キング、クィーン、ジャック」は安っぽい戯画小説であります。「暗箱」はロシア語では手の込んだパロディー小説のつもりでしたが、ジョン・ロング社とグラッセ社の拷問小屋で、ぐったりした屍に変えられました。そして「絶望」は犯罪心理についてのエッセイ以上のものですが、生焼けのスリラー小説になってしまいました――私が自分で翻訳してもです。私の本たちがたどる「運命（ファータ）」の、実に数奇なること！　しかしながら、貴兄の援助と共感とすばらしきご理解を得て、最後にはアメリカで私を待っている（私にはそれが分かるのです）読者の方々を見つけるでありましょう。

心から

追伸　いちばん新しい報告をちょうど受け取りました。ありがとうございます。二冊目の「狂人の道（ラ・クルス・デュ・フウ）」[1]は少し前にお送りしました。

1　パリ、ファヤール社、一九三四年。後に、英語で『防御』として出版。

（1）R・F・アウトコールト作の今世紀初めの人気漫画（コミック・ストリップ）。悪戯好きの少年バスター・ブラウンが主人公。

15　イワン・ブーニンからの書簡　TLS　一枚

一九三九年四月一日

関係者各位

ウラジーミル・ナボコフ（ペンネーム、V・シーリン）氏は、たいへんよく知られたロシアの作家であり、その小説（その一部は、ドイツ語、英語、そしてフランス語に訳されております）は、海外のロシア知識人の間で高い評価を受けております。氏は第一回ロシア議会における卓越したロシア人リベラル派議員であり、犯罪学教授であった故V・D・ナボコフ氏の子息であります。母国出国（一九一九年）後、ナボコフ氏はケンブリッジ大学に入学、外国語（フランス語とロシア語）において、優秀な成績で学士号を取得しました。氏はきわめて非凡な才能をもった小説家であるのみならず、ロシア語とロシア文学に造詣の深い研究者でもあります。一例として、氏がその著作のひとつにおいて、氏が長年研究されているロシアの六〇年代に関わる、ある文学上の疑問の解明に貢献されたことを明らかにしておきたいと思います。これらすべてに加え、氏の英語への精通と豊かな講演経験によって、氏はイギリスあるいはアメリカのいかなる大学においても、きわめて非凡な素質をもったロシア語およびロシア思想の教師となることでありましょう。氏以上の人材の得難きことを確信し、そのような職の適任者として、心から推薦申し上げます。

署名

イワン・ブーニン[1]

一九三三年ノーベル賞受賞

1　ブーニンとナボコフは友人であった。

アメリカ時代の書簡

一九四〇―一九五九年

16

エリザベス・マリネル・アランと
マルーシャ・マリネル[1]宛

ALS　四枚　M・ジュリアー蔵
ヴァーモント州ウェスト・ウォーズボロ

一九四〇年八月二五日

親愛なる友よ

お手紙は両方とも受け取りました。貪るように、しかし悲しい気持ちで一語一語を読ませてもらいました。『招待』[2]についての感想、たいへんありがたく思います。あなた方の運命について妻と私は深く憂慮しています。ハープの一件は象徴的でもあり、おぞましいことでもあります。

あなた方の件でピャチゴルスキー[3]に詳細かつ執拗な手紙を書いておきました。この国に来ることができますよう強く願っています。私たちも別な惑星にいるような遠さを感じています。もっとも親しく貴重な友人たちを隔てる罪深い距離を感じています。あなた方に比べれば私たちの日常生活は贅沢の極みに見えてきます。成り金が夢見る趣味の悪い生活のようです。出発した日のあの悪夢のような混乱、パニックに襲われぽかんと口を開けたスーツケース、つむじ風に舞う古新聞、ミーチャ[4]の四〇度の熱、そして大騒ぎに巻き込まれたあなた方——すべてがなんと恥ずかしいほどに遠い出来事でしょうか。自分たちだけ先を見越してこっそり抜け出して来たかのように感じ始めています。田舎の一軒家の平和な物音や、子供たちの叫び声、それにボールが地面に落ちる低い音を離れた所から聞きながら、牧場の丈の高い草や花に囲まれて、毛布の上でくつろいでいることに恥ずかしさを感じます。私たちはすばらしく親切なカルポヴィチ家[5]の厄介になっています。信じられぬくらい緑豊かな自然に囲まれた場所です。半裸で歩き回ることもできれば、英語の小説の執筆に勤しむことも、アメリカの蝶を追うこともできます（じきに、いただいたセーターを使わせてもらいます。秋はもうそこまで来ています）。私の立場についてですが、何をやっても功を奏さず、未だに何も決まっていません。腹立たしいかぎりです。冬のことを考えるといささか恐ろしくもありますが、そちらと比べればここはまったくの極楽です。あなた方がどういう思いをしているか、気の毒な母上はどうされているかと想像することは実に辛いことでした。そういうときはもっともっと詳しいことが知りたいと思うものです。あなた方のことを考えると実に悲しく、胸を締めつけられる思いがします。あなた方の親切や、いっしょに過ごした楽しい時間を思い出し、家族でよくあなた方のことを話しています。

私の文学上の（というか、どちらかといえば反文学的な）エージェント[6]——小柄で、がに股の、髪を品のない赤色に染めた恐ろしい女性——は、私に、感じのよい主人公が道徳的な社会を背景に活躍するお上品(ジェンティール)な小説を書かせようとしています。私が今書いているものはけっして彼女を満足させないでしょう。彼女はまた、ロシア語で書くことを私に禁じました。彼女の言うには、私の人生のその部分ははっきり終わりになったのだそうです。いつまでも彼女の言いなりになっているつもりはありません。

どうぞ、また手紙をください。数日のうちにニューヨークに戻ります。住所は前と同じトルストイ財団です。あなた方の手にキスします。おかわりなく。

心から
V・ナボコフ[7]

1　エリザベス・（ライザ）・グートマン——後にアーロン・アランと結婚——はナボコフ家の古くからの親しい友。彼女と二人の姉妹マルーシャとイーナは、マリネルという名のハープ三重奏団を組んでいた。この手紙はエリザベスとマルーシャがヨーロッパを脱出しようとしているときに書かれた。

2　『断頭台への招待』。

3　チェロ奏者、グレゴール・ピャチゴルスキー。

4　ドミトリ・ナボコフ。

5　ミハイル・ミハイロヴィチ・カルポヴィチ。一九一七年の二月革命後発足したロシア臨時政府の駐合衆国代表。その後ハーヴァードのロシア文学教授。また長年にわたって『ノーヴイ・ジュルナール』の編集に携わる。手続きに必要な宣誓供述書を書いて、ナボコフ家のアメリカ移住を援助した。

6　アルタグラシア・ディ・ジャネリ。

7　ロシア語からDNが英訳。原書簡には、ヴェーラ・ナボコフが書いた四頁目がある。

17　ジェイムズ・ロクリン[1]宛

TLS　二枚

ニューヨーク
87丁目西35
V・ナボコフ
一九四一年一月二四日

親愛なるロクリン様

お手紙ありがとうございます。喜んで作品のいくつかをご覧に入れたいと思います。ただ、何よりもまず私が置かれている特異な苦境については正直に言っておきたいと思います。現代ロシア文学において私は革新者という位置を占めております。すなわち、他の同時代人とはまったく違って見える作品を書く作家ということです。同時に、私の本はソヴィエト連邦で発禁処分にされているため、（主に、パリに住む）亡命知識人がつくる限られた集団のあいだでしか読まれておりません。過去一五年間に（ウラジーミル・シーリンのペンネームで）私が書いた十数冊の小説のうち、最良の本は「ルージンの防御」（惨めなフランス語訳と――私には読めない――スウェーデン語訳が存在します）、「断頭台への招待」、それに一二万語の「賜物」（どちらも翻訳されておりません）の三つであります。もっとも出来の悪い小説のひとつである「暗箱」（すでに五、六か国語に翻訳されております）は、私の翻訳で「闇の中の笑い」として当地のボブズ＝メリル社から出版されております。また、これよりは出来のよい「絶望」も翻訳しましたが、これはイギリスで出版されました。さらに、手元に原稿の形で「セバスチャン・ナイトの真実の生涯」[2]という小説があります。これは英語で書きました。なかなか気に入っております。

「セバスチャン・ナイト」の原稿をお送りいたしましょうか。それとも英語版の「絶望」またはフランス語版の「ルージンの防御」にいたしましょうか。

心から
V・ナボコフ

1　ニュー・ディレクションズ社社長。
2　コネチカット州ノーフォーク、ニュー・ディレクションズ社、一九四一年。

18
エリザベス・マリネル・アランとマルーシャ・マリネル宛

ALS　二枚　M・ジュリアー蔵

一九四一年一月二六日
NYC
87丁目西35

親愛なる忘れがたき友よ

先に出されたお手紙と新聞も受け取りました。返事はすぐに出しました。おそらく私の手紙も、遅れに遅れながらも目的地にたどり着いている頃と思います。飛行機が頭の上をかすめても中世の風景はかき乱されず、というわけです。私たちの頭のなかも心のなかも、あなた方のことでいっぱいです。悲しいかな、私たちにはあなた方の運命にひと肘くれて、せき立てることもできないのです。ピャチゴルスキーには二度手紙を出しました。それに加えて、ある影響力ある人物に、ピャチゴルスキー宛てに手紙を書いてくれるよう頼みましたが、その通りにしてくれました。さらに、数日中に訪ねる予定がある私のいとこを介しても働きかけてみるつもりです。当然あなた方の力になれただろうこの男の沈黙は、実に不快なかぎりです。私のもうひとりの親友もあなた方と同様の情況に直面しております。私の大切な人々がこの国から何の助けも受けられず、私が彼らを心配する気持ちも私自身の悩みごとに吹き飛ばされたのだろうと考えるかもしれないと思うと、耐えられません。ここしばらくのあいだ、この種のことにかんして結果を得ることがこの国では驚くほど困難なのです。しかしどうぞ信じてください——今も努力しておりますし、これからも努力をつづけます。お手紙にあるそちらの生活の様子、旧石器時代的（ネアンデルタール）な困苦、そしてお気の毒な母上のことなど、何から何まで仰天することばかりで、こちらでの私たちの生活について書き送るのも恥ずかしい次第です。ただひと言添えさせていただけば、私はこの冬こちらで翻訳、講演の準備、雑誌の記事と、かつてない量の仕事をこなさねばなりませんでした。すべて英語です。英語だけです。そのため私自身の言語（ことば）のデーモンは、自分の翼に身を包んだまま座り込んでしまい、時々なつかしい真っ黒な喉の奥を見せて大あくびをするのみです。ヴェーラとドミトリは、どちらもここ数か月体調を崩しておりました。すでに書きましたように、ドミトリはいくらか英語も身につけ、通っている学校のすばらしさに喜んでおります。

私はまもなく当地であなた方にお会いできるという望みを失っておりません。

愛をこめて
V・ナボコフ[1]

1　ロシア語からDNが英訳。書簡の残りの部分はヴェーラ・ナボコフのものであり、省略した。

19　ジェイムズ・ロクリン　宛

ALS　二枚

一九四一年二月一〇日
87丁目西35

親愛なるロクリン様

二、三日中に「絶望」と「セバスチャン・ナイト」をお送りします。後者の方が面白いと思います。

いただいたリスト、たいへん結構だと思います。カフカとランボー――これこそ必須であります。その通り！　パステルナークは真に普遍の価値を持つ詩人です。彼の詩を音楽と暗示性（そしてイメージの連想）を損なわずに訳すのはむずかしいと思いますが、できぬことではありません。他に今のロシアに翻訳に値する詩人もしくは詩は多くありません。マヤコフスキーの詩で私が記憶している本当にいい（すなわちプロパガンダを超越している）詩はただ一篇だけ、バグリツキーも一篇だけ、ザボロツキーとマンデリシタームがそれぞれ数編であります。エセーニン、セリヴィンスキーというのもおります。現代の詩人で群を抜いて優れているは、パステルナークとホダセヴィチであります。ロシア現代詩のアンソロジーを出すとすれば、私の考えではこの二人の詩人を核にしなければなりません。後者は「政治的には」亡命者ではありましたが（二年前に死にました）、ソヴィエト・ロシアで生み出される最良の詩は、彼の作品に密接につながって（そして影響を受けて）おります。同じつながりは、たとえばセリヴィンスキーと若い天才詩人ポプラフスキー（最近、パリで死にました）のあいだにも存在します。

ロシア現代詩をもっともよく代表するアンソロジーを作るとすれば、ホダセヴィチ一〇篇、パステルナーク一〇篇、その他二〇篇というところでしょう。

ここのところ講演等々でおそろしく忙しくしております。取り急ぎ大雑把ですが以上の点だけご助言申し上げました。私自身の印象になりますが、政治的な災難にもかかわらず、過去二〇年間にヨーロッパで生み出された最良の詩（と最悪の小説）はロシア語によるものです。したがって、ロシア詩集というのはなかなかよろしいのではないでしょうか。

心から

V・ナボコフ（シーリン）

20　ジェイムズ・ロクリン宛　TLS　一枚

マサチューセッツ州
ウェルズリー
アップルビー・ロード19
一九四一年九月二九日

親愛なるロクリン

二通のお手紙ありがとう。ホダセヴィチを翻訳中です。すぐにサンプルを送ります。貴兄の[1]もうひとつの提案にも大いに関心がありますし、ウィルソンには私の血の滲むような努力の結果を褒めてもらい、その親切に感謝しています。実のところ私は、プーシキン、レールモントフ、チュッチェフ、そしてフェートなどを翻訳して手元に多数持っています。「今月の詩人」[2]を手に取って見るのが楽しみです。なにしろ私の作品がどんな形を取るのか分からないので。

もうすぐ一〇月ですが、セバスチャン・ナイトのゲラが未だ届かず少々心配しています。先日ウィークス[3]と昼食を共にしましたが、新刊書短評欄でセバスチャンに触れると約束してくれました。愛蝶家（オーレリアン）[4]は彼らのクリスマス号に載ります。しかし、概して貴兄の意見は正しいようです。これまで、私には自分の本を売り込むなどということは、けっしてできませんでした――ほんの少しも。

近々会える機会はないでしょうか。それほど前回の顔合わせが楽しいものだったのです。

心から

V・ナボコフ

1　エドマンド・ウィルソン。

2　ニュー・ディレクションズ社から出版されたシリーズ。VNの『三人のロシア詩人』は、一九四四年、ニュー・ディレクションズ社から出版された。

3　エドワード・ウィークス。『アトランティック・マンスリー』の編集者。

4　「愛蝶家（オーレリアン）」。VNの短篇。VNとピョートル・ペルツォフがロシア語から英訳。

21　ジェイムズ・ロクリン宛　TLS　一枚

マサチューセッツ州ウェルズリー
アップルビー・ロード19
一九四一年一一月二七日

親愛なるロクリン

ダブルデイ・ドーラン社から手紙が来ました。たぶん出版社でしょう。アトランティックに載った私の短篇を見て、「ご執筆予定の本について、もしすべて契約済みでしたら割り込むつもりはありませんが、万一出版先が決まっていないものがありましたら、ぜひその本について話を聞かせていただきたい」と書いて来ました。

彼らに返事を書く前に、貴兄が以下の本に関心をお持ちか聞いておきたいと思います（どれも翻訳によく適したものです）。

一　狂人の道（ラ・クルス・デュ・フウ）。ファヤール出版、パリ。自分の天才的才能に滅ぼされるチェス・プレーヤーの話。
二　絶望、ジョン・ロング社、ロンドン。自分の分身を見つけたと思い込む（実は違うのだが）変った男の話。
三　今まで書いたなかで最長の小説で、未だ翻訳されていない「ダール」（賜物）。これは、ひとりの偉大な作家が誕生するまでの話です。（セバスチャンとは関係なし）。
断頭台への招待の翻訳は非常にゆっくりとしたペースで進んでいます。狂人（ラ・クルス・デュ・フウ）の道から始めたければ、腕のいいロシア語の翻訳者が必要です（もちろん私が監修します）。フランス語で読んでください（ひどい翻訳であることを頭において）。勝手に改変された章句がありますが、それでも気に入ってもらえれば、たぶんいい翻訳者は見つかると思います。
西部へ帰る旅が快適なものであったことを願います。

心から
V・ナボコフ

22　ジェイムズ・ロクリン宛

TL　二枚

マサチューセッツ州ウェルズリー
アップルビー・ロード19
一九四二年四月九日

親愛なるロクリン
ずいぶん前から返事を出したいと思っていましたが、ここ何週間か（もの書きとしても昆虫学者としても）忙しく、手紙を書くことを少々怠っていました。送ってもらった分厚くて豊潤なアンソロジーのお礼もまだだったと思います。翻訳のいくつか（とくにマヤコフスキー）はたいへん立派なものです。ソヴィエトの官僚制についての話も同様です。とくに、なんと控え目にも四・五ポイント（ダイアモンド）で印刷された貴兄自身の詩を嬉しく読ませてもらいました。送ってもらった手紙の主のホダセヴィチについての意見はまさしく的を射たものです。確かにホダセヴィチは強硬な反ソヴィエト派で国外に住んでいました。しかし、最良のソヴィエト詩人に対する彼の影響には莫大なものがありました。いかにも、例のチェスの試合を楽しみにしています。Z氏がウェルズリーに来ればの話ですが。（ついでに言いますと、バニー・ウィルソン[1]は、「セバスチャン」がチェスの試合を模倣して書かれたという説の持ち主です。たいへん気の利いた説ですが、まったくのまちがいです)。

このところいささか気が滅入り気味です。というのも、この先私の家族や私自身がどうなるのか見当すらつかないからです。私のウェルズリーでの一年は事実上六月で終わりますが、来期の大学のポストが未だ見つかっていません。夏休みの計画をどうしたらよいのか、実のところ夏休みにどれくらい支出できるのか分かりません。どうも同時にたくさんのことをやり過ぎているようで少々疲れています。自分の新しい英語の小説、二本の短篇、講義のための翻訳、ロシア語の書き物、それに私が発見した蝶にかんする膨大な科学的論文などです。アトランティックがとうとう「マドモワゼルO」[2]を買ったことは前に言ったと思います。ニューヨーカーにも詩を二篇売りました。

私が翻訳したものを集めた本はいつ必要ですか。

貴兄が結婚するという噂をあちこちで耳にします。もしそうなら心からお祝いします——結婚生活は、私の経験のかぎりではとても快いものです。

いつ会えますか。

心から

1 エドマンド・ウィルソン。

2 「マドモワゼルO」。VNの短篇。VNとヒルダ・ウォードによるロシア語からの英訳。

23 ジェイムズ・ロクリン 宛

TLS 一枚

ヴァーモント州ウェスト・ウォーズボロ
M・カルポヴィチ教授気付、V・ナボコフ
一九四二年七月一六日

親愛なるロクリン

ヴァーモントはとても快適で美しいところです——といってもゴブラン織に似た美しさですが。もちろん植物相は西部の多様さには欠けています。先日ここで過去にこの州で採集された記録がない蝶を一匹採集しました。「フチベニモンキチョウ *Colias interior Scudder*」という蝶です。アガシがスペリオル湖の北岸で最初に発見したものです。

屋根裏部屋の一部をとても快適な仕事部屋に改装しました。ところが、一日みっちり八時間から一〇時間をゴーゴリ[1]に捧げていますが、今の情況では秋前にこの本を仕上げるのは無理です。おそらくさらに二か月、その後それを口述するのに半月必要です。なぜこういう苛々させる遅れが生じているかというと、引用の部分をいちいち自分で翻訳せざるをえないからです。ゴーゴリ資料（手紙、論説等）の大半はまったく翻訳がありませんし、わずかに翻訳があるものもとても使えた代物ではありません。「検察官」の中の必要な章句を翻訳するのにすでに一週間失いました。コンスタンス・ガーネットの干からびた訳は何の役にも立ちません。私には文学でひと仕事しようというときにいちばん困難な道を選ぶという悪い癖があるのです（本当に悪い癖なのではなく、ただ内気なだけですが）。このゴーゴリについての本は、徹頭徹尾新しいものになるでしょう。私はロシアの大半のゴーゴリ批評家とは異なる意見の持ち主でありまして、ゴーゴリ自身が書いたもの以外を典拠にしていないからです。私の本は世のオリヴァー・オールストン諸氏[2]を激怒させるでしょう。ロシア語でも出版できないのが残念です。亡命者の本の市場はそのような努力には引き合いませんし、知っての通り私の本はロシアでは発禁になっています。

　ところで、私がロシア語で書いたもっとも出来のいい小説（賜物）を翻訳し、出版してもらうことに決めました。長さはおよそ五〇〇頁です。まず私に供与してもらいたいものは、腕のいい翻訳者です。自分で訳す時間はないのです。ロシア語より英語の方をよく知る男の翻訳者が必要です——男であって女ではありません。正直言って、こと翻訳者にかんしては私は同性愛者です。ひとつひとつの文を私自身で校訂しますし、常に翻訳者と連絡を欠かしません。しかし、まず下訳を作り、私がそれを校訂した後でそれに磨きをかけられる人がぜひ必要なのです。賜物は「現代紀要（アナール・コンタンポレーヌ）」（偉大なロシア語の評論誌で、一九二〇年から二〇年間にわたってパリで発行されました）に連載の形で発表されましたが、戦争のために、というかドイツの侵攻によって、パリのロシア知識人の生活が完全に破壊されたために、当然ながら本の形での出版はできませんでした。

　出版者であり友人である貴兄に率直に言いますが、ゴーゴリが今私に課しているこの過酷で破壊的とも言える仕事は、貴兄が提示した報酬以上の価値があると、感じざるを得ません。この仕事のために、ウィークスが依頼してきたエッセイやその他の仕事を先延ばしにせざるを得ませんでした。何より疲労困憊するのは、自分でやらざるをえないゴーゴリの翻訳が、自分自身の文章を書くときとはまた別の部分の脳の働きを必要とするからです。痙攣（けいれん）的な飛躍によって脳のあちらからこちらへと切り替えることが、ある種の精神的喘息（ぜんそく）を引き起こすのです。

心から

V・ナボコフ

1 『ニコライ・ゴーゴリ』(コネチカット州ノーフォーク、ニュー・ディレクションズ社、一九四四年)。
2 ヴァン・ワイク・ブルックスの『オリヴァー・オールストンの意見』(一九四一年)への言及。

24 ジェイムズ・ロクリン 宛

ALS 一枚

ヴァーモント州
M・カルポヴィチ教授気付
ウェスト・ウォーズボロ
一九四二年八月八日

親愛なるロクリン

ヤルモリンスキー[1]と彼の妻によるプーシキンの翻訳を見ました。彼らの仕事は良心的で、かなり正確で、注意深いものですが、私がもっとも欲しいもの(デシデラータ)に欠けています。すなわち文体と豊かな語彙です。相当な言語学的、詩的想像力がなければ、私の作品と格闘しても無駄であります。私は正確な意味とニュアンスについては翻訳に口を出しますが、私の英語はロシア語ほどではありません。したがって、たとえ必要な時間があっても私一人で翻訳することはできないのです。私が求めているような人物を見つけ出すのがむずかしいのは承知しています。私が書いたものを理解できるだけのロシア語の知識があり、かつ自分の英語を裏返しにして、一語一語をスライスし、チョップし、ツイストし、ボレーし、スマッシュし、キルし、ドライブし、ハーフ・ボレーし、ロブを上げ、相手のいないところに落とさねばならないのですから。ヤルモリンスキーではボールを軽くたたいて(パット)、ネットにかけてしまうか、隣家の庭まで飛ばしてしまうかでしょう。しかし、確かにむずかしいでしょうが、そういう人物が見つかると思います。どこかの文学雑誌か専門職雑誌に広告を載せてみてはどうでしょう。

ぜひ「家庭生活」[2]を見てみたいと――いささか悪意ある関心をもって――思っています。これは「悪の華」を翻訳して「雛菊の首飾り」と呼ぶに等しい表題です。

心から
V・ナボコフ

1 アヴラフム・ヤルモリンスキー。ニューヨーク市立図書館スラブ語部門の前ディレクター。妻のバベット・ドイチュと共にロシアの古典詩の翻訳者。彼が逐語訳を作り、妻がそれに基づいて英語版を作った。

2　ゴーゴリの『死せる魂』。バーナード・ギルバート・ガーニーが『チチコフの旅、あるいは古いロシアにおける家庭生活』の題で翻訳。序文はクリフトン・ファディマン。

25　ジェイムズ・ロクリン宛

ＡＬＳ　二枚

一九四二年一一月一三日
客車五二二号

親愛なるロクリン

イリノイ州のどこかを走っている列車のなかでこの手紙を書いています。ゴーゴリの遅れについては、非常に申し訳なく思っています。この講演旅行（経済的不如意のために引き受けざるを得なかったのです）が本の完成に大きく差し障りました。一〇月の初旬からずっと旅の空なのですが、この先さらにこれが続き、一二月にかなり食い込む予定です。今は二、三日ケンブリッジに戻る旅の途中です。それからまた遍歴という次第です。

クリスマスまでに原稿を届けられるという希望をまだ捨てていません。本はほとんど完成しています。何にも邪魔されず最後のスパートをかけるために半月、妻に口述するために（私はタイプが打てません）さらに一〇日あれば、確実にクリスマス前に仕上げられるのです。章句のひとつをウィルソンに読んで聞かせましたが、彼の反応は大いに満足させられるものでした。

「死せる魂」（「家庭生活」！）の新しい訳にざっと目を通しました。ファディマンの白痴的な序文と、訳文のあちこちに見られるいささか自意識過剰な俗語を別にすれば、この翻訳はこれまでに出ているどの翻訳よりずっと優れたものです。確かに、原著の持つ詩的、音楽的、（そして悪夢的）特質は残っていませんが、かなり正確であり、正直な精神の持ち主による仕事であります。実際、彼を雇って私の「賜物」を翻訳させる（私が手助けして）というのはいい考えかもしれません。

「ニューヨーカー」にもうひとつ詩が載りました。ウィークスがまもなく「マドモワゼルＯ」を掲載してくれる予定です。手書きのぶれた字で失礼。

心から
Ｖ・ナボコフ

26 『ライフ』誌[1] 宛

CC 一枚

マサチューセッツ州ケンブリッジ
クレイギー・サークル8
一九四三年三月三一日

拝啓

貴誌ロシア特集号[2]を拝読しました。以下の訂正が行なわれなければ、ロシアに対しても読者に対しても不当なことであります。

ロシア最大の詩人（単に「詩人＝貴族」ではなく）プーシキンは「反ツァーの将校の陰謀」に少しも加担しませんでしたし、「コーカサスに流刑にされた」こともありませんし、オペラ「エヴゲーニー・オネーギン」の唾棄すべき台本も書いてはおりません。ツァー・アレクサンドル三世の死は「テロ」によるものではありません。デイヴィーズ大使の馬鹿げたコレクションはロシア美術を代表するものではなく、もっぱらデイヴィーズ大使のブルジョア趣味（「雪と革命」）を陳列したものであります。貴誌はロシアの啓蒙化をツァー・ピョートルの役を演じた男の業績とされておられますが（「ロシアを進歩の方向へ**片手で蹴り出した**」）、この奇妙な手足の取り違えにも人々は困惑するかもしれません。

ついでながら、一〇六頁の写真[3]が掲載されたことはたいへん残念であります。これは、アメリカ人に冒瀆的な笑いで腹をかかえさせる類のものであって、「共感と理解」につながるものではありません。楽観主義と無知は、何の疚（やま）しさも感じることなく、こういう笑いを助長してしまうのです。

敬具

1　この手紙は掲載されなかった。
2　一九四三年三月二九日号。
3　スターリンの肖像画を背景にした、ロシアの女性スポーツ選手の写真。

27 ジェイムズ・ロクリン 宛

TLS 一枚

マサチューセッツ州ケンブリッジ
一九四三年五月二六日

親愛なるロクリン

私の「鏡を通して見たゴーゴリ」を郵送したばかりです。

この小さな本にはこれまで書いたどの本よりも苦労させられました。理由ははっきりしています。まずゴーゴリを創造（翻訳）し、それから彼について議論（ロシア語で考えたことを英語に翻訳）しなければならなかったからです。仕事のリズムを、ひとつのリズムから別のリズムへと周期的に、むりやり切り替えねばならず、疲労困憊させられました。書くのにちょうど一年かかりました。脳を流れる血液をかくも大量に吸い取られると分かっていれば、貴兄の提案に乗ってこの本に着手することはけっしてなかったでしょうし、貴兄も、かくも長く待たされると知っていればあんな提案はしなかったでしょう（貴兄の忍耐強さは芸術家の忍耐強さです）。

おそらく、そこここに、ちょっとした誤りがいくつかあると思います。ロシア語でシェイクスピアについて本を書けるイギリス人がいたらお目にかかりたいものです。私はとても弱っています。弱々しい笑い顔を作りながら私専用の産科病棟に臥せって、誰かが薔薇を持って来るのを待っています。

コックについての愉快なお手紙ありがとう。私たちは一六日に出発する予定です。

ガーニー[1]が私の手紙に返事をくれました。九月に始められるそうです。次にどうしましょうか。

心から
V・ナボコフ

1　計画だけに終わった『防御』の翻訳。

28　バーナード・ギルバート・ガーニー[1]宛

CC　一枚

マサチューセッツ州ケンブリッジ38
クレイギー・サークル8
一九四四年二月八日

親愛なるガーニー様

長文の楽しいお手紙ありがとうございます。貴兄の『イーゴリ[2]』訳に注釈が付せられていたら、貴兄がなぜ、そこでその訳語に落ち着いたのか、詮索好きの読者に少なくとも説明はできたでしょう。貴兄が付与されている性質にもかかわらず、「ムネアカヒワ（リネット）」はまちがいで、カッコーかツバメの意味で使っているのだと思います。また、伝承文学につきもののオオカミ（グレイ・ウルフ）やワシが登場する連作詩のなかで、詩人がムササビを持ち出したなどということは絶対にあり得ません。ムササビは一部の地域にしか生息せず、しかも大して目立たぬ動物であります。「鳩青色（ダヴ＝ブルー）」は見た目ほど悪くはありませんし、鳥類学者たちはある種のタカの色を定義するのに用いています。「黄褐色」は私にはロシア・オオカミではなく、ライオンかディンゴ犬の色を思わせます。また、ムササビが「飛翔する」というのにも断じて反対です。ムササビにできるのは、せいぜいぴょんと跳び上がって長く滑空することです。

以上は貴兄がニュー・リパブリック誌上で私に論争を挑まれた場合申し上げようと思っていることでありまして、私が指摘したことなどはどれも大して重要ではないということも付け加えておきます。重要なのは、貴兄がこれまでそのみごとな御高訳の数々に多くの創意と詩的感性を注がれてきたということであります。

エスクワイアー誌上で私の小人の話[3]に出くわされたそうですが、残念であります。ちょうど二五年前に書いたもので、青ざめた顔の文学少年にありがちなまったくの失敗作です。三〇年代にアメリカにいた友人のひとりが英訳し、それを売ってマントンにいた私の所に小切手を送ってよこしました――ただそれだけです。翻訳に私は何の責任もありません。ついでながら、まったく主観抜きで申し上げますが、ロシア文学にかんする貴兄の広く、深い知識を思いますと、私のロシア語作品についての貴兄の知識は、当然そうあるべきほどには完全でないという感じをわずかに抱いております。

興味深いお手紙にもう一度感謝いたします。こそ泥防止用のちょっとしたおまじないをご存知とのくだり、とても気に入りました――灰皿をひっくり返すシャーロック・ホームズといったところですな。

心から

1 ロシア文学の翻訳家。

2 一二世紀ロシアの叙事詩。後にVNにより『イーゴリの遠征の歌』として英訳された（ニューヨーク、ヴィンテイジ社、一九六〇年）。

3 「じゃがいもの精」。セルジュ・ベルテンソンとイレーネ・コシンカ訳、『エスクワイアー』一二号（一九三九年一二月）、七〇―七一、二二八、二三〇―二三五頁。アメリカで最初に発表されたVNの作品。後にVNとDNによって改訳され、一九七三年一〇月の『エスクワイアー』に再度掲載された。『ロシアの美女、その他の物語』（ニューヨーク、マグロー＝ヒル社、一九七三年）に収録。VNはこの短編を一九二四年に書いた。

29

セオドア・シャーウッド・ホープ夫人[1]宛

CC　一枚

マサチューセッツ州ケンブリッジ38
クレイギー・サークル8
一九四四年二月八日

親愛なるホープ様

お手紙ならびに貴会での講演のご依頼ありがとうございます。貴女のドイツ研究についてのご説明、興味深く読ませていただきました。ゲーテについての部分に好感を覚えましたが、結末には大いに困惑させられています。ドイツには一七年住んでおりましたが、グレートヒェンがポーランドのゲットーに住む友人の兵士から、着古していくらか血痕の残った、しかしまだ立派に着られるフロックを送ってもらって、非常に慰められたのは確かです。お言葉を返すようですが――ドイツ人の姿をしたバーナード像が現われることなどけっしてないと思います。ハイエナを眺めながら、家畜化によって、あるいは愛に満ちた遺伝子の作用によって、いつの日か喉を鳴らす大きな三毛猫に変ることを期待しても無駄というものです。去勢やメンデルの法則には悲しいかな限界があるのです。クロロホルムで殺して――忘れてしまいましょう。もちろん音楽とドイツ人の親切心（ゲミユートリヒカイト）が失われるのは惜しいことですが、大いに惜しいというわけではありません。実際、親切な（ゲミユートリヒ）小さな日本が我々にくれた漆塗りや満開の桜の木（散った花が厄介ですが、それでも快いものです）が失われるほどではありません。

ロシア文学について講演するとき私は作家の視点から話しますが、話が現代に及べば、過去二五年間に共産主義とその全体主義的支配がロシア本来の文学の発展を阻害してきた事実を強調せざるを得ません。

私の報酬はご提示の額よりかなり高くなります。

心から

1　ニューヨーク・ブラウニング協会の会長。

30

ドナルド・B・エルダー[1]宛

CC　二枚

マサチューセッツ州ケンブリッジ38
クレイギー・サークル8
一九四四年三月二二日

親愛なるエルダー様

遅くなりましたが小説の残りの部分の短い要約をお送りします。

『ポーロックから来た人』[2]の主題を簡潔に述べることは容易ではありません。これを書くのに、シェイクスピア学(主に『ハムレット』)や自然科学のいくつかの部門といった異なる領域で、かなりの量の批判的かつ独自な下調べが必要だったと言ってみても、この作品の広がりをほんの漠然と示したことにしかならないでしょう。私がこの本で描こうとしたのは、悪夢的な抑圧と迫害という鈍い赤色の書き割りを背景に、現代人の精神が巧妙に成し遂げたある種の偉業であります。作中の学者、詩人、科学者、そして子供——これらの人々は、学者たち、詩人たち、科学者たち、そして子供たちに美しく彩られながらも常軌を逸してしまったある世界の犠牲者であり、目撃証人なのであります。これはいくらか乱暴な言い方であろうと思います。リズムと雰囲気が、話の輪郭よりも重要な作品を要約するというのはむずかしいことです。この本の理念は、自由な精神が二〇世紀という起伏の激しい道の、そのまた最悪のカーブで味わう不愉快というものをはるかに越えたところに置かれています。このことによって要約はますます困難なものとなります。この本の理念は、実際根本的に新しいものであり、それゆえ全体のテーマの素描とはまったく異なった取り扱い方を要するものなのです。人に希望を授けるような本(人類が一時的に抱え込んだ諸問題を多少とも解決することを意図した本)が伝えるメッセージに私は何の価値も見い出しませんが、この本が持つある非常に稀少な特質は、それ自身である種の救いであり、贖いであると信じています。少なくとも私と同類の人々にとっては。

最初の何章かでおぼろげに示されているように、この本の主人公クルグ教授は天才であり、彼の国の全体主義的な政府は彼を味方につけようと躍起になっています。国家の指導者、パドゥクとの会話の場面にはとくに満足しております。パドゥクはクルグの学校時代の友人であります(学校時代の話は、すでにお渡しした部分に続く章で語られます)。クルグはいかなる形の協力も拒否し、政府の次の手は、どうすれば彼を無理にでも従わせることができるかその手段を探すことに移ります。ついに彼の弱点が見つかります。そして、この弱点とは彼の息子への愛であります。息子を取り上げられて、これまでは政府とのやりとりで超然とした、冷笑的な態度を取っていたクルグも、ついに節を屈して彼の大学の研究を政府の役に立てることに同意します。(政府にとって)運悪く、子供はまちがって欠陥児収容所(政府は欠陥児を処分したがっているのです)に送られ、折悪しく病気であったために死んでしまいます。今や失うもののなくなったクルグは協力を拒否します。

　これ以上この単調な説明をつづけるのは無理です。ともかく、ここでクルグ教授が直面している問題は、読者の観点から見れば責任の問題ということになります。なぜなら政府は、クルグが屈伏すれば投獄されている多くの同僚や友人たちを自由にする（そして、彼が政府に従いつづけるかぎり自由を保障する）と提案することで、彼の気力を削ぎにかかるからです。一方クルグは、妻が死んで後の数か月のあいだに死と復活についての著作に着手していたのですが、（息子の死後、投獄されたまさにそのときに）とてつもない啓示を受けるのです。ある偉大な悟りが彼を訪れるのです——そして、ここがいちばん説明のむずかしい所ですが——しかしありていに言えば、クルグは万物の「作者」、すなわち彼と、彼の人生と、彼の周囲のすべての人々の人生を創り出した「作者」の現前（プレゼンス）を突然悟るのです。この「作者」とは私自身、つまりクルグの人生を本にしている男のことであります。この風変わりな神格化（かつて文学で一度も試みられたことのない仕掛けです）は、もしお望みなら神の力を象徴したものとも呼べましょう。私「作者」がクルグをその胸に引き寄せ、彼が経験しつつある人生の恐怖は「作者」の芸術上の作り事であることが分かるのです。

　もちろん、この本には他にもたくさんのことがあります。こんな単調な解説はまったく不十分であり、本に対しても不当なものであります。もっとも劇的な章において、指導者パドゥクはクルグとその友人たちを昔学んだ懐かしい学校の教室に集めます。そして友人たちがクルグに、政府の言うことを聞き、自分たちを銃殺から救ってくれるよう懇願すると、クルグは彼らに、自分が発見したこと——私の現前とすべての問題の消滅——を説明しようとします。そしてついに、クルグが銃殺に処せられるために葡萄畑を通って丘の上に連行され、そして小説内の論理に従って銃が発射されたとき、私「作者」が介入するのです。しかし、私がここでどんな特別な方法でこの介入を成し遂げるかは、実際に原稿を全部書き上げないうちは説明できません。この本は二、三か月で仕上がります。

　　心から

1　ダブルデイ・ドーラン社の編集者。

2　『ベンド・シニスター』として出版された（ニューヨーク、ホルト社、一九四七年）。この仮の題は、コールリッジの「クブラ・カーン」創作を妨げた集金人への言及。

31 ジェイムズ・ロクリン宛

ALS（ゼロックス）三枚

一九四四年七月一〇日

注意
以下の住所に送付されたし
ケンブリッジ、ハーヴァード大学
比較動物学博物館402号室
V・ナボコフ

親愛なるロクリン
やってもらいたいことがあります。ユタ州で採ってきた植物標本をどういうわけか紛失したことに気づき、気落ちしています。同類の二型の蝶の食草です。メリッサ *melissa* の食草で、私がスズメエンドウだと思っているものと、アネッタ *annetta* の食草となっているルピナス種の植物です。二型の蝶を正確に同定するためにどうしても必要なのです。アルタにはルピナスが何種か自生しています。必要なのはアネッタの生息域に生えているものです（同封した地図の第二地点）。アネッタは蟻と共生しているので、地図に示した蟻塚（あるいは蟻塚群）に生息する蟻の標本も二、三匹あるいは六、七匹欲しいのです。ルピナスも蟻も地図に示した地点のものでなければなりません。アルコールかカルボナか、手元にある何かで蟻を殺し（溺れさせるだけでいいのです、つぶさないように）、脱脂綿を敷いた小箱に入れてください。植物は段ボールか何かで郵送できるはずですが、折り曲げないようにしてください（本か何かに挟むこともできます）。もうひとつの植物「スズメエンドウ」（本当にそうか確信はありませんが、さやがありました）は、「遊歩道」の近辺にも道路沿いにも生えていますが、地図上で限定した地点のものでなければなりません。奥さんが、私がそこで蝶を採集しているのを一度見ていますし、別なときには、いっしょに道を歩きながら貴兄にもこの植物の花を指さしてみせたはずです。メリッサは羽化期をかなり過ぎ、もう終わりになる頃です。小さな青い蝶で、右記のスズメエンドウのあたりを飛んでいるはずですが、それ以上の高度の所にはいないはずです。アネッタはたぶんちょうど羽化し始めている頃かもしれません。今月末には最盛期に達するでしょう。これらの植物（と蟻を数匹）を送ってもらえれば、たいへんありがたく思います。

心から　V・ナボコフ

お願いです！　スズメエンドウが生えている地点のおよそ

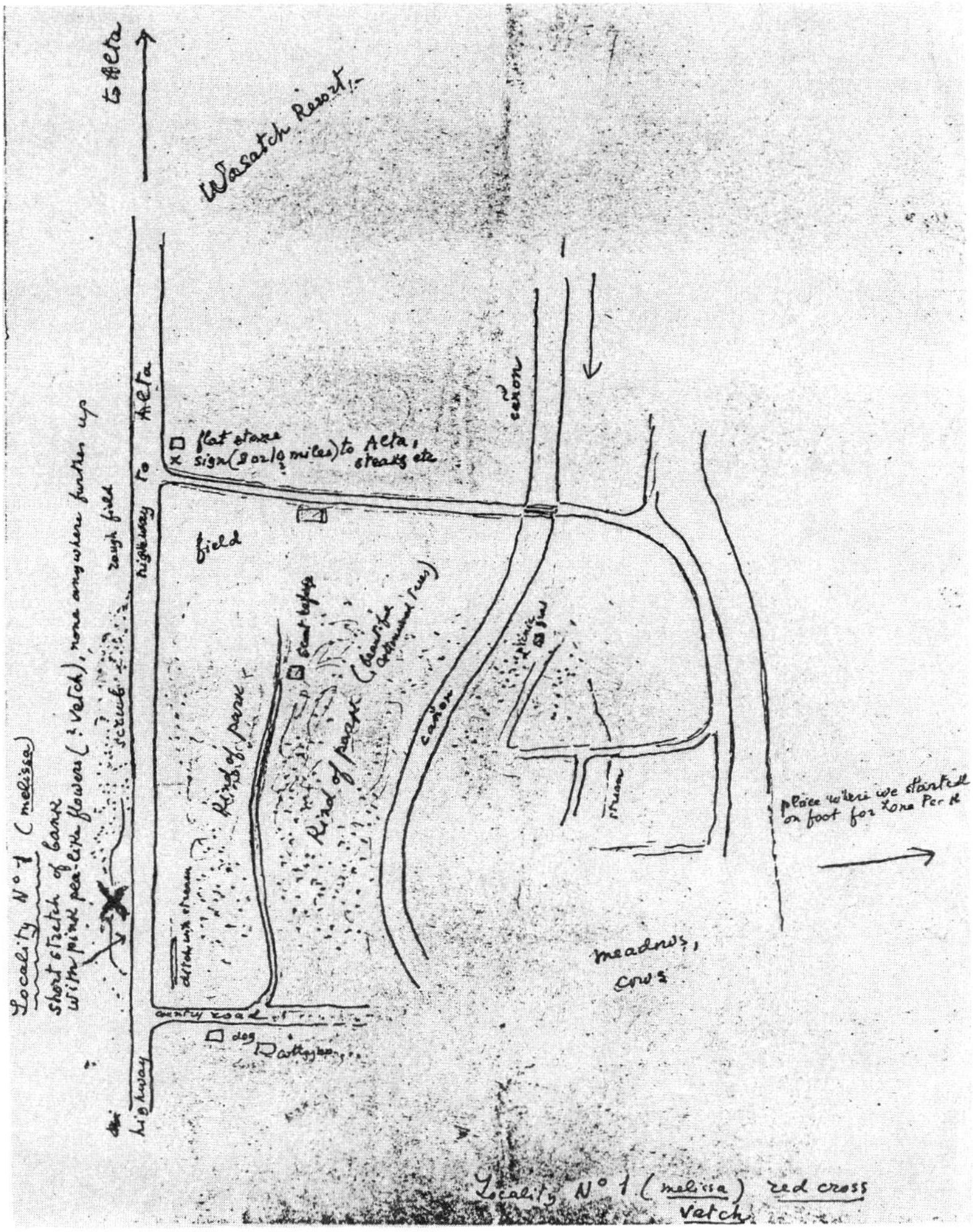

ジェイムズ・ロクリン宛1944年7月10日の手紙にナボコフが添えた地図

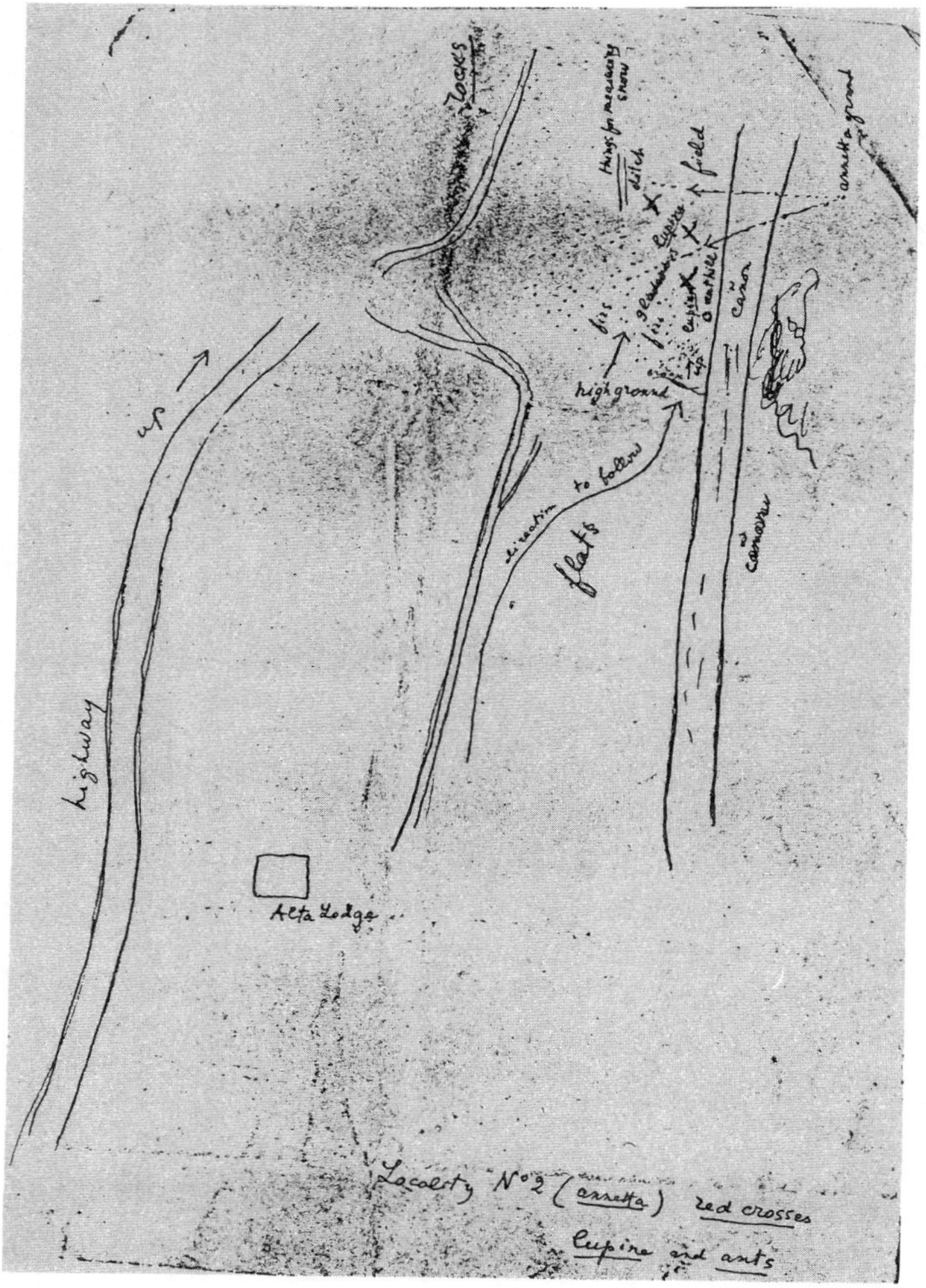
rocks
ditch
field
firs
lupine
anthill
cañon
highground
direction to follow
flats
up
highway
Alta Lodge
Locality No 2 (arnetta) red crosses
lupine and ants

の標高（六〇〇〇フィート?）と、ソルト・レイク・シティーとアルタからの距離を教えてください。「遊歩道」（ここで六月と八月に、また別の型のメリッサが羽化します《これも「記入して」おきました》）の標高もお願いします。[1]

1 最後のパラグラフは、手紙の余白に書かれている。

32

キャサリン・A・ホワイト[1] 宛

TLS 一枚 ブリン・マー・カレッジ蔵

マサチューセッツ州ケンブリッジ38
クレイギー・サークル8
一九四四年九月二八日

親愛なるホワイト様

少々驚いているのですが、貴社の出版顧問の方々は私の物語[2]の要点を完全に見落とされております。それは別にしても、なぜ「自称アメリカ諷刺作家たちによる未来予測」といっしょにされるのかまったく分かりません。私の話には――「半分感光した」ものにしろ何にしろ――予測などありませんし、諷刺のかけらもないからです。現代は「低俗」云々な時代であるかもしれませんし、ないかもしれません。そして、私が関知するしないにかかわらず、二一世紀はその現代より「啓蒙」されない時代になるかもしれません。しかし、こんなことはどれも私の物語の要点とは関係のないことであります。

いかにも、書いたものがあればこれからもお見せいたします。

心から
V・ナボコフ[3]

1 『ニューヨーカー』の編集者。
2 「時と引潮」、『アトランティック・マンスリー』（一九四五年一月）。『九つの物語』（ニューヨーク、ニュー・ディレクションズ社、一九四七年）と『ナボコフの一ダース』（ニューヨーク、ダブルデイ社、一九五八年）に収録。
3 署名の下に蝶の挿絵。

33

キャサリン・A・ホワイト 宛

TLS 一枚 ブリン・マー・カレッジ蔵

ケンブリッジ
クレイギー・サークル8
一九四五年六月二、三日頃

親愛なるホワイト様

取り急ぎゲラをお送りします。[1] 時間があれば、どうぞご自身で目を通してください。Hの死のニュースがこの物語[2]の文章に差し障るとは思いません。もうひと月も前に起こったことですから。フランス領事館のくだりは簡潔にしました。他に変更、追加した部分もありますが(何個所かで、削除された語句を穏やかに元に戻しました)、これらは絶対に欠かせぬものです。最後のセクションで私が削除した二つの文はまったく必要ないものです。つまり、貴社の校正係が活字組みの際に挿入したこの二つの説明は、優れた読者なら誰でも頭のなかで挿入できるものだということです。

バニーのことについて知らせていただきありがとうございます――彼のことはいくらか気の毒に思っております。(1)

生まれて初めて自分で手紙をタイプしました。二八分かかりましたが、きれいに出来ました。[3]

心から

V・ナボコフ

1 「ダブル・トーク」、『ニューヨーカー』(一九四五年六月二三日)。「コンバセーション・ピース」と改題して『九つの物語』に収録。

2 アドルフ・ヒトラー。

3 この文は手書きで追加された。

(1) おそらくエドマンド・ウィルソンと妻メアリー・マッカーシーの不和への言及。

34 ウィリアム・T・M・フォーブズ教授[1] 宛

TLS 一枚 コーネル大学蔵

レターヘッド

ハーヴァード大学比較動物学博物館

一九四五年九月二四日

親愛なるフォーブズ教授

すばらしいシジミチョウ(*faga*, *ramon*、それに若干の*hanno* の標本)の寄贈と、他の標本の貸与に厚くお礼申し上げます。また、*mollicularia* の標本の返却と解剖にも感謝いたします。

標本は次のものと判明しました。

Itylos (*sensu stricto*) *koa* Druce, 2♂, 2♀

Pseudolucia endymion Blanchard (forma *chilensis* Blanchard), 4♂, 1♀

Pseudolucia collina Philippi, 1♂

Pseudothecla faga Dognin 4♂（うちひとつに"*excisicosta*"のラベルあり）

Echinargus martha Dognin 1♂,

"Huacapistana", 1♀　ママ（シック）！　"Matucana".

Hemiargus ramon Dognin 2♂, 1♀

Hemiargus hanno Stroll（型はさまざまで *Paramaribo* のものが典型であります）、10♂, 5♀

とくに *martha* のご貸与には欣喜いたしました（木版図版等から判断してドグニンの *Lycaena martha* にちがいないと考えております）。生殖器からすれば（そして、たぶん肉眼で見ても）、中米産の *Echinargus isola* とトリニダード産の *Echinargus n.sp.* のみごとに中間であります。（雄の）後翅の一枚がとれかかっておりました。ご貸与いただいた標本（と生殖器の組織標本（プレパラート））は、よろしければその前に借用した何型かのヒメシジミとあわせてお返しいたします。

心から

ウラジーミル・ナボコフ

1　コーネル大学農業実験所、昆虫科。

35　ジョージ・R・ノイズ教授[1]宛　TLS 二枚

マサチューセッツ州ケンブリッジ 38

クレイギー・サークル 8

一九四五年一〇月二四日

親愛なるノイズ教授

ご親切なお手紙とスラブ語レヴューの興味深い記事、誠にありがとうございます。バークリーにおいてロシア語の分野でこれまでに何がなされ、今何がなされているのかはっきり分かりました。

私の翻訳[2]を気に入っていただき嬉しく思います。いかにも私は *Iphigenia* を五音節として読んでおります。しかし、これでは彼女を私の詩行にどうしてもはめ込めず、アメリカの詩人の何人かに相談してみました。彼らの意見では、*I'ph（i）geni'a* の二番目の "*i*" を省いて、縮約した読み方を暗示するのも、この場合なら許されるだろうということでした。

ゴーゴリにかんしてですが、貴兄の見方が私自身の見方と大きく異なっているとは思いません。私は芸術が持つ道徳的影響を一度も否定したことはありません。これは、確かに真の芸術作品がみな固有に具えているものであります。私が断固として否定し、インクの最後の一滴まで闘う用意があるのは、意図的な道徳化であります。それは私にとっては、いかに巧みに書かれた作品においても、芸術の痕跡をひとつ残らず破壊してしまうものであります。『外套』には深い道徳性があり、私の本ではそれを伝えようとしました。しかし、この道徳性は安っぽい政治的プロパガンダとはもちろん何の関係もないものであります。一九世紀ロシアには頭に血の昇った賛美者たちがいて、そういうプロパガンダをこの作品から搾り出そうと、というかこの作品に捻じ込もうとしましたが、私の考えでは、このプロパガンダは、この物語と芸術の理念そのものに害をなしております。

同じように、ゴーゴリが農奴制に反対しなかったというのはおっしゃる通りかもしれませんが、この本に内在する道徳的尺度が農奴制に逆毛を立てております。そして、読者はチチコフのちっぽけな悪事よりも、百姓たちの姿に体現される農奴制と、それに必然的に伴う所有者たちの農奴的精神性に強い印象を受けるのです。

私の意見では、『クロイツェル・ソナタ』と『闇の力』[3]は意図的に道徳的な目的を持って書かれたために、自由な芸術に本来内在する道徳性を殺してしまい、結果としてその目的を大方損なってしまっているのです。

私のためにいろいろお骨折りいただき感謝いたします。給与の低い職が私には相応でないことを理解していただき嬉しく思います。ご説明いただいた事柄が、多くの意味で最終選考に影響するかもしれないことは十分理解しております。しかし、ぜひお心に留めていただきたいのですが、私はこのお話には大きな関心を持っております。

お手紙で内密と指示いただいた情報については、確かにすべてそういうものとして扱わさせていただきます。

敬具

V・ナボコフ

1 カリフォルニア大学バークリー校、スラブ語科。

2 おそらくプーシキン『エヴゲーニー・オネーギン』の英語抄訳、『ロシア・レヴュー』(一九四五年春)。

3 いずれもトルストイの作品。

36 エレーナ・シコルスキー[1] 宛

ALS 二枚 エレーナ・シコルスキー蔵

一九四五年一一月二六日 マサチューセッツ州ケンブリッジ

僕の親愛なるエレノチカ

三通のお手紙受け取りました——一通には消印（一〇月一五日）がありましたが、二通目が届いたのは運がよかったおかげです。いま一通は一一月八日の日付でした。愛しい妹よ、本当にありがとう。今度からは、もっと詳しく、もっと頻繁に書いてください。君の楽しい手紙は僕には大きな喜びなのです。送ってくれたスナップ写真など、僕にとってどんなに貴重なものか説明もできないくらいです。

僕の一日がどんなものか知りたいとのこと。朝は八時か八時前に目を覚ましますが、いつも決まって同じ物音に起こされます。ミチューシェンカが洗面所に行く音です。

［アパートの平面図］

この子には考え込んだり、ぐずぐずする癖があって、いつも下手をすると学校に遅れそうになります。八時四〇分に学校の車が家の角まで迎えに来ます。ヴェーラと僕は窓（Xで示しました）から、彼が大股で歩いていくのを見送ります。グレーの揃いの上下に、赤味がかったジョッキー帽、そして肩にぶら下げた（本を入れた）緑色の鞄という、こざっぱりした格好です。九時半頃に僕もランチ（牛乳一瓶にサンドイッチ二つ）を持って出かけます。博物館まで歩いて一五分ほどです。閑静な通り（僕らはハーヴァード地区の住宅地に住んでいます）を歩いた後、大学のテニス・コートの横を通ります。コートはたくさんありますが、どれも隅から隅まで背の高い草に覆われています。戦争中、誰も見向きもしなかったからです。僕の博物館はアメリカ全土（とかつてのヨーロッパ全土）にその名を知られた比較動物学博物館です。ハーヴァード大学の一部で、僕はハーヴァードに雇われているわけです。僕の実験室は四階の半分を占めています。実験室のほとんどは何列も並んだ戸棚に占領されていて、各戸棚には蝶を収めた引出しがいくつもついています。僕は、このまさしく夢のようなコレクションの管理者なのです。ここには世界中から蝶が集められています。その多くが摸式標本（タイプ）（つまり、一八四〇年代から今日までのあいだに原記載（オリジナル・ディスクリプション）に用いられた正にその標本）です。窓にそってテーブルが並んでいて、僕の使う顕微鏡、試験管、酸、紙、ピン等々がのっています。僕には助手がついています。助手の主な仕事は収集家が送ってくる標本を展翅（スプレッド）することです。僕は自分の研究に取り組んでいます。生殖器（微小な彫刻のような鉤や歯や蹴爪等々で、顕微鏡でしか見えません。それを幻燈の変種のような驚嘆すべき装置をいろいろ使ってスケッチします）の構造に基づく、アメリカ産「ブルー」[2]の分類にかんする研究で、これまで二年以上にわたってその成果を少しずつ発表しています。天気がいい日には一二時頃に短い休憩を取ります。他の階のキュレーターたち——爬虫類、哺乳類、

Дорогая моя Еленочку. 1947? 48?

Мы получили три твоих письма, одно со стеснением (от 15го октября), а последнее оказией. И теперь от 8го ноября. Спасибо, дорогая. Пиши мне побольше и почаще, твои прелестные письма для меня громадная радость. Не стану говорить как мне дороги снимочки.

Ты просишь меня описать тебе мой день. Я просыпаюсь в 8, или около восьми скорее, от всегда одного и того же звука: Митюшенька идёт в ванную.

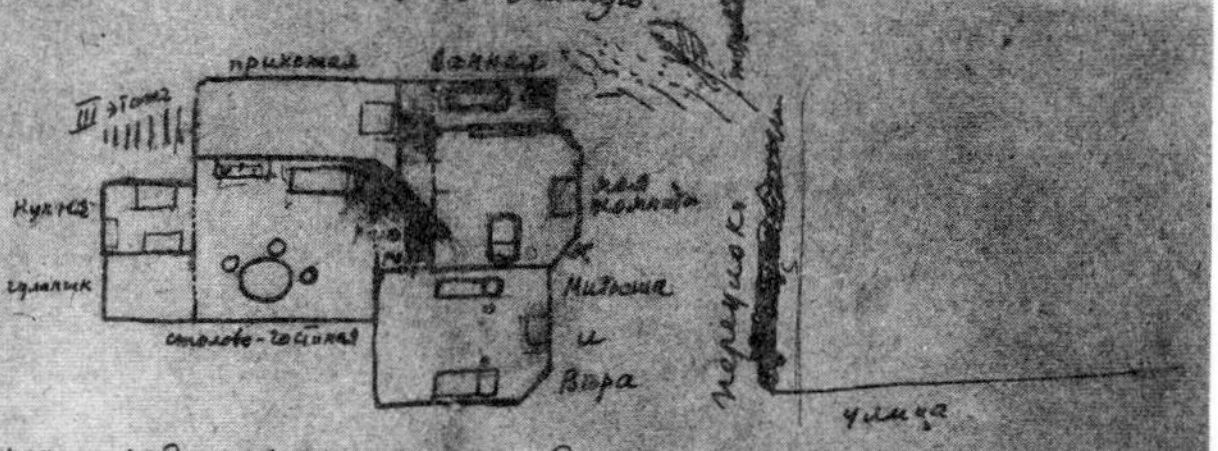

Он склонен задумываться и медлить так что всегда есть возможность что он опоздает в школу. В 8.40 его забирает с угла школьный автобус. Мы с Верой смотрим в окно (отмеченное x) и видим как он шагает к углу, очень стройненький, в сером костюмчике, в красноватой жокейской фуражке, с зеленым мешком (для книг) перекинутым через плечо. Около половины десятого я пускаюсь в путь взяв с собой lunch (= фляжку молока, два бутерброда). До музея ходьбы около четверти часа, тихими улицами

Пиши ещё. Мы очень рады твоим письмам. К сожалению, М. В. читает их [illegible] Напишите мне как-нибудь размеры [illegible] скоро позволит [illegible] не как [illegible] сейчас [illegible] Вера

26.XI.1945

Дорогая Елена, собиралась тебе ~~писать~~ длинное письмо, но вижу, что В. написал так подробно про нас, что решила ограничиться приветом и поцелуем твоему прелестному малышу. Напишу подробно в другой раз. В. так бешено много работает, что ему [illegible] написать [illegible] событие. Вот это заметь [illegible] сейчас лучше [illegible] когда-нибудь. [illegible]

化石動物、その他の部門の——も階段の所に集まりますーーみんなすばらしい人たちです。僕の仕事は実に面白いものですが、くたくたに疲れさせられます。目を悪くして、べっこう縁の眼鏡をかけています。いま調べている器官はこれまで誰も目にしたことがないのだと知ること、これまで誰も想いつかなかった類縁関係を跡づけること、そして顕微鏡のなかに広がる不可思議な結晶の世界——沈黙が支配し、それ自身の水平線に囲まれた目も眩むほどの白い競技場（アリーナ）——に没頭すること、これらのことが言葉で言えぬくらい僕を夢中にさせるのです（ある意味で、僕は『賜物』のなかで自分の運命——この昆虫学への撤退——を「予言」しています）。五時頃に帰宅します。もう冬の青い闇に包まれています。夕刊が配られ、……が車で帰ってくる時間です。そして、蔦色の大きなアパートの、明かりが灯ったあちこちの部屋で、ラジオのレコードがいっせいに歌をがなり立てはじめる。

ほぼ同じ時間に学校の車がミチューシェンカを送ってきます。帰ってくると、テーブルの上に「いやな紙切れ」（彼はそう呼んでいます）を広げます——偶然の産物である落書きと、偶然の産物ではない評価が書き込まれた紙です。学校の成績はきわめて良いのですが、これはヴェーラがどの宿題——ラテン語、数学等々——にも細かいところまでいっしょに目を通しているおかげです。この子の非凡な性質にはわずかながら怠けの気も含まれていて、飛行機の雑誌に没頭しているときは他のことは何もかも忘れてしまいます——彼にとっての飛行機は僕にとっての蝶のようなものなのです。遠くの空を飛ぶシルエットや音だけで飛行機の種類をまちがいなく言い当てることができますし、いろんな模型を接着剤を使って組み立てるのが大好きです。ロッキー山脈やユタ州を旅行したとき僕の蝶採集に同伴しましたが、蝶に対する本物の情熱は持っていません。ヴェーラや僕や生前の母のように、彼も文字に色を感じることができます。でも、それぞれ感じる色がちがいます。たとえば、僕にとってMはフランネル地のピンクですが、彼には淡い青色といったぐあいです。彼には音楽の特別な才能があります。レッスンを受けていますが、魅力的な声をしています。性格は見栄っ張りで、気が短くて、喧嘩早く、こちらの子供たちのあいだで流行っているアメリカ語の表現（なかにはかなり卑俗なものもあります）を誇らしげに使ってみせます。しかし、そういうところといっしょに、白と銀の羽をした小ガラスのようなところもあって、果てしなく優しい性格の、ふだんはとても愛すべき少年です。とりわけいじらしいことは、何から何まで素直に本当のことを話してくれるところです。早めの夕食が終わると、僕は本か、ちょっとやり残した（博物館の）仕事を手に横になってくつろぎます。九時頃大きな音がします――壁の向こう側から聞こえてくる、ハープをかき鳴らすような音です。ミチューシェンカがベッドヘッドの板に手を滑らせて、かたかたと音を立てているのです。これは「おやすみを言いに来て」という僕への合図です。こういうときの彼はとくに愛らしいのです。

週に二回、それぞれ丸一日、町を出て遠くのウェルズリーまで行っています。僕が二つのコース（通しで四時間教えます）を受け持っている女子大です。これには博物館以上にくたくたに疲れます。だから、僕の文学に残されるのは土曜と日曜だけです。この間に書いたものは必ず送りますが、それにはいくつかの「条件」が付きます。うまい方法を考えさせて下さい――手紙の文面には相当注意が必要ですし、それに君の健康も危惧されますので。[3] 君のおチビちゃんについての話はこの上もなく愛らしい――とくに小さな動物ゲームというのが気に入りました。君たちが健康で、元気で、いつも生き生きとしていることが、僕にはどんなに大きな喜びであることか。可哀想な、可哀想なセリョーザ……![4]

もしこちらに移住することが可能だとすれば、一年かそこら頑張ってみればどうにかなると思います。君の職業や学位等々は、こちらでは大変重視されます。そういう移住を考えてみてはどうですか。君と子供とご主人で、あるいはロスチク[5]とE・K[6]もいっしょに。つまり、この二人をいっしょにして考えていますか、ということです。あるいは、君たち三人が先に来て、その後僕らと力を合わせてRとE・Kを呼び寄せますか。彼らにはぜひこちらに来てもらいたいと願っています。……一九四〇年の暗黒のパリを脱出するのにどんなに苦労したか、けっして忘れることはできません。なんという悪夢的な困難に見舞われたことか（『招待』そのものです）。切符を買うための金策の苦労、出発当日にミチェンカが出した四〇度の熱――毛布にくるんで出かけ、ヨシフ・ウラジーミロヴィチ[7]（後にこちらで亡くなりました）とニーナおばさん[8]（去年パリで亡くなりました。ニック・ニック[9]は彼女の葬式の帰りに車に轢かれて死にました）が見送ってくれました。ニューヨークではナターシャ[10]が、……、僕らを迎え、彼女の所に泊めてくれました。次にヴァーモントのカルポヴィチ家の農場に行き、それからその冬はずっとニューヨークのアメリカ自然史博物館で（無給で）働き、ある雑誌のために書評をいくつか書きました。その次に、ある大学が講演に呼んでくれました。僕が昔、『不思議の国のアリス』をロシア語に翻訳したことに、目をつけてくれたのです。それからカリフォルニアのスタンフォード大学に呼ばれ、このあたりで生活も少し楽になりました。こちらでは頭と才能は高く評価されます（そして君にはそれがあります）。

今日僕は大学教授でした（火曜日なので）。とても疲れていて、書いていることが不明瞭になってきました。また、すぐに書きます。もう夜です。ミチェンカは床につき、ヴェーラが本を読んでやっています（ゴーゴリの「恐るべき復讐」です）。[11] おそろしく体重が増えて、アプフチンみたいになったことは前に書いたでしょうか。

愛する妹よ、僕の抱擁を受けておくれ。いつか会えることを確信しています。ご主人によろしく。

君のV[12]

1　VNの妹。

2　このこととの関連で興味深いのは、フランク・カーペンター名誉教授（氏は鱗翅目学者ではありませんでした）の奇妙な発言であります。氏はVNが友人と考えていた同僚のひとりであり、ナボコフに対する友情がナボコフの名声に反比例して変っていってしまったように見える他のいく人かの「すばらしい人たち」の同僚でもありました。『ハーヴァード・マガジン』一九八六年七、八月合併号は、ナボコフのハーヴァードでの昆虫学研究について関係者の回想を掲載しました。そのなかでカーペンター氏は次のように発言したとされていますが、そこには恩着せがましい嫉妬がわずかに込められております。「彼の蝶に対する関心は真剣なものでしたが、関心のレベルは多くのアマチュアに見られるものでありました。もちろんブルーと呼ばれる二、三種についてだけなら、明らかに彼は自分のやっていることを熟知しておりました。……これは旧世界に伝わる伝統なのです。とくに裕福な一族ではそうなのです……」。ハーヴァード大学比較動物学博物館、鱗翅目部門の現キュレーターであるディーン・バウアーズ助教授は、同じ記事のなかで、次のような説明によって事情を明確にしてくれております。彼によれば、ナボコフは専門誌に発表はしていたが、厳密に学問的な意味に限れば専門の科学者ではなかった、ということです。つまり、ナボコフが生物学博士という学位で武装することなく、「常勤職の立場で昆虫学に専念しなかった」という意味で、専門の科学者ではなかったというのです。ナボコフは、まちがいなく「ブルー」というグループ全体の分類にかんして、根本的に新しいパラダイムを提出しました。また、彼の科学的手法はいくつかの点で時代に先行するものであって、科学におけるものの見方の変遷にもかかわらず、日増しに高い評価を得てきました。その後、ハーヴァードで「ナボコフの蝶」と題されたみごとな展示が行なわれましたし、VNの昆虫学上の研究を集めた本がフランスで出版の予定であります。DN。

3　鉄のカーテンと呼ばれる検閲と報復への言及。必要上ぼかした表現が使われた。

4　VNの弟セルゲイ。ドイツの強制収容所で死亡。

5　ロスチスラフ。VNの妹オリガの息子。

6　エヴゲーニヤ・コンスタンティノヴナ・ホーフェルド（一八八四—一九五七年）。一九一四年以来、VNの二人の妹オリガとエレーナの女家庭教師。プラハまで一家に同行した。彼女とVNの母親と妹オリガは、死ぬまでプラハに残った。

7　ヨシフ・V・ゲッセン。

8　ニーナ・ドミトリエヴナ・コロメイツェフ。VNのおば。

9　ニコライ・ニコラエヴィチ・コロメイツェフ。海軍提督。ニーナ・ドミトリエヴナの夫。

10　ナタリア・アレクセーヴナ・ナボコフ。VNのまたいとこであるニコライ・ドミトリエヴィチ・ナボコフの妻。

11　アレクセイ・アプフチン。

12　ロシア語からDNが英訳。個人的な理由から二、三個所削除。

37　ガーディナー・M・デイ師[1]宛

CC　一枚

マサチューセッツ州ケンブリッジ38
クレイギー・サークル8
一九四五年一二月二一日

拝啓

ドイツの子供たちに送る古着回収に参加されたいとの尊師の要請ですが、こう申し上げなければならないのは残念ながら、ドミトリはこれに応えることができません。

私は（敵国に対する）援助と寛容の理念に心から賛同する者であります。しかしながら私の考えでは、この原則は私たち自身の持ち物を分け与える場合にのみ成立するものであります。私たちの友好国から奪って敵国に分け与えることは、もちろん論外と心得ます。

同盟国と敵国の両方の子供たちに食料や衣料を与える余裕は、この国にはありません。したがって、私が考えるに、ドイツに食料と衣料を与えるとすれば、必然的にその分を同盟国から奪うこととなります。これらの同盟国はドイツがわが世を謳歌しているときに苦しみの憂き目を見たばかりか、何より大儀のために受難したのであります。

私が、ギリシア、チェコ、フランス、ベルギー、中国、オランダ、ノルウェー、ロシア、ユダヤ、そしてドイツのうち、どれか一か国の子供に何かを分け与えねばならないとしても、最後の国はけっして選ばないでありましょう。

衷心より

1　マサチューセッツ州ケンブリッジ、クライスト・チャーチ教区牧師。

38 キリル・ナボコフ 宛

一九四五年

ALS 二枚
マサチューセッツ州ケンブリッジ
クレイギー・サークル8

親愛なるキリル

便りをもらい君が無事でいることを知り、とても嬉しかった。ほぼ同時にエヴグ・コンスト[1]からも手紙が届いた（ぜひ彼女と連絡を取ってくれ）。セルゲイがノイエンガンメ強制収容所で死んだと知らせてきた。実に恐ろしいことだ。軍務でドイツにいるニーカ[2]（X—〇〇〇五 HQW S・S・B・S 士気師団、APO 四一三）に、もっと調べてくれるように手紙を書くつもりだ——しかし、現状ではかすかな希望の光を頼りにしてもおそらく無駄だと思う。この恐るべき件にかんして、そちらで分かることがあれば何でも知らせてくれ。

僕自身の生活について、ここで多くを書くことはむずかしい。全体としてみればヨーロッパにいたときとだいたい同じだ。だが、フランスにいたときよりはずっと幸福だ。

ヴェーラとミチューシャは元気だ。彼はもう一一歳だ。僕はハーヴァード大学（比較動物学博物館）の研究員として働き、ウェルズリー・カレッジで教えてもいる。この一〇年間に英語で本を三冊（『セバスチャン・ナイトの真実の生涯』という題の小説、ゴーゴリの伝記、それにプーシキン、レールモントフ、チュッチェフからの翻訳を集めた小冊子だ）出版し、詩と散文を『ニューヨーカー』（詩を数篇）と『アトランティック・マンスリー』（短篇を数篇）に載せた。しかし、時間の大半は蝶にかんする科学的論文に取られている。そのうち一部の蝶は、採集旅行でアリゾナ州とユタ州に行ったとき僕自身が発見したものだ。

今は留守にしているが、家のあるケンブリッジ（ボストンに近い、小さな大学町だ）に帰ったら、書いたものの一部を君の所に送らせる。

元気で、手紙を書いてくれ。この恐るべき何年かを、君が無事に切り抜けてくれてものすごく嬉しい。[3]

君のV

1　エヴゲーニヤ・コンスタンティノヴナ・ホーフェルド。
2　VNのいとこで、作曲家のニコラス・ナボコフ。
3　最後のパラグラフはロシア語。

39 キャサリン・A・ホワイト 宛

ALS 一枚 ブリン・マー・カレッジ蔵

マサチューセッツ州ケンブリッジ

一九四六年一月一日

親愛なるホワイト様

すてきなお手紙ありがとうございます。確かにお渡ししたい物語があるのですが——まだ頭のなかなのです。といってもすっかり出来上がっておりまして、いつでも羽化(イマージ)できるものなのです。さなぎの翅鞘の下から模様が透けて見えております。今書いている小説から解放されしだい、つまり二、三か月以内に取りかかるつもりです。

Jの裁判を扱ったレベッカ・ウェストの話[1]には感心しました。それから、最新号のアーウィン・ショー[2]にも。ギブズのとても愉快な批評(クリティーク)[3](サーバーの優れた短篇の物真似です)も結構でした。

来週末にニューヨークに行くつもりでおります。

心をこめて

V・ナボコフ

ご主人のいちばん新しい本[4]には、(息子ともども)大いに楽しませていただきました。あの赤い納屋が青い影を投げかけて以来(ハーパーズ誌でしたか)、ご主人の芸術に接するたびに敬服いたしております。(1)

1 「遊軍記者、国王対ウィリアム・ジョイス」(一九四五年九月二九日)

2 「遊軍記者、夢の材料」(一九四六年一月五日)

3 ウォルコット・ギブズ「ヴィクトリアの輪郭」(一九四五年一二月一五日)

4 『ステュアート・リトル』(ニューヨークおよびロンドン、ハーパー社、一九四五年)

(1) キャサリン・A・ホワイトの夫E・B・ホワイトは、著名なユーモア作家、エッセイスト、児童文学作家。

40 エレーナ・シコルスキー 宛

ALS 二枚 エレーナ・シコルスキー蔵

マサチューセッツ州ケンブリッジ

一九四六年二月二四日

私の親愛なるエレノチカ

手術を受けたと聞きとても悲しく思っています。経過について至急知らせてください。

人生の幕が降りる頃の愛とは
気づかい、思いやる愛。
最後の愛よ、別れの光を輝かせよ
暮れゆく陽の光にも劣らず。

青い陰がこの世の半ばを奪い去り
光は西の雲間から射しかけられるのみ。
おお、歩みを緩めよ、傾きゆく日よ
心魅するものよ、我がしばしの陶酔を留めよ。

流れる血は日増しに薄くとも、心の
深さと優しさは絶えて変らず。
おお、最後の遅まきの愛よ、喜びと
望みなき屈伏をないまぜるものよ。

誰のか分かりますか。[1]
ニューヨークに出かけ（ラジオでゴーゴリについて話すためです）、インフルエンザをもらって帰ってきましたが、今は元気です。体重が一九五ポンドあります——プードに換算してどれくらいかは分かりません。

雪が降っています。こちらの天気にはうんざりです。すきま風を防ぐため、バスルームの窓を水色の縞の入った白いローブで覆っています。父が一九二一年、二二年に着ていたやつです。ミチューシェンカは今日の新聞に載ったカラーの漫画に有頂天です[2]——ボストンのとても分厚い日曜版の新聞です。愛すべき小さな紳士[3]についての君の話はどれも可愛らしいものばかりです。連絡が取れるようになって本当によかった。
ニーカ[4]の手紙では、パリでジューコフ元帥[5]のボックス席に招待されたそうです。僕の方は色々な仕事に忙殺されています。並行して多くのことをやり過ぎています。どこかに引っ込んで小説に集中できればと思っています。僕の抱擁を受け取ってください。ご主人がよくなられたことを願っています。

君のV[6]

教えてもらいたいことがあります。E・Kとロスチスラフが、当座のしのぎに何を必要としているか、ここからではまったく分からないのです。小包は届かないこともあり、当てになりません——やはり為替小切手の方がよいのでしょうか。いくらかなら（月に一五から二〇ドル）送金できます。小包にそれくらいかけています。こちらが小包で送っているものをこの金額で買うのは無理なはずです。それに多くのものがまったく手に入らない品です。もちろん、小包が届きさえすれば彼女の暮らしも相当楽になるはずです。どうしたらよいか教えてください。たぶん半分はお金、半分は品物にすべきでしょうか。ロスチクにもスーツとセーターを買いました――たぶん、プラハでは高くて手が出ないのではないでしょうか。

1　チュッチェフの詩「最後の愛」。VNによる英訳。著作権©は一九四四年、ウラジーミル・ナボコフ。
2　原文英語。
3　原文英語。
4　ニコラス・ナボコフ。
5　第二次世界大戦中のソヴィエトの将軍。
6　ロシア語からDNが英訳。

41　エレーナ・シコルスキー 宛

ALS　二枚　エレーナ・シコルスキー蔵

マサチューセッツ州ケンブリッジ
一九四六年五月一四日

私の親愛なるエレノチカ、

手術のことを読み悲しい気持ちでした。送った本は元気になる頃には届くと思いましたが、どうも遅れているようです。

E・Kが何に困っているか教えてくれてありがとう。これからはそのようにします。

書き写してもらった最後のページは四八番です（「雲」と「囁きかけておくれ」等々）。君のすてきな手紙は特別のフォルダーに入れて大切にしています。「あったかい」ちびライオンとやらをぜひひと目見てみたいものです。

僕の短篇が『ベスト・アメリカン・ストーリーズ』に選ばれました。これで二度目です。先日はハーヴァードの図書館が僕の声――詩数篇――を何枚かのレコードに録音しました[1]。ここのところは、長くて恐ろしい小説[2]に時間をつぎ込んでいました。あと一月で終わると思います。少しばかり『断頭台への招待』に似ていますが、まあ低音（バス）のために書いたという作品です。

ミチューシェンカは学校ではよくやっています。でも、僕と妻は土曜と日曜はつまらない思いをしています。彼が自転車に乗ってどこかに出かけてしまうからです。近所の子供たちと遊んだり、喧嘩したりしています。今もちょうど帰ってきたところですが、野球のミットとバットを放り出して、また自転車で出かけて行きました。
ヴェーラは手紙を三通出しに行きましたが、また一通増えたわけです。日曜日はだいたい一日中ベッドで過ごしています。
今の小説にけりをつけたら詳細な自伝に着手します。ずっと書きたいと思ってきたものです。
ああ、最近ロシア語で書いた詩をいくつか送ってあげたいのですが、できません――ちょっと手が痛くて、書き写せないのです。[3]
元気で、愛しい妹よ。ご主人にも僕から握手を送ります。
V
明日は僕らの結婚記念日です――二一年目の。どうだい信じられるかい。[4]

1　VNがハーヴァードでおこなった最初のスタジオ録音。その後も数回行なわれた。その一部が一九八八年に、ハーヴァード・ポエトリー・ルームからカセットテープとして発売された。DN。
2　『ベンド・シニスター』。
3　鉄のカーテンの名で知られる検閲と、そのようなものをプラハで受け取った場合に受取人の身の上に及ぶ危険を暗に示す。
4　ロシア語からDNが英訳。

42

エリザベス・マリネル・アランとマルーシャ・マリネル宛

ALS　一枚　M・ジュリアー蔵

マサチューセッツ州ケンブリッジ38
クレイギー・サークル8
一九四六年五月二二日

親愛なるマルーシャ、ライザ
この頂戴した紙はなんとも表現できないくらいすてきです。ありがとう。
とてつもない、やっかいな小説[1]をちょうど書き終えたところです。ここ三、四年ずっと書いておりました。全体の感じは『断頭台への招待』と似ていますが、ずっと劇的で愉快な作品です。出版してくれる所があるかまだ分かりませんが、大いにほっとしています。レース地に身を包んだなりたての母親のように、ベッドに横になっています。皮膚がちょっと水っぽく、とても柔らかく青白いので、しみ・そばかすがすっかり浮き出ています。赤ん坊は横のゆりかごで寝ています。顔の色がタイヤのチューブのようです。

大学の授業はあと二、三日で終わります。やっと休みになります。昨日医者に診てもらいましたが、働き過ぎだそうです。お二人には本当に会いたいものです。

心から

V・ナボコフ[2]

1 『ベンド・シニスター』。
2 ロシア語からDNが英訳。

43 ケネス・D・マコーミック[1]宛　CC 一枚

マサチューセッツ州ケンブリッジ

一九四六年九月二二日

親愛なるマコーミック様

私の次の本[2]について二、三ご説明したくお手紙差し上げました。

この作品は新しい種類の自伝というか、自伝と小説をふたつ合わせたようなものになる予定です。明確なプロットを持つという点では小説に近いものです。さまざまな層を成す個人の過去がいわば河の両岸を形成し、そのあいだを物理的・精神的な冒険の数々が怒濤のごとく流れるといったものです。多くの国、人々、そして生活のあり様を描くことになるでしょう。今は、取り上げる題材をこれ以上正確にご説明することはできかねます。まったく新しい手法を用いますので、自伝か小説かどちらか一方のラベルを貼ることはできません。今の時点でもっとはっきりさせるとすれば、「心理小説」とか「謎が男の過去であるような推理小説」といった表現に後退せざるをえないでしょうが、それでは今私の頭のなかにある本の新しさを言い表わすことはできません。続きものの短いエッセイを集めたような作品になりますが、ある時点で急に勢いをつけ、無気味でダイナミックな姿を現すことになるでしょう。一見無垢な材料からまったく予想外のものが醸造されるというわけです。

この本は、だいたい一年半か二年で完成させる自信があります。

先日は率直かつ親しくお話することができ、とても快い印象を持って帰りました。私の作品に関心をお示しいただき本当にありがとうございます。永続的な価値をお認めいただいたものと信じております。そういう点では『王ひとり（ソルス・レックス）』[3]（たぶん、改題することになります）はまったく安全な買い物かと思います。一方で、以前のロシア語での私の経験（ロシア語作家として一〇冊ほど書いております）からはっきりしているのですが、私はひとつの作品が出版されてからでなければ、オブセッションを断ち切り、本物の活力と意欲を持って次の作品の攻略に移ることができません。

心から

1 ダブルデイ社の編集者。
2 『確証—回想録』（ニューヨーク、ハーパー社、一九五一年）。『記憶よ、語れ』に改題。
3 当初『王ひとり』の題を持つ予定だった作品は結局完成を見ることはなかった。その一部は「王ひとり」、「極地（ウルティマ・トゥーレ）」の二つの短篇として、亡命者向けロシア語雑誌に、それぞれ一九四〇年と一九四二年に掲載された。英訳はVNとDN共訳で『ロシアの美女』（一九七三年）に収録された。ここに出てくる「王ひとり」は、一九四七年にホルト社が出版した『ベンド・シニスター』の仮の題でもあった。

44　アレン・テイト[1] 宛

CC 一枚
マサチューセッツ州ケンブリッジ
一九四六年一〇月一三日

親愛なるアレン

予期しない事態です。彼らがどうしてもあの本を欲しがっているのです。『王ひとり』だけでなく、今書いている小説に対するオプションも買い取りたいとのことです。[2] しかし、『王ひとり』に対して提示してきた前払金（一五〇〇ドル）では、本気でやる気があるようには思えません。

彼らに返事をする前に、この件について貴兄と相談したいと思います。もし『王ひとり』にかんしてホルト社がよりよい額を提示できるのなら、喜んで考えさせてもらいます。もちろん、理解しがたいパッセージが散見されるという貴兄ご指摘の問題は残っています。具体的にどの個所のことを指してか、手紙で知らせてくれませんか。これは、ニューヨークまで出向いて直接相談する気はないという意味ではありません。その方がよければ、次の土曜日一九日にそちらに行くこともできます。

もうひとつ提案があります。ここのところ考えていることですが、もし（今、ウェルズリーでやっているような）教育の仕事をやめて執筆に専念できれば、新しい小説は一年半かそこらで書き上げられますし、短篇集を一冊まとめることもできると思うのです。貴兄の意見を聞かせてください。ホルト社はこの線に沿った契約を私と結ぶつもりはないでしょうか（三冊の本、すなわち王ひとり、新しい小説、それに短篇集にかんして)。条件は、執筆のあいだ私と私の二人の家族が暮らしていくのに十分な一年分の前払金を出してもらうことです。

心から

1　詩人。このときは編集者としてヘンリー・ホルト社に勤めていた。

2　ケネス・D・マコーミック宛、九月二二日付の書簡を見よ。執筆中の小説とはいちばん初期の段階の『ロリータ』。

45　フレデリック・スター[1] 宛

CC　一枚

マサチューセッツ州ケンブリッジ38
クレイギー・サークル8
一九四六年一〇月二二日

親愛なるスター様

ニューヨークへ出かけ、ちょうどケンブリッジへ戻って来たところです。一〇月一八日付のご親切なお手紙拝読しました。

この件について考えれば考えるほど、貴会の方々を前にお話しするには、私はふさわしい人間ではないとの確信を深めます。私はロシアとの戦争が悲惨かつ不必要なものになるという点では、貴兄とまったく同意見ではありますが、すべての事実に勇敢に直面することなくして、この国が誠実で建設的な外交政策を展開できるとは考えません。

また一方、私の講演内容が貴会の諸目的と衝突するとはけっして思いませんが、いかなるものであれ何らかの制約の下で話さねばならないという点で気乗りがいたしません。なぜなら、そのような条件下で講演したとすれば、意図的に事実の一半を自ら偽り隠し、それによって私の真の立場について聴衆の方々を欺いたと、私自身感じざるをえないことになるからです。したがって、貴会での私の講演予定を取り消されたく、提案申し上げます。悪しからずご了承ください。

この件にかんし、私の名がプログラムに載る前のより早い段階でご連絡いただけなかったことを残念に思います。その場合、十分な時間をかけて別の講演者を探せたことと思います。しかしながら、現在ニューヨークに居住するロシア人科学者および作家の数を考えますと、ふさわしい人物は必ずや容易に見つかると思います。

心から

1　アメリカ・ロシア文化研究会のメンバー。

46　ムーシオ・デルガード[1]宛

CC　一枚

マサチューセッツ州ケンブリッジ38
クレイギー・サークル8
一九四六年一一月一七日

親愛なるデルガード様
お手紙ありがとうございます。
私には運営の仕事よりも編集長職の方がずっと魅力的に思えます。しかしながら、その場合でも、内容の選択と決定において私にどれくらい独立した権限が与えられるのか、うかがっておかねばなりません。できることなら省の長官になるのが誰で、彼の権限と私の権限を分かつものが厳密に何かをお聞きしたいと思います。
給与については七五〇〇ドルがお受けできる最低の線かと思います。応募書類をお送りしてから非常に大きな物価上昇がありましたし、調べたところ、ニューヨークへの転居には当初考えた以上の費用がかかることが分かりました。

心から

1　国務省国際放送部ラジオ番組部門の長。

47　アレン・テイト宛

CC　一枚

マサチューセッツ州ケンブリッジ38
クレイギー・サークル8
一九四七年一月二八日

親愛なるアレン
ニュー・ディレクションズ社のロクリンにはうんざりしています。ホルト社にはロクリンから私の契約を丸ごと全部買い取る気はないでしょうか。すでに前払金は全額支払われていますし、これまでに出した版はほとんど売り切れています。もしうまくいくとお考えなら、私の権利すべてを私自身が買い取ることをロクリンに提案してみます。おそらく、この方が他の出版社が問い合わせた場合より、価格を低く抑えられるでしょう。しかし、これはやるなら今すぐでなければなりません。ホルト社の支援があればの話ですが。ロクリンは現在三つの作品を所有しています。『セバスチャン』と『ゴーゴリ』の本と『闇の中の笑い』です。最後の本は、最初の出版社であるボブズ＝メリル社からロクリンが買い取ったものです。『三人の詩人』の契約はすでに切れています。

B・S[1]のダスト・カバーについては何か手を打ってもらえましたか。私としては、できるだけ穏当なものにしてもらいたいと思います。
最後に、前払金の残り半分を送ってくれるよう取り計ってもらえればありがたく思います。

心から

1 『ベンド・シニスター』

48

エリザベス・マリネル・アランとマルーシャ・マリネル 宛

ALS 一枚 M・ジュリアー蔵

マサチューセッツ州ケンブリッジ38
クレイギー・サークル8
一九四七年四月二七日

親愛なるマルーシャ、ライザ
ふかふかの「鳥」[1]とうっとりするような贈物に大喜びしました。愛する友よ、ありがとう! オデッサを歌ったロシーチンの陽気な作品に応えて詩を作ってみました。[2]『ノーヴィ・ジュルナール』誌上でもうすぐ読むことができます。ロシア語の散文の方は、すっかりコツを忘れてしまったようです。でも、詩の方はまだなんとか作れます。これは私の三日間のレニングラード隠密逗留――何日間にせよ、とにかく短い逗留――を扱った詩です。早い話がすぐにご覧になれます。この小品にはたいへん満足しています。
今日は風が強く春らしい日曜日ですが、学生約六〇人分の作文の添削という骨の折れる仕事に打ち込まねばなりません。
元気で。めったにお会いできず残念です。

心から
V・ナボコフ[3]

1 この「鳥」は、よく知られたジングルの文句に由来する。さまざまな祝いのときに即興で歌われた。おそらくVNの誕生日に送られた来た贈物への言及。DN。
2 「S・M・カチューリン王子へ」。VNの英訳で『詩と問題』(ニューヨーク、マグロー=ヒル社、一九七〇年)に収録。
3 ロシア語からDNが英訳。

49　ダグラス・ホートン夫人[1]宛

CC　一枚
マサチューセッツ州ケンブリッジ

一九四七年一〇月二八日

親愛なるホートン様

イサカへ出かけて、ちょうど帰って来たところです。イサカでは学長および近代語学科の学科長と話をしてきました。コーネルは私が文学担当の準教授として教授団(ファカルティー)に加わることに関心を持っております。この申し出には魅力を感じております。なぜならこれが常勤職だからです。

コーネルとの話を進める前に、ウェルズリーでの私の立場について明確なところをうかがっておきたいと思っております。この先のことについて、学長のお見通しをお尋ねするのは性急に過ぎるでしょうか。つまり、一九四八年九月付で、私がウェルズリー・カレッジの常勤職に選任される可能性があるとお考えでしょうか、という趣旨であります。

心から

1　ウェルズリー・カレッジ学長。

50　モリス・ビショップ[1]宛

CC　一枚
マサチューセッツ州ケンブリッジ38
クレイギー・サークル8
一九四七年一一月一日

親愛なるビショップ

親切な手紙とすてきな同封物に感謝します。

ご質問への回答は次の通りです。

いかにも私の有する唯一の学位はケンブリッジ大学（トリニティー・カレッジ）学士号――イギリス、一九二二年――です。

大学卒業から一九四〇年までは主に文学に打ち込んでいましたが、同時に

一　ロシア文学、フランス文学、イギリス文学の指導もしていました。最初は個人教授でしたが、後には関心を持った人々の小さな集まりが対象でした。

二　さまざまな同好団体(クラブ)や組織からの招きに応じて、それぞれ一回あるいは何回かにわたって文学について講演しました。このような招請は、フランス、ベルギー、チェコスロヴァキア、オーストリア、イギリスの各国、そして当

時（戦前）ロシア人亡命者の大小の居留区があったドイツのあちこちの町から届きましたが、年を追うごとにその数は増えました。

三　散文と詩の書評をやっていました。初めはロシア人亡命者向け新聞『ルーリ』（ベルリン）のために定期的に何年にもわたって、その後はロシア語（亡命者向け）と外国語のさまざまな刊行物のために、あちこちに寄稿しました（たとえば、フランスの主導的な文学批評雑誌である『新フランス評論（ヌーヴェル・ルヴュ・フランセーズ）』からの求めで、私自身のフランス語韻文訳を入れたプーシキンにかんするエッセイを寄稿しました。『ル・モワ』誌は文学の新しい傾向を概観する短い文章を求めてきました。等々）。この種の執筆活動は合衆国へ来てからも続き、一九四〇年から翌年にかけての冬には『ニュー・リパブリック』（旧運営陣下の）に、かなり定期的に文学の書評を寄稿しましたし、またそれほど定期的ではありませんが、『NY・サン』『タイムズ』等にも同様の寄稿をしていました。

批評の分野における主要な仕事は、批評的伝記である『ニコライ・ゴーゴリ』（ニュー・ディレクションズ出版社、一九四四年）です。

一九四一年には、ニューイングランド近代語協会の年次大会においてエッセイを読みましたが、後にこれは同協会の会報に「創造的作家」の題で掲載されました。論説「レールモントフの幻」は、詩人の作品からの私自身の英訳による引用を交えて『ロシア・レヴュー』一九四一年一一月号に掲載されました。

出版物の詳細な一覧を同封します。

心から

1　コーネル大学ロマンス語学科学科長。

51　キャサリン・A・ホワイト宛

TLS　一枚　ブリン・マー・カレッジ蔵

マサチューセッツ州ケンブリッジ38
クレイギー・サークル8
一九四七年一一月一〇日

親愛なるホワイト様

その際お伝えしましたが、「私のおじ」[1]を好意的に扱っていただいたことには深く感謝しております。私を悩ませているのは編集の方針それ自体なのです。

悪い文法の除去を手伝っていただけるのはたいへんありがたいのですが、ちょっと長めの文をあまりに短く刈り込んだり、苦労して吊り上げた跳ね橋を引きずり降ろして欲しくはないのです。言い換えれば、ぎこちない構造（これは悪いものです）とある種の特別な――何と言いましょうか――彎曲構造を区別したいのです。この彎曲構造は私自身のものであり、一見しただけでは、ぎこちなくあるいは曖昧に見えるかもしれません。ときには読者に、同じ個所を二度読ませるのもよろしいではありませんか。気を悪くしたりはしないでしょう。

しかしながら、貴女の好意的な扱いに感謝していること、喜んでごいっしょにこの短篇を読み直してみたいということは、繰り返しておきます。もしボストンに来ていただくことが、あまりにご迷惑なことでなければたいへん助かります。というのも一週間前にも用事で旅行したばかりで、つづけて休みを取るのはむずかしいのです。こちらにお越しいただくことを申し出ていただき、これ以上ありがたいことはありません。

心から
V・ナボコフ[2]

1　「我がおじの肖像」、『ニューヨーカー』、（一九四八年一月三日）。『確証』に収録。
2　蝶の挿絵を添えた署名。

52　ダグラス・ホートン夫人宛

CC 一枚
マサチューセッツ州ケンブリッジ
一九四七年一一月三〇日

親愛なるホートン様

ウェルズリー・カレッジとハーヴァード博物館で、現在の仕事をつづけるのは可能との見通しをお示しいただき、深く感謝いたします。後者にかんしては、仕事の中断は空間的なものに過ぎないだろうと期待しております。というのも、コーネルの優れた昆虫学実験所で私の科学上の研究を継続できる予定だからです。そこでは、私のよき友人で著名な学者であるフォーブズ教授とブラッドリー教授、それにこの国で最高の昆虫学図書館のひとつが私を迎えてくれることになっております。

ウェルズリーについては、また別であります。ご存知のように私はこのカレッジに強い愛着を感じております。ここを去るのはたいへん辛いことであります。しかしながらコーネルにおいて提供された仕事は、安定した身分とともにたいへん魅力的な側面をいくつか持つものなのです。そのような次第で、彼らの申し出を受けることとなりました。

たいへん気の進まぬことながら、一九四八年八月三一日をもって退職させていただきたく、ここにお願い申し上げます。

心から

CC 一枚

53 T・G・バージン教授[1]宛

マサチューセッツ州ケンブリッジ38
クレイギー・サークル8
一九四七年一一月三〇日

親愛なるバージン教授

ご親切なお手紙に厚く感謝いたします。また、先日は実に楽しいパーティーにお招きいただき、ありがとうございました。ご夫妻にお会いできたことを嬉しく思います。

文学コースについての貴兄のお考えですが、私にはたいへん魅力的に思えます。あれから、このことについて考えをめぐらせておりますが、こういうコースなら準備できると思います。それは互いに反響し合う二つの部分からなるコースであります。コース名は「作家（教師的、ストーリーテラー的、魔法使い的）と読者（知を求める、娯楽を求める、魔力を求める）」ではどうでしょう。もちろん、これは大雑把な輪郭に過ぎません。さまざまな国のさまざまなタイプの作家を含むことになります。このコースを準備するにあたっては、どれくらいの授業時間をこれに費やせるのか、うかがっておくのが先決であります。また、私の他の授業についても、一学期に厳密に何回授業があるのか知っておきたいと思います。

心から

追伸　授業スケジュールの作成の際に、私の講義を午後に持ってくることは可能でしょうか。それが困難な場合でも、少なくとも一〇時か一一時以降に置くことはできないでしょうか。

1　コーネル大学文学部。

54 モリス・ビショップ宛

CC 一枚

マサチューセッツ州ケンブリッジ38
クレイギー・サークル8
一九四七年一二月二八日

親愛なるビショップ

お陰でようやくすべてがはっきりしました。我ながら鈍感さ加減に呆れました。失礼しました。

講義要項は次のようなものではどうでしょう——

一〇一、一〇二。ロシア文学概論。一九世紀中心。通年。単位時間、週三時間。受講条件、ロシア語を修得していること。月水金。一一時。ナボコフ。

ロシア文学の展開にかんする、ロシア語による講義および教室演習。

二〇一、二〇二。ロシア詩のルネッサンス（一八九〇—一九二五年）、新ロマン主義と新古典主義。ブロークからパステルナークとホダセヴィチまで。通年。単位時間、週三時間。受講条件、ロシア語を修得していること。ナボコフ。時間割未定。

この期の詩人たちにかんする、詩の題材・形式を含む幅広い研究。

一〇一、一〇二の私の講義が、一一時となっているのを見て嬉しく思いました（それとも、これは時間割の一例でしょうか）。バージンの手紙では、私の文学部でのコースは仮に月水金の二時とされていました。ロシア詩のコースをロシア文学概論の直後の一二時に置いてもらえると、私にとってはたいへん都合がよいのですが。それができない場合でも、なるべく一一時前には私の授業を置かないようにしてください。

お二人がよい年を迎えられますよう。「薔薇飾り（ロゼット）」[1]を受けたと聞き、たいへん嬉しく思いました。

心から

1　レジョン・ドヌール勲位を表わす襟章。

55　ジョゼフ・I・グリーン大佐[1]宛　CC 一枚

マサチューセッツ州ケンブリッジ

一九四八年一月一四日

親愛なるグリーン大佐

夫の依頼により、夫に代わって一月二日付のお手紙にお礼申し上げます。夫の小説『ベンド・シニスター』のドイツ＝オーストリア語訳について、合衆国政府が翻訳・出版のためのオプション取得を決められたとのご通知でした。夫はこの本が政府の再教育プログラムのお役に立てることを願っております。ただ、ドイツ人を知る私たちといたしましては、彼らが再教育可能な国民か否かについては若干と夫は考えております。

現時点では、貴殿に以下の点をご考慮いただくのが先決の疑いを抱かざるを得ません。

『ベンド・シニスター』の主要テーマのひとつは、ある独裁政治の——そしてあらゆる独裁政治の——かなり激しい告発であります。この本で実際に描かれる独裁政治は架空のものではありますが、(a)ナチズム、(b)共産主義、(c)他の点では非独裁的な体制のなかにも見られる独裁的な傾向、などに固有の諸特徴を意図的に際立たせております。偏向した翻訳者がこのバランスを崩すのは、いとも容易なはずであります。ドイツ語への翻訳者を選定する場合、ぜひともこの点を念頭に置かれることが必要であると夫は考えております。また、出版する前に翻訳に目を通す機会が著者に与えられれば、なおいっそうよろしいかと存じます。

心から

1 『歩兵ジャーナル』、ワシントンDC。

56 ウィリアム・T・M・フォーブズ教授 宛

ALS 一枚 コーネル大学蔵
マサチューセッツ州ケンブリッジ

一九四八年二月一二日

親愛なるフォーブズ教授

大きな喜びをもってお知らせしたいことがあります。貴兄と同じ教授団(ファカルティー)に(準教授として)加わることになりました。夏のあいだにコーネルに移る予定です。

うかがっておきたいのですが、そちらの農業実験所で私の鱗翅目の研究をつづけることは可能でしょうか。顕微鏡(双眼と単眼)を使わせてもらえるでしょうか。可能かどうか、ぜひお知らせください。

来年は頻繁に会えることを楽しみにしています。

心から
V・ナボコフ

57　チェコスロヴァキア国プラハ市
アメリカ領事館　宛

CC　一枚

アメリカ合衆国
マサチューセッツ州ケンブリッジ38
クレイギー・サークル8
一九四八年二月二六日

拝啓

私の甥、ロスチスラフ・ペトケヴィチ（Petkevic）[(1)] [1] 一七歳、現在デュエイヴィツェ県プラハ市クーロヴァ一二番地に居住――の合衆国への移住を手配すべく、お手紙差し上げました。右記の者は経済的困難のため両親の養育を受けられず、ずっと私の母の元で暮らしてきましたが、母は一九三九年死亡いたしました。それ以来私の元に引き取ることを願ってきましたが、この計画は先の戦争のため延期せざるを得ませんでした。一九四〇年、私は妻と息子とともに合衆国に移住いたしました。一九四五年にはアメリカ市民となりました。合衆国到着以来いくつかの段階を経て、未だつつましいものではありますが、甥の呼び寄せを保証するに足ると思われる地位を獲得いたしました。

私の受けている報告から判断しまして、右記の者は才能あるのみならず、誠実かつ品行方正な青年であり、アメリカ移住に値する人物と信じます。その機会が与えられれば、善良で、願わくは価値ある市民となり、その力と能力の限りを尽くして、第二の祖国に奉仕するであろうことを確信いたします。

この国到着後はトルストイ財団所有のリード農場に居住する予定であります。

甥のアメリカ入国ヴィザ申請をお認めいただきますよう願っております。

心から

「後援宣誓供述書」とその他の後援書類を必要な部数同封いたします。

1　VNの妹オリガの息子は結局移住しなかった。

（1）チェコ語での表記。

58 C・W・ディ・キーウィット学部長[1] 宛

CC 一枚

マサチューセッツ州ケンブリッジ38
クレイギー・サークル8
一九四八年三月二一日

親愛なるディ・キーウィット学部長

ご親切なお手紙いただき誠にありがとうございます。コーネルにおけるロシア研究の発展について、明確な青写真をお持ちとのお話興味深くうかがいました。

ロシア文学のコースはロシア語で行なわれるものに限定されるべきではない、というご意見には全面的に賛成です。実際私の経験から言わせていただければ、英語で行なわれるロシア文学のコースは、文学に漠然と興味を持つ学生には大きな魅力を持つものであります。現在私がウェルズリー・カレッジで教えている同様のコース（ここでは「翻訳によるロシア文学」と呼んでおります）には、このカレッジで最大の数の受講者が登録しております。従いまして、ビショップ教授が初めに示唆された案を歓迎いたします。すなわち、二つのコース（概説コースとより専門的なコース、たとえば復興期のロシア詩人論）をロシア語で教え、ひとつ（一九世紀に力点を置いた概論）を英語で教えるということです。一時はこの後者のコースを捨てて、代わりに文学概論のコースを担当する、あるいはその一部を担当するという案が提案されたこともありました。そのときは非常に気が重いことながらこれに同意いたしました。ロシア文学が（理論と実践の両方において）私の専門であり、学生が私の講義を聴いてもっとも得るところが多いのもこの分野なのであります。ですから、英語によるロシア文学のコースという案が最近ふたたび陽の目を見て、たいへん嬉しく思いました。ロシア文学とその歴史によって代表される文学の豊かさを、私が学生に提供し、学生が私から吸収する最良の機会が、この案――ロシア語で二コース、英語で一コース――によって与えられるものと信じます。この仕事を今から楽しみにしております。

一方、ご期待に添えず残念ですが、私には管理運営の能力がまったくないことを正直に申し上げておかねばなりません。何かを計画することにかんしては、私は救いようのない無能者であり、いかなる委員会であれ、私の参加はまったくの無駄であります。ただし、ロシア語および英訳の文学資料で、マイクロフィルム化して大学図書館に備えるべきものを選定する仕事であれば喜んでお手伝いいたします。

心から

1　コーネル大学、アーツ・アンド・サイエンシス・カレッジ。

59　デイヴィッド・ヒガム[1]宛

CC　一枚

マサチューセッツ州ケンブリッジ38
クレイギー・サークル8
一九四八年三月二四日

親愛なるヒガム様

リンジー・ドラモンド社から出た『三人の詩人』をご覧になられたでしょうか。一冊の詩集として私から買い取った翻訳を用いながら、出版社としては『プーシキン、レールモントフ、チュッチェフ詩集、ロシア文学叢書第八巻』(ダスト・ジャケット)という題で出すことが適当と考えたようです。この表題から「ロシア文学叢書第八巻」の部分を落としたものが表紙に、また「リンジー・ドラモンド有限会社、ロンドン、一九四七年」を付け加えたものが表紙裏に見えます。そのあいだの頁に私の名前が慎ましく出てきますが、それもおぞましく場ちがいな挿絵を何枚も描かれたご婦人の名前に続いてであります。最後に、巻末に『ステファン・シマンスキー編、ロシア文学叢書』の見出しで付加されている出版物のリストでは、「第八巻」に続いて「プーシキン、レールモントフ、チュッチェフ詩集、ドーニャ・ナーチシェン挿絵」となっております――それでおしまいです。言い忘れるところでしたが、同様のリストは遊び紙にも見えますが、活字は小さく、挿絵画家の名前は落としてあります。

表紙の宣伝文句にも私の名前は出てきません。ステファン・シマンスキー氏なる人物が「編者」とされていますが、シマンスキー氏とはいったい何者なのでしょうか。私の本のなかで彼が何を「編集して」いるというのでしょうか。私がゲラをまったく見ていないがためにひどいミスプリが二、三あるのを別にすれば、翻訳は寸分違わず私が作ったものです。ついでながら、三つの序文が私の手になることの記載がどこにもないために、自動的に書き手はこの謎めいた編者ということになってしまいます。

このことについてどんな手が打てるか、いいお考えはおありですか。婦人を先に立てる騎士として遇されたのは、これが生まれて初めてであります。この出版社は作家のためにそういう役割をあらかじめ用意しているようですが。正直言ってこんな形で出版されるくらいなら、いっそのことイギリスでは出版されない方がよほどましです。出版を止めさせるためにどんな手が打てるかぜひお教えください。翻訳者および序文の書き手としての私の名前を、彼らの手元にあるすべての在庫に明記させることはできるでしょうか。万一増刷される際に、この不愉快な失態を繰り返さないようにさせることはできますか。また、然るべき個所に私の名前を書き加えることに彼らが進んで同意したとして、本文とあの途方もない挿絵を切り離すよう説得することはできませんか。出版社がこれらの条件の一部しか、あるいはどれも受け入れない場合、契約破棄のために貴殿にはどんな手段が取れるでしょうか。あまり深く考えずにサインしてしまいましたが、今は大いに悔やんでおります。まず本をご覧になって、貴殿のご意見をおまとめください。私の意見とかけ離れぬものになると確信します。お早いご返事をお待ちします。

心から

1　ロンドンのエージェント

60　ジョゼフ・I・グリーン大佐 宛

CC　二枚

ニューヨーク州イサカ
東ステイト通り957
一九四八年八月二四日

親愛なるグリーン大佐

この間動き回っておりましたので、お手紙が追いつくのに時間がかかりました――そんなわけでお返事が遅れました。ご親切にお送りいただいたタイプ原稿に目を通したところですが、すっかり肝をつぶしてしまいました。あまりにひどい訳なので、馬鹿げた誤りやミスをすべてチェックし改めようとすれば、新たに最初から翻訳するのと同じ時間と労力がかかりそうです。当初の私の考えは、私が訳者の仕事に目を通し、読者が困惑しそうな言い回し（そう多くはありません）の翻訳を手伝う、というものでした。読者のなかには現代文学のある種の傾向に馴染みのない人も、あるいはアメリカ人の生活の些末な諸特徴への言及を誤解しやすい人もいるだろうからです。しかしながら、この訳ではほとんどすべての文を手直しすることになります。

㈠　訳者は英語について曖昧な知識しか持っていません

し、最初から最後まで携帯版の辞書を頼りにしています。携帯版の辞書が役に立たない個所の訳文は救いようがありません。

㈡　彼のドイツ語の語彙は惨めなほど貧しいものです。

㈢　彼は精確さに頓着していませんし、手近にあるだいたいの意味を充てて満足しております。

㈣　彼には文体のセンスがありません。私が作り出したイメージは彼の手にかかると完全に失われてしまいます。私が読者に見せたいと思っているものが彼には見えませんし、この本の文学的・学問的側面をまったく理解しておりません。

どうぞご留意いただきたいのですが、この本のもっとも易しいと思われる個所に目を通しただけで、以上のことが言えるのです。もしハムレットの部分に取り組ませたらどうなるか、考えるだけでぞっとします。

古きよき作家の慎みに反することかもしれませんが、私の本が永くアメリカ文学に残るものであるという事実に、貴殿のご注意を促しておきたいと思います。三文文士風情にこの本をいじらせぬようドイツ語版の出版社には警告すべきかと存じます。私の作品を貴殿のプログラムに加えるおつもりであれば、この小説のねらいを際立たせるために欠かせぬ特質や価値を翻訳のなかに残すことが、私の利益でもあり貴殿の利益でもあるのです。翻訳者をニューヨークで探されたらいかがでしょう。この仕事を任せるに足る英語力を持ったドイツ人亡命作家はどうでしょうか（マンなら誰か紹介してくれるかもしれません）。天才的な翻訳家を望んでいるわけではありませんが、学究肌で文体のセンスを持った人物にこだわるのは、それなりの理由があるのです。

タイプ原稿をお返しします。最初と最後の頁に見られる二、三の典型的な誤訳をリストにして添えました。これ以上時間を使って残りの頁の誤訳（同じくらいたくさんあります）を指摘する必要はないと考えました。

出版社からの手紙について若干述べておく必要のあることがあります。

㈠　彼らが提案している表題はどれも馬鹿げたものです（下手な翻訳と選ぶ所がありません）。

㈡　その他の質問や提言ですが、現時点では応対する価値はありません。訳者がつまづいた石は他にも無数にあるからです（出版社はそのことに気づいておりません）。それでなくとも訳者は、五六、四九、七三頁の文が何を意味するのか皆目分かっておりません。繰り返しておきますが、応対するに足る有能な翻訳者を与えられれば、これらの、あるいは他の言い回しが翻訳者の目に曖昧に映る場合、喜んで惜しみなく手助けするつもりであります。
本の出版が遅れることは残念ですが、このことは著者である私にはこの上なく重要なことなのです。辛辣で率直な物言いをお教しいただけるものと信じております。[1]

心から

大学がハーヴァードからコーネルに変わり、文学の教授職に就きました。[2]

1　この計画は中止となった。『ベンド・シニスター』はドイツ語では『庶出のしるし（ダス・バスタルドツアイヒエン）』として出版された。ディーター・E・ツィマー訳（ラインベク、ローヴォルト社、一九六二年）。

2　この文は手書き。

61　エドワード・ウィークス 宛

CC　一枚
ニューヨーク州イサカ
東セネカ通り802
電話六八三四

一九四八年一〇月

親愛なるウィークス
九月三〇日付の手紙を受け取りましたが、その文面は酔っているときに書いたと考えなければ赦せぬものであります。私は「誇り高い城」あるいは「教授の帰還」などという短篇を発表したことはありません――貴兄はそのようにご想像のようですが。私は質が劣ると思うものを編集者に送ったりは、けっしてしません。実際貴兄に送った作品は、[1]これまで私がニューヨーカー誌上に載せたものより優れたものであります。貴兄の手紙はあまりにも馬鹿げた、しかも無礼なものであります。貴兄およびアトランティックとは今後はいっさい関係を持ちたいと思いません。八〇〇ドルの小切手をお送りします。残額は用意でき次第お送りします。

心から

1　九月三〇日、ウィークスは『確証』の一部を『アトランティック・マンスリー』に掲載することを断わってきた。ウィークスは、VNが『ニューヨーカー』に載せるために、最良の作品を出し惜しみしていると非難した。

62　ジョン・フィッシャー[1] 宛

CC　一枚
ニューヨーク州イサカ
東セネカ通り802
一九四八年一二月一四日

親愛なるフィッシャー様

お手紙と私の作品に対する優しいお言葉、誠にありがとうございます。

私の本ですが、書き上がりましたら喜んでハーパー&ブラザーズ社に出版していただきます。さて、サクストン・フェローシップに応募いたしたく、記入済みのアンケートをこの手紙に同封いたします。[2] 質問一七については以下に回答いたします。いただいたお手紙の質問の答えにもなっていると思います。

心から

質問一七への回答

すでに書き始めているこの本は二〇〇から二五〇頁の長さになると思われます。これは、作家としての私の個性形成に資することとなった諸要素を探求する本であります。北ロシアで過ごした幼児期のいくつかの段階から筆を起こし、ロシア革命と内戦という曲折を経て、そこからイギリス（ケンブリッジ大学）へ、フランスとドイツへ、そして最後にアメリカへ（一九四〇年）と話は進みます。現在までに書いたものはすべて『ニューヨーカー』誌に掲載されており、用いられている手法は読者にはおおよそ見当のつくものであります。しかしながら別々に発表するために敢えて選択せねばならない言い回しもあり、結果としてテーマの展開が少々ぎこちなくなっております。これらの断片的な小品を一冊の本として統合していくうちにはさまざまな改変が必要ですが、スタイルに変化は生じません。別な言い方をすれば、この本から切り分けて雑誌に掲載した輪郭明確な小品が与えるかもしれぬ印象とはちがい、私が考えているこの本の流れはより広い幅と持続性を持ったものなのです。この本は執筆に非常に大きな困難を伴う本であります。過去を遡って果てしのない略奪を繰り返す必要があるだけでなく、紛れもない個人的真実と厳格な芸術的選択を調合する必要があるからです。[3]

1　ハーパー&ブラザーズ社の編集者。
2　VNはこのフェローシップを受けなかった。
3　手紙の末尾はカーボン・コピーには写っていない。

63　デイヴィッド・デイチズ教授[1] 宛

CC　一枚

ニューヨーク州イサカ

一九四八［一九四九］年一月八日

親愛なるデイチズ殿

直接お話し申し上げようかとも考えましたが、以下の事柄についてはこれがおそらくより実際的な方法かと存じます。

イサカに参りまして以来徐々に分かってきたことでありますが、現在の給与ではまったく収支が合いません。理由のいくつかは以下の通りです。まず当地の住宅事情のために、当初予想した以上の家賃への出費を余儀なくされております。また老齢保険等のために高額の天引きがあることも考えておりませんでした。こういった天引きがコーネルでは慣習化していることは、こちらに参ってから知ったことであります。さまざまな天引きの結果、私の実際の給与は年額約四一七〇ドルであります。

コース内容をすっかり編成し直さねばならず、学年度の初めからずっと何も書けない状態にあります。

以上の結果ひどい経済的苦境に陥っております。早急に何か手を打っていただけないものでしょうか。

心から

1　コーネル大学文学部議長。

64　キャサリン・A・ホワイト宛

CC　一枚

ニューヨーク州イサカ

一九四九年三月四日

親愛なるホワイト様

すてきなお手紙、本当にありがとうございます。ご覧のように努めておとなしく振る舞い（ロスよろしく、私も「畜生！」を何度か吐かせてもらいましたが）[1]、「長い」単語のいくつかを削除するか書き換えました。[2] 初めの部分のいくつかの個所——とくにアルファベットの最後の数文字とメイアーズ辞書への言及——は残していただけるものと強く願っております。なぜかと言えば、音の持つ色彩（カラード・ヒアリング）に関心を抱く心理学者たちが、まちがいなく『ニューヨーカー』のこの号を引用するだろうからです——彼らのことも少しは考えてください。

私の散文に対する貴女の繊細で、好意的で、そして注意深い扱い方には常に感謝しております。

他にもいくつか感謝しておきたいことがあります——まずサイモン＆シャスター社のライパー夫人にお話してくださったことに。夫人から、私の本について問い合わせの手紙をもらいました。支払額をチェックするよう経理に伝えていただいたことに、そしてハーパー対ラインハートを比べてどちらが得か、いっしょにお考えいただいたことに感謝いたします。

ご病気だったとうかがい、とても心配いたしました。もうすっかりよろしいのでしょうか。

心から

私のメモと貴女のメモ、それにテキストを二部とも同封しました。一方はゲラといっしょにご返送ください。[3]
よろしく印刷を急がれますよう（三月中に）。[4]

1　ハロルド・ロス。『ニューヨーカー』の編集者。
2　「母の肖像」、『ニューヨーカー』（一九四九年四月九日）。『確証』に収録。
3　この二文は手書き。
4　コピーの最下部にある手書きのロシア語のメモ。

65　ハーバート・ライアンズ[1] 宛

CC　一枚

ニューヨーク州イサカ
東セネカ通り802
一九四九年三月三一日

親愛なるライアンズ様

不定期の書評なら喜んでやらせてもらいます。T・S・エリオット氏やトーマス・マン氏といった大いかさま師を、一度料理してみたいとずっと思ってきました。これとは別に、著名な作家の新作なら、アメリカ人でもイギリス人でもフランス人でも、あるいはロシア人でも歓迎です。

この種の仕事にもっと払っていただければ、もっと時間をかけて書くこともできるのですが。

心から

1　『ニューヨーク・タイムズ・ブック・レヴュー』のスタッフ。

66 ロバート・M・グローバー[1]宛

CC 一枚
ニューヨーク州イサカ
一九四九年四月九日

親愛なるグローバー様

いかにも、私はミルスキーの本[2]を高く買っております。実際ロシア語を含めてどんな言語で書かれたものと比べても、群を抜いて優れたロシア文学史と考えております。しかし残念ではありますが、私はこの本のために推薦文を書くという楽しみを慎まねばなりません。なぜなら、この気の毒な御仁は現在ロシアにおられますが、反ソヴィエトとされている私のような作家が賛辞を呈すれば、かなりの不快を招来する怖れがあるからであります。

心から

1 アルフレッド・A・クノップ社の編集者。
2 D・S・ミルスキー『ロシア文学史』、一九二七年。一九四九年、クノップ社から再出版された。

67 ハーバート・ライアンズ宛

CC 一枚
ニューヨーク州イサカ
東セネカ通り802
一九四九年四月二四日

親愛なるライアンズ様

私の書いたものが、私の同意のないまま他人の手によって刈り込まれたのは、これが生まれて初めてであります。[1]この記事を依頼して来られたとき、いかなる削除も必ず事前に私と相談されますよう、最初の最初に申し上げておいたはずです。これがひとつの条件でした——そうでなければ初めからこの記事を書くことはしなかったでしょう。このあるいはあの言い回しは削除した方がよいのではないかと、編集者氏あるいは編集者諸氏がお考えになったのなら、その疑念を私に伝える時間はたっぷり（約一か月）あったはずです。誰が手を入れられたか知りませんが、その御仁の治療の結果、私がサルトルのこの「第一作（ファースト・トライ）」だけを嫌い、他の作品を好んでいるという印象を読者は受けるかもしれないのです。言い換えれば、最初から最後まで救いようもなく切り刻まれ継ぎ接ぎされ、呆れ果てるほど私の署名とはちぐはぐなものとなっております。繰り返しますが、私はいかなる刊行物からも、このような無遠慮（サン・ジェーヌ）極まりない扱いを受けたことは、一度もありません。この不始末に貴兄が関与しているとは信じられません。さりながら、この横柄な扱いにかんしてタイムズから何らかの釈明を求めるものであります。

ついでながら原稿料の四分の一を未だ受け取っておりません。

心から

1　サルトルの『嘔吐』の書評。『ニューヨーク・タイムズ・ブック・レヴュー』（一九四九年四月二四日）。

68　フィリップ・ラーヴ[1]宛

CC　一枚

ニューヨーク州イサカ
東セネカ通り802
一九四九年五月二一日

親愛なるラーヴ

ロシアの有名な叙事詩『イーゴリ軍記（ラ・ジェスト・ディゴール）』と、その最新の数か国語訳について短い文章――半ばエッセイ、半ば書評です――を書きました。およそ三五〇〇語の長さです。パーティザンに掲載する気はないでしょうか。[2]

お願いがあります。「最初の詩」のことですが、六月号か七月号に載せる手配がまだでしたら、できれば八月号か九月号にしてもらいたいと思います。[3]このプローシバ［お願い］を聞き届けてもらえれば、たいへんありがたく思います。

パウンド氏について一言私に意見を求めてくれていればと残念に思っています。胸が悪くなるような詩人で、まったくの二流です。エリオット氏もまた、胸が悪くなるような二流詩人です。

心から

1　『パーティザン・レヴュー』の編集者。
2　単独では発表されず。VN訳『イーゴリの遠征の歌』（一九六〇年）に組み込まれた。
3　『パーティザン・レヴュー』（一九四九年九月）。『確証』に収録。

69 『ライフ』宛

CC 一枚[1]

住所 東セネカ通り802
一九四九年一一月一二日

拝啓
貴誌のごく少数の読者諸氏にとって耳よりの情報があります。貴誌一一月一四日号に、ボスの三連祭壇画の美しい写真が掲載されましたが、三枚目のパネルに描かれた蝶の翅は、現在マキバジャノメ *Maniola jurtina* の名で知られている、ヨーロッパ産普通種の雌の標本の翅と直ちに断定できるものであります。この蝶にかんしてはリンネが記載しておりますが、それは、ボスがフランドルの草地に舞うこの蝶を、被っていた帽子でたたき落とし、彼の「地獄」に配してから約二五〇年後のことであります。[2]

敬具
ウラジーミル・ナボコフ

1 編集者が手を入れた形で、『ライフ』二七号(一九四九年一二月五日)に掲載された。
2 ヒエロニムス・ボスの三連祭壇画「快楽の園」への言及。DN。

70 キャサリン・A・ホワイト宛

CC 二枚

ニューヨーク州イサカ
東セネカ通り802
一九四九年一一月二七日

親愛なるホワイト様
とてもすてきな電報と、私の小品についての優しいお言葉と、そして小切手に感謝いたします。ご提案いただいた取り決めについては、それで結構です。もう一篇「幻燈のスライド」[1]をお送りします。楽しんでいただけると思います。以下にこの本を構成する小品の一覧を載せておきます。

第一章	完璧な過去	ニューヨーカー
第二章	母	ニューヨーカー
第三章	おじ	ニューヨーカー
第四章	英語教育	ニューヨーカー
第五章	マドモワゼル	アトランティック
第六章	蝶	ニューヨーカー
第七章	コレット	ニューヨーカー
第八章	幻燈のスライド	

第九章　ロシア語教育　ニューヨーカー
第一〇章　開幕劇　ニューヨーカー
第一一章　最初の詩　パーティザン
第一二章　タマーラ　ニューヨーカー
第一三章　学生時代
第一四章　流浪　執筆中
第一五章　二人称
第一六章　三人称

第五章（私の作品を好きになっていただける前に、貴女がご覧になり没にされたものです）、第三章（正直言って出来が悪かったものです）といったいくつかの章を改変し、拡張しました。

「幻燈のスライド」は採用可能なものでしょうか。この後――さらに三篇あり、それでこの本は出来上りです。第一四（流浪）章、第一五章（二人称）、そして第一六章（三人称）の三篇すべて、まもなくお届けします。このうち最初の章は私の西ヨーロッパでの亡命生活にかんするもので、文学者の習俗について多くのことを語っております。二番目の章は、いわば二人称に視点を取り（私の妻に語りかける形です）、私の息子の幼児期について、自分の子供時代に照らして語るものです。最後の章は私自身の視点から書かれていますが、このシリーズのなかでもっとも重要な章です（実際この結びであり山場である章を念頭に、本全体が書かれました）。なぜなら本全体を流れるさまざまな主題――各章で丹念にたどってきた複雑に絡まった糸のすべて――が、この章において（架空の書評者によって）注意深く集められ、分析されているからです。偶然ながら、この章は私とニューヨーカーとの喜ばしい関係にまつわる、すてきな話をいくつか含む予定です。しかしながら、この最後の章は単独での発表には向かないと思います。以上お話ししたことはすべて、当分のあいだ内密に願います。

あとは私の父について特別な一章を書くことができるだけです――必要な資料があるワシントンになんとか行くことができればの話ですが。特別寝台車(プルマン)に加え、いいホテルに二、三泊となると現在の貯えでは足りません。

インフルエンザから完全に回復されたことを願っております。鷲と熊についての小さなお話は、とても結構なものでした[2]（感謝祭に、息子が貴誌を手に戻ってきました――くすくす笑いながら）。ただし正直な意見を述べれば、二四頁、第一欄冒頭の「熊は」から「心に」までの要領をえない三行は不必要であります。それを除けば、この主題についてこれまで私が目にした最良の文章のひとつであります。

私ども二人から、あなたがたお二人に敬意を込めて。

心から

1 『ニューヨーカー』(一九五〇年、二月一一日)。『確証』に収録。

2 「短評と解説」『ニューヨーカー』(一九四九年一一月二六日)。国際関係についての寓話。無署名ながらE・B・ホワイトの作。

71 キャサリン・A・ホワイト宛

CC 一枚
ニューヨーク州イサカ

一九五〇年一月二八日

親愛なるホワイト様

すてきな小切手、本当にありがとうございます。

来週ワシントンに行く予定にしておりましたが、講演のためにトロントに行かねばならず、ワシントン旅行は延期せねばなりません。いずれにせよ、この本[1]の最後の数章には難航しているところですし、最初の数章も形を整え直したり、書き足したりせねばなりませんでした。私の父について特別に一章書くという案は、全面的に放棄するかもしれません。というのも、彼の活動にかんするさまざまな資料は、この本のあちこちにふさわしい場所を見い出せるからです。

ごく内密にご助言いただきたいことがあります。この本では何がしかの金を手にする決意で、腕のいい出版エージェントの力を借りることを考えておりますが——普通、どこでどうやって、こういう人を見つけるのかが分かりません。ご助言いただけますでしょうか。あるいはこのような方法には反対されますか。これまでに私が書いた本は、この国では、どれも経済的には情けないほどの失敗作でした。これからは、私の本を、何の後押しもなく純粋な運命に委ねるわけには参りません。

心から

1 『確証』

72　パスカル・コーヴィシ[1]宛

CC　一枚

ニューヨーク州イサカ
東セネカ通り802
一九五〇年二月三日

親愛なるコーヴィシ様
貴社の条件は受け入れられるものであります。この春ハーパー・ブラザーズに送らねばならない自伝的な作品を完成させ次第、貴社のためにカラマーゾフから五〇頁を準備します。四つの異なった章からの四つの抜粋です。[2]
もし本全体を私に翻訳させる決定をされましたら、おそらく次の三点にご同意いただけるものと思います。
一　序文をお考えでしたら私が書き手になりたいと思います。
二　学究的な読者のために、私の手で多数の注――説明、評釈等――を付けることになります。
三　所得税の関係で、支払いを一九五〇年と一九五一年の二年に均等に分割するようお願いすることになるかもしれません。
またその場合、入手可能な最良のロシア語版『兄弟』を一冊お送りいただくよう、お願いすることになります。

心から
ウラジーミル・ナボコフ

1　ヴァイキング・プレス社の編集者。
2　ドストエフスキーの『カラマーゾフの兄弟』を、VNが翻訳するという計画。VNは病気入院後の四月にこの計画から手を引いた。

73　キャサリン・A・ホワイト宛

CC　一枚

ニューヨーク州イサカ
一九五〇年三月二〇日

親愛なるホワイト様
黄褐色の紙を「部屋」[1]といっしょにお返しします。誤植を二つ訂正しました。ニューヨーカーの寛大さには深く感謝していることを、改めて申し上げておきたいと思います。この詩はすぐに使われますよう希望いたします。というのも、チャーチル氏もお年を召しておられますし、万一、事故あるいは病に見舞われれば、この悪気のない諷刺の掲載にも支障が出るかと思います。

ところで、試しに第九連を二人の友人に聞かせてみましたが、最後の二語については、意味を取り違えられる怖れはまったくないようです。[2]

ニューヨーカーのパーティーではすばらしいときを過ごしましたが、貴女がおられずたいへん残念に思いました。ヴェーラも私も一日も早いご回復をお祈りしております。

「流浪」と「庭と公園」[3]の二篇はすぐにお送りします。エイミー・ケリーの魅力的で学究的な本「エレオノールと四人の王」[4]をご覧になられたでしょうか。オフィスの方に送られたはずですが。

ご主人にもどうぞよろしくお伝えください。

心より

1 『ニューヨーカー』(一九五一年一月二七日)。『詩集』(一九五六年)および『詩と問題』(一九七一年)に収録。

2 "From Glen Lake to Restricted Rest."［グレン湖から制限付きの休息に至るまで］。最後の二語は、ユダヤ人は宿泊させないという習慣への言及。

3 ホワイト宛一九五〇年三月二四日付の書簡を見よ。

4 『エレオノールダキテーヌと四人の王』(ケンブリッジ、ハーヴァード大学出版局、一九五〇年)

74 キャサリン・A・ホワイト 宛

CC 一枚

ニューヨーク州イサカ

一九五〇年三月二四日

親愛なるキャサリン

この手紙が届く頃にはすっかり元気になられていることと思います。しかし、まだ療養中の場合を考えて、この手紙の写しを自宅の住所にも送ります。この手紙は短篇といっしょにニューヨークのオフィスに送りました。

貴女の例にならって私も寝込んでいます。熱が一〇二度以上あります。気管支炎は起こしていませんが、私のインフルエンザはひどい持続性の肋間神経痛を伴っています。しかしながら「流浪」[1]と「庭と公園」[2]の二篇に、なんとか仕上げの筆をくれることができました。この二篇は私の本の一五章と一六章になります。本の題は「確証」とするつもりです。一四章は女性と愛をめぐる一種のエッセイという、新しい試みになる予定です。そして、一七章は本全体を批評的に概観する章となるでしょう。

次の事柄について正直に言っておきたいと思います。ある一節でシーリンという作家を突き放した筆致で描いていますが、これは私のことです。シーリンはかつてロシア語で書いていた頃の私の筆名（ノン・ド・ゲール）です。私の人生における重要な一時期を描くには、これがもっとも控え目なやり方と思えたのです。何より「シーリン」という名は、アメリカの読者にはまったく何の意味も持たないものですから。「流浪」の最後の数頁まで来たら、「鏡の国のアリス」初版の最初の頁にとても巧妙で難解なチェス問題が載っていたのを思い出してください。ニューヨーカーの読者が、ドッジソン(1)の幼い読者以上に私のチェス問題（ほんの数行であります）に当惑するとは思いたくありません。

ヴェーラと私から貴女とアンディーに、心を込めた挨拶を送ります。

心から

1　『パーティザン・レヴュー』（一九五一年一、二月号）。

2　『ニューヨーカー』（一九五〇年六月一七日）。

（1）チャールズ・ラトウィッジ・ドッジソン。『鏡の国のアリス』の作者ルイス・キャロルの本名。

75　ジェイムズ・ロクリン宛

CC　一枚

ニューヨーク州イサカ
東セネカ通り802
一九五〇年四月二七日

親愛なるロクリン

ひと月以上病気で臥せっていました。ようやく普通の状態に戻ろうとしているところです。まず気に懸かっていることのひとつは、『闇の中の笑い』再版にかんする未決着の問題です。この取引きが貴兄と私にとって有益か否かという問題とはまったく別に、私にとっては自分の経歴を筋の通ったものにしておくことが重要です。それには貴兄がニュー・アメリカン・ライブラリーと結んだ契約の、正確な条文をどうしても知っておく必要があります。これは私にとってはたいへん大事なことです。どうぞこの点にご留意ください。早急に契約書の写しを一枚送ってください。どうして前に送ってもらえなかったのか、理解に苦しみます。結局のところ、文学は楽しいだけのものではなく仕事でもあるのです。

『シェルタリング・スカイ』[1]はまったくのこけ威しであ

ります。才能のかけらも見えません。原稿段階で教養あるアラブ人にチェックしてもらうべきでした。しかしながら、これを含めていろいろな本を送ってもらい感謝します。率直な意見に気を悪くされませんよう。

心から

1　ポール・ボウルズ著（ニューヨーク、ニュー・ディレクションズ社、一九四八年）。

76　ジョン・フィッシャー宛

CC　一枚

ニューヨーク州イサカ
東セネカ通り802
一九五〇年五月九日

親愛なるフィッシャー様

貴社の決定に対して落胆を隠すつもりはありません。[1]早期の出版を希望した理由のいくつかは、前に差し上げた手紙でご説明しました。他にも書面では長過ぎてご説明できない理由がいくつかありました。これらについては述べないままにしておきます。もう決定を変えるには遅過ぎることが分かっているからです。

この決定が、私の本に対して貴兄が関心をなくしかけていることを意味するものでないことを願っております。そのうちの一章を同封いたしました。ハーパーズ・マガジンなら買っていただけるものと思います。無理は申しませんが、できるだけ早めにご感想をお聞かせください。ぜひともどこかに載せてから夏の旅行に出たいのです。

もうひとつ話し合っておきたい問題があります。きっとご存知のことと思いますが、この国に来てアメリカの作家となる前に、私は多数の小説をロシア語で出版しておりました。このうち二作はジョン・ロング社（ロンドン）が英訳・出版しております。さらにそのうちの一作は、一〇年以上前にボブズ＝メリル社から出され、また最近ニュー・アメリカン・ライブラリーによって再版されました（「闇の中の笑い」）。英訳の他に、この小説と他の小説が、フランス語、ドイツ語、スウェーデン語、チェコ語に、そして最近ではイタリア語、スペイン語、オランダ語にも翻訳されております。

先の戦争前にロング社によって出版された二作のうち、二番目の小説[2]は、他の二、三の小説と同様に、いつかはこの国でも出版せねばならないと考えております。できれば数年以内に。これまでこの問題はどの出版社にも持ちかけておりません。一〇年ほど前のニュー・ディレクションズ社は別ですが……。貴社がこのような計画に関心をお持ちか、どうぞお知らせください。この件に関心を持っているらしい一流のエージェントから手紙をもらっていますが、この人物と折衝する前に貴兄のご意向をおうかがいしたいと思います。

心から
ウラジーミル・ナボコフ

1　四月二一日付の手紙で、VNは『確証』を一九五一年の初めではなく、一九五〇年の秋に出版するようフィッシャーに求めている。

2　『絶望』。

77　ジョゼフ・ビクァート博士[1]宛　CC　二枚

ニューヨーク州イサカ
東セネカ通り802
一九五〇年七月六日

親愛なるビクァート

短いメモを送ります。マクダノー博士が来たときに博士の役に立つかもしれません。ご存じの通り、一九四八年春の重い病気のために、鱗翅学の仕事を満足に整理できぬままイサカに発たねばなりませんでした。やり取りした手紙とノートに目を通し、以下の事項を貴兄とマクダノー博士の参考までに書き留めました。

一　新北区（ニアークティック）(1)の蝶の配列は私の責任でやりました。おそらくマクダノー博士は、分類にかんする私の考えに若干の異議を抱くでしょうが、少なくともこのシリーズは今はきちんと整理されています。当初標本があちこちにばらばらに置かれていたので、容易な仕事ではありませんでした。また、ウィークスが収集した旧北区（ペイリアークティック）(2)の蝶の大半も分類しました。これらは、一九四一年から四二年にかけて私が初めてこのコレクションを調べたときには、ガラス蓋のないトレイに入っていました。これもご存知の通り、私は鱗翅目部門のけっして正式なキュレーターではありませんでした。私がこの分野で行なったことはすべて、私にある種のシジミチョウの研究に没頭する機会を与えてくれたバーバーの好意と寛大さに感謝してのことです。この研究は「サイキー」「昆虫学者」そして「MCZ紀要」(3)に掲載されたさまざまな論文として結実しています。

二　本箱の近くにある収納箱には多数のガラスびんが収めてあります。なかにはグリセリン処理し、アルコールと水の混合液に浸した雄の生殖器（主にシジミチョウ科のもの）が入っています。もっと永続的な方法で整理したかったのですが（広口びんシステムを用いて。なぜなら私は生殖器にかんしてはプレパラート・スライドを信用していないからです）、出立前にはその時間がありませんでした。これらのガラスびんに貼ってある番号は、コレクション中のシジミチョウ科の標本に付してある黄色のラベルの番号に対応します。これらの生殖器標本の大半はミヤマシジミ属（"scudderi-melissa" 種群）のものです。ミヤマシジミ属の標本は、「動かすべからず」の貼り紙を付して一時的に別にしてありますが（新北区コレクションの反対側です）、これは標本提供者にまだ返却していない標本があるからです。蝶に付した白いラベルに鉛筆で記入した番号は、私が作成したファイルの番号に対応します。ファイルは各標本ごとのカードから構成されています。この番号を、生殖器が入ったガラスびんを指示する前述の黄色のラベルの番号と混同しないでください。九月中にボストンに行き、返却すべき標本の仕分けを終えるつもりです。フランク・チャーモックに返す分は準備してあるのですが、手紙を出しても返事がなく、どこ宛てに送ったらよいの分かりません（これには他の貴重な標本に混じって、完模式標本（ホウロタイプ）と別模式標本（アロタイプ）が一対含まれております）。

三　北アメリカでも見られるものの、実際には新熱帯区に属する一部のシジミチョウは新熱帯区の標本といっしょにして、西インド諸島の蝶を収めたキャビネットのひとつ（窓にいちばん近いやつです）に入れてあります。新熱帯区のヒメシジミ亜科に取り組んでいる間、一時的にそこに置きました。

四　これも一時的に、頻繁に箱を開けたり動かしているあいだの安全のために、スカダーのシジミチョウ科の標本――摸式標本を二、三含んでいます――を「緑色の」キャビネットに移し、ケースに「スカダーのコレクション」という大きなラベルを貼っておきました。

五　以下の資料は私を通して貸し出されており、そちらを発って以後返却されたかどうか分かりません（対応するケースの空所に注意書きをピンで留めてあります）。

アヴィノフ、カーネギー博物館、一九四三年六月一五日、キューバ産品種 *Phoebis argante* の雌六標本。

フランク・チャーモック、一九四五年四月一八日、*Colias occidentalis* Scud 一標本。

W・P・コムストック、A・M・N・H[4]、一九四六年九月七日、*Anaea* 九標本、さらに一九四五年に *Heliconius charithonius* を約六〇標本、あるいはそれ以上（私の記憶が正しければリストは貴兄の手元にあります）。

R・M・フォックス、カーネギー博物館、一九四六年九月二五日、Ithomine 約一九〇〇標本（彼の計算は一八七八で、こちらの計算に二二足りません）。

A・B・クロッツ、ニューヨーク市立大学生物学部、一九四八年四月二二日、*Boloria freija* 一標本。

六　展翅して新北区セクションに組み入れておいた鱗翅目資料のうち、余剰なものはすべてMCZに寄贈しました。これらは、一九四三年と一九四七年にユタ州とコロラド州で私が採集したものです。その他に、東部各地で集めたもっと小さなコレクションも含まれています。

七　私が手紙をやり取りしていたストーリングズ、グレイ、エフ、その他多数の人々から博物館のために標本を入手しましたが（これらの受入資料のリストは貴兄の手元にあります）、これも私の責任で行なったものです。

他にもいくつか小さな事柄がありますが、秋に会うときでよいと思います。

心から

ウラジーミル・ナボコフ

[1] ハーヴァード大学比較動物学博物館。

（1）メキシコ高地以北、北緯五〇度以南の北アメリカ大陸を指す。

（2）北極地方を除くユーラシア大陸とサハラ砂漠以北のアフリカを指す。新北区とあわせて、全北区（ホラークティック）と言う。

（3）「MCZ」は「ハーヴァード大学」「比較動物学博物館」（Museum of Comparative Zoology）の略。

（4）「A・M・N・H」はニューヨークの「アメリカ自然史博物館」（American Museum of Natural History）の略。

78　ジョン・フィッシャー宛　CC 一枚

ニューヨーク州イサカ
東セネカ通り802
一九五〇年七月二〇日

親愛なるフィッシャー様

二通のご親切なお手紙ありがとうございます。宣伝文を同封しました。印刷原稿編集者（コピー・エディター）の仕事の方は立派で精確なものであります。

副題について。付け加えられた「消えた時代の」はまったく不適切です。この本はある時代にかんするものではなく、ひとりの人物にかんするものです。そしてその意味では過去が「消えてしまった」とは言えません。副題について何か他に案があれば、お教えください。私の頭のなかにはまったく何の貯えもありません。

ジャケットの宣伝文はおっしゃる通りうまくありません。次の点に強く反対します。一、シットウェルは話にもならない凡庸な作家で、ここにはふさわしくありません。[1] 二、「計り知れない資産」[2]を力説した段落はお話にもなりません――歯が浮きます。三、ナボコフは父親の暗殺について「陽気な突き放した態度」で語ってはいません。四、皮肉なくらいふさわしい蝶にかんして述べた一文は、あまりに馬鹿げていて何と言っていいか分かりません。[3] 五、プルーストからの引用はひどい英語で、いずれにせよ的外れです。[4]

「スタイル・シート」について。Colette の "I" はひとつです。

印刷原稿編集者が編集したタイプ原稿について、いくつか注意しておきたいことがあります。一四頁、premonitary (……tory ではない)。三三頁、overboard。四三、四六、五五頁、schoolroom。八一、八九頁、いかにも "moth" は大文字にしてはなりません。一一〇頁、その通り "confront" です。一二五頁、bonnet。一五九、一七二頁、Alexandr (ただし、一一三、一六二頁は Alexandre です)。一七〇頁、*gaffe* に戻してください。一七六頁、その通り――馬鹿げています。一八六頁、nonexistant。一八七頁、buttoned sweater etc.。一九一頁、had possessed。一九一頁、"Claws" は意図的に使っています。同じ文中の "Butcher" も同様です。二〇〇頁、sung でオーケーです。二九九頁、いかにも 1916-1900 B. C. はすばらしいアイデアです。二一一頁、catacumbal に戻してください。

この手紙には最後の章（一六章）を同封しましたが、私の本に加えるか否かなかなか決めかねております。[5] お送りした主な理由は、これが宣伝文で述べるべきことをすべて含んでもいるからであります。「書評者」と「ブラウン嬢」はもちろん架空の人物で、「最後にライラックが（ホウエン・ライラックス・ラスト）」などという本は存在しません。この章を加える場合二一九頁の挿入的な「ビショップをCの2へ」は、当然削除せねばなりません。この第一六章は十分気に入っているのですが、いくつか理由があって加えることを今も躊躇しております。しかしながら、すでに申しましたが、貴社の宣伝文担当者が適当と思う文句を拾い出すのはご自由です。宣伝文はできるだけすっきりした、散文的なものにしていただきたいと思います。いずれにせよ本を読めば作者がどんな人間か、すべて分かるのですから。

心から

1　提案されたジャケットの宣伝文はＶＮをシットウェル

——おそらくイーディス・シットウェル——と比較するものだった。

2 革命前のナボコフ家の豊かな生活を指す。

3 「おそらく皮肉なくらいふさわしいことではあったが、蝶に対する情熱が彼の新たな亡命生活のパターンを決定したのだった」

4 「……プルーストが看取しているように、それらは《記憶という巨大な構造物をその微小で、ほとんど触知できぬ滴ほどの本質のなかでよろめくことなく支えている》」

5 書評を装った最終章は『確証』には入れられなかった。

79

キャサリン・A・ホワイト 宛

CC 一枚
ニューヨーク州イサカ
一九五〇年七月二三日

親愛なるキャサリン

夏の挨拶を一言。皆さん三人とも元気で休暇を楽しんでいることと思います。ノヴァ・スコシアに行かれたとビショップ夫妻から聞いていています。

こちらは新しいコースの準備に専心しています。「荒涼館」と「マンスフィールド荘園」[1]に注釈を付け終わり、「ボヴァリー夫人」を翻訳せねばなりません——少なくとも部分的に。「マンスフィールド荘園」との関連で、ウォルター・スコット、クーパー、シェイクスピアの「ヘンリー八世」、そしてインチボルド＝コッツェブーの「恋人たちの誓い」を読んでいます。ジェインのよさが分かるためには、これらの本も全部読まねばならないと言ったときの学生の驚く顔が今から目に見えるようです。私の目標は一五〇人の学生に本を読むことを教えることです。作品の「概要」と「影響」「背景」「人間味」等々の曖昧な寄せ集めだけで、切り抜けることではありません。しかし、このことは教える側の労力も意味します。[1]

私たちはおそらく夏をずっとここで過ごすことになります。息子はエヴァンストンにいます。ノースウェスタン大学が選り抜きの高校生を集めて提供している、五週間の討論術のコースに出ているのです。楽しんでいるようです。

大学時代を扱った章がハーパーズ・マガジンに載ることは知らせたでしょうか。[2]この本の原稿はハーパーズに行きました。お腹が空になって凹んでしまった若い母親のような気分です。

貴女とご一家に、妻と私から心を込めた挨拶を送ります。

1 VNの『文学講義』（ニューヨーク、ハーコート・ブレイス・ジョヴァノヴィチ／ブルッコリ・クラーク社、一九八〇年）を見よ。
2 「トリニティー小路の宿舎」『ハーパーズ・マガジン』（一九五一年一月）。

（1） それぞれ、チャールズ・ディケンズとジェイン・オースティンの小説。

80 キャサリン・A・ホワイト 宛

CC 一枚
ニューヨーク州イサカ
［一九五〇］年一一月一三日

親愛なるキャサリン

ヴェーラの手紙に付け加えておきたいことがあります。ソヴィエトの雑誌「星（ズヴェズダー）」の一九四九年の号に、驚くべきもの——劇と論説ですが——を見つけました。ソヴィエト＝アメリカ関係を照らし出し、かつ恐るべき光を投げかけるものです。これをネタにして、私に四〇〇〇から五〇〇〇語の記事を書かせるつもりはありませんか。ソヴィエト人がアメリカ人の生活様式をどう見ているか、いくつかの劇からその実例を拾い、さらにソヴィエトの朝鮮政策を予告する——一九四九年八月の時点です！——驚くべき論説を紹介するものになります。この記事ならひと月以内に準備できます。ニューヨーカーの本体と書評欄、どちらにも載せられると思います。

81 ジョン・フィッシャー 宛

CC 一枚
ニューヨーク州イサカ
東セネカ通り802
一九五〇年一一月一四日

親愛なるフィッシャー様

二、三話し合っておきたい問題があります。

一 時間が過ぎて行きますが、まだ宣伝文もジャケットも装丁も見ておりません。どなたがジャケットをデザインされているのでしょうか。「ロシア独特の」もの——教会とかパゴダとかサモワール——が検討されていないことを信じます。こんなことをお聞きするのは、かつてイギリスの出版社にこの種のデザインを背負わされた経験があるからで、他意はありません。

二 広告の方はどうなっているでしょうか。サンタ・クロースがブーツをはく頃ですが。例の予告はいつ出されるおつもりでしょうか。ついでながら、誤解がないことを願っていますが——私がニューヨークのロシア語の新聞・雑誌のことに触れたとすれば、それはアメリカの新聞・雑誌については、いずれにせよ当然貴兄に引き受けていただけるものと考えたからです。私の読者の大半はアメリカ人で、ロシア人ではありません。

三　このことはたぶん前にも触れたと思いますが、いわゆる「ブック・クラブ」に『確証』を売り込むような努力はされたでしょうか。この方法でちょっとした金が入ると聞いております。

四　ハーパーズ・マガジンが一二月号に私の短篇を掲載され、クリスマス前にいくらかこの本の宣伝ができることを願っています。

ボニエールのもとにゲラを一組お送りいただきありがとうございます。

二か月前に、例のフランスの映画会社に書留で手紙を出しました。手紙は戻ってきませんが、何の返事もありません。貴兄ならうまくいくかもしれません。会社の名は「SEDIF」です——手紙を出される場合のために。「仮(アドレス)の住所(プロヴィズワール)」(私が知っている唯一のものです)は、パリ市シャンゼリゼ65-67です。しかしながら、レターヘッドにはマルセーユ、ボルドー、リール、リヨン、ブリュッセルの住所も並んでいます。

心から
ウラジーミル・ナボコフ

82　キャサリン・A・ホワイト宛

CC　一枚
ニューヨーク州イサカ
一九五〇年一一月一九日

親愛なるキャサリン

ロスの提案した方向で喜んで記事を書かせてもらいます[1]——あるいは連載物でも結構です。彼の案は私の考えと矛盾しないばかりか、私の考えを拡充するものであり、この件にかんしては自分が適任だと思っています。なぜならソヴィエトがアメリカ相手の勝負(ゲーム)で使う手(ムーヴ)を、私は文字通りすべて承知しているからです。

来週、手元にある材料のうちで使えるものをリストにして送ります。明後日、三、四日の予定でケンブリッジに出かけますので、ワイドナー(1)に何があるか見てきます。

心から

1　ハロルド・ロスがホワイトに送った一一月一五日付のメ

モ――「彼はネタの領域を広げることができるだろうか。このアイデアについては、ショーンと私の頭には他の作家たちの名前があったのだが、ナボコフが適任かもしれない。それに、反対に、彼が自分のアイデアを出してこないことだってありうる。それならこちらからそのアイデアをつかない方がよいかもしれない。君からこの件について聞いてみてくれないか。ともかく、この題材で彼が書くものなら何であれぜひ見てみたいし、それを受け取るまではこちらとしては喜んで動きを止めるつもりだ。」

(1) ハーヴァード大学ワイドナー記念図書館。ハーヴァードの中核図書館。

83 キャサリン・A・ホワイト 宛

CC 一枚

ニューヨーク州イサカ

一九五〇年一二月七日

親愛なるキャサリン

小切手本当にありがとう。二五パーセントの天引きというのは、返済の方法としてたいへん結構なものです。

ロシアにかんする例の記事は、『ソヴィエトにおける合衆国のイメージ』という本を見るまで待つように、とのことでした。私としては貴女の興味をそそるものでなければ、書くつもりは毛頭ありません。

パヴロフについての記事[1]は実に鮮やかな文章です。しかしながら、書き手はご存じないようですが、詰まるところパヴロフは変人であって、彼の実験結果の大半は、実験するまでもなく先験的に明らかなものであったかもしれません。それに、この問題全体が海外の一流の科学者たちの厳しい、そして正当な批判を受けています。

一方、レベッカ・ウェストの作品[2]は実にみごとです。続きが楽しみです。

心から

追伸 ニューヨーカーが届くのがだんだん遅くなっています(月曜日とか、ときには水曜日になることもあります)。九月からずっとこんな状態なのですが、なぜかいつも言うのを忘れていました。

1 「イワン・ペトロヴィチ・パヴロフ」『ニューヨーカー』(一九五〇年一二月二日)。

2 「犯罪記録、ロンドンの仮面劇」『ニューヨーカー』(一九五〇年二日、九日、一六日)

84　キャサリン・A・ホワイト宛

CC　一枚
ニューヨーク州イサカ
一九五〇年一二月三〇日

親愛なるキャサリン

まず何よりも多額の小切手に感謝したいと思います――それとも契約書の写しにサインして返したとき、すでに言いましたでしょうか。

バルグールンの本（『ソヴィエトにおける合衆国のイメージ』）は、この題材で私が言おうと思っていることには何ら口出ししていません。彼の情報は一九四五年どまりですが、私は一九四九年、一九五〇年の観点で考えています。この本は、たとえば四六頁のひどい誤訳から判断して、ロシア語をほとんど何も知らない人物が書いた実にお粗末な本です。本全体に、学部時代平均点七七点だった大学院生が書いているような響きがあります。もう一点、彼の関心は主にソヴィエトの政治関係の記事にありますが（それにしては哀れなくらい茫漠としています）、私が考えていたのはソヴィエトの雑誌に載ったソヴィエトの短篇、小説、劇、そして「文学・文化」関連記事におけるアメリカとアメリカ人の描き方について、ぴりっとした芸術的な筆致で一本書くことでした。

シュウォーツ[1]がタイムズ・ブック・レヴューに抄録した記事が、全体の傾向において、私が自分の題材を泳がせようと思っている水の色に若干近いものです。ところが、私の題材の方は、まだえらがあるのに水面であっぷあっぷしています。

もしロス氏とショーン氏が私をこの問題に取り組ませたいとお考えなら、予期せぬ事態のために記事が掲載できなくなった場合にも、私がかけた時間をまったくの無駄にはさせぬという、何らかの保証を与えるつもりはないでしょうか。

それから長さについてはどうお考えですか。たとえば三回の連載というのはどうでしょうか。

よい年をお迎えください。親愛なるキャサリンへ、常に変わらぬ

心をこめて

1　ハリー・シュウォーツはロシア関係の本の、常連の書評者であった。

85 ハロルド・ロス宛

CC 一枚

ニューヨーク州イサカ
東セネカ通り802
一九五〇年一二月六日
[実際は一九五一年一月六日]

親愛なるロス様

ご親切なお手紙ありがとうございます――すべての点を網羅しております。いかにも五〇〇〇語から六〇〇〇語の読切り記事に、ちょうどどうってつけです。私が考えている外的情況とは、私が記事を書き終わらないうちに、同じ題材を扱った同じ傾向の記事が他の雑誌に載ることです。たぶんそういうことはないでしょうが、あり得ぬことではありません。1

私こそお会いできてとても嬉しく思いました。実のところ昨年三月のカールトンでの記念レセプションには、野を越え山を越えはるばる参ったのですが、(貴兄とはあらゆる種類の言葉のジャングルのなかで、キャサリン・ホワイトを仲立ちに間接的に何度か話し合いを持ちましたが、私がそのことを暗に指して)「ドクター・ロスとお見受けし(アイ・プ)ましたが(リズーム)」と声をおかけしました。貴兄は「私はドクターではありません」と答えられましたね。(1)

またお会いできる機会があることを願っております。

心から
ウラジーミル・ナボコフ

1 ロスからVNに宛てた一九五一年一月三日の手紙に以下のようにある。「この記事（あるいは連載記事）の掲載を妨げるような外的情況などまったく想像できません。原爆投下で廃刊にでもなれば別ですが。その場合でも未決の仕事に経営者側が報いることはあり得ます」。VNはホワイト宛三月一〇日付の手紙で、ロスがこの記事を無期限に先延ばししようとしている、と伝えている。

(1) 英語に“Dr. Livingstone, I presume?”(「ドクター・リヴィングストンとお見受けしましたが。」）という表現がある。文通・うわさ等でよく知ってはいるが、まだ会ったことはない人物に偶然会ったときに用いるユーモラスな表現である。アフリカ探検家デイヴィッド・リヴィングストンはナイル川源流探検中に行方不明になったが、H・M・スタンリーの半年以上におよぶ「野を越え、山を越え」の大捜索の結果、タンガニーカ湖畔の町で発見された。“Dr. Livingstone, I presume?”はスタンリーがリヴィングストンに最初にかけた言葉とされ、有名になった。

86　ジョン・セルビー[1]宛

CC 一枚

ニューヨーク州イサカ
東セネカ通り802
一九五一年一月一七日

親愛なるセルビー様

二年前に私の本についてお問い合わせのお手紙をいただきましたが、その際は、残念ながらお互いに理解するまでには至りませんでした。今日はまったく別の件でお手紙差し上げます。ご関心をお示しいただければ幸いです。

現在、私はコーネル大学でヨーロッパ小説のコースを教えておりますが、いつも使う教材としてフロベールの「ボヴァリー夫人」を選びました。九月に大学の書店を通して、貴社版のこの小説を学生一三三人のために注文しました。この小説についての討論には七回の授業を当てましたが、毎回少なくとも十分は信じがたい誤訳（より正確には、そのうちの最悪のものだけですが）の訂正に費やさねばなりませんでした。実を言えば各頁に少なくとも三つか四つのまちがいがあります――明らかな誤訳か、でなければフロ一ベルの意図を歪める締まりのない訳かのどちらかです。視覚に訴える事物、衣服、風景、エンマの髪型等々を描き出すフロベールの美しい文章は、訳者の手で完全に台無しにされております。私は、フランス語初版を横に、訳本の一語一語に目を通し、これらすべてを直さねばなりませんでした。また、訳者の不十分なフランス語に由来するさまざまな誤訳に加えて、多くの誤植を見つけました。その大半は不完全な校正に起因するもの（“meads”とすべき所が“beads”になったり、“cane”が“came”になったりという類）ですが、他にフランス語初版の誤植（後のフランス語版では訂正されております）を訳者が忠実に踏襲している場合もありました。

初めは、来年もさらにその後もこの本を使うつもりでおりました。ですが、私が教室で行なっているフロベールの文体分析は詳細なものでありますし、学生はフランス語原典を読めるほどのフランス語の知識を期待されてはおりません。したがって事態は憂慮すべきものであります。以上お知らせした方がよいと思い筆をとりました。私からの提案ですが、貴社の版（「エリナー・マークス・エイヴリング訳に基づき、編者が校正と現代化を加えた」一九四六年の版）を増刷される前に、私が作った一〇〇〇を越える個所の校正表を採用してもらえないでしょうか。この提案にご関心を持たれましたら、提示できる条件をどうぞお知らせください。[2]

また、時代と場所、文学、歴史への言及は、アメリカの学生にはまったく理解できないものであり、この英訳にはそれらを説明する多くの注を付けるべきだとも確信いたしました（誤訳がすべて訂正された後の話ですが）。そちらのご意向次第ですが、これも進んでお引き受けします。

次から次で恐縮ですが、「ボヴァリー夫人」の構造にかんする学生向けの小さな本をもうすぐ書き上げるところです。出版されるお気持ちはありませんでしょうか。

心から

V・ナボコフ

1　ラインハートの編集者。

2　この計画は放棄された。

87　パトリシア・ハント[1]宛

CC　二枚

ニューヨーク州イサカ
東セネカ通り802
一九五一年二月六日

親愛なるハント様

貴女の提案には大いに興味をそそられました。これまでの採集活動（四五年になります――六歳のときに始めましたから）のあいだずっと、私が目にする驚異の数々を誰かが写真に撮ってくれることを夢見てきました。ネイチャー・リポーターの腕と『ライフ』のカメラマンの腕を、蝶とその生態にかんする私の知識と組み合わせれば、本当に理想的なチームができると思います。実にすばらしいアイデアです。条件で合意できれば、この件については喜んでお役に立ちます。

それには以下の点を考慮せねばなりません。イサカの周辺は絶望的ですし、ニューイングランドも同様です。実のところ東部はどこもきわめて蝶に乏しい所ばかりです（フロリダは例外です。アンチル諸島につながる、まったく別の熱帯の動物相に属しています）。ずっと上ってメイン州北部には若干面白い蝶がいますが、どれも絵になるものではありません。東部全州で見られる、絵になる数少ない種類の蝶（オオカバマダラ Monarch、若干のアゲハチョウ Swallowtails、イチモンジチョウ Admirals）は、いやに（アド）なるほど何度も写真になっています（ノージアム）。二、三の珍種は、くすんだ色のものも目も眩むものも、きわめて限定された地域でしか見られず、決まった場所と時間に羽化するかどうか当てにはなりません。まさしく宝石と呼ぶべき小型の蝶

（世界的にももっとも珍しい蝶のひとつです）が一種おりますが、ほぼ一〇〇年前にエドワーズの所で働いていた黒人の庭師が発見して以来、まだ三〇か四〇標本しか採集されておりません。この蝶が五月初めにヴァーモント州のどこで羽化するかを知っている採集家が二、三人おりますが——正確な場所は秘密になっております。私自身が命名した、非常に局地的なブルーの蝶が、オルバニーとスケネクタディーのあいだの松しか生えない不毛地帯に見られますが、その近辺には他には人目を引く、あるいは科学的に興味のある蝶はおりません。東部で見られる蝶で、非常に美しく比較的珍しいもの（雌のいい標本は二、三ドルします）は大型のヒョウモンチョウ Fritillary だけで、六月に南東部諸州の山地のあちこちで見られます。これらの蝶の写真を撮ろうと思えば、あちこち動きまわり、気紛れな天気と採集家の運に任すことになります。

西部ではこういうことはありません（夏のあいだ中、広く採集してまわったことが数回あります）。私はとくにコロラド州南部とアリゾナ州を考えておりますが——ロッキー山脈ならどこでも、何種かのきらびやかなものをかなりの数見つけることは容易です。ぜひとも写真に撮ってもらいたい中型の魅力的な蝶がおります。これは一〇年前、グランド・キャニオンのブライト・エンジェル・トレイルを二、三分下った場所で、私が発見し命名したものです。一九四九年に二か月間採集を行なったティートン山脈もすばらしい場所です。それからもちろんアラスカがあります。私は行っておりませんが、知るところでは簡単に写真に撮ることができる蝶がたくさん見られます。

ひどい恥ずかしがり屋でもなく、写真うつりもたいへんよい蝶たちが羽化する地域と、彼らが翅を休める場所——花頭、葉、小枝、岩、木の幹などですが——を記したリストを、私は何年も前から頭のなかに持っております。あるいくつかの場所では、興味深く派手な蝶が、暑い日などに湿った砂の上に群れ集う習性を持っています。水をちびちび飲んでいるときは簡単に飛んで逃げたりしません。他にも多くの種が、丈の短い高山植物の花に翅を広げてとまったり、石の上で日光浴をしたりします。（貴社のカメラマンは、当然、少々腹這いでくねくねと動きまわったり、蛇がいるかもしれないことを完全に無視して仕事をする覚悟が出来ているものと思います）。他に、翅を閉じ美しい裏面を横から見せてくれる蝶もとてもすてきな写真が撮れます。というのも容易に近づける峡谷の道沿いに生えているアザミの花に、何十匹もとまっているのを見られるからです。これらの西部の蝶はどれもすばらしい写真になりますし、そのような写真はかつて撮られたことがありません。

私――体は大きいのですが敏捷に動けます――が珍しい蝶に忍び寄ったり、花頭からさっとネットに入れたり、あるいは空中の蝶を捕らえるところを写しても、何枚か目を引く写真ができるかもしれません。蝶がネットに入るとすぐに、プロは特別な手首のひねりを利かすのですが、これもたいへん魅力的です。それから、ネットのなかの蝶の胸部をガーゼ越しに親指ともう一本の指でそっと摘まむところを写すことができます。そして、もちろん蝶を展翅板に留めるまでの一連の段階は、私が願うようなやり方で写真に撮られたことは、まだ一度もありません。こういう写真は一般の人の目を楽しませるばかりでなく、科学者や自然愛好家のあいだでセンセーションを起こすかもしれません。強調しておかねばなりませんが、貴女が頭に描かれているプロジェクトはかつて一度も試みられたことがありません。

採集するときに私が使う普通の方法は、あれこれの場所に車で行くことです。採集する場所は、沼、峠越えの道、湖のほとり、あるいは高原の草地へ登る小道などであります。私は外でキャンプするのは好みません。普通は西部にはいくらでもある快適なモーテルに泊まります。採集に最適の時期は六月末から八月初めですが、もちろんこれは高度や緯度等によって変わってきます。この夏どこで採集するかまだ決めておりません。それはある程度、私の本（今月一四日にハーパーから出る『確証』のことです。ニューヨーカー、ハーパーズ・マガジン、あるいはパーティザンで一部ご覧になっているかもしれません）がもたらしてくれるお金によって決まります。同時に『ライフ』がこのプロジェクトにいくら出費される覚悟かにもよります。

心から
ウラジーミル・ナボコフ

1 『ライフ』の自然部門のパトリシア・ハントは一月三一日付の手紙で、VNの蝶採集を取り上げる、企画中の記事のことで彼の助力を求めてきた。この企画からは何も生まれなかった。

88 キャサリン・A・ホワイト 宛

CC 四枚
ニューヨーク州イサカ
一九五一年三月一七日

親愛なるキャサリン

ニューヨーカーが私の短篇[1]を没にされたことは残念であります。この短篇はすでに他のところに送りました。したがって再考を促しているなどと思われることなく、いくつかの点について自由に論じることができます。

まず第一に、貴女が「圧倒的な文体」「軽いストーリー」そして「手の込んだ作り」という言葉で何を意味しているのか分かりません。私の物語はすべて文体の織物(ウェッブ)であり、一瞥したくらいでは、ダイナミックな内容をたいして含んでいるようには見えません。たとえば貴女から優しく誉めてもらった「確証」のなかの数篇は、一連の印象を「文体」という媒体でつなぎ合わせたものに過ぎません。私にとっては「文体」こそ内容なのです。

ニューヨーカーは「ヴェイン姉妹」をまったく理解されなかったという気がします。二、三説明させてください。この物語の要点は、わがフランス人教授――いささか愚鈍な学者で、人生の皮相的な面を冷淡にしか見られない人間――が、亡きシンシアの発する魅惑的で心動かす「霊気(オーラ)」に、それとは意識せぬままに引き込まれていくというものです――彼は（語りのなかでは）未だに、その肌、髪、仕草といった観点からしか彼女を見ることができないのですが。彼があえて認めてもよいと思う彼女の美点は、彼女が――霜、陽光、ガラスを――描いて彼に与えた一枚の絵だけであります。それは彼のお気に入りの絵であります。物語の冒頭で、彼が――いささか馬鹿げたことながらも――引き込まれていく、輝く氷柱(つらら)の霊気は、この絵に由来するものなのです。彼は、いわば陽光にきらめく幽霊の導びくままにある場所へたどりつき、そこでDと出くわし、シンシアの死を知るのです。物語の終わりでは、彼は霊がテーブルを叩(ラッピング)くという通俗な現象に、そして頭文字遊び(アクロスティックス)に彼女の霊を求めます。それから（彼女と最後に会ったときの、切れ切れの陽光に満ちた）ある朦朧とした夢を見るのです。そして最後の段落となるのです。この段落は、普通に読むだけなら、この朦朧とした陽光の叱責を伝えるだけですが、より注意深い読者には頭文字の謎を解く喜びも与えてくれるのです。I C-ould I-solate, C-onsciously, L-ittle. E-verything S-eemed B-lurred, Y-ellow-C-louded, Y-ielding N-othing T-angible. H-er I-nept A-crostics, M-audlin E-vasions, T-heopathies--E-very R-ecollection F-ormed R-ipples O-f M-ysterious M-eaning. E-verything S-eemed Y-ellowly B-lurred, I-llusive, L-ost. [意識しても私には何も分離できなかった。すべてが霞み、黄色い雲がかかり、形あるものを何も生み出さなかった。彼女の馬鹿げた頭文字遊び、涙もろい逃避、降霊術――すべての記憶が謎めいた意味のさざ波となった。すべてが黄色く霞み、つかみどころなく、失われていた]。この "icicles by Cynthia" [つららはシンシアの仕業] は、もちろん物語の最初の場面のことを指し、いわば、彼女の赦しに満ちた、優しい、雌鹿のような魂から送られてきたメッセージなのです。この魂が、虹色の陽光を彼にプレゼントしてくれたのです（彼のお気に入りの小さな絵——彼女にまつわるもので、唯一彼の気に入っているもの——によく似たものを贈ってくれたのです）。そして、このメッセージに、哀れなシビル——大きな幽霊に寄り添う小さな幽霊——が遅れじと、"Meter from me, Sybil"［メーターは私からよ、シビル］と付け加えるのです。もちろんこれは、フランス人教授がDに出会った場所に立っていたパーキングメーターの赤い影を指しているのです。

貴女は、上から下に、下から上に、あるいは斜めに原稿を読むことなど編集者には期待されていないと反駁するかもしれませんが、私はさまざまな形の謎解きにそれとなく言及することで、読者がほとんど知らぬ間にこの発見に導かれていくように工夫しています——とりわけ文体の唐突な変化がそれです。

私が今考えている物語の大半は、この方向で、つまり表面の半透明なストーリーのなかに、あるいはその背後に二番目の（主要な）ストーリーを織り込むという方法に従って作られることになります（過去にもこのような物語を何篇か書いています——こういった「内部」を持った物語を、実のところ貴社はすでに掲載しています[2]——年老いたユダヤ人夫婦と彼らの病んだ息子の話です）。貴女のような鋭敏で緻密な読者に、私の物語の内部構造を看取してもらえなかったことに、実際とても失望しています。私が言っているのは頭文字遊びのことではなく——シンシアの霊と物語冒頭の雰囲気の合致のことです。いつか読み直すことがあれば気づいてもらいたいのですが——無念に思いながら、そう願っています——、この物語ではすべてがくるっと物語の冒頭に戻って終わるのです。あるいは、こう言った方がいいかもしれませんが、精妙な円、あるいは暗黙の照応構造を形作るのです。これは主人公のフランス人の目には見えませんが、未知の霊の力によって、主人公の気障（きざ）な賛辞というプリズム越しに読者の目には投射されているのです。[3]

他にも言っておきたいことがあります。鉛筆で書き留められた寸評は貴女のものではないと思います。別人の筆致ですので。一五頁で、シェイクスピアのソネット相手に、何百万人もの奇人たちが試みてきた類の読解——行頭の文字を綴り合わせると何か秘教的な意味にならないか、というものです——について述べています。これは最後の段落に向けて張った第一の伏線でありますが、これが、シェイクスピアのソネットはABBAあるいはABABの押韻形式を取るという余白の書き込みと、いったいどういう関係があるのでしょうか。

四頁で、同じ注釈者は、女子大生が帽子を被ったまま試験を受けることなど普通ない、と書き込んでいますが、試験の後すぐにバスや電車に乗りたいときには皆そうします。他にもいくつか質しておきたいこと――たとえば、六頁の、ご婦人（レイディー）の恋の相手にかんする、「どうして彼に分かるのか」という書き込み――がありますが、飛ばしましょう。しかし、なぜ七頁の「さいはての島（アルティミット・アイランド）」に読者が当惑するとこの注釈者は考えるのか、私には理解できません。これは明らかに「極地（ウルティマ・トゥーレ）」への言及なのですから。他にもありますが、勝手に野次らせておきましょう。

この件については本当に落胆しています。経済的にも痛いのですが、それはまったく別の問題です。いちばん問題なのは、私がこれほど好意を持ち、敬服している人々が、今回に限っては、私の読者として完全に期待外れに終わったということです。

五月末にニューヨークに出られると思います。ヴェーラとともに、お二人に会える機会があることを願っています。その前に別の物語を送るつもりですが、黄色い紙になって、速達の封筒で戻ってくることを願っています。(1)

心から

1　「ヴェイン姉妹」『ハドソン・レヴュー』（一九五九年冬）。『ナボコフの四重奏』（ニューヨーク、フィードラ社、一九六六年）に収録。

2　「符号と象徴」（一九四八年五月一五日）。

3　ホワイトからVNに宛てた三月二一日付の書簡――「もちろん貴兄の頭文字遊びは解けませんでした。ニューヨーカーの路線から外れたものですから。しかし、そうでなくとも、お手紙を拝見した今でも、少なくとも貴兄の物語のおよその目的は理解していたと信じています。この物語と年老いたユダヤ人夫婦についての物語の大きなちがいは、後者の登場人物たちが私たちの心を動かしたのに対し、ヴェイン姉妹の物語が動かさなかったという点です。文体で織物を作るのは、「確証」の場合のように、織物がテクスト内容の装飾か容れ物であるのなら結構なことです。しかし織物も、こんがらかったり、あまりに複雑になると罠になりかねません。そして文体が内容にふさわしくない場合には、読者は文体の織物（ウェッブ）［蜘蛛の巣］に囚われて蝿のように死にかねません。私は、このことと、ヴェイン姉妹がこういう織物に値するとは考えなかったという事実に固執せざるを得ません。」

（1）採用され、校正原稿が送られてくること。

89　シーラ・ホッジズ[1]宛

CC　一枚

ニューヨーク州イサカ
東セネカ通り802
一九五一年三月二二日

親愛なるホッジズ様

私の本を出版するお気持ちがあるとうかがい喜んでいます。たぶんハーパーズからも一両日中に連絡をもらえると思います。

この本に題をつけるに当たっては、頭にいくつか候補がありましたが、もっとも抽象的なものを選びました。というのも本に流れる命の血が一滴でも表に滲み出すことを、私は好まないからです。しかし、もちろん貴女のご意見も理解できます。なにしろ「確証」という題を、私の友人は誰ひとり気に入ってくれませんでしたので。というわけで、いくつか他の題を並べてみましたので、お好きなものをお選びください――「手掛かり(クルーズ)」、「虹の縁」、「ムネーモシュネーよ、語れ」(これがいちばん気に入っています)、「プリズムの縁」、「抜けた羽根」(ブラウニングの詩から)、「ナボコフの序盤(オープニング)」(チェス用語)、「エンブレマータ[2]」。

心から
ウラジーミル・ナボコフ

1　イギリスの出版社ヴィクター・ゴランツ社の代理人。
2　ゴランツ社版の題は『記憶よ、語れ』(一九五九年)になった。

90　フランシス・ブラウン[1]宛

CC　一枚

住所　ニューヨーク州イサカ
東セネカ通り802
一九五一年四月一九日

親愛なるブラウン様

ご親切にもお送りいただいたブーニンの回想録[2]中のチェーホフとトルストイの肖像には、覚えがありました。他の肖像も同じくらい高いレヴェルで書かれていることを願いましたが、残念ながらそうはなっておりません。

私がこの本について記事を書くとすれば、まちがいなく破壊的な調子になるでしょう。しかしながら、かつて私がよく知っていたこの著者は、今や高齢の老人であり、私が彼の本を粉砕すべきだとは思いません。賞賛することができない以上、いっそのこと、まったく書評しない方がよいと考えます。

お返事が少々遅れご迷惑をおかけしました。本は今日、別便でお返しします。

クロッツが書いた蝶にかんする本の書評[3]をお任せいただきたく、昨日お手紙を出しました。興味深く重要な本です。ご関心をお示しいただけば幸いです。

心から
ウラジーミル・ナボコフ

1　『ニューヨーク・タイムズ・ブック・レヴュー』の編集者。
2　イワン・ブーニン『回想と肖像』(ニューヨーク州ガーデン・シティー、ダブルデイ社、一九五一年)。
3　アレグザンダー・バレット・クロッツ『北アメリカの蝶、グレイト・プレインズ以東―フィールド・ガイド』(ボストン、ホートン・ミフリン社、一九五一年)。VNはこの仕事を任されなかった。

91　ジョン・H・フィンリー・ジュニア教授[1]宛

CC　一枚

お返事ください　ニューヨーク州イサカ
東セネカ通り802
一九五一年六月一二日

親愛なるフィンリー教授
嬉しいお手紙に心から感謝いたします。いかにも、ご提案いただいた一般的な種類のコースをひとつ準備できると思います。私の特色を出せる許容範囲をいくらかいただければですが。私の講義では文学の芸術的側面を強調いたします。語り(ナラティヴ)のジャンル間の関連についての貴兄のお考えと衝突しないようなコースを、心に描いております。構造の問題、技巧の展開、主題(「主題の糸筋」という意味での)、そしてイメージ・魔術・文体を扱うことになります。もちろん私の一九世紀小説研究を、イーリアスとかスローヴォといった古代の傑作を貫通する主題の糸筋と結びつけることもできます。しかしながら私の主たる目的は以下のような分析作業にあります。マンスフィールド荘園(とそのお伽話的パターン)、荒涼館(とその子供と鳥の主題)、アンナ・カレーニン(とその夢と死の象徴)の芸術的構造の分析。それから、三つの物語（ゴーゴリの外套、スティーヴンソンのジキルとハイド、そしてカフカの変身、これらをひっくるめて扱います）における「変身」の主題——神話と同じくらい古いものです——の分析。そして最後にプルーストの第一巻、スワン家の方へにおける、重層された庭とも呼ぶべき彼の文体の分析です。もしこれが欲張り過ぎであれば、荒涼かマンスフィールドのどちらかを犠牲にすることもできます。このプログラムなら貴兄のそれから逸脱していないように、私には思えます。なぜなら、結局は、象徴やイメージの、そしてものの見方や見たものを伝達する方法の歴史的発展を扱うことになるのですから。つまるところ、ホメロスもフロベールもゴーゴリもディケンズもプルーストも、みな私の家族の一員なのです。あとは「追加される給与」が十分なものであることを願うのみです。もちろん私のコースの輪郭が、貴兄のお心に適えばの話ですが。

いずれにせよ、来春、貴兄とハリー・レヴィンにお会いする機会がたくさんあることを楽しみにしております。

心から

追伸　壊れかかったタイプライターを使っております。そのうち新しいものが送られてくるのですが。(1)

1　ハーヴァードのフィンリーの招きで、一九五二年、VNは客員教授として「人文学二」を教えた。

(1)　タイプライターの故障のため、原文では"h"がすべて脱落し、"p"が"l"に、"p"が"o"にすべて置き換っている。ここでは原文と同じ読みにくさを再現するのは諦めた。

92 エレーナ・シコルスキー宛

ALS　二枚　エレーナ・シコルスキー蔵

ニューヨーク州イサカ
ハイランド・ロード623
一九五一年九月六日

私の親愛なるエレノチカ

「労働量」をちょっと軽くしてもらいました。早速この猶予期間を有効に使おうと思います。君の仕事仲間についての話は、大いに楽しませてもらいました。三〇ドル（九月分二〇ドル、一〇月分の一部一〇ドル）の郵便為替を同封しました。一一月もできれば同じようにするつもりです。私の指示でヴェーラが手紙を書きましたが、君の手紙とすれちがいになったに相違ありません。僕が送金する前にP

に援助を求めたのは、ちょっとまずかった。でもたぶん僕の無能に主な責任があるのでしょう。どうか、このささやかな小切手を含めて、すべて届いたか知らせてください。

僕らを破産させかけていたセネカ通りの家を、春に出ました。僕らのものだった家具はアップライト・ピアノを含めて処分し、身の回りの品だけを僕らのくたびれかけた車に積んで夏の休暇に出発し、水かさを増した川を渡り、信じられぬ雷雨をくぐり抜けて西部に向かいました。今は旅から戻って来て、ずっと快適な家に暮らしています。次の学期は、しばらくケンブリッジのハーヴァード大学に行かねばなりません。ロシア文学を二コース、一般の文学を一コースを教えることになっています。

ミチューシャはすでにハーヴァードに行っています。もう一七歳で、体が馬鹿でかく、監督制教会の聖歌隊でバス歌手として歌っています。彼が興味を持っているものを好きな順に並べれば、山登り、女の子、音楽、陸上競技、テニス、そして勉強となります。同時に、才能豊かで頭がよく、あらゆる知的領域に通じ、すでに最初の詩と最初の短篇をものしています。しかしまだ多くの点で、マントンやサンタ・モニカの浜辺で、金色の光に包まれて遊んでいた[1]頃の小さな少年です。いいかい――今のジコチカの姿を君の魂の手でしっかりつかんで、大事に持ちつづけなければいけないよ。そうすれば、それが彼を通してこの先ずっと輝きつづけるのだから。

コロラド州からモンタナ州とまわってきました。断崖絶壁のカーブで、何度もミチューシャの恐ろしいハンドルさばきを見せられました。みごとはみごとですが、ちょっとこれ見よがしのところもあってすっかり参りました。その後ヴェーラのすばらしい堅実なテンポに戻ってほっとしました。

彼は僕らと別れて、ロサンジェルスで行なわれた全国弁論大会に参加し、それからテリュライドで僕らに合流しました。テリュライドはコロラド州南西部のサン・フワン山地にある小さな古い鉱山の町です。舗装していない凸凹の山道をはるばるそこまで行ったのは、一九四八年に、博物館の九つの標本に基づいて僕自身が新種として記載した、ある蝶を探すためでした。生きている姿をどうしてもこの目で見たかったのと、未知の雌を見つけるためでした。テリュライドの標高は九〇〇〇フィート（三〇〇〇メートル）で、毎朝そこから徒歩で一万二〇〇〇フィート（四〇〇〇メートル）の所まで登らなければなりませんでした。サッカーで鍛えたふくらはぎはまだ健在ですが、太って体が重いのです。そのきわめて珍しい、僕が名づけた娘（ゴッド・ドーター）をとうとう見つけたとき、僕の喜びがどんなものだったか、きっと分かってもらえると思います。それは、青紫のルピナスに被われた切り立った山腹の、空高く雪匂うしじまのなかにおりました。ジュ・フェ・モン・プチ・シーリン[2]、お気づきでしょうが。

ついでながら、『セバスチャン・ナイト』がアルバン・ミシェル社からフランス語で出版されます。それと、たっぷり評判は取ったが、ほとんど金にはならなかった『確証』(『記憶よ、語れ』)がイギリスから出る予定です。また、パリでは薄い詩集も出ます[3]。

その後すぐ、ミチューシャを車でワイオミング州西部のグランド・ティートン公園まで送りました。彼はそこで、移動用テントで暮らしながら、有名な登山家たちといっしょにたいへんな登山をしました。ヨーロッパやアジアのいちばん険しい山にも匹敵する山に、ロープ、ハーケン、ラペルなどを使って登ったのです。その間、ヴェーラと僕は二人だけで、イエローストン公園地区の寂しい牧場で過ごしました。今住んでいる所もとても静かな所です。豪奢な、半ば黄葉した木々に囲まれて、音といえばこおろぎの鳴く音くらいしか聞こえません。E・K[4]とR[5]のことを考えると、堪えられない悲しみでいっぱいになります。あえて手紙を出すことはしていません[6]。

僕から抱擁を送ります

V[7]

1　エレーナ・シコルスキーの息子ウラジーミル。エレーナ・シコルスキーはこのときジュネーヴにいた。一方、エヴゲーニヤ・コンスタンティノヴナ・ホーフェルドとロスチスラフは、スターリン主義下のプラハに残ったままであった。DN。

2　「わが懐かしきシーリン調にしてみました」の意。その直前の言い回しのスタイルとリズムを生み出すのに払った努力のことを指している。かつて、ウラジーミル・シーリンの名で書いたロシア語の詩と散文にも同様の努力を払った。

3　『詩集(スチハトヴァレーニヤ)、一九二九―一九五一年』(パリ、リーフマ社、一九五二年)。

4　エヴゲーニヤ・コンスタンティノヴナ・ホーフェルド。

5　ロスチスラフ。

6　彼らを取り巻く警察国家的情況において、そのような手紙のやり取りが招来するかもしれぬ危険を見越して。

7　ロシア語からDNが英訳。

93　M・M・カルポヴィチ教授[1]宛

CC　六枚
ニューヨーク州イサカ

一九五一年一〇月一二日

親愛なる（ダラゴーイ）ミハイル・ミハイロヴィチ

すてきな行き届いたお手紙本当にありがとう。指摘してもらった問題点を、貴兄が列挙したのと同じ順序で取り上げてみます。

コース[2]の最初でツルゲーネフを扱うというのは、たいへん適切だと思います。

オストロフスキー、サルティコーフ、レスコーフにはざっと触れる予定です。しかし彼らの作品を読むよう義務づけるつもりはありません。

ネクラーソフを扱うときは私自身の散文訳を用いる予定です。チュッチェフを私に任せてもらい感謝します。フェート、ブロークと関連させて論じたいと思います。すべて私自身の訳を使います。

ドストエフスキー——「分身」、「ザピースキ・イズ・パドポーリヤ」[『ねずみ穴から出た回想記』]、「罪と罰」。

トルストイ——「イワン・イリッチの死」と「アンナ・カレーニン」。

チェーホフ——「犬を連れた奥さん」、「谷間」、「ドーム・ス・メザニノム」[「中二階のある家」]、そして他に物語一篇。「チャーイカ」[「かもめ」]。

これらすべての作品の詳細な分析に、背景の講義や概括的な議論を交えることになります。ゴーリキーについては、その拙劣な技巧をチェーホフと比較する際に、ヴォルガの渡し筏の物語に触れるだけにします。

ブーニンその他についてとくに時間を取って講義するつもりはありませんが、概括的な講義で扱うことにします。現代の作家ではブローク、ホダセヴィチ、ベールイを取り上げます。ソログープ、レーミゾフ、バリモント、ブリューソフは省略します。概括的な話のなかでは触れるかもしれませんが、自家製の塩で辛く味つけすることになります。またソヴィエト文学全体を論じる講義を二、三時間予定しています。

多くの場合、私自身の謄写版の翻訳を使う予定です。必携テキスト——ガーニーの宝庫。[3]概括的な参考書——ミルスキー。

ご提案いただいた関連性を論じる講義を加えて、コースの主な内容を以上のように心に描いています。この案に何か重大な欠陥があれば知らせてください。その場合には、渋々ながらオストロフスキーとレスコーフの恐るべき翻訳を若干加えるつもりです。アンナ・カレーニンの重要な章と、ドストエフスキーの大半を手直ししました。

フィンリーとは折り合いがついたと思います。プルーストは外し、ドン・キホーテから始めます。

時間割どうもありがとう。いかにも、期末試験に加えて中間試験も行ないたいと思います。午前中の授業には何の異存もありません。この点では、タチャーナ・ニコラーエヴナ――ヴェーラと私から彼女へ心からの挨拶を送ります――の考えは的外れです。私も年をとり、一〇時頃には床に就きます。ただし次の晩まで眠れないか、（夜、一錠飲んで）朝八時頃にイギリスの雛菊やロシアの薔薇のように新鮮な気分で起床するかのどちらかです。「人文学二」の講義を、スラヴ語一五〇bの直後にしていただくとたいへん都合がよいのですが。こちらでも同じような時間割にしています。

プーシキンのコースについてですが、月曜か水曜の午後の早い時間に一時間、土曜の一〇時にもう一時間（計週二時間）持つことは構いません。私の「人文学」コースでは、三日目はアシスタントが担当するのですから。しかしながら私には別の案があります。月曜か水曜に、まとめて二時間講義することはできないでしょうか。こちらではそのようなやり方を取っています。もちろん、こちらは学生の数が少ないのですが。すべての材料を翻訳で用意してはありますが、プーシキンを取る学生は当然ロシア語が読めるものと思っています。

貴兄が黄色い紙に列挙してくれたこのコースの課題図書を、これで網羅していると思います。どうしてもオストロフスキーとレスコーフをお望みなら、嵐と魅せられた旅人を選びます。ブロークの十二は授業で翻訳します。チェーホフの短篇はヤルモリンスキーの翻訳を手直しして使うことになります。

プーシキンの決定版（白眉は「エヴゲーニー・オネーギン」、それから小悲劇、「スペードの女王」、抒情詩約五〇篇ということになるでしょうが）について。私は、近年と言ってよいでしょうが、ソヴィエトが出した採み革装の六巻本（「アカデミア」、一九三六年）のことを考えていました。また、従来のものより注の多い「エヴゲーニー・オネーギン」の新版についても聞いています。

大学関係のことはこれで全部だと思います。フォード財団についての貴兄のご意見、興味を持って読みました。「賜物［ダール］」[4]が採用されることを強く願っています。

提案してもらった夏の計画はたいへんすばらしいものです。もちろん、そちらがケンブリッジを発つ前に訪ねたいと思います。さて家の件ですが、貴兄の提案はとても魅力的ですが、いつまでに答えたらいいでしょうか。唯一問題があるとすれば、それは温度のことです。二五ドルから三〇ドルの出費で、家のなかを快適な暖かさに保てるでしょうか。私たち二人だけですから、もっと小さい——そして安い——場所で十分やっていけるのです。その一方で私は、ほとんどプルースト的な静けさのなかでなければ仕事ができません。もっと小さくて、できればもっと安く、なおかつ静かな、静かな場所を見つけられる可能性はないでしょうか。とはいえ、繰り返しますが、貴兄のお申し出はたいへん魅力的です。少々時間をもらいたいと思います。

今年ミチューシャは、英語Aの他に、生物学、ラテン文学、音楽、そして文明史を取っています。ロシア文学は取っていません——ミチューシャには、家に帰ればナボコフが十分あるから、と私の友人たちは考えたのです。来年、貴兄のロシア語概論のコースを取ることができればと願っています。貴兄のオフィスに寄るように手紙を書いておきました。彼の背の高さに驚くと思います。

ヴェーラと私からお二人に心からの愛を込めて。

追伸　エヴゲーニー・オネーギンの学問的散文訳を、出版を目的に準備するための助成金をグッゲンハイム財団に申請しています。勝手ながら、身元照会先のひとつとして貴兄の名前を書かせてもらいました。

家のことについて、もうひとつ考えていることがあります。二月から六月までの間、貸してもらえないでしょうか。その場合、たぶん六月一五日か、遅くとも三〇日に立ち退きたいと思います。

「読書期間（リーディング・ペリオッド）」というのがよく理解できません。別紙に数冊書いておきましたが。読んだ本についてどうやって試験するのでしょうか。期末試験は、読書期間の課題を含めて、学期全体に渡るコースの内容を網羅するものと考えていますが、それで正しいでしょうか。

「課題図書」

チュッチェフ、詩集

ネクラーソフ、詩集

フェート、詩集

ドストエフスキー、分身、ザピースキ・イズ・パドポーリヤ、罪と罰

トルストイ、イワン・イリッチの死、アンナ・カレー

ニン
チェーホフ、犬を連れた奥さん、谷間、ドーム・ス・メザニノム、他に短篇一篇、チャーイカ
ブローク、ホダセヴィチ、マヤコフスキー、詩集

「読書期間課題図書」

以下のうちひとつ。

チェーホフ、決闘
〃　、三姉妹
トルストイ、ハジ・ムラート
オレーシャ、羨望（ザーヴィスチ）
アンドレーエフ、（たぶん）縛り首になった七人
ブーニン、サンフランシスコから来た紳士
ゾーシチェンコ、？
ブローク、小屋芝居（バラガーンチツク）
ベールイ、断片

1　ハーヴァード大学スラヴ語スラヴ文学科。
2　スラヴ語一五〇b、一九一七年までの近代ロシア文学。VNは、一九五二年春、このコースを教えた。
3　バーナード・G・ガーニー『ロシア文学の宝庫』（ニューヨーク、ヴァンガード社、一九四三年）。
4　初めて単行本としてロシア語で出版され（ニューヨーク、チェーホフ出版社、一九五二年）、一九六三年に英訳された。

94　パスカル・コーヴィシ宛

CC　二枚

ニューヨーク州イサカ
ハイランド・ロード623
一九五一年一一月一二日

親愛なるコーヴィシ様

すてきなお手紙に感謝します。一二月八日にはニューヨークにおります。七日金曜日の夜遅く到着し、日曜の午後発ちます。土曜の夜に講演をする予定ですが、他の時間は空いておりますので喜んでお会いします。

春の学期にはハーヴァードで教えます。担当するコースのひとつ（五〇〇人以上が受講する「人文学二」）には、ドン・キホーテが入っております。もちろん、余裕のある学生には貴社の立派なパットナム訳[1]を推薦しておきます。

ニューヨークでは、私の著述の計画についてお話ししたいと願っておりますが、事前にだいたいのところを見ていただきたいと考えました。出版できる本が二冊あります。

一冊（短篇集）はすぐにでも出せる状態で、もう一冊（散文の詩情（ポエトリー・オヴ・プロウズ）という題の批評の本）は二、三週間で準備できます。

短篇集は次の一一篇の物語から構成されます——アシスタント・プロデューサー、愛蝶家（オーレリアン）、ダブル・トーク、雲と城と湖、フィアルタの春、アレッポで昔、忘れられた詩人、時と引潮、符号と象徴、ヴェイン姉妹、ランス。このうち八篇は、九つの物語というニュー・ディレクションズから出た小冊子に収録したものです。この版は印刷部数が少なく、久しく絶版になっております。

批評書、散文の詩情は一〇章から成る予定です——一章、セルバンテスのドン・キホーテ、二章、ジェイン・オースティンのマンスフィールド荘園、三章、プーシキンのスペードの女王、四章、ディケンズの荒涼館、五章、ゴーゴリとプルースト、六章、フロベールのボヴァリー夫人、七章、トルストイのアンナ・カレーニン、イワン・イリッチの死、ハジ・ムラート、八章、チェーホフの谷間、スピッツを連れた貴婦人、その他の物語、九章、カフカの変身、一〇章、翻訳の技術。[2]

さらに、今、ある小説に取り組んでおります。これは、非常に道徳的な中年の紳士が、不道徳にも一三歳の継娘に恋したために抱えこんだ問題を扱う小説です。[3] しかしながら、いつ完成するか予測できません。口に糊するためには、同時に短期の仕事をいくつかこなさねばならないのです。

心から

ウラジーミル・ナボコフ

1　サミュエル・パットナム訳『ドン・キホーテ』（ニューヨーク、ヴァイキング社、一九四九年）。

2　『文学講義』（一九八〇年）、『ロシア文学講義』（一九八一年）、『ドン・キホーテ講義』（一九八三年）を見よ。これらはすべてハーコート・ブレイス・ジョヴァノヴィチ／ブルッコリ・クラーク社から出版された。

3　この書簡集における『ロリータ』への最初の明確な言及。

95　アーチボルド・マクリーシュ[1]宛

CC　一枚

ニューヨーク州イサカ
ハイランド・ロード623
一九五一年一二月二日

親愛なるマクリーシュ様

すてきなお手紙ありがとうございます。喜んで貴兄の朗読会の計画に参加させていただきます。

春の学期にはハーヴァードにおられないとのこと、ハリー・レヴィンから聞きました。きわめて残念であります。ご存知にちがいないと思いますが（我々のような人種は、誰が我々のものを好み、誰が好まないかということを皆互いに承知しているものでありますから）、私がかねてから貴兄の詩に大いに敬服していることを、この機を借りて申し上げておきたいと思います。貴兄の誉れ高い詩のひとつには、思い出すといつも私の背筋を決まってぞくぞくさせる、あの光の動きがあります。

心から
ウラジーミル・ナボコフ

1　ハーヴァード大学、ボイルストン修辞学雄弁術教授。

96　ヘンリー・アレン・モウ[1]宛

CC　四枚

一時的住所　マサチューセッツ州ケンブリッジ38
メイナード・プレイス9
住所　ニューヨーク州イサカ
コーネル大学
ロシア文学科
一九五二年四月五日

親愛なるモウ様

四月一日のお手紙ありがとうございました。ちょうどイサカから転送されて来たところです。同封していただいた用紙に記入するよりも、私の経済的状況について手紙でご説明する方がむしろ容易なように思います。

私のコーネルでの給与は、税金と天引き額を差し引いて、四四五〇ドルであります（税引き、その他の前は、五五〇〇ドルです）。フェローシップをお与えいただければ、大学に半年の休暇（無給）を願い出るつもりであります。その場合、当然給与は約半分（二二五〇ドル）に減額されます。

大学（ハーヴァード）に通う息子がおり、かかる費用（一年）が、およそ	二〇〇〇ドル
昨年の私と妻の生活費が、およそ	三六〇〇ドル
ヨーロッパにいる甥に対する援助が月に二〇ドルで	二四〇ドル
以上で最低必要な支出が	五八四〇ドル

さらに医者への支払い、州の所得税、車にかかる費用等の臨時の支出もあります。

通常は著述の収入でようやく収支を合わせております。

フェローシップを申請する理由は、構想中の英語版「エヴゲーニー・オネーギン」を、徹底的な注釈等を施して一年以内に完成させるためには、他のすべての著述の仕事を差し控えねばならないからであります。

極力出費を切り詰めることで、年間の支出を五五〇〇から六〇〇〇ドル程度に抑えられると考えております。

三五〇〇ドルの助成金を申請したいと思いますが、右に述べた状況では額が大き過ぎるでしょうか。もし支給していただける場合、一九五二年八月から一九五三年八月の一二か月支給でお願いいたしたいと思います。

研究の手順は以下のようにしたいと思っております。期間の一部をコーネル大学図書館、ハーヴァード大学図書館、連邦議会図書館、そしておそらく他の図書館での文献調査に、そして最低六か月を静かで隔絶された花粉症のない場所での実際の執筆に。

心から

ウラジーミル・ナボコフ

追伸　フルブライトその他の奨励金には応募しておりません。

研究計画書

私はプーシキンの韻文小説「エヴゲーニー・オネーギン」(一八二三―一八三一年)の、詳細な注釈を施した、散文による完訳を計画しております。これはロシア語で書かれた最初の重要な小説であります。その全体的な雰囲気、登場人物の本質的特徴から論理的かつ調和的に展開されるプロット、回顧的かつ内省的に書き留められた作家の思想は、批評家たちによって正しくも「一九世紀ロシアの偉大な小説家たちに、その方向性と様式を与えた」(ミルスキー、ロシア文学史)とされております。

以下の点は説明を要します――

一　適切な理解と鑑賞に必要な詳細を極めた注釈付きの版は、どんな言語でも(ロシア語を含めて)出ておりません。

二　前世紀後半以来いくつか出版されている英訳は、「エヴゲーニー・オネーギン」を韻文で翻訳しようという試みでありました。その結果、原作の手の込んだ押韻形式、ロシア語の弱強四歩格の滑らかさ、そして歌章(キャントー)の構成単位であるソネットに似た連(スタンザ)の簡潔さを再現しようとして、翻訳者はやたらに音だけはよく響く（ジングル）ジャングルに、迷い込む始末になりました（私も、同様の翻訳を試みた際、同じジャングルに迷い込みました）。かつて作られたもっとも華麗な作品のひとつを、“pleasure–leisure”とか“heart–part”といった類の脚韻によって、曖昧で調子外れで三流の贋物に変えてしまったのです。この作品の複雑なロシア語の構造を、適切な英語の韻文に置き換える方法は皆無であります。そこで私は、逐語的な散文訳を提供するだけでなく、ロシア語の詩行が持つ音楽的な効果とプーシキンの技巧のさまざまな要点を、可能なかぎり詳細に解説する豊富な注を付けることを計画しました。

三　ロシアの慣習、文学上の出来事、そしてプーシキンの生きていた時代と関連するその他の事柄についても注を付ける予定です。

四　導入部は短いプーシキン伝と、この小説の西ヨーロッパ文学における位置づけを含む予定です。

五　近年膨大な量の断片が発見され、さまざまな章句について新しい解釈が出されております。私の訳にはこれらすべてを取り込む予定です。

六　「エヴゲーニー・オネーギン」は「ハムレット」や「白鯨」と同じくらい偉大な世界の古典であります。学識と技巧の限りを尽くして、原典に忠実な翻訳とするつもりです。

私は、この計画をもうずいぶん長いあいだ温めて参りました。毎年授業において、その必要性を痛感して参りました。なぜなら満足な翻訳なしには、あらゆるロシア文学研究の支柱たるこの小説は、十分に教えることもできず、また学生はその真価を味わうことができないからです。しかしながら仕事に圧迫された現在の情況では、二、三の章句について大雑把なメモを書き留めるのが精いっぱいであります。今のところ出版社のめどは立っておりませんが、いったん完成すれば、このような作品なら、どこかの大学出版局の後押しを得られるものと思います。この仕事は合衆国内で遂行する予定であり、それだけに打ち込むための援助が与えられれば[2]、おそらく一年程度で完成させることができると思います。

1　ジョン・サイモン・グッゲンハイム記念財団事務長。

2　VNは、一九五二年から一九五三年にかけて、この助成を受けた。『エヴゲーニー・オネーギン』の翻訳は、一九六四年、ボーリンゲン財団によって出版された。

97　パスカル・コーヴィシ宛

マサチューセッツ州ケンブリッジ

CC　二枚

一九五二年五月一六日

親愛なるコーヴィシ

四月一六日付の親切なお手紙への返事がたいへん遅れました。すみません。お決まりの学期末の仕事に追われていたせいです。私にとっては、いつも長距離走の最後のスパートのようなものです。

しかし計画のいくつかは着々と進めています。以下が、私がここ何年かでやり遂げたいことの「概要(アペルシュ)」です――

（一）「スローヴォ」（前に話しましたが、一二世紀末のロシアの叙事詩です）は、秋までに準備できます。その際貴兄に提供できる本は以下のものを含むことになります――一、基本となるスラヴ語の本文（約二五から三〇頁）、二、私の訳（約四〇から五〇頁）、三、私の注（約四〇頁）、四、ハーヴァード大学ヤーコブソン教授とコーネル大学シュフテル教授による歴史学的・言語学的評釈（約一〇〇頁）。

全体で二〇〇頁以下になるでしょう。

（二）「エヴゲーニー・オネーギン」、ロシアの小説、一九世紀初め。ケンブリッジでのたいへん快い話し合いのときに何度か言ったと思いますが、これはロシア文学のなかでももっとも偉大な小説であり、どんな言語にも然るべく翻訳されたことはありません。完全な注と評釈の付いた版となると、ロシア語でも未だ存在しません。そういうものこそ、まさに私が頭に描いている類の版なのです。来年度のグッゲンハイム・フェローシップがもらえなかったら、これを完成させる見込みなどなかったでしょう。翻訳そのものは約一〇〇頁ほどになります（サンプルとして韻文訳にする二、三個所を除いて散文になります）。評釈と注はその三倍の頁数になると予想しています。そして、もちろん訳文の反対の頁か巻末に、ロシア語全文（これもまた、然るべくまとめられ、ロシア語で完全な形で出版されたことはありません）を載せねばなりません。訳は約一年で準備できると思います。評釈はそれから二、三か月かかるでしょう。

（三）批評の本。同じ期間内に仕上げをして印刷に出したいと思います。概要はお渡ししました。

（四）回想録は書くのに二、三年かかります。

（五）それから、新しい小説を断続的ながら書きつづけています。しかし明確な期限（漠然とした期限であっても）については、当分のあいだできれば話題にしたくありません。進行具合については随時お知らせします。

一月ほどでケンブリッジを発って夏の旅行に出かけます。どこをどうまわるかまだ正確には分かりませんが。住所は「ニューヨーク州イサカ、コーネル大学ゴールドウィン・スミス・ホール、V・ナボコフ教授」のままです。

もうひとつ言っておきたいことがあります。フォード財団のチェーホフ出版社が、つい先頃、私の小説「ダール」（「賜物」）を出版しました。この本はひとりの天才作家の成長を扱ったものです。これには、主人公の初期の詩、二冊目の本（結局は書かれないのですが）のために彼がまとめた資料、彼の最初の偉大な本である、六〇年代のある有名な批評家についての伝記（この伝記は、ある理由からロシア人亡命者社会でちょっとした騒ぎを巻き起こしました。もっとも今回フォード財団による版が出るまで、出版されたことはないのですが）、そして、我が若き主人公と半分ユダヤ人の血が混じった婚約者の幸せな恋物語が含まれます。翻訳の出版に関心はありませんか。[1]

心から

ウラジーミル・ナボコフ

1　この一文は手書き。

98　ロザリンド・ウィルソン[1] 宛

CC　一枚

ワイオミング州デュボイス
一九五二年七月二四日

親愛なるロザリンド

ウラジーミルの頼みで、彼に代わって七月一日付のお手紙にお答えします。その前に返事が遅れたことをお詫びします。

擬態の問題は、彼が生まれてこのかたずっと熱い関心を寄せてきた問題であります。動物界において知られているすべての擬態の例を集めて本にすることは、いつでも彼のお気に入りの計画のひとつでありました。これは分厚い本になります。下調べだけで二、三年はかかります。もしこの種の本が、ホートン・ミフリン社のお考えになっているものでしたら、ウラジーミルが適任の者であります。しかし万一、時々むらむらと「科学的な」ものに興味を感じるような素人読者向けの、ずっとお手軽な娯楽本をお考えであれば、これは彼の分野ではありません、とウラジーミルは申しております。

今週末まで動き回りつづけます。目的地は未だ決まっておりません。お手紙を出されるのであれば、ニューヨーク州イサカ、コーネル大学ゴールドウィン・スミス・ホールがいちばんよいと思いますが、ワイオミング州デュボイス市局留めでも構いません。

日程の都合がつかず、この春ウェルフリートを訪ねることができずとても残念でした。秋にお訪ねできることを願っています。夏に行かれるようでしたら、ご家族の皆さんに私どもから親愛の気持ちをお伝えください。

どうぞお元気で。私ども二人から、

心をこめて

追伸　明快にご説明できたように思われませんので、もう一言。ウラジーミルが書きたいと考えている擬態についての本は、まず第一に、知られているすべての例を分類した上で紹介し、それに基づいて、この非常に複雑な問題にかんする彼自身の見解を披瀝するというものであります。

1　エドマンド・ウィルソンの娘。ホートン・ミフリン社に勤務していた。

99　ヘンリー・アレン・モウ 宛

CC 一枚

一九五三年三月　ニューヨーク州イサカ

親愛なるモウ様

私の「エヴゲーニー・オネーギン」のために、ワイドナー図書館において二か月を費やして文献調査を行ない、予想あるいは期待したよりも魅力的な資料を見つけました。現在の見通しでは、この本は約六〇頁の序論、翻訳本体(印刷された頁で約二〇〇頁)、そして、三〇〇頁以上のさまざまな注や評釈から成る予定であります。これは、いかなる言語でもこれまで書かれたことがない、「エヴゲーニー・オネーギン」についてのもっとも総合的な本となるでしょう。

これまでに図書館での文献調査の約三分の二を完了し、全詩連の約七〇パーセントについて予備的な草稿を書き上げ、最初の二章にかんする注をまとめました。訳は基本となる八つの章と、断片的な章二つから成ります。

これから南西部に出かけ、そこに九月まで滞在し、翻訳そのものに打ち込みます。極度の集中力を要する仕事であります。コーネルでの秋の学期が始まるまでに翻訳を終わらせたいと願っております。さらにその後も、第三章から第八章までと、断片的な第九章と第一〇章についての評釈をまとめ上げねばならず、かなりの量の仕事となります。普通は大学の仕事と、若干の創作の仕事（小説あるいは詩）をどうにか平行して進めることができるのですが、今の私はこのプーシキンの本に取り憑かれた状態であります。他の仕事を始める前に、ぜひともこれを私の体内から追い出さねばならないと感じております。大学の仕事をせずに、すべての時間をこの本に費やすことができれば、一九五四年の初め頃にはこの計画に終止符を打つことができると思います。それゆえフェローシップの六か月延長を申請したいと存じます。[1] 必要とあれば、最初の二章にかんする評釈のような、最終的な形に近い部分を喜んでお見せいたします。

心から
ウラジーミル・ナボコフ

1　VNの要望はその年の審査には遅過ぎた。

100　ハリー・レヴィン教授[1]宛

CC　二枚

アリゾナ州ポータル
一九五三年五月二日

親愛なるハリー

妻と私は今、アリゾナ州の南東の角、ニューメキシコ州とメキシコの国境近くにいます。近くの山々は栗色で、濃い緑色のビャクシンや、それよりも淡い緑色のメスキートが斑点となって見えます。遠くの山々はウェルズリーの歌にあるように紫色です。朝の八時から正午あるいはそれ以降まで蝶を採集しています（ウェルズ、コナン・ドイル、それにコンラッドだけが鱗翅目研究者を描いています——どれもがスパイか殺人者か神経症患者ですが）。午後の二時から夕食まではものを書く仕事です（小説）。ケンブリッジで二か月を過ごしました——というよりはワイドナーで、と言った方がいいでしょう。「E・O」のなかでタチャーナが使っている夢の本まで見つかりました。この小説についての評釈は約三〇〇頁に膨れ上がりました。プーシキンが「E・O」で触れている本はすべて読みました。バークも、ギボンもです。むろんリチャードソンとマダム・

コタンもです。その上すべて（リチャードソン、シェイクスピア、バイロン）をフランス語で読みました。プーシキンがフランス語で読んでいるからです。

もらった本のお礼は言ったでしょうか。今度会ったときにゆっくり話したいと思います。才気煥発で学殖豊かな本です。[2]

「トム・ジョーンズ」を再読していますが、おそろしく退屈な本です。

ケンブリッジでは、ジェイムズ夫妻やスウィーニー夫妻に何度も会いました。ボーリンゲンが、私の「イーゴリ」とローマンの注釈をいい値段で買ってくれました。ローマンが、すばらしい魔法で全体をまとめてくれました。もちろんカルポヴィチ夫妻にも何度も会いました。それにカービー＝ミラー夫妻や他の多くの友人にも。レヴィン夫妻に会えず残念でした。

貴兄の旅行の話を聞いて、はたしてヨーロッパが恋しく（シック）、少なくともフランスが恋しくなるものかどうか。この愛しい西部にやって来るたびに、ある胸を刺すような想いに襲われるのですが、スイスといえども色鮮やかなキャニオンや銀色のクリークの魅力にはおよばないのです。

ヴェーラからもお二人に温かい挨拶を送ります。これからリーナに手紙を書くところだと言っています。

心から

1　ハーヴァード大学比較文学科。
2　おそらく『オヴァーリーチャー』（ケンブリッジ、ハーヴァード大学出版局、一九五二年）のこと。

101　バーマ・ヴァイタ社[1]宛

TLS　一枚

ニューヨーク州イサカ
コーネル大学
ゴールドウィン・スミス・ホール
一九五三年八月二二日

拝啓

貴社の楽しいコマーシャルのひとつに、次のような語呂合せ（ジングル）はいかがかと、お手紙差し上げました。

He passed two cars; then five; then seven;
and then he beat them all to Heaven.

［車を二台抜いた、次に五台、次に七台
そして全部抜いて、天国に行った］

使い物になるようでしたら、右記の住所に小切手をお送りください。[2]

心から
ヴェーラ・ナボコフ
（ウラジーミル・ナボコフ内）

1　バーマ・シェイヴ社は、道路脇の看板広告に語呂のよい文句（ジングル）を使っていた。
2　この会社からの返事は、使い切れないほどの語呂合せの在庫を抱えている、とのものだった。

102

エレーナ・シコルスキー 宛

ALS　二枚

ニューヨーク州イサカ
東ステイト通り957
一九五三年九月二九日

私の親愛なるエレノチカ

いかにも後悔しています。もっとずっと前に書くべきでした。ここおよそ一年間、同時に四冊の本に携わっているのです。合間合間で、ペンなどいうものの存在を忘れようと努めています。

ロスチク[1]も哀れだ。いじらしい話だが、考えが足らなさ過ぎる。E・K[2]は孫の乳母で終わってしまうのではないだろうか……。

君がジコチカについて書いてくれることは、いつもまるで目に見えるようで、手に取るようによく分かります。うちのは三台目の車を乗り潰して、今度は中古の飛行機を買う準備をしています。夏のあいだはハーヴァードの登山隊に加わって、ブリティッシュ・コロンビア州の、これまでほとんど誰も登っていない山々に登りました。その前にはオレゴン州でハイウェイ建設の仕事をし、巨大なトラックを動かしていました。まったくの恐いもの知らずで、ちょっと天晴れと言いたいほどです。山の仲間たちのあいだでも人気者で、最高の頭脳に恵まれていますが、勉強嫌いです。僕らが行くと、ティートン山脈（ワイオミング州西部）の、ある湖のほとりに張ったビヴァーク・テントにいました。そこから彼は車でコロラド州に向かいました。彼は自分の車で一日最高一〇〇〇マイル（一六〇〇キロ）も走ります——信じられません！——ときには休みなしに二〇時間も三〇時間も運転します。ヴェーラと僕は春はアリゾナで、夏はオレゴンで過ごしました。彼のことを始終心配ばかりしていました——いつか慣れっこになるなんてことが、いったいあるのだろうか。先日ハーヴァードで彼に会いました。すばらしい、ブロンドの、シャベルのような顎鬚を生やして、アレクサンドル三世そっくりでした。

ヴェーラと僕はイサカの一九四八年に住んでいたのと同じ家に落ち着き、すべてたいへん快適です。学生は全部で三〇〇人で、週に約八時間教えています——ヨーロッパ文学の講義が三つ、ロシア文学が三つ、それに特別の学生のためのプーシキンの授業に一時間半使っています。膨大なエヴゲーニー・オネーギンはこの冬中に仕上げられると思います。小説の方は今、タイプの段階です。『ニューヨーカー』に載せる一連の物語を書いています。スローヴォ・オ・ポルクー・イーゴルの英訳[3]はだいたい完成し、出版社に売りました。もうすぐしたらヴェーラといっしょにやった『確証』のロシア語訳[4]を、ニューヨークのチェーホフ出版社に届けねばなりません。新聞や雑誌を読むのはやめています——時間がまったくなく、何もかもというわけにはいきません。

もしすべてうまく行ったら、いつか飛行機でヨーロッパに行こうと思います——でも、まず今の「仕事（トラヴォー）」を片づけねばなりません。前に知らせたときと同じで、かなり太っています（一九〇ポンド）。歯は入れ歯で、頭は禿げています。でも、山がちの場所を一日最高一八マイル歩くことができます。普通でも一〇マイルは歩きます。テニスは若いときよりも腕が上がっています。蝶に対する情熱は、今年は本当に病的なものになってしまいました。興味深い発見をたくさんしました。概してすべてすばらしくうまくいっています。君の方もすべてがうまくいっていることを願っています。元気で。ヴェーラから詩を一篇同封します。

僕から抱擁を送ります、愛しい妹よ。

君のV[5]

1　ロスチスラフ。定職もなく金にも困っていたが、父親になろうとしていた。
2　エヴゲーニヤ・コンスタンティノヴナ・ホーフェルド。
3　『イーゴリの遠征の歌』。
4　『ドルギーエ・ベレガー』［『対岸』］。
5　ロシア語からDNが英訳。

103

キャサリン・A・ホワイト 宛

CC 一枚

イサカ、一九五三年九月二九日

親愛なるキャサリン

本来ならもっと早くゲラを返すことができたのですが。なにしろ長いあいだ留守にしていましたので、いつも以上に大学の仕事に追われていたのです。

すてきな手紙、小切手、そしてプニンのゲラに感謝します。確かに車掌の身振り（注7）は分かりにくかったようです。また、明らかに forest ride（注9）についての貴女の助言は誤植であります。その他の点ではすべてOKです。

プニンの物語は小さな本の第一章です（同じような章が全部で一〇章です）。一年かそこら以内に完成させたいと思います。これは長大で、謎めいた、悲痛な例の小説[1]――五年間の途方もない不安と悪魔的な骨折りの末に、だいたい完成しました――とはちがいます。『確証』と『プニン』は、この小説の耐えがたい呪縛から逃れて、短い間太陽の光を浴びるようなものでした。この巨大な、とぐろを巻く代物は、過去の文学に前例のないものです。どの部分を抜き出してもニューヨーカーにはふさわしくないでしょう。しかしながら、契約に従って、薔薇の沈黙と銀梅花（マートル）の秘密の下に（そのうちニューヨークで）お見せします。

この冬の残りは、グッゲンハイムから助成を受けたプーシキンについての本に形をつけるのと、『確証』をフォード財団のために、ロシア語に[2]（！）翻訳する仕事に当てることになります。大学で教えるのをやめられるよう、いろいろ手配してくれる人はいないものでしょうか――もしくは、たとえば自分の本を基に年に二、三回講義すれば、一万二〇〇〇ドル払ってくれる大学でもよいのですが。というような具合で、いつプニンの次の物語を届けられるかはっきり言えませんが、かならず届けます。万一続きを待たずに第一回分を載せることになっても、私としては歓迎です。

ヴェーラも私もぜひお二人にお会いしたいと思っています。

心から愛を込めて

1 『ロリータ』。
2 『ドルギーエ・ベレガー』（ニューヨーク、チェーホフ出版社、一九五四年）。

104

モリス・ビショップ宛

MS 一枚 モリス・ビショップ夫人蔵

To Morris Bishop
The old man who devised the Roomette
Now in Hades is bedded, I'll bet:
To make water, his bed
He must prop on his head—
—A ridiculous doom, or doomette.

モリス・ビショップに捧ぐ
寝台個室（ルーメット）を考案した奴は
今は黄泉の国に寝床を与えられているにちがいない（アイル・ベット）。
小用を足すには、奴は頭（ヘッド）で
寝床（ベッド）を支えねばならないのだ——
——馬鹿げた運命だ、いや小運命（ドゥーメット）だ。

ウラジーミル・ナボコフ
NYC—イサカ間の夜行列車にて
五三年一一月二日

There was a young lady who met
A gentleman in a roomette.
She said of the case:
"We had both the same space,
Et il fallait que je me soumette!"

寝台個室（ルーメット）で若いレイディーが
ある紳士と出会い（メット）ました。
彼女がその件（ケース）について言いました、
「私たちは同じ空間（スペース）を共有しました。
だから私は屈従するしかなかったの（エ・イル・ファレ・ク・ジュ・ム・スーメット）！」

M・G・B[1]

1　モリス・ビショップの返歌。どちらのリメリック[(1)]も手書き。

（1）エドワード・リアの『ナンセンスの本』（一八四六年）で有名になった五行の戯れ歌。一、二、五行と三、四行がそれぞれ脚韻を踏む。

105
モリス・ビショップ宛　TS　一枚　コーネル大学蔵
一九五三年

モリス・ビショップのために

There wás a housebúilder named Jímmy Ricks,
Who built hóuses for mákers of límericks,
But becaúse of a stútter
B's he tríed not to útter,
And when ásking for brícks would say "Gímme 'ricks.[(1)]*"*

ジミー・リックスという大工がおりました
リメリックの作り手のために家を建てておりました
でも吃り（スタター）だったので
Bを発音（アター）しないようにしていました
だから煉瓦（ブリックス）が欲しいと、「リックスをくれ（ギミー・リックス）」と言いました。

——ウラジーミル・ナボコフ

（1）リメリックは一、二、五行が弱強三詩脚、三、四行が弱強二詩脚の韻律形式を取る。その点でビショップの返歌は破格であった。そこでVNがふたたび手本を示したのである。

106

キャサリン・A・ホワイト宛　CC 一枚

ニューヨーク州イサカ
一九五三年一二月二三日

親愛なるキャサリン

お孫さん誕生と聞き嬉しく思いました。母子ともに万事が順調であることを願っています。

この本について説明してみます。扱われている内容は、大学の教師であるVには、実名では容易に出版できないものです。一人称で書かれているため、とりわけそうなのです。不幸なことに「一般」読者は、物語のなかに登場する架空の「私」と作者を同じと考える傾向があるのです。（これはたぶん、アメリカの「一般」読者についてとくに当てはまることです。）

それでVはこの本を仮名で出版し（出版社が見つかればの話ですが）、書評を見てから正体を明かすことにしました。名前を伏せておくことは彼にとっては何よりも重要なことなのです。貴女とアンディーが秘密を守ると約束してくれれば、もちろん彼はあなた方を信用します。さて、貴女が『ロリータ』にはニューヨーカーのスタッフの関心を引くものは何もないと判断された場合ですが、その場合でも他の編集員が原稿を読むことになるのでしょうか、あるいは、そういうことなしに貴女ひとりで最終的な決定を下すことができるのでしょうか。もし貴女以外の人が原稿を読まねばならない場合、Vの名前を秘密にしておくことはできるでしょうか。絶対に名前が漏れないようにすることができるでしょうか。

Vは、原稿をお送りする前にできるだけ早いご返事をいただき、秘密が完全に守られる旨の確言をいただけますよう切望しております。さらにVは、プロットの性質が性質ですので、原稿を郵便で送ることに躊躇しております。彼は、一月にニューヨークに出ることにした場合には、自らお宅に原稿をお届けした方がよいと考えております。原稿をオフィスではない場所に保管することは可能でしょうか。Vは、あるロシア人のクラブから、一月に朗読するよう求められております。もし受諾すると、そのクラブが旅費を出してくれますので、その際は原稿をニューヨークに持って参ります。受諾しない場合は、何か他の手段を考えて二、三週間以内にお届けします。ただ、彼は、この本のどの部分もニューヨーカーにふさわしいとは考えておりません。しかしながら貴女に読んでいただければ嬉しく思います。
私たち二人からお二人に敬意を込めて。

心から

107

パスカル・コーヴィシ宛

CC 一枚

ニューヨーク州イサカ
アーヴィング・プレイス101
一九五四年二月三日

親愛なるパット

私の娘（リトル・ガール）[1]を右記の住所に、鉄道速達（通常の郵便ではなく）で返してください。

小説版プニンの最初の二章、タイプした頁で五二頁分を送ります。いちばん最初の章はニューヨーカー（一九五三年一一月二八日）に載りました。二二五頁から二五〇頁の本になります。今の見通しでは、長さはまちまちの十の章から成る見込みです。続く八つの章では、プニンの職が不安定なものであることが明らかになる一方で、エリックとライザの結婚が、あるごまかしのために——エリック・ウィンド博士はそれを最初の妻のせいにしますが——法律的に無効であることが知れ渡ります。そしてライザは「ジョージ」との浮気の最中に、しばらくプニンのもとに戻ります。さらに周りの状況からやむをえず、ライザの息子の面倒をプニンが自分ひとりで見ることになります。その後、どんでん返しやごたごたがいくらか入ります。そして、小説の終わりで、私VN自身がロシア文学について講義するために、ウェインデル・カレッジにやって来ます。一方哀れなプニンは、生涯をかけて書いていた本を含め、すべて未決着、未完のまま死んでしまいます。以上は本当に骨組みだけの概要で、これではこの本の美しさは分かりません。アフロディーテの骸骨を見ても、彼女の美しさが分からないのと同じです。しかし、およその構想についてだいたいのところ知ってもらうために書きました。

この小説はたぶん六月に書き上げられると思います。書き終わった部分からニューヨーカーに送るつもりです。

すべての海外版権だけでなく、映画、テレビ、その他の（副次的な）権利も留保したいと思います。ニューヨーカーからの手紙では、プニンは読者に大いに受けているとのことです。しかしながら、契約には相当額の広告予算を盛り込んでもらいたいと思います。私とハーパーズの不和の主な原因は、彼らの『確証』の扱い方にありました。もうひとつ、出版は一九五四年の秋とクリスマスのあいだにしてもらいたいと思います。
必ずや「いい」契約をお考えのことと確信しています。
また、これが末長い実りある関係になると信じております。[2]
どうぞよろしく。

心から
ウラジーミル・ナボコフ

1 『ロリータ』。
2 ヴァイキング社は『プニン』の出版を辞退し、一九五七年、ダブルデイ社が出版した。

108 ジェイムズ・ロクリン 宛

CC 一枚

ニューヨーク州イサカ
アーヴィング・プレイス 101
一九五四年二月三日

親愛なるロクリン
ちょうど時限爆弾の組み立てを終わったばかりです。出版に関心はありませんか。タイプ原稿で四五九頁の小説です。
もしご覧になりたければ、以下のことに用心してもらわねばなりません――
何よりもまず、貴兄ひとりだけが読むという確言をもらわねばなりません。他のことはすべてその後で決められます。さらに、原稿が貴兄自身に直接届くような宛先を教えてもらわねばなりません。これは、私にとってとても重大なことです。読んでもらえば、分かると思いますが。[1]

心から
ウラジーミル・ナボコフ

1 このときロクリンは国外にいて、『ロリータ』のタイプ原稿を読むことはできなかった。

109 ウォレス・ブロックウェイ[1] 宛

CC 一枚

ニューヨーク州イサカ
アーヴィング・プレイス 101
一九五四年三月一八日

親愛なるブロックウェイ様

ナボコフ．ボーリュー領にて．
1923 年，フランス

亡命 20 年目のウラジーミル・ナボコフの母．
1931 年，プラハ

父と息子．1936 年，ベルリン
（ヴェーラ・ナボコフ撮影）

ソルトレークシティーにおける
ナボコフ一家．1943 年

ウェルズレー・カレッジで授業をするナボコフ．1943 年（ウェルズレー同窓会雑誌）

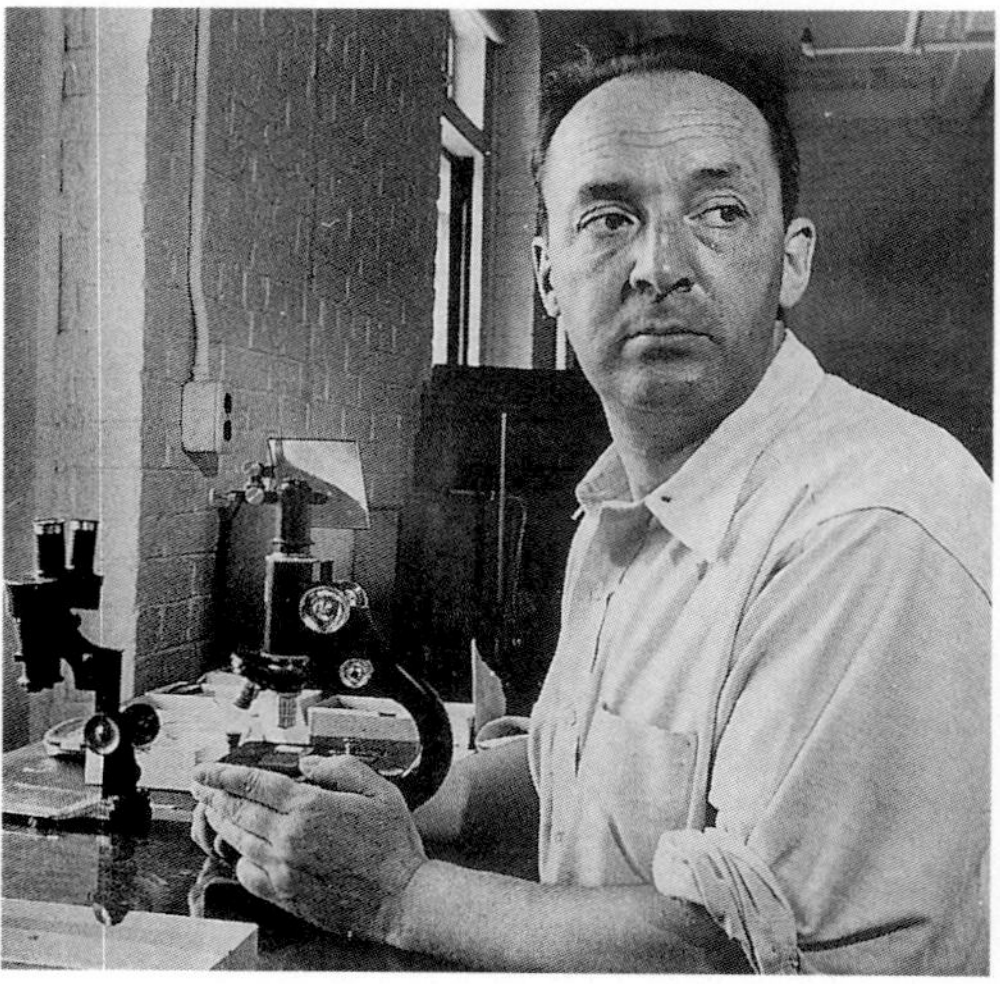

ハーヴァード大学比較動物学博物館でのナボコフ．
1947 年（ライフ誌）

コーネル大学でのナボコフ．
1947 年頃（ルイーズ・ボイル撮影）

イサカにて．1950年代中期（マクリーン・ダムロン撮影）

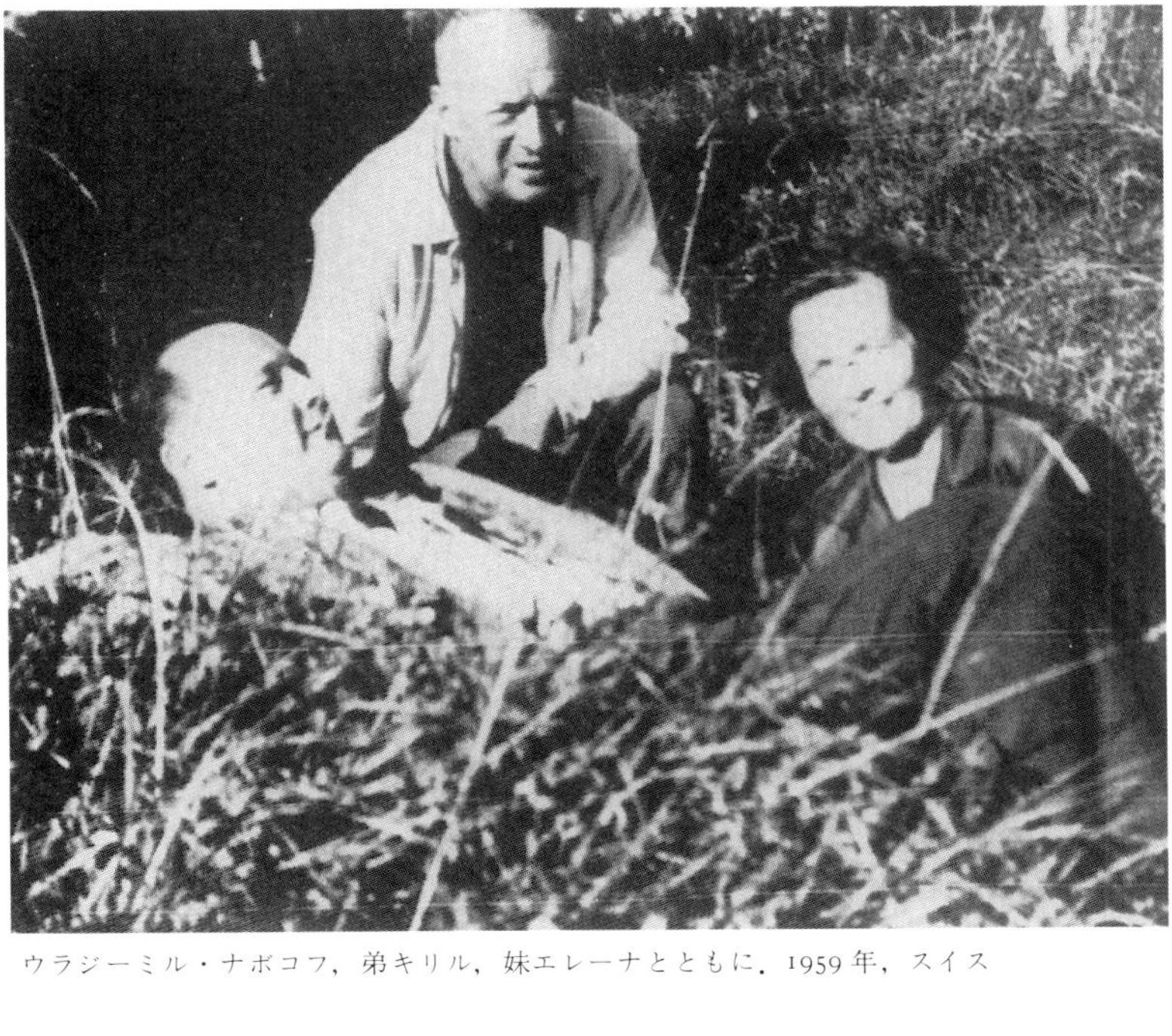
ウラジーミル・ナボコフ，弟キリル，妹エレーナとともに．1959年，スイス

『ロリータ』初版の表紙と背表紙（パリ，1955年）

ニューヨーク・タイムズ・ブック・レヴュー，1958年8月24日（『ロリータ』の広告）

モントルーの自室バルコニーからの
眺めを描いたナボコフのスケッチ

モントルー，パレス・ホテルの自室にて，執筆をする書見台が見える
（ホルスト・タッペ撮影）

イサカを訪問していただき妻も私もたいへん嬉しく思いました。ニューヨークに参りますので、そちらのご都合がよろしければ四月三日土曜日に昼食をごいっしょできるかと思います。
お話ししました原稿を、昨日速達でお送りしました。もう一度申し上げる必要もないかと思いますが、この原稿はごくごく内密にS＆Sのご高覧に供するものであります。

心から
ウラジーミル・ナボコフ

1　サイモン＆シャスター社の編集者。ボーリンゲン財団にも勤めていた。

110

ジェイムズ・ロクリン 宛

CC　一枚

ニューメキシコ州タオス
局留め
一九五四年七月四日

親愛なるロクリン様
ウラジーミルに頼まれ、貴兄がアジアの旅からお戻りかどうか、また、彼の原稿をお読みになりたいかどうかうかがうためにお手紙差し上げました。原稿をご覧になる場合、どうしても定めざるを得なかった非常に厳しい条件を、守っていただかねばなりませんが。
もしご自身でお読みになる時間があるとお考えでしたら、原稿をお送りします。お読みになって出版したいとお感じになった場合、当然貴社の出版顧問に意見を求めることになると思います。しかし、どうしてもこの本を出版したいと貴兄がある程度の確信を持ってお考えでないかぎり、ウラジーミルとしては、この原稿をできれば誰にも見せてほしくありません。小包の送り主はニューヨーク在住の私どもの友人の名前になります。
実り多く、首尾よいご旅行だったことを願っております。

心から

111

ウォレス・ブロックウェイ 宛

CC　一枚

ニューメキシコ州タオス
局留め
一九五四年七月一五日

親愛なるブロックウェイ様

『アンナ・カレーニン』[1]第一部を終え、タイプさせているところです。月末までにはお手元にお届けします。

長さはまちまちの注が九六付きます。ガーネットのテクストの夥しい誤訳も直しました。また、第一部の前書きと、序論の短い梗概も出来ています。[2]

『ロリータ』[3]のためにご尽力いただき誠にありがとうございます。再度ご連絡を差し上げますまで、恐縮ですが原稿をお預かりいただけないでしょうか。長くはなりません。この本はぜひ世に送り出したく、エージェントを探しているところです。ついでながら、この本の出版社探しを引き受けてくれるようなエージェントをひょっとしてご存知ではないでしょうか。エージェントには、事がうまく運べば最高二五パーセントまで払うつもりでおります。

心から

ウラジーミル・ナボコフ

1　VNが用意した版は出版されなかった。(ナボコフは、表題の正しい訳は『アンナ・カレーニン』であると強く主張した。)

2　これらの注はさらに十の注を加えて『ロシア文学講義』に含められた。

3　ブロックウェイは『ロリータ』をグローヴ・プレス社に送るよう助言してくれていた。

112　ウォレス・ブロックウェイ宛　CC　一枚

ニューメキシコ州タオス
局留め
一九五四年七月二五日

親愛なるブロックウェイ様

電報は月曜日に受け取りましたが、電報にあった「出版顧問の報告書」の方は届いておりません。それで例のものを郵便でお送りすることにしました。ひとつにはずっと待たせてある別の仕事にすぐに目を向けてやらねばならないのと、もうひとつには、まもなく別の場所に移動するかもしれず、発つ前に四五〇ドルを受け取ることができればありがたいからです。

お送りしたのは以下のものです——一、序論で論じる問題点のリスト、二、第一部前書き(二二頁)(この前書きから最終的には若干の項目を序論に移すかもしれません)、六節から成ります(性格描写、イメージ、暦、時間の要素、名前、第一部の登場人物リスト)——このうち最後の節(登場人物リスト)は、後で八部すべてにわたるリストといっしょにするかもしれません、三、四四頁に及ぶ一〇四の注（うち二つは若干修正を要するかもしれません——一八七二年時点でのドルの購買力を調べねばなりませんし、ぜひとも一八七二年のサンクト・ペテルブルグ＝モスクワ間の「寝台車」の図面を手に入れたいと思います）、四、ガーネット訳の訂正リスト——これらの訂正は絶対に必要なものです。（新しい訳にはそれぞれ頁数と行数を添えてあります。該当する各行において、新しい訳は、訂正個所より前の一語と後ろの一語を含みます。新しい訳の前あるいは後ろには、それが文頭あるいは文末である場合を除き、点を打ってあります）。

注の数は、貴兄が疑問を抱かれた個所の数の倍になっていると思います。したがってまだ受け取っていない出版顧問の報告書中の質問にも、いくつか答えているのではないかと思います。

原稿を転送いただき感謝いたします。

心から

113　ガートルード・ローゼンスタイン[1] 宛

CC　一枚

ニューメキシコ州タオス
局留め
一九五四年七月二五日

親愛なるローゼンスタイン様

ご親切なお手紙ありがとうございます。貴女のご依頼が「ボリス・ゴドゥノフ」のオペラ台本の翻訳であればよかったのにと思います。あるいはプーシキンのテクストに基づくリムスキー＝コルサコフの、どのオペラでもかまわなかったのです。しかしチャイコフスキー（と彼の弟）が「エヴゲーニー・オネーギン」のあの忌まわしいオペラ台本を用意する際に、プーシキンの韻文小説に対してどんなことをしたかは、ロシア語をご存じなければまったく想像もできないはずであります。[1] かつてロシア語で書かれたもっとも偉大な詩作品からでたらめに行を抜き出し、思いのままにナタを振り、それにピョートルとモデスト・チャイコフスキーを調合してつくった陳腐極まりない台詞を結合させたのであります。出来上がった台本はまるでお話にもならない、唾棄すべきものであります。俗悪かつ、私の意見では犯罪的とも言うべき馬鹿らしい台詞の塊であります。誠に残念ですが、いかなる形でも、私の名前をこのオペラ台本と結び付けるわけにはいきません。唯一私にできることがあったとすれば、それはプーシキンが書いた本物の「エヴゲーニー・オネーギン」に基づいて、チャイコフスキーの曲に合う、まったく新しい台本を作ることだったでしょう。しかしながら、これは貴女のお考えになったものとは、全然違う種類の仕事になったことでありましょう。残念です。

心から
ウラジーミル・ナボコフ

1　ナショナル・ブロードキャスティング・カンパニー「NBC」のテレビ・オペラ担当。

（1）VNの記憶ちがい。チャイコフスキーのオペラ『エヴゲーニー・オネーギン』の台本は、作曲者とコンスタンティン・シロフスキーの手になる。チャイコフスキー兄弟が協力して台本を作ったのは『スペードの女王』。

114　キャサリン・A・ホワイト 宛

CC　二枚

タオス、一九五四年八月一一日

親愛なるキャサリン

プニンの第二章について手紙をもらってから五か月経ってしまいました――この長い沈黙をどうぞ赦しください。あのときはひどく苦しい仕事に没頭していました――『確証』をロシア語に書き直す仕事です。四〇年代初め、ロシア語から英語に切り替えるのがどんなに苦痛だったかは前にも一度ならずお話ししたと思います。あの恐るべき変身を経験してからは、しなびたハイドからでっぷりしたジキルには、けっして逆戻りすまいと誓いました――ところが一五年の空白を置いて、ふたたびロシア語という苦い贅沢のなかでのたうち回っています。この本を仕上げた後も、つづけてカフカ、プルースト、ジョイスについての一連の講義を、そのうちやって来る出版に備えてまとめ上げねばなりませんでした。さらに、あるニューヨークの出版社から、『アンナ・カレーニン』の英訳を改訂し、注釈を付けてみないかと言ってきました。第一部の脚注だけで、資料を集め、書くのに二か月かかりましたし、前書きと他にも評釈を書かねばなりませんでした。この第一部をちょうど仕上げたところです。いくらかほっとした気持ちで、前にもらった手紙と今回もらった手紙に返事を書いています。寡黙な寄稿者に、かくも優しくしていただき、ありがとう。

知っての通り、最初の二章に力づけられてプニンの版権を（むろんニューヨーカーが明記した条項に沿って）ヴァイキング社に売りました。いい値段で買ってくれましたが、いつになれば完成原稿を送れるか分かりません。

この手紙は、第二章に対する貴女の批判にひとつずつ答える——そして反論する——つもりで書き始めました。しかし五か月遅れたために、その衝動も薄れてしまいました。ただこのことだけ言わせてもらいたいのですが、第二章の「不快さ」は私の作品一般に共通する特質だということです。第一章では同じ不愉快さ、同じ「リアリズム」、そして同じ哀感に貴女が気づかなかっただけです。胸が悪くなるようなウィンド夫婦は、残念ながらこれからも登場します——それにはっきり言うことができますが、私の描いた精神療法家たちは他の作家が描く精神療法家とは異なるものです。

九月中に二つの章を送ります。ひとつは、プニンがロシア人の友人たちとニューハンプシャーで過ごす休暇、大学での仕事の再開、そして自分が職を失いかけているという発見を扱い、もうひとつは、ウィンドの子供がセント・マシューズ——ニューイングランドにある監督派の学校——で体験する不愉快な思いを扱います。

偶然に、また、ある鱗翅学的（レピドプテリック）動機から、タオスの一〇マイル北にあるアドービ煉瓦の家に宿泊することになりました。タオスは見苦しい荒涼とした町です。「絵に出てくるような」と自ら称する（スワ・ディザン）インディアンの貧民たちが、商工会議所によって要所要所に配置されています。この町を「芸術的（アーティー）」だと思うオクラホマやテキサスからの旅行者を釣るためです。しかし、非常に興味深い蝶が見られるすばらしい峡谷がいくつかあります。

後日話しますが、きわめて不快な状況がいくつか生じ、タオスを発ってニューヨークに行かねばなりません（家族に重病人が出ました）。出社していることを見越して、来週ニューヨーカーのオフィスに電話します。いっしょに話し合っておきたいことが山ほどあります。

貴女とアンディーに心からの愛を込めて。

115 ルーベン・ブラウアー教授[1]宛

CC 一枚
ニューヨーク州イサカ

一九五四年九月一〇日

親愛なるブラウアー様

夫の依頼で、夫の論文を短く要約いたします。このところ夫は多くの予期せぬ事柄に忙殺され、この論文のコピーを期限内にお送りできるか危んでおります。

論文の主要なテーマは「不器用極まりない逐語訳でも、この上もなくしゃれた意訳より千倍も有用である」というものです。これを『エヴゲーニー・オネーギン』の翻訳中に集めた具体例を引きながら論証します。論文は七つの部分に分れます——

一　この小説がいかなるものかを述べ、西ヨーロッパの文学伝統にいかに依拠しているかを説明する。

二　ロシア語の韻律の特殊性を説明する。

三　プーシキンが用いたイメージや言葉が、一八世紀のフランスの詩に由来することを具体例によって論証する。このことは、それらを英語あるいは元のフランス語に移す場合に考慮に入れなければならない。

四　翻訳者は、自分が用いる媒体をどのように選ぶか。

五　いくつかの現行訳に見る欠陥。

六　翻訳者の仕事場をご覧いただきます。一見なるほどと思える訳文を、なぜ捨てねばならないかを例証した上で、いくつかのむずかしい言い回しを翻訳者の能力の限りを尽くして翻訳して見せます。

七　結論——

『オネーギン』を脚韻を用いて訳すことは不可能である。

本文の抑揚や脚韻だけでなく、その連想や特色を一連の注で記述することは可能である。

原詩の一四行の詩連(スタンザ)を、弱強二歩格から弱強五歩格まで、長さはまちまちの無韻の一四行で置き換えれば、かなりの正確さをもって『オネーギン』を翻訳することが可能である。

『オネーギン』について当てはまる以上のような事実から、普遍的な結論をいくつか引き出します。

この要約がいくらかのお役に立つことを願っております。お会いできることをとても楽しみにしています、と夫は申しております。

心から

1　『翻訳論』（ケンブリッジ、ハーヴァード大学出版局、一九五九年）の編者。VNは「隷属の道」を寄稿した。

116　ロジャー・W・ストロース・ジュニア[1] 宛

CC　一枚
ニューヨーク州イサカ
一九五四年一〇月一五日

親愛なるストロース様

いつでしたか、私の新しい小説に関心をお持ちとのお手紙いただきました。その際ご希望にそえなかったのは、ニュー・ディレクションズのジェイムズ・ロクリンに先に見せると約束していたためです。彼が出版したがるとは期待していませんでしたが。

その彼から予想した通りの返事を受け取ったところです。原稿を貴兄宛に転送してくれるよう、これから依頼しておきます。

読んでいただければ容易にご理解いただける諸般の理由から、私としてはペンネームで出版したいと考えております。また同じ理由から、ぜひともひとりでお読みいただき、他の方にはお見せにならないようお願いします。お読みになって出版を考えたいという結論に達せられた場合は別です。

お早いご返事をお待ちしております。

1　ファラー、ストロース&ヤング社の社長。

117　ジェイムズ・ロクリン 宛

TLS　一枚
ニューヨーク州イサカ
コーネル大学
ゴールドウィン・スミス・ホール
一九五四年一〇月一五日

親愛なるロクリン

お手紙ありがとう。指摘してくれた点はよく分かりました。海外での出版にかんしては必ず貴兄の助言に従います。[1] そのような出版にかんして具体的にどんなことでも教えてもらえれば、ありがたく思います。

フランスに送る前にLを五番街一〇一のファラー、ストロース&ヤング社に見せたいと思います。しばらく前にストロース氏から最新作を見たいとの手紙をもらったのです。面倒でしょうが、原稿を彼（ロジャー・W・ストロース氏）に鉄道速達で（あるいはその方がよければ、人を使われても結構です）転送してもらえませんか。包みは必ず本人に届くようにしてください。先方には、すでにこのことについて手紙を書きましたので、遅滞なく送ってもらえればありがたく思います。

心から
ウラジーミル・ナボコフ

1　ロクリンは一〇月一一日付の手紙で、彼とロバート・マグレガーの感想を伝えてきた――「最高水準の文学だと思いますし、出版されるべきだと思いますが、我々二人とも、出版社および著者がこうむるであろう影響を懸念しています。貴兄の文体は非常に個性的であり、たとえ仮名を使ったところで、誰の作かまちがいなくすぐに分かってしまうでしょう。」

118

ジェイソン・エプスタイン[1] 宛　CC一枚

ニューヨーク州イサカ
コーネル大学
ゴールドウィン・スミス・ホール
一九五四年一一月三日

親愛なるエプスタイン様

お手紙ありがとうございます。原稿は鉄道速達でお送りします。お含みおき願いたいのですが、この小説を出版できる場合ペンネームを使いたいと思っております。したがって（匿名を維持するために）原稿を読む人々の数を最小限にしていただければ、また、その人々にも著者が本当は誰かを伏せていただければ、ありがたく思います。私のこの願いをお聞き届け願えたと思ってよろしいでしょうか。

『エヴゲーニー・オネーギン』は完成にはまだほど遠い状態です。訳自体は完成原稿のおよそ三分の一にしかなりません。残りは詳細な注と評釈になります。全体は、長くなった場合約六〇〇頁になると思います。訳と反対の頁（アン・ルガール）に、初版（ハーヴァードのホートン図書館が一冊所有しております）の原文を写真製版して載せたいと考えております。また作者の肖像を一、二枚と、プーシキンが破棄した詩連（スタンザ）を脚注の形で載せたいと思っております。これに『オネーギン』のさまざまな特徴を論じる序論と、すでに述べましたが、巻末に二五〇頁から三〇〇頁の評釈が加わります。このような本の出版が商売になるとお考えでしたら、どうぞお知らせください。書き上がり次第お見せいたします。

心から
ウラジーミル・ナボコフ

1　ダブルデイ社の編集者。

119

フィリップ・ラーヴ宛

CC　一枚

ニューヨーク州イサカ
ステュアート大通り700
一九五四年一一月二〇日

親愛なるラーヴ

喜んで小説の一部をパーティザン・レヴューに載せてもらいます。しかし貴兄が言われた八〇頁分を送る前に、そちらが掲載を決められた場合、ペンネームの使用に応じてもらえるかどうか、聞いておきたいと思います。

私自身の都合のために本名では公表したくないのです。少なくとも当面は。匿名を守ることに応じてもらえますか。[1]

心から
ウラジーミル・ナボコフ

1　ラーヴは一一月二八日付の手紙で、『パーティザン・レヴュー』としては『ロリータ』の抜粋をペンネームで掲載することはできないと答えてきた。

120

パスカル・コーヴィシ宛

CC　一枚

ニューヨーク州イサカ
一九五五年一月二三日

親愛なるパット

ロシア語から英語への、とてもすばらしい若い翻訳者がいます。その上、彼の仕事を私が無償でチェックします。レールモントフの有名な小説、現代の英雄[1]を出版してみる気はありませんか。私が知る三つの英語版は実にひどいものです。あるいは他のものでもいいのですが。

精力的に『プニン』に取り組んでいます。

ご家族の皆さんともどもお元気のことと思います。

心から
ウラジーミル・ナボコフ

1　ドミトリ・ナボコフと組んだVNの翻訳は、一九五八年、ダブルデイ社によって出版された。

121
パスカル・コーヴィシ 宛

CC 一枚

ニューヨーク州イサカ
コーネル大学
ゴールドウィン・スミス・ホール
一九五五年二月二二日

親愛なるパット
トリリングの本[1]、ありがとう（ついでですが、もう住んでいない住所に行ってしまい、しばらくあちこち回っていたようです。手紙は正しい住所に届いていますが、本の方は届きません）。
現代の英雄は刺激的な小説です。いつ読んでも新鮮で面白い本です。どのロシア文学の授業でも取り上げられ、これだけでも需要はあります。しかし然るべく英訳すれば、一般読者にも受けるはずです。アメリカの辺境物につきものの要素、つまり黄色い岩の蜃気楼だとか、若干の騒がしい恋愛談や冒険談も含んでいます。それに主人公は生き生きとした、読み手の心をとらえる人物です。オレグ・マスレニコフはまったくもって凡庸な翻訳家です。彼の「英雄」は見ていませんが、ひどく粗雑なものにちがいありません。ついでに、「英雄」を、プーシキンの「スペードの女王」の新しい訳といっしょに出版するのもいいかもしれません。いつもは注意深く才気煥発のガーニーが、「宝庫」に収めたこの小説の訳では、悲しいかな惨々な出来です。私の友人は、明確なところを決めてもらうまでは翻訳に取りかかることはできません。お分かりでしょうか。これは私としては非常に特別な申し出なのです。普通、私は他人の仕事をただで見たりはしません。「英雄」と「女王」が二つとも入った印象的な本がだめでも、たぶん何か他のものを提示してもらえると思います。
プニンについてもう少しお知らせしておきます。ニューヨーカーがもう一章採用してくれました。今は、次の章の半ばです。今のところ何も送るつもりはありませんが、それはもっと長いものを見てもらいたいからです。

心から
ウラジーミル・ナボコフ

1 ライオネル・トリリング『対峙する自己』（ニューヨーク、ヴァイキング社、一九五五年）。

122 キャサリン・A・ホワイト 宛

CC 五枚

ステュアート大通り700
一九五五年三月五日

親愛なるキャサリン

ゲラ[1]と丸々太った小切手をありがとう。アンディーが退院したと聞き安心しました。

三〇かそこらの、小さな修正を受け入れることには喜んで同意しました。貴女がすっきりさせたい、いくつかの細かい個所にも目を通しました。しかし若干の点は受け入れられません。とくに7と8（説明）、11と11a（場面転換）、一九（頭でいいのです！プニンの頭です！）、25（リス化された木）、32（場面転換）そして34（説明）はだめです。このような変更は、この作品の内なる核を変えてしまいます。この核は、一連の内なる有機的変化の上に築かれているのです。その一部をでたらめに機械的、非有機的な鎖に取り替えることなど、考えるだけでも苦痛であります。この内なる鎖の輪やそのバランスには、さんざん骨折ったのですから。従来同様、今回も同意してもらえると期待しています。

貴女の注と私の注、それにゲラを同封しました。

お元気で。

心から

『プニンの一日』[1]、注の注。

1 OK。

2 OK。

3 彼女はぴんぴんしております。プニンは男やもめではありません。ここから先（三a）はプニンの父と母のことです。

4 “here”はウェインデル・カレッジのことです。彼がそこの助教授であることを指します。

5 OK。

5a base plugs。それでいいと思われますが、言葉が分からないのです。ランプのコードの先端に付いている二又の金具を差し込む二つの穴のことですよね？

6 OK。

6a 私には“them”で十分明確だと思えます。すぐ後に“like two old friends”と続くのですから。しかし“them”を“the pair”あるいは“this pair”で置き換えても結構です。

7 本当は、ここに“the Clements’ daughter, Isabel”を挿入するべきではないと思います。そうです、やはりこれは受け入れられません。さまざまな印象やヒントによって、少しずつ彼女を導き入れるのが私のもくろみなのです（読者に初めからはっきり分からなくても、読み進めば必ず分かってきます）。この説明は、徐々に彼女に近づくという方法を完全に台無しにしてしまいます。

8　ＯＫ。（bed head はいい英語です。オックスフォード辞典に載っています。しかし“bed headboard”の方がよりよいと思います。認めます。）

8a　どうか“married daughter”に戻してください（七を参照）。

9　ＯＫ。

9a　“prepared”でいいと思われます。ここでは“made preparations”とまったく同じ意味ですので。

10　ＯＫ。

10a　ＯＫ。

10b　出版年はもちろん“1940”です。私の書きまちがいです。

11　ここには何も挿入できません。次の段落では、彼はもう教室に立っているのです。途中で車に乗って行かないかと誰かに声をかけられるという一文もあるのですから。

12　もちろん英語の“non”です（“nonstop”の“non”）。はっきりしなければ“non”を“not”の“o”に変えてください。それでもはっきりしなければ“acquiring”から“non”までをカットし、代わりに“sounding positively Italian”を入れてください。たぶんこの方が簡潔で、よりよいでしょう。

12a　ＯＫ。あるいは“nun”をイタリックにして、“after*nun*”とした方がよいでしょう。

13　motuweth frisas。“Monday, Tuesday, Wednesday, Thurday”と週末の“Friday, Saturday, Sunday”を指します。メモ帳や暦で使われる略字です。非常にはっきりしていると思えますが。できればこのままにしてください（“on a Montuewedthursday-Frisatsunday” basis では簡潔さが失われます。）

13a　ここにはどんな短い橋も架けたくありません。読者には跳んで渡ってもらいます。

14　余計です。三行前で訳してあるのですから。

15　考えてみましたが、ここには何も加えられないという確固たる結論に達しました。しかしながら“Berlin”の後に感嘆符を付ければ、はっきりするかもしれません。

16　Low boy file で正しい言葉です。ベックリー＝カーディー社（シカゴ）の「学校向け家具・事務用品・機材の購入ガイド」、カタログ番号九六、一九五三—一九五四年度、学校管理者（アドミニストレイター）版、一七頁、Ｄ二五〇番、“all-in-one lowboy file"写真付、を見てください。"Filing case"でも結構でしょう。（同じ段落の）後の方でも"small steel file"として出てきます。

17　OK。

18　OK――"With the help of the janitor he screwed onto the side of the desk a pencil sharpener."です。

18a　どうぞ大文字にしないでください。

18b　OK――"to match"

18c　OK。

19　イキ――"head"です。彼の頭には毛はありません（ゲラ四を見てください）。"head"は残さねばなりません。さもなければ話が瓦壊してしまいます。

20　それでは"his compatriot"が冗長になります。私なら"compatriot"を残して、その後の"Komarov"を削り、"the only Russian"等の説明はなしで済ませます。しかしお気の召すままに。

21　"antique"あるいは"antiquated"あるいは、まったく文字どおりに"antiquarian"。

22　"slapper-slip"はイギリス方言でdouble slipの意味です。しかし明確でなければ、ただ"slipped"としてください。

23　その通り。

24　"circular flock"は鳥類学で用いる立派な英語です。ここには欠かせません。

25　タイプミスではありません。リスがあまりに足が速いので、木と一体になってしまうのです。この木登りはどうしても必要です。どうぞイキにしてください。

25a　二つの言葉を入れ換えました。そうしなければ"him"が不明確（ディム）です。

26　前に引用されたプーシキンの詩句への言及。こんどは訳を入れました。

26a　どうぞイキにしてください。プニンの使う表現は、すべてロシア語からの翻訳です。彼は"something"と言いたいのですが、ロシア人がよく言うように"something or other"と言ってしまうのです。

27　OK。

3a　プニンは、四〇年前ならとても小さなプニンだったでしょう。これは彼の両親への言及です。こんどはもっとはっきりさせました。

28　まったくその通りです。簡潔にしてみました。"library"の後は――"Wearing rubber gloves …… shelving, Pnin would go to those books and gloat over them: obscure magazines"云々としてください。

29　OK。

29a “interested”

30 同じクローネベルグ訳への言及です。ヴェンゲロフはロシア語訳シェイクスピア戯曲集の編者です。

31 OK。いい考えです。

32 OK、（本当に必要というわけではありませんが）。いや、また気が変わりました。やはりこれではぞっとしません。どうぞ削除してください。

32a “Chapleted”で正しいのです。

33 ここは少しはっきりさせました。

33a 括弧は必要ありません。これはすべて横断幕に書いてあったのです（私はこの映画を観ています）。

33b この“shown”は削除してください。お願いします。

34 こういう挿入はできません。ここには何も加えるべきではありません。この言い回しを考えるのに一か月かかりました。

35 どうぞ年月日なしにしてください。

36 ここは整理し直しました。

1 「プニンの一日」、『ニューヨーカー』（一九五五年四月二三日）。

（1） 単行本『プニン』の第三章に相当する。

123 ジェイソン・エプスタイン宛　CC 一枚

ニューヨーク州イサカ
コーネル大学
ゴールドウィン・スミス・ホール
一九五五年三月一二日

親愛なるエプスタイン様

翻訳し直すべき作品を短いリストにしました。このままの形で出版することも可能です。

一 「三つの決闘」と題を付けることもできる本。次の作品を含みます——

プーシキンの『拳銃の一撃』
レールモントフの『メアリー王女』
チェーホフの『決闘』

二 「三つの幻想小説」——幻想物語のトリオ——

プーシキンの『スペードの女王』
ゴーゴリの『鼻』
ドストエフスキーの『分身』（ドストエフスキーが書いたもののなかで、ずば抜けた最高傑作）

しかしながらいちばん気に入っている計画は、レールモントフの『現代の英雄』の翻訳です。これは五つの物語から成る小説です（『メアリー王女』はそのひとつ）。

このなかのいずれかにご関心がありましたら、従来の訳（たとえばヤルモリンスキーの「拳銃の一撃」やガーニーの「スペードの女王」）のどこが悪いか、さらに詳しくご説明します。

私が世に出そうとしている翻訳者とは、他ならぬ私の息子のことであります。この春ハーヴァードを卒業します。彼は駆け出しのロシア語研究者であり、独力で芽を出したアメリカ作家であります。これまでも私のために若干の翻訳をやっていますが、非常に信用できるものでありました。以上の線に沿って、翻訳の監督と手直しは私が引き受けます。

心から

ウラジーミル・ナボコフ

124

ドゥシア・エルガ[1] 宛

CC　二枚

一九五五年六月

ニューヨーク州イサカ

	誤	正
Foreword		
p.2	inGray	in Gray
Part One		
p.2	died died	died
p.3	hotel Mirana	Hotel Mirana
p.4	*que j'avais déniché*	that I had filched
p.5	fat powdered	fat, powdered
p.8	"Annabel" phase an	"Annabel" phase the
p.9	*Alors* she	She

p.12	cringe and hide.)	cringe and hide!)
p.19	humiliating sordid taciturn	humiliating, sordid, taciturn
p.23	wear before I touched her	wear, before I touched her,
p.29	lawyers favors,	lawyer's favors,
p.38	being presumably the maid)	being presumably the maid),
p.42	Ramsdale journal	Ramsdale Journal
p.45	and bathe, and bask but a	and bathe, and bask; but a
p.53	Her little doves seemed	Her little doves seem
p.54	real zest)? no.	real zest)? No.
〃 〃	Lola, Lolita.	Lola, Lolita!
〃 〃	Does fate *trame quelque chose?*	Is it Fate scheming?
p.56	to report, save primo:	to report, save, primo:
p.60	Dr. Blanche Schwarzman	Dr. Blanche Schwarzmann
〃 〃	torrentially talking to	torrential talk with
p.65	lawyer has acalled	lawyer has called
p.66	herself free, recoiled and lay	herself free, recoiled, and lay
p.81	I convinced myself that Louise	Having convinced myself that Louise
〃 〃	left, got into Lo's bed	left, I got into Lo's bed
p.89	That is when I knew she was	It was then I knew she was
p.103	Humbert. *Mais comment?*	Humbert. But how?
p.109	*faisant la coquette.*	coquettishly.
p.110	*je ne sais pas à quoi*	*je ne sais à quoi*
p.119	other, and went back to the	other, and returned to the
p.121	doublebreatsed	doublebreasted
p.122	ticketing illegally parked	ticketing the illegally parked
〃 〃	Beale car as she slipped and fell .... while hurrying	Beale car as she was hurrying

p.128	Mrs. H.H. trajectory	Mrs. H. H.'s trajectory
p.129	slipped and plunged	slipped on the freshly watered asphalt and plunged
p.137	her wool joursey	her wool jersey
〃 〃	figures of children with snubbed noses, dun-colored	figures of snub-nosed children with dun-colored,
p.183	*C'était quelque chose de tout-à-fait spécial,*	It was something quite special,
p.200	(tale left, white eyelashes	(tail left, white eyelashes
p.212	——o Beaudelaire!——	——oh Baudelaire!——
〃 〃	coach (a husky	coach, a husky
p.218	Shewent on	She went on
p.220	*kollega*	comrade
p.222	Alps no more possess	Alps no longer possess
〃 〃	and in so many *cabanos*	and in so many *cabanes*
p.223	semi-extant dragons——	semi-extant dragons!——
〃 〃	withdrew. *J'étais dévozé par un désir suprème, comme dit l'autre.* Beneath the laprobe	withdrew. Beneath the laprobe
p.257	killedin	killed in
〃 〃	her mother, eh?)	her mother, eh?).
p.276	nonsensedespite	nonsense despite
p.278	cockcureness	cocksureness
p.286	other alternative that to	other alternative than to
p.290	whow as	who was
p.324	counrty	country

p.342	Saguaro deserts	saguaro deserts
p.360	Goddness,	Goodness,
p.390	forty at one minute and a	forty, one minute, and a hundred,
	hundred the next.	the next.
p.409	and not not after to-morrow,	and not after to-morrow,
p.412	emeralkd	emerald
p.418	all at one,	all at once,
p.423	Godd bless our	God bless our
p.439	"Quilty", *dis-je*,	"Quilty", I said,
p.442	disorganized by by a drug	disorganized by a drug
〃〃	the cowmen and the sheepmen	the cowman and the sheepman
p.447	howl and clutched at his brow	howl and hand pressed to his brow

親愛なるマダム。『ロリータ』にもう一度目を通しました。ご覧のように若干の小さなまちがいと誤字がありましたので訂正しました。お気づきになると思いますが、フランス語の表現をいくつか削りました。活字組みが始まる前にこのリストをテクストに組み入れられるよう、ジロディアス氏にお渡しください。

心から(1)

1　『ロリータ』の訂正リスト。マダム・エルガは、VNのフランスにおけるエージェント。このリストと以下に続くリストにおいては、訂正の重要度と、訂正のその後の運命を示した若干の手書きの印を削除した。

(1)　原文はフランス語。

125

モーリス・ジロディアス[1] 宛

CC　六枚

ニューヨーク州イサカ

page;line	誤	正
2;1	*Je suis né en* 1910	I was born in 1910,
6;14	build	built
14;7	analysists	analysts
15;23	*charmant*	*charmante*
20;17	moustach/everywhere/	mustache
21;18	*qui sait,*	who knows,
21;26	*le bonhomme*	the good man
25;5	patient	patiently
27;1–2	pack up up	pack
30;25	debur	debut
33;13	importance	important
35;5	cousins	cousins,
35;6	wife	wife,
35;26	was	seemed
35;27	insured	insured it
36;5	En route	*En route*
36;14	white-framed	white-frame
36;21	*Que pouvais-je faire?*	What could I do?
37;1	bottom	end

39;18	I'll	"I'll
43;14	sily	silky
44;5	no,	now,
45;16	*et moi*	and I
50;14	me	my
53;19	full skirted	full-skirted
53;23	*dans de vieux jardins*	in old gardens
53;22	pyjamas	pajamas
54;14	does not deny	denies
54;24	tried out	tried on
58;5	that	this
65;25	numbleness	numbleness
73;25	"She's	"She'd
80;5	You	Your
81;9	full page	full-page
86;16	Inacrnadine	Incarnadine
90;1	heck	the heck
91;4	semblance	resemblance
91;22	thirty-year old	thirty-year-old
99;9	picnic ground	parking area
99;12	when in quest	in quest
100;12	intend	intended
102;3	*decide*	*décide*
102;23-24	picnic ground	parking area
103;3	sun-dappled privvy	a sun-dappled privy
103;10	but chance can	chance, however, can
110;15	laquered	lacquered

111;13	In	“In
111;16	Hotel,)	Hotel!)
111;22	somewhat set her	set her somewhat
116;7	parctically	practically
117;8	awoken	awoke
123;18	a quiet	as quiet
126;10	*que c'etait tout comme*).	that it might be implied).
130;16	pseudo-celtic	pseudo-Celtic
130;17	all	every
131;2	novelist	novelist,
131;3	dog	dog,
131;11	carved Indian's	carved-Indian
131;18	nursing already	already nursing
133;14	Herald——	Herald,
134;10	find instead another	find, instead, another
134;11	than God	thank God
135;23	Bee	bea
136;6	Know Your Child	Know-Your-Child
136;7	dislike	dislike,
138;8	four-hours'	four-hour
139;3	headache daily	daily headache
140;4	to do	to go
140;11	8.30	9.30
140:16	a horseshoe	horseshoes
140:19	worn out	worn-out
140:25	And afterwards to somebody	And perhaps afterwards she would say to somebody

141:18	and seemed taller	and taller
141:22	bwteen	between
142:3	maedlein	*mädlein*
147:17	srossing	crossing
148:19	Lolia	Lolita
149:26	way I had	way in which I had
151:7	Through	Under
155:24		of girlish
166:2	Venetial	Venetian
167:9	pharmaceupist,	pharmaceutist,
167:22	tome	time
183:15	taken all	taken in all
184:5	has	had
188:7	fried chicken bones	fried-chicken bones
191:10	naivete	naiveté
191:12	exhasperating	exasperating
191:13	disogranized	disorganized
194:15	Holme	Holmes
196:20	should	had
198:19	Lorraine	Lorrain
201:1	*en grand*,	on a grand scale,
201:14	these Magnolia Gardens	that Magnolia Garden
202:18	zootsuiter	zootsuiters
203:12	Mississippian	Mississippi
204:3	run down in	run in
204:12	(*Je m'y connais, en montagnes*)	/削除/
208:3	We learned	We came

208:9	moustach	mustache
209:3	they	it
209:3	children	children's
210:10	and	or
210:21	*Ou bien*	Or else
211:18	than	but
211:22	morning	mourning
213:9	dust	dust,
215:1	heft	left
219:10	*de plus atrocement cruel*	more atrociously cruel
222:18	cabanes	*cabanes*
222:23	forstfloor	forest floor
223:5	heavenly hued	heavenly-hued
224:5-6	and I suspect	and, I suspect,
227:17	dispair	despair
232:1	that first wild	that wild
232;2	to the Lolita	to Lolita
233;4	since as I have once remarked,	since, as i have once remarked
239;8	fieldglasses,	binoculars,
240;7	both——I omitted to find out——would	both, would
241;17	*maedlein*	*mädlein*
242;5	get	got
249;19	burglar	burgle
249;19	srutinize	scrutinize
249;21	eight dollar	eight one-dollar

250;6	participation	permission to participate
258;7	had been rather looking forward to	had looked forward to meet,
260;19	burdened by	burdened with
263;10	again	again"
263;14	them	them,
264;1	uou	you
264;12	weather	face
265;6	mind	mind,
265;7	fold on fold	fold on fold,
269;20	martirize	martyrize
269;24	wronb	wrong
272;11	girl	girls
274;21	three girls and five	two girls and four
281;19	*sers*	*serre*
286;7	three quarter way	three-quarter-way
286;16-17	I saw by her own lights a	I saw a
286;21	that	than
290;10	*il parait,*	I hinted,
288;15	(a storm	(A storm
288;16	admrable	adorable
288;23	smashed	slammed
288;24	window-pane.	window.

親愛なるジロディアス様
以下のものをお送りしました。

一　脱落していた一九五頁。
二　貴兄にお届けするために、一週間ほど前にマダム・エルガに送った短い訂正表の写し（すでに届いておりましたら二番目の写しを返送してください)。

三　新たな訂正表。フランス語の表現が多すぎるという貴兄のご意見を考慮しました。リストにしてご指摘いただいた六〇個所のうち、三分の一を削除あるいは英訳しましたが、これで精いっぱいです。

お陰様で『ロリータ』が出版されることを嬉しく思っております。ゲラをどうぞ急ぎお送りください。こちらも急ぎご返送します。

ハンバートのフランス語、つまり彼自身が使うフランス語は、もちろん正確なものでなければなりません。ガストンのフランス語や、その他この本に登場するフランス人のフランス語についても同じです。誤りがなければよいがと願っています。それ以外のところでは、わざとまちがった片言のフランス語を使っております。

心から
ウラジーミル・ナボコフ

1　パリのオリンピア・プレス社の社主。前衛文学とポルノの両方を英語で出版していた。『ロリータ』は、オリンピア・プレス社によって、一九五五年九月に出版された。

126
モーリス・ジロディアス 宛

CC　六枚

ニューヨーク州イサカ
コーネル大学
ゴールドウィン・スミス・ホール
一九五五年七月九日

親愛なるジロディアス様
もう一頁（第四二九頁）見つけました。お手元の原稿から脱落していると思います。同封しました。また、若干の訂正の追加があります。主に本の最後の何頁かに関わるものです。

この手紙の前に、訂正表と第一九五頁を同封した手紙を出しております。届いたかどうかどうぞお知らせください。

心から
ウラジーミル・ナボコフ

追伸　七月二〇日より前にゲラを郵送していただくのでしたら、ニューヨーク州イサカ、スチュアート大通り七〇〇番地宛に送ってください。大学宛の郵便物は週末は配達されませんので、この方が時間の節約になるかもしれません。

といっても、スチュアート大通りのアパートも七月二五日頃には引き払います。

page:line	誤	正
144:20	backfisch	*backfisch*
147:7	shadographs	shadowgraphs
	tour	イタリックにしない［ロシア語での書き込み］
192:10	perhaps	——perhaps
192:11	mannerisms	mannerisms——
298:22	moustached	mustached
301:18	into this his pregnant	his pregnant
301:19	in with her	into it with her
303:23	Charlotte's and Mine	my and Charlotte's
304:2	though I	though, I
304:7	I of course	I, of course,
305:12	in winter	in the winter
306:7	or both	or both,
306:18	Somebody I imagined	Somebody, I imagined,
307:10	sunglasses	sunglasses,
307:21	trousers	trousers,
308:7	moustach	mustache
308:24	the worst	"the worst
308:24	is	would be
309:24	behind me	behind me,
309:25	moustach	mustache
312:24	me——I	me, I
314:13	rogue's	rogues'

315:6	And moreover	And, moreover,
316:11	beau!" what a tongue-twister.	beau", "*Qu'il t'y*"——what a tongue twister!
317:10	noncommittent	noncommittal
317:14	crossed	cross
321:18	The rest	The rest,
322:2	mobile-white bloused	mobile-white-bloused
322:21	been followed	been, followed
323:17	moustach	mustache
323:23	protruding,	protruding
325:1	after	after,
325:21	and impossible	and was impossible
330:8	celluloid	celluloid,
330:25	playing	acting
331:12	part left	part, left
331:15	have)	have),
332:2	Gaston	Gaston,
332:9	memories——	memories,
332:10	mine——	mine,
333:7	Lo had	Lo, had
333:13	readymade tennis short,	tennis shorts,
334:22	discovery	discovery,
335:12	quartette	quartet
335:13	prepositions	propositions
335:14	Birdsley;	Beardsley;
335:15	it could not	they could not
338:18	towel around his neck	towel that was around his neck,
338:22	moustach	mustache

339:6	anjoyed	enjoyed
339:8	swung at	made for
339:10	air——	air;
339:18	counteract and get over his	counteract his
342:4	zigzaging	zigzagging
343:15	acceeding	exceeding
344:14	year old	year-old
346:24	come for	come, for
346:25	strain it was	strain it had been
347:7	thirteen-dollar	thirteen-dollar-a-day
347:8	part-time young	young part-time
347:22	who, in the act	who was in the act
349:6	works	“works
349:8	At the moment I knew	I knew
350:1	rolly-polly	roly-poly
350:19	there was	they had
351:14	and was	and on the following day I was
351:15	solid next day for	solid, for
352:6	festivity	celebration
353:10	toticed	noticed
355:3	stood out and	stood out, and
356:2	where to	where, to
357:9	stayed at	stayed, at
357:11	ley, only one	ley, one
362:11	as old friend	an old friend
362:11	Charlotte's	Charlotte's,
363:7	that after	that, after

363:12	fiend	fiend,
363:12	taken	taken,
363:12	complicated	complicated,
363:13	vague	vague,
365:25	and merely	and, merely
366:	"Dolores Disparue"	"*Dolorès Disparue*"
367:11	Valery	Valéry
368:13	*t'offrait*	*t'offrais*
369:8	and after	and, after
370:33	psychally analyzing	psychoanalyzing
372:11	ape's	ape
372:14	sport that	sport, that
373:3-4	suspenders and painted tie-	suspenders-and-painted-tie-
373-5	home-town	home town
373:22	her Valechka	her, Valechka
381:10	correspondents, I	correspondents——I
381:10	recollect	recollect,
382:13	be re-ribbed	revert to a rib
384:12	hot-dog-stand	hot-dog stand
384:21	Ramsdale, he would hand them turn over instead of hand	Ramsdale he would hand
386:4	withhelding	withholding
388:18	car had	car, had
390:19	forty	40
390:20	at one minute and a hundred	one minute and 100
392:9	hollow-cheeked	hollow-cheeked,

392:10	watered-milk white	watered-milk-white
396:12	sketch	sketchy
399:3	nausea. *C'était l'autre que j'égorgerai*. He was	nausea. He was
399:11	but their shape at the	but the
399:17	*Bon*.	Good.
400:22	did they you	did you
402:5	dod	did
404:19	baby,	baby
404:21	and know as	and know, as
406:13	matter (a reprieve, I	matter" ("A reprieve", I
406:14	Anyway	"Anyway
407:3	coming with me.	coming with me?
407:24	remark——:	remark:
408:2	rejoin: I	rejoin: "I
408:7	that so as to	that in order to
409:3	you will come to	you will not come to
409:6	hope (to that effect)".	hope" (to that effect).
410:7	judging by the	according to
410:8	scale of my map.	my map.
410:10	However the	However, the
410:16	country if any was	country, if any, was
414:6	been proven	be proven
416:9	sunset	sunset-
416:18	automaton's	automaton
418:21	heavy unattractive, affectionate child	heavy, unattractive, affectionate child,

419:11	played	played,
419:18	Suddenly	Suddenly,
419:19	casual arm	casual arm,
420:2	ankle	ankle,
420:2	forward——	forward,
420:3	preparotary	preparatory
420:6	Avis	Avis,
420:6	pink dad	pink dad,
420:10	Lolita	Lolita,
421:13	her)	her),
422:10	*Bon zhur*,	*Bonzhur*,
423:3	years-old	year-old
423:5	years-old	year-old
423:8	policement	policemen
425:9	when with	when, with
425:15	nieces, onto	nieces onto
425:16	call out to me	call to me
426:23	years-	year-
429:8	that in hope	that, in hope
429:18	launched himself in the glory of	launched on a glorious
429:19	a long-range	long-range
430:14	blonds,	blondes,
431:6	Road twelve	Road, twelve
431:7	and as	and, as
431:14	warned,	foretold,
431:14	a moment and	a moment and,

432:7	vagues	vague
432:11	of mine,	of mine
432:12	bobbie pin	bobby pin
433:10	Manor,	Manor
434:19	old one had	old one, had
434:18	were and	were, and
435:2	dishevelled,	dishevelled
436:5	evidebt	evident
436:22	bipedal trickster	trickster
437:5	with those	about those
437:13	Patagonia. *Je paie a travers le nez.*	Patagonia.
437:14	or rather, I refuse	I refuse
439:15	and with a	and, with a
439:17	paralytical	paralyzing
441:16	the same to keep	the same time to keep
441:17	my eye on him.	an eye on him.
442:3	readers, among	readers
442:4	them a lovely lacy old lady with pale ovel eyes, will	will
442:5	this point, the	this point the
442:6	their, and her, childhood	their childhood
442:7	fistycuffs,	fisticuffs,
443:5	it's verse.	it's in verse.
444:29	protegée	protégée
445:6	offer you	offer you,
446:12	painted yellow——	painted yellow——"

448:20	elexir	elixir
449:22	The glass had gone	The crystal was gone
453:8	Clare Obscur	Clare Obscure
453:10	it gave me, was	it gave me was
455:3	(Hi,	('Bye,
455:19	and than, thinking	and then, thinking
456:8	beyond the town	beyond the town,
456:13	to the eye	to the eye,
456:22	voices, majestic	voices——majestic
456:22	majically near,	magically near,
458:10	But even so,	But, even so,
458:15	when the reader	as the reader

127　フィリップ・ラーヴ宛

CC　一枚

ニューヨーク州イサカ
ステュアート大通り700
一九五五年七月一三日

親愛なるラーヴ

英語版の『ロリータ』が、私の名前でパリのオリンピア・プレス社[1]から、たぶん八月末までには出版される手はずです。いまはゲラを直している最中です。すべてがとても急に決まりました。観光客に売る機会を逃すまいと出版社は印刷を急いでいます。

貴兄は、私の小さな娘にとてもよくしてくれました。実名でなら断片を載せてやろうと言ってくれました。今は実名で結構です。いずれにせよ私の名前で出る予定ですから。もしまだ関心をお持ちなら、一部分をすぐに送れます。最新号に載せる余裕があればの話ですが。後になると出版社の了解を取らねばならないので、面倒になると思います。[2]

できるだけ早く返事をもらえれば、ありがたく思います。関心をお持ちなら、本のどの部分が欲しいか、たぶん思い出してもらえるでしょう。

心から

追伸　ついでですが、差し上げた翻訳についての小文はどうなりましたか。[3]

ウラジーミル・ナボコフ

1　後にモーリス・ジロディアスは、『ロリータ』を実名で出すようVNを説得したのは自分であると主張している。「ウラジーミル・ナボコフのために言っておかねばならない若干のこと」、J・E・リヴァーズおよびチャールズ・ニコル編『ナボコフの第五のアーク』（オースティン、テキサス大学出版局、一九八二年）所収。

2　『パーティザン・レヴュー』は『ロリータ』の抜粋を掲載しなかった。

3　「翻訳の諸問題――『オネーギン』の英語訳」、『パーティザン・レヴュー』（一九五五年秋号）。

128

ウォレス・ブロックウェイ 宛

CC　一枚

ニューヨーク州イサカ
コーネル大学
ゴールドウィン・スミス・ホール
一九五五年七月一五日

親愛なるブロックウェイ様

ニューヨークにおられるのか、休暇で出かけておられるのかどちらか分からず、貴兄とサイモン氏の両方宛に『アンナ』にかんする手紙をちょうど書いたところです。ご都合がつき次第、この件にかんして（サイモン＆シャスター社編集者としての）お考えをお聞かせいただければたいへんありがたく思います。

さて、以下はボーリンゲン社の編集者としてお読みください。ダブルデイ社のエプスタイン氏から手紙をもらい、私の『オネーギン』にかんする貴兄と氏の話し合いについてうかがいました。ボーリンゲンがこの本の出版に関心を持っていただければ、たいへん嬉しく思います。エプスタイン氏から説明があったと思いますが、この作品は、（一）脚韻なしの韻文によるこの小説の全訳――断片の形で存在するオネーギンの旅、およびオネーギンのアルバムだけでなく、プーシキンが破棄した「第一〇」章の現存するすべての断片を含む――と、（二）詳細な注と評釈――プーシキンの韻律とイメージ群の淵源（フランスの一八世紀の詩人たち）、彼のアフリカの血をめぐる事実とフィクション、等々についての徹底的な研究に基づく――から成ります。厳密に科学的な著作として出版することを頭に描いております。ロシア語初版（現存することが知られている数少ないもののうち、一冊をハーヴァードのホートン図書館が所蔵しています）の表題頁と、詩人の描いた挿絵若干を写真複製して載せるだけでなく、ロシア語本文をすべて掲載すべきだと考えております。どうぞご意見をお聞かせください。

心から
ウラジーミル・ナボコフ

129

モーリス・ジロディアス宛

CC 一枚
ニューヨーク州イサカ
一九五五年七月一八日

親愛なるジロディアス様

第四二九頁の校正済みのゲラを返送いたします。このゲラをお送りいただきたいへん感謝しています。

第一部初めの校正済みのゲラ二〇枚と、第二部のすべてのゲラをすでに受け取られたことと思います。活字組みが終わった後で、第二部の私の訂正を挿入するのは、あまりに煩雑なことと重々承知しております。しかしながら、ご覧になればお分かりになるように、お返ししたゲラではそのことに配慮しておきました。

前からの講演の約束で、今から出かけるところです。二二日金曜日には戻り、留守中に届いたゲラすべてにすぐに目を通し、来週初めには必ずお手元に届くようにします。

刊行日をかくも早くに設定していただき喜んでおります。もうすでに広告活動を始められたことと思います。合衆国での広告はどうされますか。書評用に本を送られる場合、以下の新聞・雑誌はリストに含まれているでしょうか——㈠パーティザン・レヴュー（フィリップ・ラーヴ宛。『ロリータ』を高く買っています。ニューヨーク州ニューヨーク11、6番街513）、㈡ニューヨーカー（この献本は、必ず、ニューヨーカー気付エドマンド・ウィルソン宛にしてください）、㈢ニューヨーク・タイムズ・ブック・レヴュー（ハーヴェイ・ブライト宛、この新聞社で私が知る唯一の人間です）、㈣サタデイ・レヴュー・オヴ・リタラチャー（？）、㈤ニューヨーク・ヘラルド・トリビューン。私に思い浮かぶのはこれくらいです。貴兄は他にもいくつかお考えのことと思います。

貴兄と私には、『ロリータ』が真面目な目的を持った真面目な本であることが分かっています。読者もこの本を、そういうものとして迎えてくれることを願っています。スキャンダルとしての成功（シュクセ・ド・スキャンダル）では悲しいだけです。

心から
ウラジーミル・ナボコフ

130

ジェイソン・エプスタイン 宛

CC 一枚

ニューヨーク州イサカ
コーネル大学
ゴールドウィン・スミス・ホール
一九五五年八月二七日

親愛なるエプスタイン様

まず、少し遅くなりましたが、レールモントフの契約と前払金に感謝いたします。次に、長い沈黙をお詫びせねばなりません――病院で八日間を無為に過ごした後、すべての時間を『プニン』にかけねばならなかったのです。この本は昨日終わらせました。

『エヴゲーニー・オネーギン』。ブロックウェイからは何の返事もありません。ボーリンゲン社の誰か他の人物に書くべきなのでしょうか、あるいはこの会社は諦めて、どこか大学出版局を当たってみるべきでしょうか。つい最近知ったのですが、新しくできた基金のお陰で、コーネルが初版、つまり大型本の出版に意欲を見せるかもしれません。このことに関連して何かいいお考えはおありでしょうか。たとえば、ダブルデイ社には、費用と責任をコーネルの出版局（あるいはどこか他の大学出版局）と分担するお気持ちはないでしょうか。コーネルの出版局と接触してみるお気持ちはありませんんか。あるいは後で出す小さな版の方に関心がおありでしょうか。いずれにせよ、大判の版を出した後、十分時間を置いて小さな版を出すという案には私も同意しております。もっとも、初版を出版する貴社と私とのあいだで、満足いく形で細部を詰められればの話ですが。ブロックウェイにもう一度電話してみるのは効果があると思いますか。恐縮ですが電話していただけないでしょうか。

『アンナ・カレーニン』。この小説のさまざまな翻訳にもう一度目を通しました。一部の文や言い回しは、異なった訳者の手によって何度もいじり回されており、どの翻訳を使うにしろ、そのまま残さざるをえません。それでも、事実上すべての頁に誤訳、脱落、あるいはぎこちない言い回しがあり、手直しが必要です。このような条件下では新しい翻訳の前払金は二〇〇〇ドルが相当と考えざるを得ません。これは注と評釈に対する前払金は含みません。注と評釈については、貴社と私のあいだで別個の契約を結びたいと思います（翻訳は私の息子が行ないます）。サイモンもブロックウェイも、最後に出した私の手紙に返事をくれませんか。これから、彼らとのあいだの口約束は解消されたものと考えるという旨の手紙を書こうと思います。いずれにせよ、私が新しい訳に着手するのは自由です（息子の方は、なおいっそう自由です）。彼らは一度も、新しい訳で出すことを考慮しなかったのですから。

『劇』。苦しみから解き放された合間を使って、ロシアの芝居をたくさん再読しています。不幸なことに、翻訳に値するものはすべて韻文で書かれております（グリボエードフ、プーシキン、レールモントフ、ブローク）。このことをすっかり見落としていました。この計画は棚上げせねばならないでしょう――少なくとも当面は。

『ロシア語の本』。残念ですが、この計画には興味を覚えません。私の関心は、もっぱら文学にありますので。しかしながら、私にお話していただいたことには感謝いたします。とてもいいアイデアだと思いますが、この種のことまで手を広げる時間がないのです。

心から

ウラジーミル・ナボコフ

131　パスカル・コーヴィシ宛

CC　一枚

ニューヨーク州イサカ
コーネル大学
ゴールドウィン・スミス・ホール
一九五五年八月二九日

親愛なるパット

本にする原稿を送ります。題は仮に『私の可哀想なプニン』としました。

気に入ってもらえればと思います。しかしながら、原稿が期待してもらったより短いことは、私も承知しています。これについてはどうにもなりません。きっとお分かりでしょうが、本にはそれ自身の限界というものがあります。これ以上章を付け加えても、それは詰め物をするに過ぎません。性格描写やプロットに何も足すことにはなりません。この先プニンについてもう一冊書くかもしれませんが、設定はまったく新しいものにせざるをえないでしょう。

万一長さが主たる原因で、契約を取り消し、前払金を返却してもらいたいと思われれば、もちろんその判断を受け入れます。

早急に返事をください。
元気で。

心から

追伸　ニューヨーカーが四章を買ってくれました。五章は彼らにとってはあまりに章つなぎ（ファンクショナル）の性格が強かったようです。六、七章をどう受け取ったか、まだ分かりません。

132　パスカル・コーヴィシ宛

CC　二枚

ニューヨーク州イサカ
コーネル大学
ゴールドウィン・スミス・ホール
一九五五年九月二九日

親愛なるパット

本を気に入ってもらって嬉しく思いました。貴社に出版してもらうことほど嬉しいことはありません。[1]

金の問題は小さな問題ですが、貴兄の定義には同意できません——これはけっしてスケッチ集ではありません。しかしながら、貴兄が当然予想されたよりは、かなり短くなりましたので、前払金の減額は承諾します。しかし、広告のために相当額を確保しておいてください。

貴兄が出されたもうひとつの問題の方がずっと重要です。『プニン』を書き始めたとき、私には明確な芸術上の目的がありました——すなわち、喜劇的で、外見的には魅力のない——お望みならグロテスクな——ひとりの人物を創造し、しかしながら、その人物を、いわゆる「標準的な」人々と対置させる形で、はるかにより人間的な、より重みのある、そして精神的な次元では、より魅力的な人物として浮かび上がらせることでした。プニンがどのような人物であれ、彼はけっして道化ではありません。私が貴兄に提供しようとしているのは、これまでの文学にはなかった、まったく新しい人物——重みを持ち、ひどく哀れを誘う人物——であります。新しい種類の登場人物など、毎日生まれるものではありません。

この本を書いていた何年間かに、私は私の前に開けた新しい展望をいくつも見捨て、多くの魅惑的な、しかし不必要な脇筋（サブ・プロット）を山ほど放棄し、そして、芸術の光に照らして受け入れられないものをすべて排除することで、当初の材料を骨まで削りました。こんなことを言うのは、この小説のプロットにしろ構造にしろ、これ以上手を加えることはできないということを、だめ押しに強調しておくためです。

具体的に言いますと――

一　プニンが転々と変える住所については何の混乱もありません。住所を順に並べた完全なリストを送ることもできます。

二　三章の最初の部分は、おっしゃる通り、二章に先行する内容ですが、その後はそれを越えて行きます。なぜ、それではいけないのでしょうか。

三　ヴィクターについては、これ以上のことを知ることはできません。本の終わりでは、彼は一五歳で、母親といっしょにイタリアにいます。

四「夏のキャンプ」の章が終わる頃までには、その意味はひとつ残さず絞り出されています。

五　一六一頁を見れば、みすぼらしい小犬に気づかれるでしょう。この犬はプニンの車に乗ってウェインデルから退場し、物語のなかの「私」が朝の散歩をさせているコッカースパニエルとちらりと視線を交わしてもらう――プニンは自分の友人には気づかないのですが――という目的のためだけに導入されるのです。

六　四章でヴィクターに焦点を合わせ、七章で「私自身」を導入することは、どうしても欠かせません。

一方、プニンの生涯の完全な年表（手元にあります）、住所を順に並べたリスト、その他ご希望の情報は何でも喜んで提供します。不必要な繰り返しは、もしあれば、喜んで削除しますし、文法や句読点のまちがいもすべて正します。

ただひとつだけ大きな変更が可能です――六章にもうひとつ別の終わり方があり、手元に原稿を持っております――プニンがヘイゲンに手紙を書く一節に替る二つの段落です。私には、どちらの終わり方も同じ様に満足のいくものです。貴兄にはより愉快な方を送りましたが、どちらにするか自分で決められても結構です。

もうひとつ考慮すべきことがあります。貴兄は、この本が、貴兄の言い方を借りれば、「小説ではない」ことに落胆されているように思われます。私にはこれが小説か、そうでないかは分かりません。よく行なわれている定義に従えば、この本に欠けているように見える主たるものは長さであります。では、小説とは何でしょうか。スターンのフランス感傷旅行が小説なのでしょうか。プルーストの時間を遡る感傷旅行が小説なのでしょうか。私には分かりません。私に分かるのは、『プニン』がスケッチ集ではないということです。私はスケッチは書きません。それに、どうしても彼を何らかの範疇に分類せねばならないのでしょうか。

さらに細部について話し合う前に、この手紙への反応を聞かせてください。私がニューヨークに赴き、この件について口頭（ヴァイヴァ・ヴォウシ）で話し合うことをお望みでしたら、一〇月前半ならそれもできます。貴兄を悩ますどんな子細な個所についても、喜んで考えてみます。しかしながら、この本を今の形で出せないのであれば、どうぞ遠慮なく没にしてください——もちろん、そうなればたいへん残念に思いますが。

心から
ウラジーミル・ナボコフ

未だ、突然の激しい腰痛から回復の途中です。この手紙は妻に口述して書かせました。

1　コーヴィシは九月二二日付の手紙で、『プニン』の前払金減額を提案し、ヴァイキング社の出版決定は、VNがこの作品にさらに手を入れることに同意するのが付帯条件であると説明してきた。

133　パスカル・コーヴィシ宛

CC　一枚

ニューヨーク州イサカ
コーネル大学
ゴールドウィン・スミス・ホール
一九五五年一〇月二九日

親愛なるパット

お手紙どうもありがとう。喜んでそちらに行き、貴兄、マルカム・カウリー、マーシャル・ベストと昼食をご一緒します。私の本に何を加えようとも、詰め物をする（したがって本を損なう）に過ぎないことを私が力説すれば、貴兄も彼らも納得できるとお考えならですが。お会いする前に、現在の情況下でも、まだあの本をお望みかどうかうかがっておきたいと思います。もしそうでしたら、喜んでそちらに行き、冗長で意味不明とお考えの細かい部分について話し合います（旅費の負担をお願いすることになりますが）。

一方、この本には大きな書き直しが必要で、それなしには出版したくないとお考えでしたら、どうぞお願いですから率直にそう言ってください。これ以上のごたごたは望みません。契約を白紙に戻し、よき友人のままでいることにしましょう。もちろん、いただいたお金はお返しします。[1]

お元気で。

心から
ウラジーミル・ナボコフ

1　コーヴィシは一一月二三日付の手紙で、ヴァイキング社では、『プニン』出版はVNにとってマイナスである、という結論に達したと知らせてきた。

134

キャサリン・A・ホワイト 宛

CC 一枚
ニューヨーク州イサカ
一九五五年一一月二四日

親愛なるキャサリン

貴女の決意をうかがい、悲嘆に暮れています。[1] これまでの、一点の曇りもない提携関係を振り返り、これから先はこうはうまくは行かないと考えると、とても辛いものがあります。貴女の親切、優しさ、そして理解は、常に私にとってはそれほど尊いものだったのです。他方、集中力を必要とし、せわしないお仕事を考えると、犠牲にされたことも多く、いつまでも維持するわけにはいかない緊張もあっただろうと思わざるを得ません。

ニューヨーカーのホールで貴女にお会いでき、妻も私もたいへん嬉しく思いました。私たち二人にとって、貴女との友情はかけがえのないものです。これからも何度もお会いできることを楽しみにしています。

引き続きニューヨーカー誌における私への好意と支援を約束していただき、ありがとうございます。残念ながら、六週間先までお見せできるものはないと思います。「エヴゲーニー・オネーギン」に付ける最後の評釈を、猛烈な勢いで書いているところなのです。

ニューヨークを訪れる際には、必ず前もってお知らせするつもりです。その機会を利用して、私にお役に立てることがあれば、どんなことでもいっしょにお話したいと思います。私の本のことに関連して、あるいはBBCに約束してある「オネーギン」の録音をするために、この冬中にニューヨークに出るかもしれません。

妻と私からお二人に愛を込めて

心から

1　ホワイト夫人は、引き続き『ニューヨーカー』のスタッフには残ったが、小説と詩の編集からは退いた。

135

キャス・キャンフィールド[1]宛

CC　一枚
ニューヨーク州イサカ
一九五五年一二月八日

親愛なるキャンフィールド様

プニンについての本をお見せすることができ嬉しく思います。どうかご留意願いたいのですが、この本は通常の意味の小説ではありません。これは短い本です――（タイプ原稿で）一八〇頁、七章構成で、うち四章（一、三、四、そして六章）がニューヨーカーに載りました。七つの章それぞれが、プニンがウェインデル・カレッジを首になるまでのあいだに起こった、別個の出来事を扱っています。各章にそれぞれ違った角度から光が当てられていますが、それらが最後には溶け合って、ひとつの明確なまとまりを作ります。

私は、プニンのなかに、まったく新しい人物を創造しました。これまで、他のどんな本にも登場したことのない人物であります。プニンは、偉大な道徳的勇気を持つ純粋な男であり、学者であり、そして、沈着で思慮深く、唯ひとつの愛に忠実な信頼できる友でもあります。彼は、本物であり完全である彼の生活の高みからけっして降りることはありません。しかしながら、言語修得能力の欠如という障害のために周囲から孤立したプニンは、多くの普通の人々の目には物笑いの種なのです。幻にしか過ぎないプニンの殻を打ち破り、彼の傷つきやすく愛すべき核心に達するには、クレメンツあるいはジョーン・クレメンツという人物が必要なのです。彼を奇怪でかつ人好きのする人物にしているのは、グロテスクなものと心優しいものの、この結合なのです。そして、ニューヨーカーの読者があんなにもプニンに親しみを感じたのも、この結合のためでした。プニンの四つの章では、これまでに他の短篇ではもらったことのない、たくさんのファン・レターをもらいました。

この小説では、始めから終わりまで、いくつかの主題が繰り返し現われ、複雑に交錯しますが、これは注意深い読者にだけ味わえるものであります。貴兄ご自身で『私の可哀想なプニン』をお読みくださるようお願いします。あるいは、貴社の出版顧問の方々が読まねばならない場合は、鋭敏で知的な方々をお選びいただきますようお願いします。

すでに発表した章に対する反応から見て、この本は商業的にも成功するのではないかと確信しております。然るべく送り出してやればの話ですが。

心から

ウラジーミル・ナボコフ

1　ハーパー&ブラザーズ社社長。

136　キリル・ナボコフ宛

ALS　一枚
マサチューセッツ州ケンブリッジ
一九五六年二月二九日

親愛なる（ドローゴイ）キリル

細かい所まで行き届いた優しい助言をどうもありがとう。さまざまな（飽き飽きする）事情のために、［ヨーロッパ］旅行を延期せねばならなくなりました――少なくとも夏まで。四月はたぶんカリフォルニアに蝶採集に出かけます。

『ロリータ』についての君の意見は、この可哀想な子供にかんしてもらった意見のなかで、飛び抜けて知的で芸術的なものです。

ドミトリは去年ハーヴァードを卒業しました。靴を脱いで立っても、六フィート五インチあります。すばらしい低音の持ち主で、MGとか言うレーシング・カーを乗り回しています。

ハーヴァードの図書館に通うために、もう一か月ここに滞在します。『エヴゲーニー・オネーギン』にかんする非常に大きな本の仕上げに入っています。ロシア語の短篇は、来月、チェーホフ出版社から出ます。回想記のフランス語訳は、秋中にパリで出版されます。

一一月だったでしょうか――そう、去年の一一月だったと思います。『ノーヴォエ・ルースコエ・スローヴォ』[1]誌上にヤノフスキー、マルク・スローニム、そしてクスコヴァ[2]を巻き込んだロシア語の論争が載っていましたが、そのなかで、かつてのプラハ・グループ中の才能ある詩人のひとりとして、君の名が挙げられていました。最近は何か書いていますか。

妻と私から君たち二人に心からの愛（サンセール・アミチエ）を込めて。

君（トヴォーイ）のV

追伸　ここにもう一か月残りますが、恒久的な住所は元のままです（注意してください）――ニューヨーク州イサカ（イタカではありません）コーネル大学（キャンベルではありません）ゴールドウィン・スミス・ホール。

1　『新しいロシアの言葉』、ニューヨークのロシア語日刊紙。

2　ワシーリー・ヤノフスキー。マルク・スローニム、批評家、編集者、教育家。エカテリーナ・クスコヴァ、革命前の政界の名士。

137
モリス・ビショップ宛

TLS　一枚　モリス・ビショップ夫人蔵

ケンブリッジ
チョーンシー通り16
一九五六年三月六日

親愛なるモリス

手紙と、一九〇六年のニースを写した茶褐色の写真をもらい、たいへん嬉しく思いました。また小切手を預金してもらい感謝しています。こちらでお二人に会えることを願っています。あと数分でニューヨークに発ちます。ニューヨークでは、明日、BBCの第三放送のために、「オネーギン」の第一歌章（キャントウ）を録音します。木曜日の夜には帰る予定です。

いま知ったばかりなのですが、ガリマール社が『ロリータ』の出版を望んでいるそうです。そうなれば彼女には立派な住所ができるわけです。この本はロンドンとパリでちょっとした成功を収めています。どうか友（シェール・アミ）よ、最後まで読んでみてください！

正直言って「怒れる家父長（イラテ・パテルファミリアス）」の方は大して心配していません。あの四角四面の俗物は、私がコーネルで、男女二五〇人の学生を相手に『ユリシーズ』を分析していることを知っても、同じくらい湯気を立てるでしょう。『ロリータ』は、これまで書いたなかで最上の本です。これは真面目な芸術作品であり、いかなる法廷もこれが「淫らで放埒な」本であるなどと証明することはできません。そう確信して、落ち着いて構えています。もちろん、作品が属する範疇などというものは、どれも程度の問題であります――立派な詩人が書いた風俗喜劇が「淫らな」側面を持つ場合もあります。しかし、『ロリータ』は悲劇なのです。「ポルノグラフィー」とは文脈から切り離されたイメージのことを言うのではありません。ポルノグラフィーはひとつの姿勢であり、ひとつの志向なのです。悲劇的なものと猥褻なものは、相容れぬものであります。

こんなことは貴兄には私と同じくらいお分かりでしょう――こんな意見を思いつきに書きつけてみたのは、貴兄の手紙を読んで、ふと批判を受ける可能性を眼前に想像したからです。

妻も私も、アリソン[1]の個展にたいへん興味を持っています。必ず一部始終お話しください。
皆さん三人に愛を込めて。

V

1　ビショップの妻。

138　パスカル・コーヴィシ宛　CC 一枚

ただいま研究休暇中で、四月半ばまではケンブリッジに滞在します。その後はカリフォルニアに秋まで行っております。

マサチューセッツ州ケンブリッジ
チョーンシー通り16
一九五六年三月二九日

親愛なるパット
親切な手紙をありがとう。[1] 心配する必要はないと思います。『ロリータ』は元気にやっています。すでに、フランス語訳の版権について、ガリマール社との契約にサインしました。また、長い抜粋が『新フランス評論』に載ります。さらに、この国で出版できる見込みもかなりあります。
友人として、この本を読んだ数少ない人々のひとりとして、この本がポルノだなどと触れ歩く輩には、必ずや、厳しく灸を据えてもらえるものと思います。『ロリータ』は、これまで書いたなかで最上の本です。これは真面目な芸術作品であり、いかなる法廷もこれが「淫らで放埒な」本であるなどと証明することはできません。そう確信して、落ち着いて構えています。もちろん、作品が属する範疇などというものは、どれも程度の問題であります――立派な詩人が書いた風俗喜劇が、あるいはプーシキンの「ガヴリリアッド」と同じ類の諷刺詩が「淫らな」側面を持つ場合もあります。しかし、『ロリータ』は悲劇なのです。「ポルノグラフィー」とは文脈から切り離されたイメージを言うのではありません。ポルノグラフィーはひとつの姿勢であり、ひとつの志向なのです。悲劇的なものと猥褻なものは、相容れぬものであります。
『プニン』については何も言いませんが、また別のときに、彼について何かお知らせできるかもしれません。

いつも変わらぬ友
ウラジーミル・ナボコフ

1　コーヴィシは三月二三日付の手紙で、『ロリータ』がコーネルでのVNの地位に及ぼすかもしれぬ影響を懸念している。

139 ジェイソン・エプスタイン 宛

CC 一枚

ユタ州マウント・カーメル
一九五六年五月二五日

親愛なるエプスタイン様

五月三日付のお手紙は右記の場所に届きました。ここに約二か月滞在するつもりです。「現代の英雄」の翻訳は事実上終わりました。今、目を通しているところです。七月までにタイプし直させて、お送りできる予定です。この不思議な本の、最初の正確な翻訳になるでしょう。タイプ原稿が用意できましたら、訳に付ける若干の短い注についてご相談いたします。

「エヴゲーニー・オネーギン」は九月までに完成させます。

『アンナ・カレーニン』の翻訳（学生向けの若干の評釈付）にかんして、喜んで契約を結ばせていただきます。大部分はガーネット訳を基にしますが、誤訳をすべて訂正し、イメージとトルストイ独特の言い回しを余さず忠実に復元することになります。この計画に対するお考えをお聞かせください。

蝶にかんする本を書かないかというご提案には、非常に大きな興味をかき立てられました。そういう本が出せるのであれば、さまざまな地方——とくにロッキー山脈諸州——での蝶採集、新種の発見、そして、いくつかの信じがたい適応例について書くことになるでしょう。科学と芸術と娯楽の要素を、完璧な割合でブレンドできると思っております。

妻と二人で美しい小さなコテージを借りています。ここは、グランド・キャニオン、ザイオン、ブライスの各国立公園の狭間に位置し、蝶採集にはもってこいの場所です。およそ二か月後にはメイン州に移動する予定です——ケネバンク・ポートで、ドミトリがアランデル・カンパニーとの契約で歌っているのです。

妻とともにご健康をお祈りします。

心から
ウラジーミル・ナボコフ

追伸 ヴァイキング社は長い考慮の末、『私の可哀想なプニン』を没にしました。彼らの言い分は、これは小説ではないというものでした——その通りですが。どんなラベルを貼るにしろ、これはひとつの完結した作品であります。ご覧になりたくはないでしょうか。およそ半分が「ニューヨーカー」に載りました。[1]

1　『プニン』は、一九五七年、ダブルデイ社によって出版された。追伸の最後の文は手書き。

140　ジェイソン・エプスタイン宛　CC　一枚

ユタ州マウント・カーメル
一九五六年六月一三日

親愛なるエプスタイン様

ご好意あふれるお手紙とご親切なご助言、誠にありがとうございます。

二、三日前に『私の可哀想なプニン』をお送りしました。出版できないと判断された場合には、原稿は、私が東部に戻るまで、どうぞお手元にお預かりください。

蝶の本にかんしては、もう少し思案する時間をいただきたいと思います。[1] 貴兄が提示された条件には満足しておりますが、実際に取りかかる前に、本の厳密なプランを立てたいのです。それにはまずレールモントフを片づけねばなりません。資料のあるコーネルに戻りましたら、蝶の翅の模様にかんする私の理論を説明した図を何枚かご覧に入れます。

七五〇〇ドルの返済については、どのような方法でも結構です。

『現代の英雄』について——地理的、民族的、そして歴史的引喩を説明するために、若干の注が必要です。また、短い序論——タイプ原稿で四、五枚——を書いて、レールモントフの文体の特異な点について解説し、また、作品の構造に読者の注意を喚起したいと思います。

ひとつちょっとした壁にぶつかっております。この翻訳は、ソヴィエトの「国立出版所編芸術的出版物（ゴシズダート・フドージェストヴェンノイ・リテラトゥーリ）」のなかの版（モスクワ、一九五一年、全一三五頁）に基づいていますが、このテキストは、一九三六年から一九三七年にかけて「アカデミア」が出版したレールモントフ（全集）に照らして、どうしてもチェックしておかねばなりません。『英雄』はこの版の第五巻に入っています。コーネルの図書館にはこの版がありませんし、入手は困難だと思います。このことにかんして、ご助力いただけないでしょうか。「四大陸」かローゼン夫人の店で入手できなければ、NY市立図書館かコロンビア大学で私に代って借りていただけないでしょうか。一〇日かそこら借りられればいいのですが。七月一日までにこちらに届けば、マウント・カーメルを発つ前に用は済みます。あるいは、もっと後のゲラ段階でチェックしてもよいでしょうか。私の可哀想なロリータを気に入っていただき喜んでおります。[2]

心から

ウラジーミル・ナボコフ

1　この計画は取り止めとなった。
2　最後の二つの文は手書き。

141

ヘンリー・アレン・モウ 宛　　CC 一枚

ニューヨーク州イサカ
コーネル大学
ゴールドウィン・スミス・ホール
一九五六年九月二四日

親愛なるモウ様

実のところ、グッゲンハイム・フェローシップのすばらしい候補がおります。シルヴィア・バークマンという名の女性であります。ウェルズリー・カレッジで文学を教えております。キャサリン・マンスフィールドの伝記を出版し、またハーパーズ・バザールやボッテゲ・オスクーレにとても優れた短篇をいくつも載せております。彼女の作品は、緻密で、真の文学的価値を持つものであります。しかしながら、自分に厳しい作家であるために、作品の執筆にはたいへん時間がかかります。著述と教育を両立させるのが難しいために、これまでは大学側を説得して半年大学で教え、残りの半年を著述に捧げるというようにして参りました。作品の性格上、著述活動だけで生活するのは困難であります。丸一年の生活保障を与えられ、創作に打ち込むことができれば、価値ある本が生まれるものと信じます。

私のもうひとつの提案は、問い合わせと言った方がよいものであります。ひとりの人格分裂者に、三度目のフェローシップ授与を考慮していただけませんでしょうか。トウィドルディーとトウィドルダム、あるいはこの方がよければ、ジキル博士とハイド氏を兼ねた人物、半分作家であとの半分は昆虫学者という人物のことです。私は、一冊の小説（「ベンド・シニスター」）の大半と、プーシキンの「エヴゲーニー・オネーギン」についての本のかなりの部分——翻訳を含めて——を、それぞれ一九四三年と一九五三年の二回のグッゲンハイム奨励金をいただいて書いております。プーシキンについての本は、あれから若干の遅れをきたしておりますが、クリスマスまでには出版準備が整います。

一方、私は多くの年月を昆虫学の研究に捧げ、鱗翅目にかんする何本かのモノグラフと論文を書いております。リストはこの手紙に同封しました。私は、シジミチョウ科のあるグループの蝶を、完全に分類し直しております（ニューヨーク市立大学およびアメリカ自然史博物館のアレグザンダー・B・クロッツ著の『北アメリカの蝶―フィールド・ガイド』をご覧になれば分かると思います）。私は、多くの種や亜種を記載し命名しております。また他の科学者たちが、若干の鱗翅目に、私に因む名を付けております。

ここ何年かは、夏のあいだ、ロッキー山脈の鱗翅目の研究をつづけております。この研究を完成させるためには、アメリカとヨーロッパの両方にあるいくつかのコレクションを調査し、実験室で若干の仕事を行なわねばなりません。付け加えておいてよいかと思いますが、私は、六年のあいだ、ハーヴァード大学比較動物学博物館において昆虫学研究員（リサーチ・フェロー）を勤めております。[1]

心から

ウラジーミル・ナボコフ

1　VNはこの助成を受けなかった。

142　ジェイソン・エプスタイン宛

CC　二枚

ニューヨーク州イサカ

一九五六年一〇月一日

親愛なるエプスタイン様

スケッチをちょうど受け取ったところです。才能ある作品であります。描かれた絵は、技術にかんするかぎり、一流のものであります。しかし、私のプニンについて言えば、的を外しています。このスケッチは、安い給料でこき使われている英文科教師の肖像のように見えます。[1] あるいは、共和党員が想い描く、打ちひしがれたアドレイのように見えます。実際には、きれいに髭を剃ったロシア帝政期の農民（ムジーク）のように見えねばならないのですが。プニンに似たロシア人の写真――毛があるものも、ないものも――を何枚か送ります。これから論じる細部について、目で理解していただくためです。

一　頭は完全な禿頭にしてください。黒い縁を付けないでください。もっとふっくら、丸く、つるつるで、ドーム型でなければなりません。頭の形については、ジャヴォロンコフとイェゴロフを見てください。ただし、プニンの場合は、もっと大きくして、卵型にはしないように。毛がなければマスロフが瓜二つです。

二　眼鏡は必ずべっ甲製の、もっと重そうな、いくらか角張ったフレームのものにしてください。

三　鼻はとても重要です。ロシア人によくある団子鼻(ポテト・ノーズ)にしてください。丸くて、大きく、小鼻が張り出したやつです。小鼻についてはジューコフスキーを見てください。プニンの丸く、光沢のある鼻にそっくりの鼻については、オブラッソフを見てください。パヴロフもマスロフも参考になります。

四　鼻と上唇のあいだが空いていなければなりません。これはおそろしく重要です。この部分は猿のように幅広く、縦に長くし、中央の長い窪みとそれに沿う溝がなければなりません。ジャヴォロンコフ、バイコフ、イェゴロフ、ジューコフスキーを見てください。ジューコフスキーの唇がとてもプニン的です。プニンの並びの悪い歯は見えないようにしてください。

五　頬と、顎の垂れた肉。顎の垂れた肉と顎は、大きく張った、量感のあるものにしてください。バイコフ、ジャヴォロンコフ、イェゴロフを見てください。

六　両肩はパットを入れ、幅広く、角張ったものにしてください。プニンは四年間着古したアメリカ製の吊るしの背広を着ています。

七　ネクタイは、けばけばしいものにしてください。

さて、こういうイメージと違って、スケッチのプニンは頼りない弱虫先生であります。顔は卵型、鼻は平たく、鼻と唇の間隔は短く、顎はこれといった特徴もなく、撫で肩で、ネクタイは喜劇の帳簿係のそれであります。ずっと昔から気づいているのですが、挿絵画家という人たちは、どういう訳か、本を読まずに挿絵を描くようであります。私の本では、右に列挙した特徴はどれも第一章で述べてありますし、それ以降でも繰り返し出てくるのです。

表題と著者名の文字は、どちらのスケッチでも、たいへん立派なものであります。大きな文字の方が、おそらく、より好ましいでしょう。

プニンに本を持たせるというのは、すばらしい思いつきです。本の表題は次のようにしてください――

ПНИН
В. НАБОКОВ [1]

貴兄と相談せずに、この国での『ロリータ』の出版に動くつもりなど毛頭ありません。これまでに貴兄が『ロリータ』にしてくださったことに対しては喜びに堪えません。いつか完全な形で出版していただけるものと願っております。[2]

『アンカー・レヴュー』に載せる抜粋については、どの部分を選ばれても結構です。[3]私がお手伝いするのは難しいかと思います。私の頭のなかでは、この作品はそれ自体でひとつの作品ですので。

妻と私はニューヨークに一五日月曜日の夜に着きます。一六日（何時でも結構です）か一七日（夜にしてください）にお会いしたいと思います。一八日早くに発ちます。どちらがご希望かをお知らせ願えるとありがたく思います。その他の時間をどう使うか計画を立てられますので。

その通りです。フレッド・デュピーには会ったことがあります。ただし、パーティザン・レヴューの事務所ではありません。何年か前に、ダリエンの小さな山の頂きででした。

サインした契約書はもう届いていると思います。

心から
ウラジーミル・ナボコフ

1　プニン／V・ナボコフ。このロシア語はVNが手書きで加えたもの。

2　「ダブルデイ社の編集者たちは『ロリータ』出版にかなり乗り気でありました。予想される法的な問題を皆が懸念してはいましたが。私の記憶では、そのときの編集長であったケン・マコーミックは、社長のダグラス・ブラックが承認していれば、出版に同意していたと思います。ところが、ブラックは強行に反対し、原稿を読むことさえ拒否したのです」。ジェイソン・エプスタインからサリー・デニソン宛、一九八二年二月二三日付の書簡。デニソン著『（もうひとつの）文芸出版』（アイオワ・シティー、アイオワ大学出版局、一九八四年）、一七五頁。

3　『アンカー・レヴュー』（ダブルデイ社）一九五七年六月号には『ロリータ』の抜粋と、この小説についてのVNとフレッド・デュピーによる記事が載った。

（1）アドレイ・E・スティーヴンソン（一九〇〇―一九六五年）。一九五二年および一九五六年（この手紙が書かれた年）の大統領選挙における民主党の候補。民主党のなかでもリベラル派で、労組の大きな支持も得たが、いずれの選挙でもアイゼンハワーに敗れた。とくに、この手紙の翌月（一一月）に行なわれた選挙では記録的な大敗北を喫した。彼も禿頭であった。

143 ハワード・ネメロフ[1] 宛

CC 一枚
ニューヨーク州イサカ
一九五六年一一月九日

親愛なるネメロフ様

文通している友人が切り抜きを送ってくれました――つい最近のNYタイムズに載った、貴兄のすばらしい手紙であります。たいへん好意的で勇気ある文章に敬服いたしました。「ロリータ」を一冊お送りしたいのですが、私にとっても入手は難しいのです。しかしながら、この本が実際に輸入禁止になっているとは公式には知らされておりません。その後の展開について詳細をお知らせいただければ、たいへんありがたく思います。

心を込めて

1　詩人。当時はベニントン・カレッジで教えていた。一〇月三〇日の『ニューヨーク・タイムズ』に載ったネメロフの手紙は、『ロリータ』の合衆国輸入禁止に抗議するものであった。オリンピア・プレス版の『ロリータ』は、合衆国への輸入を禁止されてはいなかった。一九五六年に二冊が合衆国税関で没収されたが、その後持ち主に返還された。したがって、この小説は合衆国では合法的に流通していたのである。参照――モーリス・ジロディアス「『ロリータ』の悲しい、汚れた経歴」『オリンピア読本』ジロディアス編（ニューヨーク、グローヴ社、一九六五年）所収。

144 ジェイソン・エプスタイン 宛

CC 一枚
ニューヨーク州イサカ
コーネル大学
ゴールドウィン・スミス・ホール
一九五六年一一月一三日

親愛なるジェイソン

ヴェーラとともにお手紙に感謝します。ジャケットは実にすばらしいものです――イラストレイターが、作家のヴィジョンをかくも正確に絵にできるとは想像しませんでした。[1] 下準備のスケッチについて少し辛辣に言い過ぎたと思っています。

ネメロフの手紙について感謝します。彼は才能ある作家であり、その彼に好意を示してもらったことはたいへんありがたいことでした。面識はありませんが、いいイメージを持っています。

リヴァーサイド・ドライヴ四一〇で書店を経営しているK・N・ローゼン夫人から、切り抜きを受け取ったばかりです。おそらく業界内の雑誌だと思いますが、引用しておきます。

「輸入禁止となっているオリンピア・プレスの本
「パリ（残念ながら住所は出せない）のオリンピア・プレス社が発行している事実上すべての英語の本が、イギリスとアメリカで輸入禁止となっている。最近、合衆国税関によって輸入禁止とされたのは、ナボコフの新しい小説『ロリータ』である。この本は、グレアム・グリーンが『サンデイ・タイムズ』紙上で「一九五五年に書かれた最良の小説の一冊と呼んでいるものである。」

エドマンドの言葉はいっさい引用しないで済ますことはできないでしょうか。[2]「セバスチャン・ナイト」の場合を除けば、彼は、私について何ら価値ある文章を書いていません。その「セバスチャン・ナイト」にしても、誤解に基づいて褒めてくれているに過ぎません。お互いに懇意にし、私は彼を高く評価し尊敬していますが、これは意見と手法の類似に基づく友情ではありません。

妻とともにバーバラと貴兄のご健康をお祈りします。

心から

1　『プニン』。
2　エドマンド・ウィルソン。

145

モーリス・ジロディアス 宛

CC　一枚

ニューヨーク州イサカ
コーネル大学
ゴールドウィン・スミス・ホール
一九五六年一一月一五日

親愛なるジロディアス様

一一月一二日付のご親切なお手紙受け取りました。『ロリータ』英語版の権利を、私の承諾書なしには譲渡されない旨お約束いただき感謝いたします。

合衆国税関が私の本を禁じていないらしいとうかがい、興味を引かれました。この情況がつづけば、当地で新しい版を作ってくれるアメリカの出版社をおそらく容易に見つけられるでしょう。

お手紙では、合衆国でこの本を宣伝、販売するおつもりとのことでした。心からお願い申し上げますが、どうぞそのような行動はお差し控えください。こう言わざるをえない理由をご説明いたします。どうぞ注意深くお読みくださ い。

『ロリータ』を護っているのは「一時的」著作権だけであります。保護期限は五年間で、これには一五〇〇部以上を合衆国に輸入しないという条件がつきます。万一貴兄がこの数以上を輸入すれば、保護は無効となり、貴兄も著者もこの本に対するすべての権利を失います。そして、誰でも自由に印刷し、売ってもよいということになります。前にもご説明しましたが、私が合衆国に居住するアメリカ市民であるという事実からこういう情況が生じるのです。かかる著者の本は、海外で出版された場合、一時的な（五年間）著作権によってしか保護されません。このような本は通算して一五〇〇部以上は輸入できません。もし初版から五年以内に合衆国内で新しい版が作られ出版されれば、一時著作権から通常の二八年の著作権に切り替えられます。この版はアメリカの労働力によって作らねばなりません。この法律は、アメリカの労働力を海外との競争から保護する複雑な立法措置の副産物であります。これは厳格な法律であり、どうしようもないものであります。五年間の著作権は、初版発行からアメリカ版を出すまでのあいだの一時的な保護としてのみ与えられます。一五〇〇部という上限は動かせません。これを超過すればすべての保護を失います。さらにはっきりさせたいとお望みなら、パリのアメリカ領事館で確認してください。ただし、ぜひとも『ロリータ』のアメリカ輸入数を増やす手続きの前におやりください。

心から

146

ジェイソン・エプスタイン 宛

CC 一枚

ニューヨーク州イサカ
コーネル大学
ゴールドウィン・スミス・ホール
一九五六年一一月二〇日

親愛なるジェイソン

『ロリータ』の抜粋とデュピーの記事をお送りいただき、ありがとうございます。一見しましたが、どれも結構なもののようです。私の方は、感謝祭の休みのあいだに、今度の記事にもっと時間をかけるつもりです。来週早々にすべてお手元に届けます。

四〇〇ドルの報酬は抜粋と記事の両方に対するものでしょうか。もしそうでしたら、抜粋に対して二〇〇ドル、記事に対して二〇〇ドル（あるいはそれ以上）もらい受けます。[1]アンカー・レヴューと契約して『ロリータ』の断片をリプリントすることに異議がないか、確認のためにパリに手紙を書くつもりです。問題ないと思いますので契約書を準備してもらって結構です。できれば写しを一枚多く送ってください。エージェントを通してオリンピアに見せますので。

　プニンの二つの注も二、三日中に返送します。こういうときにニューヨークに出られないのが残念です。私のイギリスでの出版者に会えなかったことを後悔すると思います。彼にイサカに来てもらえれば、ヴェーラとともに喜んで迎えるのですが。

　エドマンドのあのコメントをお使いになりたいとは夢にも想像しませんでした（私はまったく別のものかと思っていました）。[2]これは概括的な評価であり、しかも非常に温かく、好意的なものです。今回これを使うことが適切とお考えなら、私としては何の異存もありません。コンラッドへの言及は省かれた方がよかろうかと思います。彼は故国の言葉（ポーランド語）で、作家としての一歩を踏み出したわけではありませんので（私はロシア語で書き始めましたが）。

　その通りです。私もブック・レヴューに載ったエドマンドの写真が気に入りました。妻と私は、エドマンドとエレーナといっしょに、タルコットヴィルで愉快な午後を過ごしました。

　レールモントフの注については好きなだけ時間をかけてください。この間、私の方は別の短い小説の方に頭が行っていました。いつか翻訳し貴社に出版してもらいたいと思っています。「ピョートル大帝の黒いムーア人」という本で、この黒いムーア人の曾孫であるアレクサンドル・プーシキンが書いたものです。このムーア人についての五〇頁の伝記が付きます。

　私の小説「ルージンの防御」（「狂人の道（ラ・クルス・デュ・フウ）」）のフランス語訳を別便で送ります。パリから届いたばかりなのです。このフランス語版は絶版ですので、お読みになったらどうぞお返しください。

　アンカー・レヴューのこの号について貴兄が書かれた文章を、たいへん興味深く読みました。すばらしいお言葉です。

心から

ウラジーミル・ナボコフ

1　「ロリータと題された本について」『アンカー・レヴュー』第二号（ニューヨーク、ダブルデイ社、一九五七年）。

2 「［ナボコフは］英語散文の巨匠であることがはっきりした……この種の作家としてはコンラッド以来のもっとも特異な例である……。［彼には］プルーストを思わすところもあり、フランツ・カフカを思わすところもあり、また、たぶんゴーゴリを思わすところもある……、［しかし彼は］これらの作家たちと同様、独自の存在である……。」——エドマンド・ウィルソン。

147 モーリス・ジロディアス 宛

CC 一枚
ニューヨーク州イサカ
一九五六年一二月一四日

親愛なるジロディアス様

一一月二〇日付のお手紙ありがとうございます。もっと早くお返事したかったのですが、貴兄の計画について、ニューヨークの文学関係の友人たちの意見を聞いておきたかったのです。

保証はできませんが、大方の意見では、貴兄がこの国で一五〇〇冊の割当（あるいは、割当の残り）を、たとえば一冊一〇ドルで販売することに何の困難もないだろうとのことです。

広告を出すことをお考えでしたら、出版物リストとともに、私に見せて了承を取っていただけないでしょうか。

貴兄も、私同様、完全に理解されているものと思いますが、『ロリータ』は、貴兄が婉曲に「好き者」と呼ばれた種類の人々の興味を引く本ではありません。実際、当地の私の友人たちは、この本のために集中的な運動を展開し、芸術的価値と永続的な重要性を持った偉業としての評価を確立し、出版当初に立った評判を覆そうとしてくれております。これが出来て初めて、この国で『ロリータ』を出版することができるのです。

ご存知のように、すでにいくつか優れた書評が、パーティザン・レヴューやハドソン・レヴュー[1]に出ております。これもご存知のように、六月初めに出るアンカー・レヴューには長い抜粋が載ることになっております。抜粋とともに、『ロリータ』を非常に高く買っている著名な文芸批評家、F・デュピーが書いたすばらしい記事も載る予定です。私の方は、著者の視点を解説するエッセイをアンカー・レヴューの同じ号に寄稿します。貴社が広告活動を行なう場合には、適切な広告の文句を選ぶようにと誰もが注意してくれております。

二、三日中に、この問題の別の若干の側面にかんしてマダム・エルガに手紙を書き送り、貴兄と連絡を取るように伝えます。
他にも申し上げておきたいことがあります――過去二回の期日に届けられるべき決算報告をまだどちらも受け取っておりません。送っていただければ感謝します。

心から
ウラジーミル・ナボコフ

1　ジョン・ホランダー「ニンフェットの危険な魔力」『パーティザン・レヴュー』(一九五六年秋号)。ルーイス・シンプソン「小説の年代記」『ハドソン・レヴュー』(一九五六年夏号)。

148

グレアム・グリーン 宛

CC 一枚
ニューヨーク州イサカ
一九五六年一二月三一日

親愛なるグリーン様
貴兄が私の本に示してくださるご好意については、さまざまな友人から嬉しい報告をもらいつづけております。今日は大晦日であります。どうぞ私の話をお聞きください。
私の可哀想なロリータは辛い想いをしております。残念なのは、ロリータを少年か、雌牛か、自転車にでもしていれば、俗物どもがこの本に尻ごみすることはけっしてなかっただろうということです。一方、オリンピア・プレスからの知らせでは、好き者（好き者ですと！）の読者たちは、第二巻の筋の展開の単調さに失望して、第二巻を買おうとしないとのことです。一年前、貴兄のウィットに乗せられて、ゴードン氏なる人物が[1]『ロリータ』について記事を書き、ひどい馬鹿を見ましたが、あちこちからその記事の写しをもらっております。しかしながら、潔癖症で俗悪な精神が、ゴードンの記事に不思議な力を与えているようであります。フランスのエージェントによれば、現在フランスでは、この本（英語初版）は政令によって発禁となっているのです。彼女によれば「ムッシュー・グレアム・グリーンの記事に対するジェイムズ・ゴードンの反論が、一部の潔癖な人々を憤激させました……（フランスの）内務大臣に、このような措置を取るよう求めたのはイギリス政府であります」ということです。
これは異常な事態であります。このことについてしゃべりつづけると年が明けそうです。どうぞよいお年をお迎えください。常に変わらぬ、

心をこめて

1　オリンピア版『ロリータ』を、グリーンが一九五五年の最良の本の一冊に数えたのに対して、『ロンドン・サンデイ・エクスプレス』の編集長ジョン・ゴードンは、『ロリータ』を「かつて読んだなかでもっとも汚らわしい本」であると公言した。これによってグリーン対ゴードンの論争が始まり、この本をイギリスで発禁にする運動に油を注ぐことになった。この本は発禁にならなかった。

一九五七年六月一七日付のVN宛の書簡で、ボドリー・ヘッド社の営業部長マックス・ラインハートは、グリーンの薦めに従って、二、三年後にイギリスで『ロリータ』を出版するためのオプションを求めたきた。この遅延は、当時、猥褻物にかんする新しい法案が議会で懸案となっていたという止むをえない事情のためであった。

149

グレアム・グリーン　からの書簡　ALS　一枚

一九五七年一月

ありがとうございます。ロリータは誠にすばらしい本だと思いました。現在、イギリスのある出版社のディレクターとして、この本の出版を計画しているところです。イギリスでは刑務所行きかもしれませんが、これ以上立派な理由もないでしょう。

グレアム・グリーン

150

キャサリン・A・ホワイト　宛　CC　一枚

ニューヨーク州イサカ、コーネル
ゴールドウィン・スミス・ホール
一九五七年二月五日

親愛なるキャサリン

ニューヨーカー宛に短い手紙を書きました。私のバラッドは今週中に送ります。すてきなお手紙に感謝します。

擬態欄

一九五七年二月二三日のニューヨーカー三一頁で、ヘルマン氏が書かれているところでは、彼が言う二つの蝶――セセリチョウとシジミチョウ（因みに、この“*shasta comstock*”の正しい属名は“*Icaricid*, Nabokov, 1944”であります）――の名前が、コーネル大学昆虫学教授ジョン・ヘンリー・コムストックに因むものでなければ、青酸カリの毒瓶を飲んでもいいとのことでした。これらの蝶が、カリフォルニアの鱗翅目の生態史研究で名高いジョン・A・

コムストック博士に因んで名づけられたものであるからには、私としてはヘルマン氏の毒瓶が空であることを祈るのみです。ついでながら、胸部を指で摘まむ方が、はるかに簡単な蝶の殺し方であります。[1]

フロリダでの休暇を楽しまれていることと思います。

心から
ウラジーミル・ナボコフ

1　掲載されなかった。

151

モーリス・ジロディアス宛　CC　一枚

アメリカ合衆国ニューヨーク州イサカ、コーネル
ゴールドウィン・スミス・ホール
一九五七年二月一二日

親愛なるジロディアス様

興味深いお手紙と同封物、誠にありがとうございます。裁判の行方については関心を持って注視しております。また、私自身の関与は別として、貴兄の置かれた苦境には同情いたしますし、貴兄が晒されている不正義には怒りを覚えます。

ご提案には感謝しますが、残念ながら私には発禁処分を単独で批判するだけの資金がありません。私の本の稼ぎはそのような措置に訴えるには、まったく覚束ないものであります。そうしたいのは山々なのですが。私としてはこれ以外のあらゆる側面で、貴兄を支援させていただきたいと思っております。二月八日のお手紙ではパンフレットを出されるとのことでしたが、私がダブルデイ社のレヴューに寄せたエッセイを流用なさって結構です。[1] またダブルデイ社からは、貴兄のパンフレットにおいてデュピー教授の『ロリータ』論を使う許可も得ております。[2] 二つの記事とも同封いたしました。ダブルデイ社は、当初デュピーの記事を使用させることに反対しておりましたが、最後には貴兄が使用されることに同意してくれました。もちろん、二つの記事ともフランス語訳でのみ使われることが前提であります。

パンフレットのなかでフランス語訳『ロリータ』の一部を使われることに異議はありません。ガリマールの同意を得られればの話ですが。私がコーネルの教授であることをあまりに強調されませんよう希望いたします。何よりもまず私は作家であります。これは重要な点であります。「アメリカのある大学で文学を教えてる教授」と呼ばれ

るのは構いません。しかし、できればコーネルの名前は出していただきたくありません。

写真を同封しました。できればご使用後ご返却ください。また、簡単な履歴書とこれまで出版した著作の一覧も同封しました。ご随意にお使いください。

パンフレット[3]が出来ましたら、私とダブルデイ社用に合わせて二部お送りください。

この大義ある闘いに勝利されますようお祈りします。

心から

1 「ロリータと題された本について」、『アンカー・レヴュー』第二号（ニューヨーク、ダブルデイ社、一九五七年）、一〇五—一一二頁。

2 F・W・デュピー、「『ロリータ』への序文」、『アンカー・レヴュー』第二号（ニューヨーク、ダブルデイ社、一九五七年）、一—一四頁。

3 『ロリータ事件（ラフエール・ロリータ）』（パリ、オリンピア・プレス社、一九五七年）。

152

キャサリン・A・ホワイト宛　　CC　一枚

ニューヨーク州イサカ、コーネル
ゴールドウィン・スミス・ホール
一九五七年二月一六日

親愛なるキャサリン

お手紙と同封物ありがとう。アンディーが病気と聞き心配しています。フロリダ行きで元気になられることを願っています。

膨大なプーシキンの本を終わらせて、早く小説に戻りたいものです。この怪物は、当初の予定を越えてはるかに大きくなりましたが、今では、あのときこの仕事から尻ごみせずによかったと思っています——八年も前のことですが。この作品は、「エヴゲーニー・オネーギン」を、外国の読者に手の届くものとするだけでなく、アメリカの読者と英語が読めるロシアの読者には、この本にかんする独創的かつ網羅的な研究を提供することになるでしょう。

『プニン』が出版の予定です。実のところ、すでにダブルデイから先行見本（アドヴァンス・コピー）を一冊もらいました。発行日は三月七日です。

お送りした『ロリータ』をお読みになっていないとは残念です。このところフランスでとても興味深いことが起きています。イギリスの内務大臣が、イギリス人旅行者のモラルを守るために、オリンピア・プレス発行の二五の本（『ロリータ』も含まれます）を発禁にするよう、フランスの内務大臣に要請したのです。フランス側の大臣は、適当な法律がないために、国家転覆を計る政治的出版物を禁じる法律（！）に訴えて、この要請に応えました。これを逆手にとって、オリンピア・プレスは内務大臣の命令を無効として訴訟を起こしました。そして、国民の自由を制限しようとする政府に対する怒りでフランスの出版界は沸き立っています。彼らは『ロリータ』を「ウラジーミル・ナボコフの名高い小説（セレブル・ロマン）」として、とくに擁護してくれています。また、この騒ぎ全体が「ロリータ事件（アフェール）」と呼ばれています。また、ガリマールが二、三か月の中に『ロリータ』を出す予定です。もちろん、発禁措置はフランスで発行された英語版だけに対するものなのです。デイリー・ニューズ（！）を除けば、アメリカの新聞・雑誌はこの事件全体を無視しています。

一九五三年に貴女が没にされた小さなバラッドを、もう一度ご覧いただくために同封しました。私が書いたなかで最上の作品のひとつと今でも考えています。[1] いや、気が変わりました——もう一度送ってよいか、まずお知らせください。

私のクラスのなかに、ニューヨーカーに載せられるようなものを書く学生がいましたら、何か送るように言いますし、貴女にもそのことをお知らせします。

ヴェーラとともにお二人の健康をお祈りします。

心から
ウラジーミル・ナボコフ

1 「ロングウッド峡谷のバラッド」。続く一文は手書き。

153 ハワード・ネメロフ宛

CC 一枚
ニューヨーク州イサカ
一九五七年二月一八日

親愛なるネメロフ様

貴兄の小説『ホームカミング・ゲーム』を、たいへん興味深く、かつ楽しく読ませていただいたところです。

本物の機知に富んだ作品でありますし、その構造——諸々のテーマの複雑かつ読む者を唸らす交錯——は、非常にみごとなものです。少しでもサッカーの試合の描写が入ればよかったと思います。この場面はちょっとした見せ場（セーナ・フェール）であります。しかし、よく考えてみれば、それを省かれたことはたいへん巧みなことであります。

お気づきになられているでしょうか。主人公の話し相手が、彼のことを「アシャー」と呼ぶところが二、三個所ありますが。

本をお送りいただき誠にありがとうございました。いつか楽しくおしゃべりできる機会があることを願っております。

心から

ウラジーミル・ナボコフ

154

ジェイソン・エプスタイン宛　CC　一枚

ニューヨーク州イサカ、コーネル
ゴールドウィン・スミス・ホール
一九五七年二月二〇日

フィラデルフィアからすてきな『プニン』をさらに六冊受けとりました。

親愛なるジェイソン

いささか困った問題についてご意見をいただけるでしょうか。ジロディアス（オリンピア・プレス）が、『ロリータ』の件でフランス政府を訴えるよう、私に求めてきているのです。私がこの闘いに加われば、自分自身の訴訟に有利になると考えているのです。彼が少々乱暴に言明するところでは、判事に「ロリータの著者が、この上もなく立派な、正真正銘の作家である」ことを見せ、「我らが品行方正で理非を弁える高潔の士」たることを示せば、事態は有利に進むとのことです。

「高額の賠償金」を勝ち取れるとは思いません――ジロディアスは訴訟を起こせば取れると言っていますが。同時に、負けることもできません（つまり、金の面でということです）。なぜなら、ジロディアスはすべての費用を持つと言っていますが、勝訴した場合には返済するという条件付きなのです。

オリンピア・プレスの連中といっしょに法廷に姿をさらすのは御免です。しかしまた、この問題全体をどういう視点から考えたらいいのか迷ってもいます。

これまでコーネルが非常に寛容だったという事実も、考慮に入れねばなりません。大学ではこの問題をまったく議論していませんし、私に何の問い合わせもして来ていません。しかし、私が訴訟を起こし、ひょっとして敗れた場合、事態が悪化しないと言えるでしょうか。

とはいえ、もちろんオリンピアにはできるかぎりの支援をしたいと思います。個人的には、発禁措置が解かれようが解かれまいが構いませんが——いずれにせよガリマールはフランス語訳を出す予定ですので。

この事件のさまざまな側面について意見を聞かせてもらえば、ありがたく思います。貴兄の判断には日頃から敬服していますし、他に貴兄ほど頼むに足る人物がいないのです。あまりに迷惑でなければよいと願っています。[1]

ジロディアスは、デュピーの記事と私のエッセイにたいへん喜んでいます。彼の言うところでは、二〇〇〇から二五〇〇部印刷し（前の手紙では五〇〇部と言っていましたが）、コストを賄うために番号入りのものを一〇〇〇部売るということです。ガリマールは、『ロリータ』の抜粋を載せることを許可しました。

ジロディアスは残りのパンフレットを無料で配布するつもりです。この国の誰に送ったらよいか、いい考えはありませんか。ジロディアスが、このことを私に問い合わせて来ているのです。

レールモントフの件では本当にありがとうございました。

心から

ウラジーミル・ナボコフ

1　一九五七年二月二五日付の書簡で、エプスタインはVNに、自ら訴訟を起こさぬように忠告し、法的な問題とは距離を置いて成り行きを見るよう勧めている。

155　モーリス・ジロディアス 宛

CC　一枚

ニューヨーク州イサカ
コーネル大学
ゴールドウィン・スミス・ホール
一九五七年三月一日

親愛なるジロディアス様

二月一六日付のお手紙にすぐに返事を出さなかったことを、どうぞお赦しください。『ロリータ』を守るために、フランスの法廷で私が別の裁判を起こす件ですが、結論を出す前に、事情に通じ、経験ある友人若干に意見を聞いておきたかったのです。これにはニューヨークとの手紙のやり取りも必要でした。

そのような訴えを起こさぬよう忠告されております。主たる理由は距離であり、近い将来私がパリに行くことがおそらくできないからであります。それよりずっと大きな理由は、私の大学がそのようなことを快く思わない怖れがあるということであります。訴訟の費用を出すという寛大なお申し出には感謝いたします。せっかくのご好意を無にしなければならず、とても残念であります。

興味深い切り抜きに感謝いたします。更なる展開についても、どうぞ引き続きお知らせください。

『ロリータ』にかんするパンフレットは、左記の方々に送られたらよろしかろうと思います。


ジェイソン・エプスタイン、ダブルデイ社、ニューヨーク州ニューヨーク22、マディソン街575。

ハーヴェイ・ブライト、ニューヨーク・タイムズ・ブック・レヴュー、ニューヨーク市。

キャサリン・ホワイト夫人、ニューヨーカー、ニューヨーク州ニューヨーク36、43丁目西25。

ベネット・サーフ、サタデイ・レヴュー・オヴ・リタラチャー、ニューヨーク、45丁目西25。

エドワード・ウィークス、アトランティック・マンスリー、マサチューセッツ州ボストン、アーリントン通り8。

フィリップ・ラーヴ、パーティザン・レヴュー、ニューヨーク州ニューヨーク11、6番街513。

エドマンド・ウィルソン、マサチューセッツ州ケンブリッジ、ファラー通り16。

ハリー・T・レヴィン教授、マサチューセッツ州ケンブリッジ、カークランド・プレイス14。

バートランド・トムソン、ウルグァイ国モンテヴィデオ、カルレ・リオ・ネグロ1216。

F・W・デュピー、マサチューセッツ州ケンブリッジ38、エリオット・ハウスF24。


他にも何人か名前を思い出すと思います。若干部私に郵送していただければ、私の方で送ることもできます。

心から
ウラジーミル・ナボコフ

156

ジェイソン・エプスタイン 宛　CC 一枚

ニューヨーク州イサカ、コーネル
ゴールドウィン・スミス・ホール
一九五七年三月五日

親愛なるジェイソン[1]

お手紙受け取りました。一四六人の退屈した学生と四人の熱心な学生相手に、モスクワ―ペテルブルグ間を走る急行列車の寝台車の構造（一八七二年の車両、『アンナ・カレーニン』第一巻のアンナの旅との関連です。この小説については、私の注とともに、いつか出版していただけるものと思います）を説明しているあいだに届きました。

帰宅し、軽い昼食を取り、二時半頃にニューヨークから来たアイヴァン・オボレンスキー氏[2]の訪問を受けました。貴兄の電話をもらったのは、白熱した独白（ソリロキー）[3]の最中でした。

彼の会社は、『ロリータ』のアメリカでの版権を今すぐ取得し、この春のうちに出版しようとひどく躍起になっています。もちろん貴兄の手紙は、この計画を聞いて熱くなった私の頭を冷やすものでした。その一方で、貴兄には私の立場を理解してもらえると確信しています。今は、彼らが、この計画を抗しがたいほどの魅力あるものにしないことを願うのみです――しかし、どうも正にそういうものにするつもりのようです。

私とハーパーズの関係は、これまで落胆させられることばかりでした。彼らがどんな条件提示をしようとも、考慮するつもりはまったくありません。ランダム社については、これまで一度も話をしたことがありません。いちばんありがたいのは、貴社から条件提示を受けることです。オボレンスキーとの契約にサインして本決まりになるのは、どう見ても二、三週間は先です。ところが、ロリータは若くとも、私はもう老人であります。

送ってもらった包みをすぐに開かなかったことを、もう一度お詫びします。そのために余計な迷惑をかけてしまいました。

イサカの山々は春の陽に照らされ、青と銀の色が鮮やかです。バーバラといっしょにいつ来てもらえますか。

「ロリータ事件」では裁判を起こすつもりがない旨パリに書き送りました。

ケンブリッジのエドマンド[4]からちょうど手紙をもらったところです。

心から

1　三月一日付の書簡で、エプスタインはＶＮに、『ロリータ』の出版には歴史の長いアメリカの出版社を探すことを強く勧め、最高裁で係争中の猥褻物裁判に決着が着くまで待つよう助言している。

2　ニューヨークの出版社マクドウェル・オボレンスキー社の共同経営者。

3　「会話「コロキー」」とするつもりが書きまちがえた可能性もある。また、相手がひとりでしゃべりまくっていたことを皮肉った書き方かもしれない。ＤＮ。

4　ウィルソン。

157 モーリス・ジロディアス 宛

CC 二枚

ニューヨーク州イサカ
コーネル大学
ゴールドウィン・スミス・ホール
一九五七年三月五日

親愛なるジロディアス様

ニューヨークの新しい出版社が『ロリータ』を出してくれる可能性が高くなってきました。

ご記憶のように、数か月前にはアメリカの出版社数社がかなりの関心を示しておりましたが、結局どこも条件提示には至りませんでした。合衆国で最大手の出版社のひとつがあと一歩で提示してくれるところでしたが、結局断念しました。避けて通れぬ訴訟の手続きを怖れたのがひとつの理由であり、貴兄が「正規の共同出版契約」に固執されたのがもうひとつの理由でした。彼らはそのような契約は問題外だと書き送って来ましたが、彼らの意見では、まともなアメリカの出版社であればどこでも同じ答えであろうとのことでした。

さらに、この会社の弁護士が警告したところによれば、私とオリンピアのあいだの契約では、貴兄にはアメリカ版に出版許可を出す権利がなく、会社としてはアメリカの版権を買う前にこの契約の修正を求めるべきだとのことでした。そのときは、私はこの問題をそれ以上追究しませんでした。いずれにせよ、この会社は、こういった込み入った事情に嫌気が差して折衝を断念し、アメリカ版『ロリータ』の出版は、よくても遠い未来の話になってしまったのですから。

それが今度は、別の会社から、明確な条件提示をして、すぐに『ロリータ』を出版したいと言って来ました。[1] この会社は出来たばかりの会社で、訴訟のリスクを引き受ける用意があるように見受けます。『ロリータ』によって会社の名前を売ることができると見込んでいるのです。したがって、彼らが条件提示して来た際にすぐに対応できるように、我々の契約の条文の修正に取りかかることを提案いたします。

どうぞ私の申し上げていることを正しくご理解ください。この件にかんしての弁護士の意見を引用します。「オリンピアだけがその英語版を世界のどの地域においても売る権利を有していることは契約書に明らかである。同時にこの契約は、オリンピアがアメリカ版に出版許可を与える権利を有するとは明記していない。この契約によれば、オリンピアはアメリカで自社の版を売ることができるだけである。」

アメリカの出版社にアメリカ版の版権を売ることができるように、契約を修正することを提案します。新しい契約書を送ってもらえるでしょうか、それともこちらから新しい契約書の下書きを送ったほうがよろしいでしょうか。契約書には、アメリカ版の版権を我々双方に有利なように処理する権限を私に付与し、版権の売却に私が成功した場合の貴兄の側の条件を明記した一条が含まれねばなりません。あるいは、一定の対価と引き換えに、この本のアメリカ版に対する貴社の権利を放棄するということでも結構です。その場合、要求される総額と代わりの契約を示してください。

ぜひご留意願いたいのですが、㈠この会社は歴史の古い、資金力豊かな会社ではありませんし、㈡アメリカ版を出すことができる環境は我々が作り出さねばなりません。さもなくば、貴社は初版一五〇〇部しか持ち込むことはできません。その後は、一九六〇年九月までに著作権は消滅し、貴社にとっても私にとっても損失となります。

できるだけお早い返事をお待ちします。

心から

ウラジーミル・ナボコフ

1　マクドウェル・オボレンスキー社

158　キャサリン・A・ホワイト宛

CC　一枚

ニューヨーク州イサカ、コーネル
ゴールドウィン・スミス・ホール
一九五七年三月六日

親愛なるキャサリン

『ロングウッド峡谷のバラッド』[1]を送ります。一九五三年に書いたものです。それ以来ずっと書き直しつづけて来ましたので、この最終的な形は、三年ほど前にニューヨーカーが没にしたのとはずいぶんちがいます。注意深くご検討願います。いつも通り謙虚に主張しますが、これは私が書いたなかで最上の詩です——たとえば『ロシア詩の夕べ』よりはるかに優れたものです。

このバラッドは一見しただけではシャガールとグランドマザー・モーゼス[(1)]の奇妙な折衷と見えるかもしれません。忍耐が続くかぎり、じっと見つめてみてください。あらゆる種類の興味深い色合いと水中の模様が、辛抱強い目には見えてくるはずです。それでもお気に召さない場合には、気にされることはありません――送り返すだけでいいのです。散文で他に何か送ることができると思います。

心から
ウラジーミル・ナボコフ

同封物有り。

1 『ニューヨーカー』(一九五七年七月六日)

(1) アマチュア画家、グランマ・モーゼス(一八六〇―一九六〇年)、本名アンナ・メアリー・ロバートソン・モーゼス。農夫の妻であったが、七〇歳後半から趣味でアメリカの田園風景を描き始める。素朴でユーモラスな画風が注目を集める。

159 ジェイソン・エプスタイン 宛

CC 一枚

ニューヨーク州イサカ、コーネル
ゴールドウィン・スミス・ホール
一九五七年三月一〇日

親愛なるジェイソン

貴兄の手紙は、文面も書き方も私にとっては常に大きな喜びです。ご承知でしょうが、ダブルデイに『ロリータ』を出してもらえれば、私にとってこれ以上嬉しいことはありません。

然るべき準備なしに『ロリータ』が出た場合の、貴兄が言われる困難と危険については私も承知しています。しかしながら、今すぐ考慮せざるをえない重要な現実も一方にはあるのです。この二年間、私は驚異的な集中力で私のプーシキンに取り組んできました。お陰で他には何も書けませんでした(唯一取れた休暇はレールモントフの翻訳に当てました)。ニューヨーカーの原稿料は法外なものでしたが――プニンを一回掲載するたびに二五〇〇ドルもくれました――プニンを本にして以来、売り込むべきものが何もないのです。コーネルの給料だけではとても暮らしていけません。そういうときにオボレンスキーから、思いがけず、あのような条件提示があったのです。電話でそれとなくお伝えしたと思いますが、この条件提示に対する私の反応は、原理原則の問題ではなく、お金の問題なのです。彼の会社がとくに気に入っているわけではありませんが、私には『ロリータ』を売る機会を見逃す余裕はないのです。

貴兄が示してくれた新たな案をたいへん嬉しく思っています。二、三週間はオボレンスキーといかなる契約も結ぶつもりはありません。そのあいだに決断してもらえることを期待しています。

心から
ウラジーミル・ナボコフ

160

モーリス・ジロディアス 宛

CC 一枚
ニューヨーク州イサカ
一九五七年三月一〇日

親愛なるジロディアス様

三月五日付のお手紙注意深く拝見しました。ロリ訴訟（ロリティゲイション）にかんする決断を思い直すようにとのことでした。

私が関与すること等々をなぜコーネルが嫌うかもしれぬのか理解に苦しむ、と書かれています。これに対して申し上げておきたいと思います。この論争に大学教員という肩書きが持ち込まれたことに私は非常に困惑させられました。私の文学上の評価は大西洋の両岸において確固としたものであり、この本も作家として出版したのであって、大学教授として出したわけではありません。

この本にかんする私の弁護はこの本自体であります。それ以上のことをせねばならないという義務感をいっさい感じておりません。それにもかかわらず、敢えて『ロリータ』にかんするあのエッセイを書いたのです。お手元に写しがあると思います。職業道徳の次元においては、フランス、イギリス、あるいは他のどんな国であれ、裁判所や行政官や一般の俗物読者が、私の本についてどんな意見を持とうが、私には露ほども関心のないことであります。貴兄のお骨折りには感謝しておりますが。

訴訟の問題をもう一度論じる前に、三月五日付の私の手紙に対するお返事をいただかねばなりません。『ロリータ』のアメリカ版およびイギリス版の版権を売ることを可能にしていただければ、私の決断も変わるかもしれません。

もちろん、私がこの問題について考えを改めた場合には、貴兄から一筆頂戴して、フランスでの弁護士費用と裁判費用のいっさいを免除していただかねばなりません――たとえオリンピアが倒産しても、あるいは何か他の災難に見舞われた場合にもです。

心から
ウラジーミル・ナボコフ

161

アイヴァン・オボレンスキー宛

CC 一枚
ニューヨーク州イサカ

一九五七年三月二三日

親愛なるオボレンスキー王子(1)

お手紙ありがとう。春休みにニューヨークに行く予定にしていましたが、ひどい風邪でまた延期せねばなりません。四月半ばに一、二日必ずニューヨークに出ます。

貴兄が『ロリータ』出版のために示した案については熟慮を重ね、また、信頼している友人数人にも相談してみました。さらにパリの出版社とも連絡を取りました。彼らの一致した意見によれば、今は合衆国で『ロリータ』を出版すべきではない、とのことでした。失望させて本当にすみません。以下が出版すべきでない二、三の理由です。

一　これ以上の準備なく、今『ロリータ』を出版すれば発禁処分になるだろうと、誰もが確信しているように思われます。たとえ貴兄が五万ドルあるいは六万ドルになるかもしれぬ訴訟費用を喜んで引き受けてくれるとしても、最後に敗れる可能性はあるわけで、そうなれば『ロリータ』は二度と出版できないことになります。

二　万一『ロリータ』がトラブルに巻き込まれれば、ニューヨーク・タイムズはすぐに広告を拒否し、この国の名のある新聞・雑誌はどれも右にならうでしょう。また、連邦規模で法的措置が発動された場合、貴兄が郵便で直接出版広告を送ることを郵政省は黙認しないでしょう。

三　貴兄がリプリント会社と連絡を取ってみようかと提案されたとき、この問題の複雑さを貴兄が理解されていないことが、私には分かりました。『ロリータ』が新聞スタンドで、小さなペーパーバックとして売られているところを想い描いてもらえるでしょうか。

失望させたことにつきましては、繰り返しますが申し訳なく思っています。しかし、少なくともアンカー・レヴューの成りゆきと、パリにおける訴訟の決着、そして最高裁が類似のケースでどんな決定を下すかを見とどけるまでは、出版を延期しなければならないと確信している次第です。

心から
ウラジーミル・ナボコフ

(1) ナボコフ夫妻が付けたあだ名と思われる。おそらく、ヴェーラが少女時代に通っていたサンクト・ペテルブルグの学校の名が「オボレンスキー王女学校」であったことと関連がある。

162

ジェイソン・エプスタイン宛

ニューヨーク州イサカ

一九五七年三月二四日

CC 一枚

ケンブリッジから転送されて来たばかりの手紙の封筒を同封しました。

貴社のオフィスには私がケンブリッジを去ることを嫌がる熱烈なボストン・ファンがいるようです。

親愛なるジェイソン

主人公の元王様は、『青白い炎』の最初から最後まである探求にかかわっています。この探求あるいは捜索は、（ある時点で、悲しいかな、きわめて手の込んだ降霊術を必要としますが）いわゆる信仰、宗教、神々、神、天国、民間伝承等々とはまったく関係がありません。最初、小説の題を『幸福な無神論者』にしようかとも考えましたが、こういう題にしては、内容があまりに詩的でロマンティック過ぎるものでした（この小説のもつ戦慄と詩情は、短い無味乾燥な要約ではお伝えできません）。主人公の探求は過去と未来の謎に集中するのですが、それが、いわば、みごとな解決を見るのです。

この話は、孤島の王国であるウルティマ・トゥーレ(1)に始まります。この国で、宮廷内の陰謀とノーヴァ・ゼンブラからのてこ入れによって、退屈で野蛮な革命が起こります。主人公であるトゥーレの王は王座を追われます。驚くべき冒険をいくつか経て、彼はアメリカに逃げて来ます。ケネディー大統領は、この追放された王様について照会を受けた際、ある込み入った政治的事情から曖昧な返事をすることになります。

王様は名前を変え、ニューヨーク州北部とモンタリオ州の国境付近で、愛する貴婦人といっしょに暮らします。国境は曖昧で定まっていません。それでも、ゴールデンロッドに一本、カレンダー・バーンに一本バスが通っていて、日曜日にはハドソン川がコロラド州に注ぎ込みます。このような——全体としてまったく罪のない——ちょっとした曖昧化にもかかわらず、描かれる場所と生活は、不動産屋的な思考の持ち主なら「写実的」と呼ぶものです。主人公の家の見晴らし窓からは、私道のぬかるみが光り輝き、枝に舞い降りた十数羽のレンジャクが、一枚の葉もない立木にたちまち満開の花を咲かすのが見えるのです。

この物語は一定の間隔を置いて、論理の転換も文体の変化もなく文の真ん中で中断され（数行先で何事もなかったように再開されますが）、コピンジー氏なるトゥーレから派遣されたスパイがちらりちらりと姿を見せます。彼の仕事は元王様を見つけ出し、消すことなのです。オークニー出身のコピンジー氏は、かれ自身恐るべきトラブルを抱えていて、彼の（この本、あらゆる排水溝[1]を通る[(2)]）長い旅は悪夢のような困難に満ちたものであります（ある個所では、西インド諸島を船で巡る旅に巻き込まれます）。しかしながら、最終章ではゴールデンロッドにたどり着き——そこには読者とコピンジー氏を驚かすものが待ち構えているのです。[2]

この要約は大急ぎで書きました。試験の採点をしなければならないのです。ひとつだけ付け加えますが、『プニン』のその後の成り行きには喜んでいます。

心から

1　CCで「排水溝」（"drains"）となっている。この部分のタイプミスを修正することは不可能である。

2　小説のこの段階では、ウルティマ・トゥーレは小説『王ひとり（ソル・レックス）』に由来するものであった。ナボコフはこの小説を第二次世界大戦勃発時にフランスで執筆中であったが、結局完成に至らなかった。「ウルティマ・トゥーレ」、「王ひとり」と題された二つの章が、一九四〇年代初期にロシア語の雑誌に掲載され、後に『ロシアの美女』（一九七三年）に収録された。一九六二年に『青白い炎』がパットナム社から出されたとき、扱われる場所、人物、そして主題は多くの発展を遂げ、小説の構造は異なった、まったく独自の形を取っていた。ゼンブラ王国で起きた実際の、あるいは架空の出来事のすべてと、元の王様の物語は、架空の詩人が書いた九九九行の詩に狂人が付けたとされる注釈のなかで語られている。ＤＮ。

（1）「さいはての地」あるいは「極地」の意。大ブリテン島の北にあると考えられた想像上の島。

（2）原文は"(through all the drains the book)"である。おそらくはタイプミスによる欠落のために意味不明の文となっている。

163

マーク・ショラー教授[1]宛

ＣＣ　一枚

ニューヨーク州イサカ、コーネル
ゴールドウィン・スミス・ホール
一九五七年三月二四日

親愛なるショラー

D・H・ロレンス・フェローシップ基金には喜んで寄付させてもらいます。ただ、貴兄と私のあいだだけの話ですが、作家としてのロレンスは嫌いですし、タオスについては思い出しただけでぞっとします。一九五四年のことでしたが、ニューメキシコ州の山地で蝶の採集をした際に、運悪くこの町を拠点にしてしまいました。

ぜひ知ってもらいたいのですが、貴兄がプニンの後翅に描いた眼状斑点にはたいへん敬服しました。

ヴェーラと私は、ケンブリッジで貴兄と奥様にお会いしたことを楽しく思い出しています。

心から
ウラジーミル・ナボコフ

1　カリフォルニア大学バークリー校、英文科。

164

ロバート・ハッチ[1]宛

CC　一枚

ニューヨーク州イサカ
コーネル大学
ゴールドウィン・スミス・ホール
一九五七年三月二九日

親愛なるハッチ様

時間があれば、喜んでこのインチキな作品を粉砕してみせるところですが、残念ながらそれがありません。この『パンのみによるにあらず』[2]は、アプトン・シンクレアの三流小説の類であり、何の文学的価値もありません。私は小説の政治的あるいは宣伝的な側面には興味がありません。

心から
ウラジーミル・ナボコフ

1　『ネイション』の編集者。
2　ウラジーミル・ドゥジンツェフ著。

165 キャサリン・A・ホワイト宛

CC 一枚
ニューヨーク州イサカ

一九五七年四月四日

親愛なるキャサリン

私の小さなバラッドを載せたいとうかがい嬉しく思います。おっしゃる通り、couldn't の方がリズムの点では could not よりよいと思います。

『ロリータ』についての率直で、すてきなお手紙に心から感謝します。しかしながら、考えてみれば、自分たちの「十代の娘に会わせて」みたい、忘れがたい小説の登場人物など、どれくらいいるものでしょうか。我らのパトリシアに、オセロとデートさせたいと思うでしょうか。我らのメアリーに、ラスコーリニコフといっしょに、額をつき合わせて新約聖書を読ませたいと思うでしょうか。我らの息子たちに、エンマ・ルオー、ベッキー・シャープ、あるいは「つれなき美女（ラ・ベル・ダム・サン・メルシ）」(1)と結婚してもらいたいと思うでしょうか。

もしこの詩を六月一日より前に掲載してもらえれば、たいへん嬉しく思います。すでにお伝えしたと思いますが、『ロリータ』のおよそ四分の一と『ロリータ』についての二本のエッセイ（一本は私の、もう一本はフレッド・デュピーのものです）が二、三週間のうちに『アンカー・レヴュー』に載る予定です。ニューヨーカーの最新号に載った『プニン』の広告はエレガントでたいへん結構なものでした。この愛すべき男はとても元気そうに見えます。

ニューヨーカーが昆虫学にかんする私の訂正の投書を没にされたことは、残念であります。[1] あの記事の馬鹿げたまちがいは、『カリフォルニアの蝶』によって有名なカリフォルニアのコムストックをひどく怒らせたにちがいありません。気の短い老人ですが、私は尊敬しています。ヘルマンが取り違えたコーネルのコムストックは、科学者としてはずっと劣る人物です。それに専門は鱗翅目ではありません。

フロリダでの休暇の様子、楽しく垣間見せてもらいました。すっかり元気になって帰って来られることを願っています。

我が家の見晴らし窓はまっすぐに降る雪のヴェールに覆われ、ビャクシンの木が白子のラクダのようです。

心から

1 VNの一九五七年二月五日付の書簡を見よ。

(1) それぞれ、フロベールの『ボヴァリー夫人』(「ルオー」はエンマ・ボヴァリーの旧姓)、サッカレーの『ヴァニティー・フェアー』、そしてジョン・キーツのバラッド「つれなき美女」に登場する。

166 ローマン・ヤーコブソン教授 宛　CC 一枚

ニューヨーク州イサカ
コーネル大学
ゴールドウィン・スミス・ホール
一九五七年四月一四日

親愛なるヤーコブソン教授

自分の良心とじっくり相談してみた結果、ご提案いただいた『スローヴォ』の英語版において、貴兄と協力することはできないという結論に達しました。率直に申し上げて貴兄の全体主義諸国への小旅行には、たとえそれが学問上の動機に促されたものであれ、我慢がなりません。

出版社に頼んで私の原稿は返却してもらいます。また、貴兄には、私の『スローヴォ』[1]の翻訳原稿をハーヴァードの教室でお使いにならないようお願いせねばなりません。

経済的な問題はご心配なく。私が出版社と直接話をします。

心から
ウラジーミル・ナボコフ

1　ヤーコブソンとVNは共同で『スローヴォ・オ・ポルクー・イーゴレヴェ』の翻訳を行なうことになっていた。この作品は『イーゴリの遠征の歌』(一九六〇年)として、VNが単独で翻訳した。

167 ジェイソン・エプスタイン 宛　CC 一枚

ニューヨーク州イサカ、コーネル
ゴールドウィン・スミス・ホール
一九五七年四月二二日

親愛なるジェイソン

ヴェーラも私もアンカーに載った『ロリータ』には大喜びしています。[1] 貴兄の謙遜した言い方にもかかわらず、みごとな目を引くカバーです。『ロリータ』からの抜粋のアレンジの仕方も、選び方も申し分ありません。このレヴューの他の内容もたいへん優れたものです(オーデンのエッセイ[2]は別です。ついでながら、*monde* はフランス語で男性名詞であることを誰かが教えてやらねばなりません。フランスの詩人が"Le monde est ronde"と書いたなどと二度と言えないように。以前のエッセイで、"acte gratuite"とすべきところを"acte gratuit"としたの有名な過ちと同じ類のナンセンスです。さらに、彼が前に吐いた「ハイブラウとロウブラウよ、団結せよ」というスローガンも正しくありません。なぜなら、本当のハイブラウは団結しないからこそハイブラウなのです)。

サルトルにかんするエッセイ[3]は実にすばらしいものです。くすくす笑い通しでした。何しろ、私は彼の仮面を剝いだ、おそらくアメリカで最初の作家でありますから(一九五〇年に、ニューヨーク・タイムズ・ブック・レヴューで英語訳「嘔吐」の書評をしたときのことです)。

貴兄とダブルデイ社に心から感謝します。

私の訴えに対して、たいへん役に立つ建設的な返事をいただき感謝します。弁護士を雇えるかどうか分かりません(今、私はまったくの一文なしで、銀行に八〇〇ドルの借金があります)。しかし、パリのエージェントには、貴兄に助言してもらった線で動くように頼んでおきました。

ところで、彼女は『ロリータ』にかんしてモンダドーリ[4]と契約を結ぶことを提案してきています——前払金一五万フランス・フラン、三〇〇〇部まで八パーセント、五〇〇〇部まで一〇パーセント、五〇〇〇部以降一二パーセント。また、ドイツ語の版権については、ローヴォルト社との契約を提案しています——前払金一五万フランス・フラン、五〇〇〇部まで八パーセント、一万部まで一〇パーセント、一万部以降一二パーセント。貴兄から見て、これで穏当なところでしょうか。

また彼女の手紙では、貴兄から二部送ってもらった『プニン』がまだ届いていないそうです。調べてもらえますか。

心から
ウラジーミル・ナボコフ

1 『アンカー・レヴュー』二号。
2 W・H・オーデン、「染め師の手、詩と詩の生まれる過程」。
3 ハーバート・リューシー、「ジャン＝ポール・サルトルの虚無」。
4 イタリアの出版社アルノルド・モンダドーリ社。

168

モーリス・ジロディアス 宛

CC　一枚
ニューヨーク州イサカ
一九五七年五月一四日

親愛なるジロディアス様

貴兄も私同様よくご承知のことと思いますが、合衆国において、貴社の名前で『ロリータ』を出版することは好んでトラブルを求めることを意味します。また、『ロリータ』を弁護できない二流の出版社が役に立たないことも、必ずや理解していただいていることと思います。一〇年ほど前に、ダブルデイは、エドマンド・ウィルソンの『ヘカテ郡年代記』の弁護に六万ドル以上を費やしました。当時に比べて裁判に要する費用は上昇しており、二流の出版社の資力には及ばぬものになっております。

以上のことに加えて、当地にはあらゆる類の「道徳監視協会（ワッチ・アンド・ウォード）」、カトリック系の「風紀向上会（リージョンズ・オヴ・ディーセンシー）」等々が存在し、また、この国の郵便局長なら誰でも検閲によってトラブルを引き起こせることは先刻ご承知のことと思いますので、お手紙で示唆された行動方針を真面目に考慮されているわけではないと確信しております。さらに付け加えさせていただければ、この方針は貴兄がマダム・エルガに約束されたこととも完全に矛盾しております。

私たちどちらもが、この国で『ロリータ』を出版し売りたいと思っているかぎり、私たちの利害は一致しているという点では私も同じ意見です。一流の出版社なら、相手が貴兄であれ他の誰であれ、共同出版には社の方針として同意しないだろうことには依然として変わりはありませんが、貴兄の主張を満足させる方法は他にもいくつかあります。その主張が正当で理に叶ったものであればの話ですが。アメリカ版の出版社が大きければ大きいほど、貴兄にとって満足のいく契約にこぎつける可能性は大きくなるのです。

とりあえず取るべき道は、何よりもまずダブルデイが答えを出すのを待つことであります。繰り返しになりますが、今の私にはそれしか言えません。もし彼らが『ロリータ』を単行本で出したいと言えば、しかるべき段階で貴兄には彼らと連絡を取っていただきます。もし彼らが出版しないと決断した場合は、別の大手の出版社と連絡を取っていただきます。この会社も然るべきやり方で出版する意向を持っております。どの出版社がこの国で『ロリータ』を出版するにしても、その会社には、自社の費用で『ロリータ』を弁護し、必要なら裁判を最高裁まで持ち込むことに同意してもらわねばなりません。

貴兄のもとには、あらゆる種類の並みの出版社から、条件提示が山ほど来ていることと思います。こちらも同様です。こういうものは私たちが必要としているものではありません。

もし貴兄の協力をいただき、私にとって満足のいく条件で合衆国での出版が準備できましたら、私の方でも貴兄に協力し、貴社からアメリカの出版社に支障なく出版許可が出せるよう我々の契約を修正することに同意いたしましょう。

翻訳にかんして。[1]「カプリーヌ」は私が意図した帽子とはまったくちがいます。これはおびただしい誤訳のなかでまだましな方です。

二三頁——「出生証明書（アクト・ド・ネッサンス）」というのは意味をなしません。同じ頁の引喩がポウの「アナベル・リー」に対するものであることが、翻訳者には分かっていません。原文には「いばらの冠（クロンヌ・デピーヌ）」などありません。

二四頁——「葉　書（カルト・ポスタール）」の記述がまちがっています。「光沢のある青色で風景が描かれた（ア・ヴュー・ダン・ブル・ヴェルニ）」とすべきです。「谷（ヴォ）や山（エ・モン）」は意味をなしません。「谷間の道に（ダン・レ・シュマン・クル）」とすべきです。「角のある（コルネ）」は「縁どられた（ボルテ）」とすべきです。

二五頁——「柵（オー・バール）で」は意味をなしません。「テニス（オー・プチ・ジュ・ド・ポーム）を」とすべきです。

等々、各頁に少なくとも三つの割合です。三頁で、エリオットのもじりがまったく再現されていないのにはとくに苛立ちました。

心から

1　『ロリータ』、E・H・カーヌ訳（パリ、ガリマール社、一九五九年）。

169

ジェイソン・エプスタイン宛　CC 一枚

ニューヨーク州イサカ

一九五七年六月一〇日

親愛なるジェイソン

考えれば考えるほど、貴社の条件提示を私からオリンピアに伝えるべきではないと、ますます確信を深めます。この件についての彼の最後の手紙は、ぞんざいなものでした——これでも穏やかに言っているつもりです。もし私が貴兄の条件提示を彼に送れば、彼はまちがいなくノーと言うでしょう。あるいは、まったく返事を寄こさないという手さえ使うかもしれません。

このことについて熟慮を重ねた結果、G氏がこの提示を受け入れる理由がないようにも思えてきました。貴社の求める条件は、要するに期限なしのオプションであり、それに対し、オリンピアと私に一括して一五〇〇ドルの前払金を支払うというものです。私は、ぜひダブルデイに『ロリータ』を出版してもらいたいと思っております。また、オリンピアが貴社との契約に縛られて、この国でこの本を出版することができなくなるというのは喜ぶべきことでありますオリンピアの出版の方法は、私にとって望ましいものではありませんので。しかし、こう言う私もひとつはっきり申し上げたいのですが、一五〇〇ドルの前払金では妥当とは思われません。この提案全体に対するGの反応を見るまでは、前払金について云々しても始まりませんが。

貴兄が彼と手紙で接触することが、私の権利を侵害することになるとは思いません。とりわけ「著者の承諾を得ることを条件として」の一文を添えて条件提示すれば、なおさらです。また、G氏が馬鹿げたまちがいをしでかすことについては、今はさほど心配していません。貴兄自身が言われたように、私に印税の減額を求めずには出版の準備などできるはずがないからです。

もちろん、貴社がアメリカ版の権利をGから買い取ることができれば、はるかによいと思っています――そっくり買い取るにせよ、ある種の印税を支払う形にせよ。そうなれば、たとえそのために契約にある私の印税一〇パーセントがいくらか減ることになっても、貴社との契約にサインできます。しかし、貴社にこのことができなくても、とにかく彼に手紙を書いてみてください。そうすれば、実のところ彼が取り引きして何を得ようとしているのか分かるでしょう。

ご自身でジロディアスと渡り合ってくださるよう強く希望します。

心から
ウラジーミル・ナボコフ

170 ヴォーン・ギルマー[1] 宛

TLS 一枚
レターヘッド コーネル大学

一九五七年六月二六日

親愛なるギルマー様

書類ばさみ二つに入れて、『エヴゲーニー・オネーギン』*にかんする本の一部をお送りします。序文となる文章、EO第一章の翻訳、韻律法にかんする付録、それに第一章についての評釈です。第一章と関連した二番目の付録はお手元にあると思います。プーシキンのアビシニア人の祖先をめぐる付録です。これで本全体の三分の一です。他の章（二章から八章）と断片についての評釈は、全般的な情報を含んだ第一章の評釈ほど分厚くはありません。

評釈をカーボン・コピーで読んでいただかねばならないことをお詫びせねばなりません。オリジナルは索引作成のために未だ使用中なのです。

この原稿を一読されても、なお出版にご関心があり、社外の出版顧問にさらに吟味させたいとお思いでしたら、人選の前にご連絡いただけますようお願いいたします。ここで私が持ち出しているのは微妙な問題であります――私が書いたものの大半は、私ひとりの研究に基づく、独創的なものであります。お気づきになると思いますが、私はこの分野の多くの研究者（たとえば、ヤルモリンスキー＝ドイチュ訳）に対してきわめて批判的であります。また、文学に社会的経済的等々の角度から迫る内外の批評家たちにも、冷や水を浴びせてあります。

この本を早期に出版していただくことは、私にとっては非常に重要なことであります。この原稿をご覧になった後でもなお関心をお持ちでしたら、この夏中に続く章と評釈もお送りします。なお、この本の最初の部分に対するご感想をできるだけ早くお聞かせいただければ、この上もなくありがたく思います。

どうぞお元気で、

心から
ウラジーミル・ナボコフ

＊別便で

1　ボーリンゲン基金勤務。

171　モーリス・ジロディアス 宛

CC 二枚
ニューヨーク州イサカ
一九五七年八月三日

親愛なるジロディアス様

ご親切なお手紙ありがとうございます。貴兄とイギリスの編集者との折衝について、興味深く読ませていただきました。ジョナサン・ケープ社のニッテル氏に、貴兄と連絡を取ってくれるよう頼んであります。もし連絡がなければ、彼らもリスクに怖れをなしたということかもしれません。私の方には、六月にボドリー・ヘッド社が接触して来ました。彼らは長期のオプションを求めていますが、猶予期間内に出版できなければこちらに取られてもよいという条件で前払金を提示しています。この提示を考えてもいいと思われましたら、貴兄と連絡を取るよう頼んでみます。どうぞご意見をお聞かせください。返事を出さねばなりませんので。彼らは「二、三年」の猶予を求めて来ていますので、二年とすることにおそらく同意するでしょう。

ダブルデイにかんする、またオプションと出版猶予期間の問題全体にかんする貴兄の考えがすべて正しいとは思いません。こちらの事情はきわめて微妙です。ダブルデイは顧問弁護士の援けをかりて、アンカー・レヴューに載せる『ロリータ』の抜粋を作り上げましたが、弁護士の意見で二個所ほど選ぶテキストを変えました。完全な版を出版できるかどうかについても弁護士に相談しましたが、当分のあいだは見合わせた方がよいとのことでした。おそらくご存知かと思いますが、最高裁が非常に落胆させる判断を出したばかりです。今回の件は『ロリータ』の場合とはずいぶん事情がちがいますが、重要なのは最高裁が「猥褻」という言葉の定義を避け、末端の機関による検閲を禁じなかったことです。これは、どんな小さな町の郵便局長でも検閲の装置を始動させ、裁判を起こし、順々に上訴して最高裁まで持ち込むことができるということを意味します。おそらく最高裁は『ロリータ』を無罪とするでしょうが（確実に、とはけっして言えませんが）。

請け合ってもよろしいのですが、以上のことにもかかわらず、ダブルデイが示している関心は本物であります。オプションを求めている理由は、事態が好転したらすぐに出版できるよう備えておきたいからなのです。このことにまちがいはないと思います。いくらかの猶予期間を設けねばならないという点では私も同感です。また、彼らの提示よりも高い前払金を要求すべきだと私も思います。一方、残念ながらこれも確かなことですが、この問題を然るべく処理できる大手の出版社ならどこも、貴兄がダブルデイに示された条件を妥当とは考えないでしょう。ついでながら、貴兄は、ダブルデイにはこの本を弁護する用意はないと考えておられますが、それはまちがっていると思います。私は彼らが言うのを聞いておりますが、出版するとなれば、法廷でこの本を弁護する義務を引き受け、必要とあれば最高裁まで持って行かねばならないだろう、とのことでした（相手がアメリカの出版社であれイギリスの出版社であれ、契約書にはこの趣旨の一条がなければならないと確信しております）。もうひとつ考慮に入れねばならない重要なことは、ダブルデイが私のことを「彼らの」作家だと考えていることです。彼らは、私から他にも二冊の本を取得しておりますし、『ロリータ』を「後押し」するためには他のどんな会社よりも多くのことをしてくれるでしょう。これは私にとっても、貴兄にとっても（あるいは彼らにとっても）利益となることであります。以上の理由から、貴兄が、あそこまではっきりと彼らの条件提示を断わられたことを遺憾に思います。

裁判が延びているとうかがい残念に思います。しかし一方で、ガリマールが秋の初めにフランス語訳を出版すれば、判決にいい影響をもたらすかもしれません。よい方に考えることにいたしましょう。

どうぞ連絡を絶やさぬようにしてください。『ロリータ』が今まで書いた中で最上の作品であることに私は自信を持っております。貴兄に出版していただいたことをけっして忘れはしません。まちがった手を打ったがために、この本から上がる相当の利益を貴兄も私も享受できないとなれば、とても残念なことであります。

心から
ウラジーミル・ナボコフ

172

アイヴァン・オボレンスキー宛　CC 一枚

ニューヨーク州イサカ
コーネル大学
ゴールドウィン・スミス・ホール
一九五七年八月七日

親愛なるオボレンスキー王子

まだ『ロリータ』に関心をお持ちなら、オリンピアと連絡を取ってみる気はありませんか。

状況はこうです。英語版の権利はオリンピアが持っています（出版許可を出す権利ではありません。ですから最終的な取り決めには私の承諾が必要です）。オリンピアの社主であるM・ジロディアス氏はむずかしい人物です。まず最初に、最高裁を含めアメリカの法廷でこの本を弁護する用意があること、そしてただちに出版する意志があることを彼にはっきり示してください（もちろん、まだこの国でこの本を出版したいとお考えならですが）。

貴兄がこの人物と話をつけてくれれば、たいへん嬉しく思います。住所は、パリ四区、ネール通り、八番地です。近頃は、パリ五区、サン・セヴラン通り、七番地から書いていますので、たぶんこちらに出した方がよいでしょう。
貴兄のパーティーに出られず残念でした。貴社の本を二冊送ってもらい、ありがとうございました。とても立派な装丁です。『憐れみの終わるとき』[1]の方は、時間を見つけて早く読みたいと思います。もう一冊は原稿段階で読んで知っています。

心から
ウラジーミル・ナボコフ

1　ロビー・マコーリー、『憐れみの終わるとき、その他の短篇』(ニューヨーク、マクドウェル・オボレンスキー社、一九五七年)。

173

ウォルター・J・ミントン[1]からの書簡

TLS　一枚

一九五七年八月三〇日

親愛なるナボコフ様

弊社は、アメリカの出版社という遅れた種族のなかでも、かなり遅れた会社の典型でありまして、ほんの最近になって『ロリータ』という本の噂を耳にいたしました。それ以来多くの話を聞いたり、目にしたりいたしております。手短に申しますと、この本を出版させていただけないものかと思っております。話に聞けば、オリンピア・プレスが英語の版権を握っているようですが、貴殿の祝福をいただいて彼らと折衝させていただくわけにはいかないでしょうか。ダブルデイ社とのあいだに義理があることは承知しておりますし、すでに確立された関係には割って入るつもりはありません。

心から
ウォルター・J・ミントン

1　G・P・パットナムズ・サンズ社の社長。『タイム』誌(一九五八年一一月一七日)掲載の「『ロリータ』裁判」によれば、ミントンは『ロリータ』の話を「かつてカルチェ・ラタンのショーガールをしていた」ローズマリー・リッジウェルから聞いたという。彼女に払われた発見者報酬(ファインダーズ・フィー)は「出版初年の著者の印税の一〇パーセントに相当する額、プラス、二年間に出版社に入る副次的な権利料の一〇パーセント」であった。

174 ウォルター・J・ミントン宛

CC 一枚

ニューヨーク州イサカ
コーネル大学
ゴールドウィン・スミス・ホール
一九五七年九月七日

親愛なるミントン様

すてきなお手紙ありがとうございます。貴社とオリンピア・プレスとの交渉を妨げるものは何もありません。確かに英語の版権は彼らが握っております。付け加えた方がよいと思いますが、彼らと私の契約には出版許可の条項は含まれておりません。したがって、私の理解では、最終的な取り決めには私の承諾が必要となります。

オリンピアの社主ジロディアス氏は、かなりむずかしい人物です。貴社とのあいだで話がまとまればたいへん嬉しく思います。

心から
ウラジーミル・ナボコフ

175 エレーナ・シコルスキー宛

ALS 二枚 エレーナ・シコルスキー蔵
ニューヨーク州イサカ

一九五七年九月一四日

私の親愛なるエレノチカ

オリガの手紙を読んだ後で君の手紙を読むと、ある意味でほっとさせられた。いかにも、君のしたことはもちろん正しい。人が死んでぽっかり穴があくと、すぐにそこに思い出が流れ込み、過去の重みを常になく感じるものだ。僕は気の毒なE・Kに再会できることをつい最近まで願っていた——当地では、アメリカの老人たちは九七まで生き、万歩計をつけて一日に五マイルも歩く。彼女が僕らと過ごした最初の夏を、何から何まで思い出している。庭のいちばん古いライラックの向こうにあった「水車小屋」の急斜面の近くで、彼女がよく来るのを待っていた郵便配達夫。父の手紙をできるだけ早く母に手渡すためだった。そして、カーチャおばさんの嫉妬、それからすぐ、クリミア、ロンドン、ベルリン、プラハの日々がやって来た……。

オリガへの援助については、君が必要と考えることなら何でもするつもりだ。ロスチスラフについては、(何かもう少し勉強してみようという気がなければ)事務の仕事か何かを見つけて、辛抱してやってみなければならない。私の考えを言えば、芝居は他のどんな仕事に比べても悪くない仕事だ(もちろん演技の才能があればの話だが)。とりわけソヴィエト支配下では、芝居は、人間としての自由らしきものを持ちつづけることができる生き方のひとつだ。最初の二、三年は金も入らず苦しいだろうから、少し援助してやるのがよいだろう。君の考えを聞かせてくれ。それと、芝居への情熱がどれくらい真剣なものかも。

ソーニャ[2]について——彼女がスイスにうまく出られるか、いつ、正確にどこに着くのか、最後まで分からなかった。君たちが合流できてヴェーラも僕もとても嬉しい。彼女が、君たち皆について手紙を書いてきた。ジコチカと彼のロシア語のしゃべり方がすっかり気に入ったようだ。君のアパートのことやジコチカの武器庫のこと、その他いろいろ、書いてきてくれた。二人ともとても面白く読んだ。

ミチューシャは陸軍の勤務からよく家に帰ってくる——たいていは飛行機で。エレガントな制服姿で最初に家に入ってきたときは、ユーリク[3]を思い出したよ。八週間の基礎訓練をみごとに卒業し、本物の機関銃の弾幕の下を這って進み、小隊[4]を指揮して森のなかで夜間の作戦に従事したりした。ご褒美にニューヨークで柔らかいベッドをもらったよ——週に二回、桟橋で軍の輸送船を迎えるのが仕事なのだ。

私の『ロリータ』がデンマーク語でもスウェーデン語でも出た。馬鹿でかいプーシキンを、終に、ようやく、完成させられそうだ。『ノーヴイ・ジュルナール』にエヴゲーニー・オネーギンの注を載せた後も、『実験(オープイトウイ)』に載せる注が残っている。この——僕の患者がよく使っていた言い方を借りれば——「学者臭い大仕事」には疲れた。ヴェーラから君に抱擁と深い同情を送る。

元気で、愛する妹よ、ご主人にもよろしく。ジコチカには僕らからキスを送る。

V[5]

1　エヴゲーニヤ・コンスタンティーノヴナ・ホーフェルドが死去したばかりであった。
2　ソーニャ・スローニム、ヴェーラ・ナボコフの姉妹。
3　ユーリイ・E・ラウシュ・フォン・トラウベンベルグ男爵、VNのいとこ。
4　DNは分隊長であった。
5　ロシア語よりDNが英訳。

176 ウォルター・J・ミントン 宛

CC 一枚

ニューヨーク州イサカ
コーネル大学
ゴールドウィン・スミス・ホール
一九五七年九月一九日

親愛なるミントン様

コーネルの秋の学期が始まろうとしていますが、主人の依頼で主人に代ってお手紙にお返事いたします。今、自分では返事が書けないのです。

オリンピア・プレスが『ロリータ』を出版したとき、主人には、最初の一万部まで一〇パーセント、一万部以降一二パーセントという彼らの条件を受け入れる以外に選ぶ道はありませんでした。ジロディアス氏には、ちょっと人喰い鬼的（オーグリッシュ）な気質があり、この不幸な契約を改善できる見込みはほとんどありません。そこで、主人は貴兄にお任せして、何ができるか見ていただきたいと思っております。

主人によれば、申し上げねば徳義に反するのであらかじめ申し上げますが、主人の知るところでは、現在ジロディアス氏は一、二のアメリカの出版社と接触しております。主人は、これに気を挫かれることがないよう願っております。

心から
（ウラジーミル・ナボコフ内）

177 モーリス・ジロディアス 宛

CC 一枚

ニューヨーク州イサカ
一九五七年一〇月五日
書留航空郵便

親愛なるジロディアス様

貴社より、契約書第九項により義務づけられた決算報告書の提出と支払いがないことに鑑み、遺憾ながら、同契約書第八項を発動し、貴社とのあいだの契約の無効を宣言する権利を行使すること、並びに、契約の下に与えられたすべての権利が当方に復帰することを通告いたします。[1]

心から
ウラジーミル・ナボコフ

1　ジロディアスは、一〇月九日付の書簡で、印税はVNのパリのエージェントに支払済であると答えてきた。

178

カール・ビョルクマン[1] 宛

CC 一枚

アメリカ合衆国ニューヨーク州イサカ
コーネル大学
ゴールドウィン・スミス・ホール
一九五七年一〇月八日

親愛なるビョルクマン様

縮約なしの完全な『ロリータ』の翻訳を準備するよう指示され、また、販売されたものを除き初版をすべて回収する予定とうかがい嬉しく思いました。もちろん、回収された本は直ちに廃棄されねばなりません。

新しい翻訳は出版前に私に送り、承諾を得るとの一文にも満足しております。

貴兄は、翻訳者が『ロリータ』相手にどういう規模で削除や省略を行なったか、見誤られているのではないかと危惧しております。頁の大きさは確かにちがいますが、さして重要なことではありません。二部からなる英語版の総頁数と、同じく二部からなる翻訳の総頁数を比べれば容易に分かることであります。

再度はっきり申し上げておかねばなりませんが、いかなる「調整」の試みにも断固反対いたします。第二部にはいかなる「反復」もありません。このような場合には著者の判断を第一とすべきであります。これで、勝手な整理、追加、要約などいっさい抜きの、正確かつ完全な翻訳で『ロリータ』を出版する合意が、貴社とのあいだに成立したと信じたいと思います。

この手紙をお読みいただいている頃には、スウェーデン語初版はすでに書店から回収したと、お返事いただける情況にあることを願います。

心から
ウラジーミル・ナボコフ

追伸　右の注意事項は、当然『プニン』の翻訳にも適用されるものと考えたいと思います。まだ着手されていませんでしたら、この翻訳はエレン・リュデーリウス夫人に依頼されたらいかがでしょう。彼女が、まだ翻訳の仕事に携わっていればの話ですが。かつて彼女は、私の小説をたいへん満足のいく形で翻訳してくれました[1]。この本は一九三六年にボンニエシュから『チェスに命を賭けた男』（ハン・ソム・スペラーデ・シャツキ・メー・リーヴェット）という題で出版されております。

1　スウェーデンの出版社、ヴァールストレム&ヴィードストランド社。一九五七年のスウェーデン語版は、訳がVNの意に適わず、回収された。ヴァールストレム&ヴィードストランド社の二番目の翻訳もまた回収された。

2　『防御』。

179　ジェイソン・エプスタイン宛

CC　一枚
ニューヨーク州イサカ
一九五七年一〇月一三日

親愛なるジェイソン

カバーの宣伝文[1]は、段落半ばの終わりの部分を除けば問題ありません。その一文を少々手直しして、宣伝文の写しを一部同封しました。

お招きにあずかり心から感謝します。金曜日と土曜日にニューヨークに滞在し、三日、日曜日に車でイサカに帰ります。

オボレンスキーが一律一五パーセントの印税を提示し、ジロディアスを、彼の支出以外の点でも満足させる方法を見つけました。ご存知のように、私としては、貴社に『ロリータ』を出版してもらえれば、その方がよかったのです。しかし、貴社とジロディアスの交渉は完全に暗礁に乗り上げていました。サイモン&シャスターからは、顧問弁護士が『ロリータ』出版に反対する助言をしている、と知らせてきました。パットナムズ社は、条件を提示するとはっきり言っておきながら、全然出してきませんでした。唯一生きていた条件提示はオボレンスキーのものだけだったのです。その上、彼はジロディアスを説き伏せてしまいました。したがって受け入れるより他に道はなかったのです。

『アンカー・レヴュー』の売れ行きはいかがでしょう。五万部の新記録には到達しましたか。

ハイネマンから連絡はありますか。書評を送ってくると思います。[2]レイディー・エイヴベリーは結局エッセイを書いたのでしょうか。そして、これで最後ですが、出版後支払うことになっていた前払金を送ってくれるよう促してもらえませんか。

短篇集については、もう少し猶予をもらいたいと思います。それでよければ一一月中には送ります。

お二人に心を込めて

常に変わらぬ
ウラジーミル・ナボコフ

1　『現代の英雄』(ニューヨーク、ダブルデイ社、一九五八年）の宣伝文。

2　ハイネマン社が、イギリスで『プニン』を出したところであった。

180

アイヴァン・オボレンスキー宛　CC 二枚

ニューヨーク州イサカ
コーネル大学
ゴールドウィン・スミス・ホール
一九五七年一一月五日

親愛なるオボレンスキー王子

貴兄と再会し、さらにマクドウェル氏にもお会いでき、妻も私も嬉しく思いました。私たちを送り迎えするためにポキプシーまで二回も往復してもらい本当にありがとう。何から何まで楽しい旅でした。

ここでは手紙を短い時間で写真複写してくれる人が見つかりません。そこで、関係のある部分の写しを用意しました。G氏の手紙の第二節と私の手紙からの抜粋は、決算報告の遅延にかんするものです。G氏の手紙の第一節は「数百」部売れたと書いていますが、決算報告は四月から六月の販売数をわずか一七〇部としています（一月から四月のあいだではたったの一九部です！）。ところが、すでに印税を払った本を買い戻さねばならなかったとも書いているのです。つまり、ある種の混乱が生じて、まともな申告ができないのです。

細かいことですがもうひとつ奇妙なのは、二四〇〇フランという価格と七ドル五〇セントという価格のあいだにかなりの開きがあるのに、私の印税は二四〇〇フランを基に算出されていることです。契約では、印税は「表示価格」から算出されることになっています。これは（当初）一八〇〇フラン（二巻）でした。それでも今は、この印税は二四〇〇フランという価格から算出されています。したがって、オリンピアは、私に新しい価格の分け前にあずかる権利があることを認めているわけです。しかしながら、七ドル五〇セントがフランに換算して二四〇〇フランでないことは明らかです。

こうしたことすべてが実に不愉快です。それでも、ニューヨークの友人たちに相談したところ、契約の文言（契約無効にかんする条項）から、誰が見ても明白な言い分を引き出せないかぎり、訴訟に持ち込まない方がよいとのことでした。それ以上に彼らが確信をもって助言してくれたことは、いかなる情況下においても「調停」に巻き込まれてはならないということでした。理由は、先日の私たちの話し合いでマクドウェル氏が述べたのと同じです。最後に、各方面から、タイミングが重要であり、『ロリータ』出版に時間がかかると「一般読者」の関心が薄れてしまうかもしれないと言われています。そのような理由で同封の資料を急ぎ送りました。貴兄の方でも、すぐにパリの弁護士事務所へ送られるよう希望します。

もうひとつ新しい情況についてお知らせします。パリのエージェントからの手紙によると、ジロディアスは、当初の計画に戻って、この国でオリンピアの名で『ロリータ』を出版すると脅してきているそうです。彼女には、私は恐れてはいない、オリンピアとの契約は無効だと通知してある以上、私の承諾なく出版しても販売を阻止するのは造作のないことだ、と書いておきました。

最後に、このような情況ですから、『ロリータ』の出版が間近に迫れば浮かんでくるような問題には触れませんでした。しかし、ひとつだけ言っておきたいことがあります。というのは、貴兄が提示された印税はたいへん満足のいくものですが、前払金については、G氏に提示された額よりもいくらか高くしてもらいたいのです。このことを、今、言っておきたいのです。なぜなら、この点について私たちのあいだで合意が出来ていると言う印象の下に、『ロリータ』のために動いてもらいたくはないからです。

元気で

心から
ウラジーミル・ナボコフ

CC　二枚

181　カール・ビョルクマン　宛

アメリカ合衆国ニューヨーク州イサカ
コーネル大学
ゴールドウィン・スミス・ホール
一九五七年一一月一一日

親愛なるビョルクマン様

『ロリータ』第二部の新しい版を受け取りました。別便で送り返します。

翻訳を改善しようという貴兄の努力は多としますし、最初の版で脱落した多くの部分が訳されてはいます。しかし、こう言わねばならないのは非常に苦痛ですが、この翻訳は相変わらず、どうにもならない失敗であります。このような有り様では手直しするのに何週間もかかりますし、無数のまちがい、手抜かり、誤訳、そして悲しいかな依然として残っている脱落をいちいち貴兄に指摘したところで始まりません。どういうことか分かっていただくために以下に若干の例を示します。

二頁　マダム的（マダミック）が、「市場のマダム（トリマダミガ）」とスウェーデン語訳されています。実際には「マダム」は売春宿の女将のことです。

一二頁　トランペットを持ったズート服の楽団が、「永遠の楽団（エヴィネリガ・オルケステル）」となっています。翻訳者は、これに相当する言葉が見つからなければ、少なくとも「ジャズ・バンド」とくらいには訳せたはずです。

二三頁　柔らかく青白い輪（アリーアラス）が、「絹の光沢を持つ輪（シーデングレンサンデ・オムイーヴニンゲン）」となっています。なんというたわごと！　輪（アリーアラス）は、ここでは乳首を取り巻く部分のことです。

二四頁　「海辺の王国」は、エドガー・ポウの「アナベル・リー」への言及です。貴社の翻訳者は海辺の王国を省いてしまい、その結果、次の文の「天使」と段落の終わりの「ドロレス・リー」は、何の意味も成さぬものになっています。

三頁　三頁で省かれた「ミランダ」は、ヒレア・ベロックの詩（「あの宿を覚えているかい、ミランダ」云々）に由来します。一方、一二頁の「ミラーナ」は、ハンバートの父親が持っていたリヴィエラのホテルの名前です。このホテルについては、第一部の初めに記述があります。貴社の翻訳者は、「ミランダ」を省いたかと思うと、今度は「ミラーナ」を「ミランダ」にしています。

八二頁　フットボールのチアリーダー、この場合はもちろん女性で、ロリータをたとえているのです。それが「フットボールをする男の子」と訳されています――無意味なだけでなく、馬鹿げた比喩です。

翻訳のあちこちを調べてみて（どの部分も絶望的です）、相当な数の脱落を発見しました。一語だけの絵画的な表現の脱落から（たとえば二頁の「非ラオデキア的な」なシャワーという個所。意味はシャワーが適当な温度でないということで、福音書の有名な一節《黙示録第三章、一四―一六節》の引用です）、ひとつの言い回しがそっくり落ちている例がいくつもあります――そのうち若干の例だけに印をつけておきました（たとえば三頁と六頁）。

六頁には、翻訳者による、何の根拠もない不愉快な語句の挿入というか、入れ換えもあります。タイプ原稿に印を付けておきました。

ついでに述べておきますが、タイプ原稿一〇六頁から一〇七頁の、私の詩の英語原文に、まちがいやタイプミスがうようよあります。この詩は原著から書き写しただけに過ぎないのですが。

全体としても、こんな代物を「決定版の」翻訳、あるいは「著者が認めた翻訳」とさえ呼んでもらっては困ります。この翻訳は絶対に認められません。こう言っても、おそらく出版を思い止まってはもらえないでしょう。なにしろ、この第二巻だけでなく、第一巻で脱落した部分もすべて原文通り訳すよう求めているわけですから――第一巻では、ひとつの章がそっくり抜け落ちていますし*、無数の言い回しや段落が脱落しています。たとえば三一章（貴社版の三〇章）の冒頭の段落。幸いにも、英語の原文をそのまま使っている個所については、原文に寸分違わず復元するよう求める権利が私にはあります。

正直申し上げて、なぜ一流の出版社が、翻訳し出版するに値すると考えた作品を取得しておきながら、脱落だらけの一文の価値もない翻訳を世に出したいと思うのか理解できません。私が貴兄の立場なら、貴社の翻訳者が作った忌まわしい翻訳で手を打つことなど絶対にありません。いずれにせよ、『プニン』のスウェーデン語訳では別の翻訳者――英語が分かり、原著の本文を尊重してくれる人物――を使うことを強く要求します。リュデーリウス夫人が亡くなったとうかがい残念に思いました。もうひとり、カーリン・デ・ラヴァル夫人という女性がいます。誠実な翻訳家と聞いています。私は彼女の仕事を見ていませんが、章をひとつ、あるいはそれより短くてもよいのですが、試しに訳してくれるよう頼んでみてはいかがでしょう。

この辺で筆を置いた方がよさそうです。チェルストレム氏が作った、私の哀れな本の誤訳本に目を通したために、絶望の淵に突き落とされました。

心から
ウラジーミル・ナボコフ

追伸　チェルストレム氏に、脱落した部分を原文通り訳すよう求めても無駄だと確信します。多くの個所で、彼は原文を理解できていないように見えます。この翻訳を改善しようと思えば、アメリカ系スウェーデン人か、スウェーデン系アメリカ人に頼んで、本全体に注意深く目を通してもらうしかありません。

＊　一二章と一三章を圧縮することで、ひとつの章を省略しているためである。

182

アイヴァン・オボレンスキー宛　CC 一枚

ニューヨーク州イサカ
コーネル大学
ゴールドウィン・スミス・ホール
一九五七年一一月二〇日

親愛なるオボレンスキー

ジロディアスから書留で手紙を受け取ったばかりです。こう書いてきました――「合衆国での販売に向けて、特別版「ロリータ」の印刷に着手することをお知らせいたします。これは、別会社によるリプリントにかんして貴殿と合意に達することが困難と思われるからであります。」

しかし、エージェントから連絡があり、ジロディアスがさらに別の出版社から条件提示を受けていることが分かっています。したがって、この手紙は単なる脅しと見なした方がよいと思っています。とは言え、こういうことにはひどく悩まされます。私は実業家ではありません。

一一月一三日付のお手紙ありがとう。あの書類はすでにパリに送られたと考えてよいのでしょうか。貴社のパリの弁護士から一週間以内に明確な返事を得られるよう、急いでもらえないでしょうか。直ちに、ジロディアスに断固とした最後通牒の手紙を書かなければ、先手を打たれて厄介なことに巻き込まれるのではないかと危惧します。なんとしても法廷闘争だけは避けたいと思います。

「家族のなかの死」[1]をたいへん楽しく読ませてもらいました。快いイメージに満ちた小説です。これから、みごとな装丁の「アンダソンヴィル」[2]を読み始めます。

マクドウェル氏によろしくと伝えてください。至急返事をください。

心から
ウラジーミル・ナボコフ

1　ジェイムズ・エイジー著。
2　マッキンリー・カンター著。

183

アイヴァン・オボレンスキー宛　CC 一枚

ニューヨーク州イサカ
コーネル大学
ゴールドウィン・スミス・ホール
一九五七年一一月二九日

親愛なるオボレンスキー王子
パットナムのミントン氏から、貴兄とマクドウェル氏のどちらかと、『ロリータ』にかんして話をしたと聞きました。
いかなる種類の誤解も避けたいので、もう一度言わせてもらいたいのですが、前に言いましたように、オリンピアと私の関係がはっきりしないうちは、契約を結ぶことはできません。これも言いましたが、ジロディアスと手を切りたいのは山々ですが、訴訟を起こす気はありません。時間を取られますし（これが最大の理由です）、おそらくかなりの出費になるからです。
できるだけ早急に、オリンピアに対する私の法的立場を確立することが重要です。したがって、貴社の弁護士がどういう結論に達したか、たいへん興味を持っています。私の方も近々、パリから直接弁護士の意見を受け取る予定です。貴兄が手に入れた意見と比較すれば面白いかもしれません。

心から
ウラジーミル・ナボコフ

184 ウォルター・J・ミントン 宛

CC 一枚

ニューヨーク州イサカ
コーネル大学
ゴールドウィン・スミス・ホール
一九五七年一一月二九日

親愛なるミントン様
ご親切なお電話に感謝いたします。再度申し上げたいと思います。確かにマクドウェル＝オボレンスキー社は『ロリータ』獲得のための条件提示をしてきましたが、まだいかなる契約にもサインしておりませんし、彼らにも他の出版社にも明確な約束はしておりません。
貴兄から正式な条件提示をいただければ歓迎いたします。妻がひとつ重要なことを申し上げるのを忘れておりました。もし貴社が『ロリータ』を出版する場合、この本を法廷で弁護し、必要なら最高裁まで持ち込む覚悟がおありと考えてよいでしょうか。そして、そのことを契約書に入れることができるでしょうか。[1]

心から
ウラジーミル・ナボコフ

1　一二月三日付のVN宛の書簡でミントンは次のように書いている――「いかなる出版社も、貴兄の言われる包括的な保証を与えたり、それを事実上効力のある条件に入れたりするとは思われません……。したがって、貴兄の要請に対して申し上げられるのは、『ロリータ』を、その真の価値にふさわしい成功作とするべく最善を尽くし、訴追を避けるためには打てる手はすべて打つということだけです。」

185　ウォルター・J・ミントン宛

CC　一枚

ニューヨーク州イサカ
ゴールドウィン・スミス・ホール
一九五七年一二月二三日

親愛なるミントン様

オリンピアとの契約書を写真複製し、また著作権の問題に触れた手紙から若干の文を書き写して同封しました。

ついでながら、関心を持たれるだろうと思いお伝えしますが、オボレンスキーが今の法的な情況を顧問弁護士に分析させました。その意見では、オリンピアとの契約破棄を有効とするには、おそらく裁判所の調停が必要であり、そういう訴訟はうまくいくかもしれないし、うまくいかないかもしれない、ということでした。訴訟は可能なかぎり避けたいと思っております。もっとも実のところ、今は、この件にかんしては、オボレンスキーの弁護士が検討した頃より私の方に有利になっていると思います。ジロディアス氏の決算報告は私の目には不実なものに見えます。四月と六月三〇日のあいだに販売したとする一七〇部のうち、八部だけがアメリカ合衆国で販売されたと今回はやや詳しく報告してはきましたが。

グローヴ・プレス社のバーニー・ロセットからもらった一二月一〇日付の手紙の、最初の段落をご覧に入れます――「つい先頃モーリス・ジロディアスから、この国での『ロリータ』の出版に関心はないかと問い合わせがありました。もちろん関心がありますので、その旨を返事し、貴殿に最初の一万部について七パーセント半、それ以降一〇パーセントの印税を払うという取り決めを提案いたしました。この取り決めでは、別途五パーセントの印税がM・ジロディアスのもとに行くことになります。」

最後に、美しい鳥の本をいただきありがとうございました。たいへんすばらしい挿絵です。文章の方は、今夜じっくり読ませていただきます。

心から
ウラジーミル・ナボコフ

同封物有り。

186 講義要項

一九五八年

コーネル大学ウラジーミル・ナボコフ教授

文学三一二。コース概要。（春季）。ヨーロッパ小説の巨匠たち。三時間。月水金、一二時―一二時五〇分

次の三つの幻想小説の比較研究から始める――スティーヴンソン『ジキル博士とハイド氏』、ゴーゴリの『外套（キャリック）』、カフカの『変身』。続いて、次の三つの小説の綿密な分析を行なう――トルストイの『アンナ・カレーニン』、プルーストの『失われた時を求めて』（第一巻のみ。英訳を使う）、ジョイスの『ユリシーズ』。これらすべての作品を構造と文体の観点から精読する。細部の技巧と事実の側面に大きな注意を払う。

文学三二六。コース概要。（春季）。翻訳で読むロシア文学。三時間。月水金、一一時―一一時五〇分

作品の論じ方は右記のコースに同じ。扱う作品は以下の通り――『現代の英雄』（レールモントフ、拙訳）、逐語訳でレールモントフ、チュッチェフ、ネクラーソフ、フェート、ブロークの詩、ツルゲーネフの『父と息子』（ガーニー訳）、ドストエフスキーの『地下室の手記』（ガーニー訳）、トルストイの『アンナ・カレーニン』（どちらのコースにも登録した学生は、代わりに『ハジ・ムラート』と『イワン・イリッチの死』）、チェーホフの『谷間』と『小犬を連れた貴婦人』。

187 リチャード・シッケル[1] 宛

CC 一枚

ニューヨーク州イサカ
ゴールドウィン・スミス・ホール
一九五八年一月一日

親愛なるシッケル様

私は、ハーヴァードの比較動物学博物館において、長年（一九四一年―一九四九年）にわたり鱗翅目の面倒をみた経験を有し、過去五〇年、夏のあいだ、さまざまな遠隔地

で鱗翅目（レップ）を採集しております。また、分類学上の問題をいくつか解決しておりますし、アメリカでいくつか新種の蝶を発見しております。そのうちのひとつを鱗翅目研究者たちは、嬉しいことに「ナボコフの森のニンフ」（我らが共通の友(1)の野生のいとこに当ります）と呼んでおります。コーネルで生物学は教えておりませんが、ここのすばらしい動物学博物館とは接触があります。さらに、毎年四月になると、甲虫とそれに寄生する虫について詳しく論じております。というのも、毎年その頃に、文学の講義でカフカの「変身」を取り上げるのです。その後、五月には、ジョイスの「ユリシーズ」の売春宿の場面でランプの回りを飛ぶ蛾が、ヤガ科の蛾であることを毎年証明してみせております。それに「ボヴァリー夫人」には、それぞれ黒、黄、白の三匹の蝶が登場します。ですから、貴兄が私を生物学の教授とされたことはたいへん適切であったばかりか、比較文学におけるどの業績にもまして、巧みに私の自尊心をくすぐってくれました。

　私は批評家には手紙を書きません——そのため、味方を傷つけ、敵を失望させてきました。しかし今回の場合、告白しますが、「リポーター」に載った貴兄の記事を拝読し、どうしても書かずにいられなかったのです。私のニンフェットにかんする、これまでに発表された中でもっとも鋭い、芸術眼ある評価でありました。[2]

　『ロリータ』が、まもなくこの国でも出版されると思います。デンマーク語版とスウェーデン語版がすでに出版され、現在イタリア、ドイツ、オランダ、フランス語に翻訳中です。私は、今、フランス語の翻訳を校訂している最中です。フランスの読者に「バトントワラー（メイジャレット）」の意味を説明しようと何時間も費やしました。

　よいお年をお迎えください。

心から

ウラジーミル・ナボコフ

1　文芸批評家。

2　「売られていない小説の書評」（一九五七年一一月一四日）。シッケルは、VNに宛てた一九五七年一二月二六日付の書簡で、この書評においてVNを生物学教授としたことを陳謝している。

(1)　ロリータを指す。

188

マイヤー・エイブラムズ教授[1]宛　CC　四枚

ニューヨーク州イサカ

一九五八年一月六日

親愛なるマイク

「文学用語小辞典」[2]たいへん楽しく読ませてもらいました。要を得た、明快・簡潔で、学問的な作品です。本と献辞に感謝します。ここに書きつけた批判めいた言葉は、貴兄の作品の価値に比べれば、取るに足らないものです――しかし、とにかくご覧に入れます。

一頁　グリシュキンはいい女だ……[3]。

この実例には次の三つの理由で反対です。(a)現代の学生には、昔の二流詩人が書いた二流の詩を覚える義務はありません。(b)「グリシュキン」という名前にはまったく「具体性」がありません。これは「グリシュカ」の架空の派生形（正しい派生形は「グリシン」です）か、イディシュ語の喜劇の名前か、あるいは単に「グリスキン」のことを俗っぽく言ったか（トム君の俗悪さにはぴったりです）でしょう。夕方のお茶を飲む（ハイ・ティー）、トム君のイギリスでは、「グリスキン」は「豚の厚切り肉（ポーク・チョップ）」を指します。(c)偶然ですが、これはある破格な韻律（アクセントの倒置、私が「傾ぎ（ティルト）」と呼ぶものです――後述）の一例です。この本の「韻律」の項（五〇―五二頁）には説明がありませんが。

三頁　類韻（アソナンス）

クブラ・カーンの例は、せいぜいのところ「視覚類韻（アイ・アソナンス）」の一例に過ぎません。なぜなら、この例の"a"（と"u"）はすべて発音が違うからです。これは純然たる「類韻」である「聴覚類韻（イア・アソナンス）」の例ではありません。さらに、「類韻」という用語は、次のような、ある種の不正確な韻や行中の押韻に対しても用いられることを注記するのがよいかもしれません――

When *vapours* to their swimming brains advance
And *double tapers* on the *table* dance
（ドライデン）

あるいは

……and with a store
Of indis*tinguishable* sympathies
Mingling most earnest *wishes* for the day
（ワーズワス）

一三頁　常套句（クリッシェ）

貴兄が引用しているポウプの諷刺句は、常套句一般ではなく、明らかに予期韻（イクスペクテッド・ライム）に属します。この用語も載せるべきだと考えます。

三九頁　もうひとりのグリシュキン[4]による"chanson innocent"は、もちろん"chanson innocente"とすべきです。

五〇頁「ねじれたアクセント」。これまで韻律学者たちは、この用語を、私が「傾ぎ（ティルティング）」と呼ぶ現象（後述）にも用いてきました。

五一頁　強強格（スポンディック）の

英語に強強格の語が存在するとは言えません――音節と音節のあいだに非常に特殊な休止を置く場合、あるいは、複合語を顎をゆっくり動かしながら、教訓的な思い入れたっぷりに発音する場合は別ですが。"heartbreak"は、実の（アート）ところ（ハート）強弱格です。真の強強格（ˊ ˊ）は英語の歩格を用いた韻文では起こりませんが、終止法あるいは休止法を用いた韻文で模倣することができます――

Gone is Livia, love is gone:
Strong wing, soft breast, bluish plume;
In the juniper tree moaning at dawn:
Doom, doom.

五一頁　律読法（スキャンション）

この×と、には抵抗がありますし（私は⏑と-を好みます）、韻律法にかんする私自身の著作（未発表ですが、近く出版されると期待しています）に不利になるため、この部分を分析してみせることができません。もし"into"にアクセントを置かぬとすれば、"-ness"に置くことになりますが、それは不合理です。"full of"を、×とするのは無意味です。明らかに強弱格ではないからです。私の考え方を手短に説明させてください――

普通の弱強格（すなわち、ある種の縮約や押韻による変化を被っていないもの）は、二つのセメイオンから成ります。最初のセメイオンは抑音（ディプレッション）（⏑または⏑̀）、次のセメイオンは揚音（イクタス）（ˊまたは-）と呼びます。このような詩脚は、どれも以下の四つの型のどれかに属します（基本的な韻律上の強勢は"-"で、可変的アクセントは"ˋ"で示します）――

一　正規詩脚、⏑ˊ（アクセントのない非強勢音節＋アクセントのある強勢音節）。たとえば"*Appeáse my griéf, and deádly páin*"（サリー）。

二　飛走詩脚（スカディッド）（あるいは擬似短短格詩脚（ピリック））、⏑-（アクセントのない非強勢音節＋アクセントのない強勢音節）。たとえば"*In expectátion of* a guést"（テニスン）、あるいは"In lóveli*ness* of pérfect déeds"（同）。

三　傾ぎ（ティルト）（あるいは倒置）、⏑̀-（アクセントのある非強勢音節＋アクセントのない強勢音節）。たとえば"*Sense of* intólerable wróng"（コールリッジ）、あるいは"*Vaster* than Émpires, and more slów"（マーヴェル）、あるいは

"*perfectly* púre and góod: I foúnd"（ブラウニング）。
四　擬似強強格、◡́◡́（アクセントのある非強勢音節＋アクセントのある強勢音節）。たとえば "*Twice hóly* was the Sábbath-béll"（キーツ）。

六〇頁　プルースト、マン、ジョイス

ここにマンが割って入ることには断固反対します。この重ったるい因習主義者（コンヴェンショナリスト）は、このそびえ立つ陳腐の権化は、二つの聖なる名前のあいだでいったい全体何をしているのでしょうか。彼の名声はドイツの大学教授たちが膨らませたものです。なにゆえ、マン、ゴールズワージー、フォークナー、タゴール、サルトルが「偉大な名匠」であると説いて、学生たちを道に迷わせつづけねばならないのでしょうか？　最後に、若干の用語を列挙させてください。これらの用語の解説があれば喜ぶ読者もいるかもしれません——

アナクレオン風ソネット［Anacreontic sonnet］
警句［Aphorism］、警句的［aphoristic］
著者署名［Autograph］
歌章［Canto］
コード［Code］
写し（コピー）、正確（フェア）な写し［Copy, fair］
脱線［Digression］
下書き［Draft］、草稿［rough draft］
初版［Editio optima］、最善版［editio princeps］
悲歌四行連句［Elegiac quatrain］
母音省略［Elision］、連声［liaison］
エピグラフ［Epigraph］
美辞麗句で飾った［Flourished］
フランス語風の言い回し［Gallicism］
注解［Gloss］
同書［*Ibid.*］
揚音［Ictus］と抑音［depression］
行中の押韻［Instrumentation］
倒置——［Inversion］㈠句の倒置、㈡アクセントの倒置
小文字［*L. c.*］
逐語訳［Metaphrase］
格調［Meter］——弱強弱格［amphibrachic］を追加されたし。
題辞［Motto］
八音節詩行［Octosyllable］
対句［Parallel passages］
意訳［Paraphrase］

剽窃［Plagiary］
へぼ詩人［Poetaster］（たとえばオーデン氏）
短短格［Pyrrhic ∪∪］（三音節詩脚の一部を成す∪∪、等）
校訂版［Recension］
表面［Recto］、裏面［verso］
回顧録［Reminiscence］
間接話法［Reported speech］
古注［Scholium］、古注［Scholia］、古注家［Scholiast］
セメイオン、セメイア［Semeion, semeia］
原文のまま［*Sic*］
頭韻音［Stave］
同義語反復［Tautology］
転調［Transition］、転調の技巧
語末音節［Ultima］

心より
ウラジーミル・ナボコフ[5]

1　コーネル大学英文科。
2　エイブラムズ、『文学用語小辞典』（ニューヨーク、ホルト・ラインハート＆ウィンストン社、一九五七年）。
3　T・S・エリオットの「不死のささやき」より。
4　E・E・カミングズ。
5　エイブラムズは、その後の改訂版においてVNの助言と訂正を生かしてはいない。

189　ウォルター・J・ミントン宛　CC 一枚

ニューヨーク州イサカ
ゴールドウィン・スミス・ホール
一九五八年一月一二日

親愛なるミントン様
お手紙ありがとうございます。
外国語の版権のために裁判所に出向こうとは思いません。これは小さな問題であって、労力にも出費にも値しません。またいかなる情況下においても、フランスの法廷に出ようとは思いません。むしろ、場合によってはジロディアス氏が怒って私を訴えるような――しかも、この国でそうするような――道を選びたいと思います。
貴兄の追加印税の提示は私にとってかなり魅力的なものであります。しかし、私はいまだにジロディアス氏の方で折れるのが筋だし、そうなるだろうと思っています。残念でならないのは、貴兄が最初の接触でご自分のカードばか

りか私の手持ちのカードまで、すっかり彼に見せてしまわれたことです。数日中にもう一度手紙を書き、「応か否か」迫ってみるつもりです。しかし、裁判でどんな判決が出たか、知るのが先決だと考えます。一月七日に判決が出る予定でした。判決次第では状況が大きく変わるかもしれません。

ついでながら、貴兄がお手紙で述べておられる契約では、前払金をいくらいただけるのかが分かりません。

心から
ウラジーミル・ナボコフ

190

ウォルター・J・ミントン 宛　CC 一枚

ニューヨーク州イサカ
ゴールドウィン・スミス・ホール
一九五八年一月一四日

親愛なるミントン様

夫の依頼により、一月一〇日付のご親切なお手紙に感謝いたします。

夫がG氏に発した警告については、どうぞご心配なさいませんように。G氏は、夫が最初の契約に基づいて話し合うことに同意し、その上、契約の条文をG氏に都合よく修正するのに夫が乗り気であるかのごとく手紙で述べております。夫の考えでは（私の考えでもありますが）、当面は、一、古い契約は存在しないこと、二、何らかの契約に合意することになった場合、それは完全に新たなものであること、この二点に固執することが肝要であります。

貴兄がお示しになった三つの解決策は[1]、現状を総括するもののように思われます。ただ、夫はG氏がより低い印税を受け入れるだろうと確信しております。彼は、一一月にはこちらに取り入るような様子も相当見せていましたが、パットナムズが登場するとがらりと態度を変えました。したがって、二週間かそこらほおっておけば、たぶん正気を取り戻すことでしょう。

一月七日付のG氏の手紙には、興味ある一文が見うけられます——「フランスの内務大臣を相手取った我々の裁判が今日の午後開かれます」。この手紙は八日に投函されています。判決について何も触れていないのですが、奇妙だと思われませんか。エージェント（私どもは彼女を全面的に信頼できるとは考えておりません）も、何も知らせて来ておりません。裁判所が不利な決定を下しても、夫にとっては却って有利に働くかもしれません。というのも、フランスの法律には、出版社が本の出版を継続できなければ、著者を自由にする規定があるようなのです。どんな判決が出たか、情報を得るよう努めます。現状では、私どもより貴兄の方が容易かもしれません。いずれにせよ、以上述べた私どもの考えをどう思われるか、お知らせください。

心から

（ウラジーミル・ナボコフ内）

1　ミントンは、取るべき道は三つであることをVNに助言していた——㈠契約無効の訴訟をパリで起こす、㈡アメリカの出版社との契約にサインし、ジロディアスと印税をどういう比率で分配するか契約書に盛り込む、㈢アメリカの出版社との契約にサインし、ジロディアスとの争いを無視する。

191

ドミトリ・ナボコフ 宛

MS　一枚

ニューヨーク州イサカ

The Corsair's Lied[1]

To D. N.

I have on deck my rebec,
And zwiebacks from a wreck,
And zephyrs waft my xebec
From Lübeck to Quebec.

海賊の歌

DNに捧ぐ

甲板に我がレベックと
難船より得たツヴィーバックあり。
西風吹き来りて、わがジーベックを
リューベックよりケベックへ運ぶ。(1)

ウラジーミル・ナボコフ

一九五八年一月一四日

1　このとき、父と私は“xebec”で韻を作れるかどうか議論していた。そして父は、私のためにこの小さな詩を作ってくれた。“xebec”を使った正しい脚韻だけでなく、同じ音に基づく弱強格の脚韻一組と、類韻二つも含まれている。(2)

(1)「レベック」——中世の弦楽器の一種。「ツヴィーバック」——ドイツ風のパンの一種。「ジーベック」——中世の三本マストの小型帆船。「リューベック」——ドイツ北部の港町。中世ハンザ同盟の盟主。
(2)「"xebec"を使った正しい脚韻」は"rebec"と"xebec"の押韻を、「同じ音に基づく弱強格の脚韻一組」は"a wreck"と"Quebec"の押韻を指す。「類韻二つ」は"deck"と"rebec"、そして"Lübeck"と"Quebec"の押韻を指す。

192

モーリス・ジロディアス 宛　　CC 一枚

アメリカ合衆国ニューヨーク州イサカ
コーネル大学
ゴールドウィン・スミス・ホール
一九五八年一月一六日

親愛なるジロディアス様

『ロリータ』の発禁が解除されたとうかがい喜んでおります。電報ありがとうございました。

この新しい情況で、新たな問題が生じてきました。貴兄には、私の立場が完全には理解いただけていないように思えます。こと私にとっては、オリンピアと私のあいだの契約は無効であります。貴社版『ロリータ』を売るためには新しい契約が必要です。

新しい契約に向けて、貴兄から筋の通った条件提示があれば喜んで考慮いたします。ただし、アメリカ版、イギリス版、そして外国語版の権利(最後の項目は、四つの中ではもっとも重要度が低いものです)を含む、この問題のあらゆる側面に配慮したものでなければなりません。そういう契約を結ぶ場合は、三方契約にせねばならないでしょう。すなわちアメリカ版にかんしては、㈠貴社とパットナムズ、㈡私とパットナムズ、その他の事柄にかんしては、㈢オリンピアと私で契約を交わさなければなりません。

この問題は、すでにあまりに長引き過ぎております。私としては示談で納めたいのですが、いずれにせよ、直ちにこの問題全体にけりをつける決意であります。

もう一度じっくりとお考えになって、筋の通った解決案をお示しになれるかどうか、ご検討いただきますよう。アメリカ版の印税を等分する案は受け入れません。

繰り返しておきたいと思いますが、以上の提案はすべて私の自発的意志に基づくもので、私には貴兄に対して何の義務もないと考えております。また、オリンピア・プレスとの契約が無効となった結果、今や私のものとなった権利と特権がこれらの提案によって損なわれることはけっしてありません。

一〇日以内に返事をいただけるでしょうか。それまで合意に達することができない場合、貴社版『ロリータ』の販売差し止めを裁判所に請求せざるをえないと考えます。[1]

心から
ウラジーミル・ナボコフ

1　VNは、一月一六日付のウォルター・J・ミントン宛の手紙で次のように書いている——「今日投函したジロディアス宛の手紙の写しを同封しました。これで効果がなければ、私の負けを認めます」。

193　ウォルター・J・ミントン宛　CC　一枚

ニューヨーク州イサカ
ゴールドウィン・スミス・ホール
一九五八年一月二五日

親愛なるミントン様

G氏から届いたばかりの手紙の写しを同封します。私が彼に送った手紙（お手元に写しがあるはずです）に対する返事であります。

私が「とうの昔に権利を放棄した」[1]などとなぜ考えたのか、私には分かりません。また、彼が今何をもくろんでいるかも分かりません。私の弁護士と彼の弁護士を接触させるという提案は、示談に応じる用意があることを意味するのではないでしょうか。弁護士を使ってやらせてみる価値があるかもしれないと思っていますが、ご同意いただけるでしょうか。その場合、私に雇えるような弁護士——文学関係の訴訟に精通し、私の資力に見合う人物——を紹介していただけるでしょうか。

一方、これもまたオリンピアの仕掛けたトリックに過ぎず、G氏の提案に従っても何も得るものはないとお考えでしたら、貴兄から、以下の線に沿って彼に手紙を書いていただけないでしょうか——

一、私は裁判に持ち込むと意気込んでいたが、貴兄がそれを押し留めた。

二、一刻もおろそかにできないので、貴兄がジロディアスとの間で作った案を私に呑ませた。ただし、取り分はジロディアスが七パーセント、私が八パーセントという一条が付く（理由は、私がエージェントの報酬を払わねばならないので、ということに過ぎない）。

こういう手紙をお書きになる前に、どうぞもう一度ご連絡ください。このような取り決めの下では前払金は最高でいくらくらいになるものかもお教えください。

心から
ウラジーミル・ナボコフ

1 余白にVNの手書きのメモあり――「私が彼に出した一月一六日付の手紙を再読していただければ、何の根拠もないことがお分かりになると思います」。

194 パスカル・コーヴィシ 宛

CC 一枚

ニューヨーク州イサカ
ゴールドウィン・スミス・ホール
一九五八年二月三日

親愛なるコーヴィシ様

夫に頼まれ、スタニスロース・ジョイスの本[1]をお送りいただいたことに感謝いたします。夫はこの本を読み、興味深い事実をいくつか知ることができました。蔵書に加えることができ、とても喜んでおります。

夫は、また、『山猫』[2]にも感謝しております。こう申し上げねばならないのは残念ですが、彼はこの本を評価しておりません。夫の言うには、人物も情緒も状況設定も借り物であり、本質的に「児童文学」に属する本だということです。

お元気で

心から

（ウラジーミル・ナボコフ内）

1 『兄の番人』（ニューヨーク、ヴァイキング社、一九五八年）。

2 ジュゼッペ・ディ・ランペドゥーザ著。

195 ウォルター・J・ミントン 宛

CC 一枚

ニューヨーク州イサカ
ゴールドウィン・スミス・ホール
一九五八年三月一日

親愛なるミントン様

契約書をありがとうございました。一部は、私本人と証人の署名を添えてお返しします。

『ロリータ』初版に誤植がないか調べているところですが、もうほとんど終わりました。アンカーの記事といっしょに水曜日に郵送します。

『ロリータ』にかんする記事の切り抜きを集めたスクラップブックを二冊同封しました。一冊は各国語のもので、もう一冊はスウェーデンの出版社が送ってくれたものです。すでに以下の各国語の版権を売りました――フランス語訳

（ガリマール）、ドイツ語訳（ローヴォルト）、イタリア語訳（モンダドーリ）、スウェーデン語訳（ヴァールストレム&ヴィードストランド）、デンマーク語訳（ライツェル）、オランダ語訳（オイステルヴァイク）。他に必要なもの、知っておきたいことはありませんか。出版物のリストとか履歴書は入用ではありませんか。私と私の経歴について、さらに知っておきたいことがあれば『確証』（ハーパー）をご覧ください。写真は要りませんか。

ジャケットはどうなっていますか。よく考えてみましたが、蝶の絵は避けた方がよいと思います。よく目にする漫画的で、粗野なスタイルのジャケット・デザインに影響されない画家を、今のニューヨークで見つけることは可能だと思われますか。『ロリータ』のために、非フロイト的で、子供向きでない、ロマンティックで繊細な筆致の絵（消えゆくような遠景、穏やかなアメリカ的風景、郷愁を誘うハイウェイなどといったもの）を描いてくれる人はいないでしょうか。ひとつだけ絶対に描いて欲しくないものがあります――どんな種類のものであれ少女の絵だけは入れないでください。

契約の件に話は戻りますが、第一一段落を削除しなかったことを後悔しております。もしこれを文字通りに取れば、私は貴社に他には作品を提供できないことになります。たぶん貴兄の方でまだなんとか削ることができると思います。

心から
ウラジーミル・ナボコフ

同封物有り。

196　ウォルター・J・ミントン宛　CC　一枚

ニューヨーク州イサカ
ゴールドウィン・スミス・ホール
一九五八年三月七日

親愛なるミントン様

お手紙と小切手をありがとうございました。

ご指摘の点はよく分かりました。あの記事を入れれば、本に異質な要素を加えることになるというご意見ですが、私も同じ考えです。喜んで貴兄が示唆される形で再出版させていただきます――ダブルデイの承諾を得て。

誤植とまちがいを訂正した『ロリータ』を一部同封いたしました。段落の分け方は変更したくはありません。句読法について疑問を抱かれるかもしれませんが、そのときは相談してください。多くの言葉がウェブスターに載っていないものですが、これから後の版には載ると思います。

ジェイソン・エプスタインが愉快なものを送ってきてくれました。タイムズ日曜版（三月二日）に付いてくるマガジンの五頁目です。ロード&テイラー[1]の金髪のモデルがテーブルの脇に立っている写真が掲載されているのですが、そのテーブルの上に『ロリータ』第二巻がはっきり見て取れるのです。

心から
ウラジーミル・ナボコフ

(1) ニューヨークの老舗デパート。

197 ピーター・ラッセル[1]宛

CC 一枚
ニューヨーク州イサカ
一九五八年三月一二日

拝啓
夫は自分でご返事申し上げたかったのですが、仕事が忙しく、思うように時間を使うことができずにおります。したがいまして、夫の依頼で私が筆を取ることになりました。

まず、夫はとてもすてきなお手紙と『ナイン』、それに貴社のカタログにお礼を申し上げるよう申しております。

ロシア語版『ロリータ』は存在しておりません。パリ版に対する発禁措置は解除されました。この秋の初めにはアメリカ版がパットナムズから出版されます。翻訳が出来次第ガリマールがフランス語版を出す予定です。その他に、すでに出たもの、まもなく出るものを含め、スウェーデン、デンマーク、オランダ、イタリア、そしてドイツの各国語に翻訳されております。

また、夫はオーシプ・マンデリシタームを高く買う点では貴兄と意見を同じくしますが、エズラ・パウンドについては首肯しかねる旨申し上げるよう申しております。夫は『ナイン』のロシア特集が成功されますよう祈っております。夫自身によるプーシキン、レールモントフ、チュッチェフの翻訳についてですが、彼はこれらをリプリントしたいとは思っておりません。翻訳が持つ諸問題に対する彼の姿勢は、『三人のロシア詩人』を出して以来変わってしまいました。夫はもはや韻文訳を信じておりません。夫の考えでは、翻訳の価値は原文に対する忠実さのみによって決まり、韻文訳は必然的に妥協の産物にならざるをえない以上「翻訳」を名乗ることはできず、せいぜい原作を模倣したものに過ぎないか、（悪くすれば）原作を換骨奪胎した似て非なるものになりかねない、ということです。この絶対的な忠実さを信条に、夫は『エヴゲーニー・オネーギン』の翻訳を完成させたばかりであります。プーシキンの詩連（スタンザ）を、長さはまちまちの弱強格の詩行で翻訳しましたが、意味を優先して脚韻は犠牲にしました。もしご関心をお持ちなら、貴社のロシア特集のために若干のスタンザを差し上げてもよいと申しております。夫は、時間がないために、掲載する作品の選択についてご助言できず、とても残念に思っております。

　夫の他の作品のうち、『セバスチャン・ナイトの真実の生涯』（ニュー・ディレクションズ）、『記憶よ、語れ』（ヴィクター・ゴランツ）、そして『プニン』（ハイネマン）については、おそらく入手できるはずです。『記憶よ、語れ』はイギリスで出版された本で、アメリカ版『確証』と同じものです。夫がロシア語で書いた本は（お手元の三冊を除き）古書商を通してしか入手できません。

　これでお問い合わせに対する回答となっていることを願います。

心から

（ウラジーミル・ナボコフ内）

1　イギリスの文学雑誌『ナイン』の編集者。

198　ルーイス・M・ハーシュソン師[1]宛　CC　一枚

ニューヨーク州イサカ

一九五八年三月一三日

拝復

　貴学における、ソヴィエト大使館のユスティノフ氏による講演とその後のレセプションにご招待いただきありがとうございます。

　ソヴィエトの代表者が招かれている式典には、それがいかなるものであれ、これまで一度も出席しておりませんし、これからも出席するつもりはありません。

心から

ウラジーミル・ナボコフ

1　ホバートおよびウィリアム・スミス両カレッジの学長。

199

コールダー・ウィリンガム 宛

CC 一枚

ニューヨーク州イサカ
ゴールドウィン・スミス・ホール
一九五八年三月三〇日

親愛なるウィリンガム様

図書館から借り出した『桃を食べる』を読み始めたとたんに、立派な贈物を受け取りました。心からお礼申し上げます。ダディーとバウエル・エクスパートがすばらしくうまく描かれていると思いました。しかし、結末の性交の場面に芸術的妥当性と必然性があるかどうかは確信が持てません。その後『私生児』を拝読し、貴兄の飛び抜けた才能をよりいっそう実感させられました。全体の構造が実に印象的かつ独創的であります。一二六頁および一三一頁で繰り返される転調には大いに唸らされました。また、あのおそろしく粋なアパートで突然ドーンと鳴り出すベートーヴェンのレコードもすばらしい発想です——それにあのとうがらしといったら！ 一九五四年のことでしたが、妻と私はニューメキシコ州での蝶採集に便利な拠点を探しておりましたが、タオスというおそろしく月並みな西部の町に、あらかじめ見もせずにアドービ煉瓦の家を借りるというひどいまちがいを犯しました。この家はマリスという名前の人（こちらの方はそれほど金持ちではありませんでしたが）のものでしたが、玄関ホールのすぐ内側のポールには馬車のランプが、壁には凝った飾り物やとうがらしがぶら下げてありました。

実に快いお手紙にもお礼申し上げます。ご親切な提案と偽ロリータにかんするご助言は私の出版社の方に伝えました。[1] それから、コニー・アイランドのエピソードはもちろん絶品であります。

心から
ウラジーミル・ナボコフ

1 小説家ウィリンガムはメアリー・チェイスが『ロリータ』という題の戯曲を執筆中であるとVNに知らせてきた。

200

ジョン・E・シモンズ[1] 宛

CC 二枚

ニューヨーク州イサカ
一九五八年四月八日

親愛なるシモンズ様

書類ばさみ一一冊分（以後、「巻」と呼びます）の原稿をお送りします。プーシキンの「エヴゲーニー・オネーギン」の訳と詳しい評釈が入っています。第一巻の冒頭に目次があります。

　このタイプ原稿は、書くのに要した膨大な量の下調べのことを考えると、たいへん貴重なものであります（他に写しはひとつしかありません）。このロシア文学の最高傑作については、他に忠実かつ完全な英訳は存在しません。また、私が付けた評釈についても、このように徹底したものはロシア語を含むいかなる言語でも書かれておりません。どなたがこのタイプ原稿を読まれるにしろ、これが私ひとりの研究に基づくものであり、新しい解釈と発見を多く含むものであることを念頭に置いていただくことが、この上もなく重要であります。ロシアにおいても、この国においても、多くの学者が同じ分野（プーシキン学）で仕事をしております――ついでに申しますが、政治的な問題がかなりの部分を占めております。したがって、出版顧問の選任には細心の注意を要します。多くの間の抜けた評釈者を酷評しておりますし、多くの人間が気を悪くするようなことを書いております。

　この本を吟味できるだけの十分な力量を持った、三人のロシア語学者の名前を挙げておきます。個人的な接触はほとんどありませんが、三人とも誠実な学者であります。コロンビアあるいはハーヴァードと関係のある人物のもとにこの本を送ることには、断固反対いたします。ぜひ、言質をいただきたいのですが、この本を私が挙げた人物以外の（社外の）誰かに読んでもらいたいと思われた場合には、ご相談いただけますようお願いいたします。

　私の恒久的な住所は、コーネル大学ゴールドウィン・スミス・ホールであります。電話は、五月末までは、イサカ、三の二〇一五であります。私はメリル・ホールのロシア語科とは何の関係もありません。

心から
ウラジーミル・ナボコフ

一　コルゲイト大学ロシア文学科、アルバート・パリー教授
二　ヴァッサー・カレッジ、ロシア語科、エカテリーナ・ウォルコンスキー教授
三　カンザス州ロレンス市、カンザス大学、ドイツ語・スラヴ語学科、ジョージ・イヴァスク教授

1　コーネル大学出版局。

201 ランダル・ジャレル[1] 宛

CC 一枚

ニューヨーク州イサカ
コーネル大学
ゴールドウィン・スミス・ホール
一九五八年四月一二日

親愛なるジャレル様

すてきなお手紙に感謝いたします。原稿の一部を連邦議会図書館に預けないかとのお誘いですが、喜んでこのお申し出を利用させていただきます。

この一〇年間、家具付きの家を転々として参りましたので、原稿や書類の保管はいささかでたらめになっております。ほとんどはコーネルの研究室に置いてあります。これらを発掘して、選り分けるには少々時間が必要です。ところで、私の初期の作品（ロシア語小説）の原稿にはご関心はありませんでしょうか。

心から
ウラジーミル・ナボコフ

1 このとき連邦議会図書館詩部門の顧問。

202 ウォルター・J・ミントン 宛

CC 一枚
ニューヨーク州イサカ
一九五八年四月二三日

親愛なるミントン様

五枚のデザインを受け取ったところです。貴兄の言われる通り、どれも満足のいくものではありません。『リポーター』誌をめくっておっしゃった絵を見ましたが、私が嫌悪する粗野で形の定まらないスタイルのものでした。

私が欲しいのは澄んだ色彩、溶けていく雲、正確に描かれた細部、遠くに消えゆく道の上方に輝く太陽、雨の後でその光に照らし出される轍（わだち）であります。少女の絵は不要です。

こういう芸術的かつ男性的な絵が見つけられなければ、無垢のまっ白なジャケット（荒い感触の紙にしてください。よく見る光沢のあるものではなく）に、太い黒で「ロリータ」と入れたもので手を打つというのではどうでしょう。

ちょっと確認させてください――写真複製した写し、アンケート、二枚目の写真、それに『プニン』についての記事の切り抜きは、すべて無事お手元に届いているでしょうか。

心から
ウラジーミル・ナボコフ

203　ハリー・レヴィン教授 宛

CC 一枚
ニューヨーク州イサカ
一九五八年四月二八日

親愛なるハリー

『暗黒の力』[1]を送っていただき本当にありがとう。お礼が遅れたのは、読んでからにしたかったからですが、英語版を含むいろいろな版の『ロリータ』のゲラから侵略を受け、ざっと目を通す時間しかなかったのです。

ポウの扱い方に共鳴しました。ポウはシャレコウベガ（デスズ＝ヘッド・モス）を目に見えるように描き出せなかっただけでなく、これをアメリカにいる蛾だとすっかり思い込んでいます。カフカの場合は、読んでいて褐色のドーム型甲虫だとはっきり分かるのですが。

妻も私も、ケンブリッジのお宅で過ごした楽しいときをよく思い出し、またいつ皆さんにお会いできるだろうかと思っています。それまでのために、ヴェーラとともに皆さん三人のご健康を祈ります。

心から

1　レヴィン著の批評書。

204　ウォルター・J・ミントン から

電報
一九五八年八月一八日午後三時四六分

出版当日『ロリータ』を語らぬ者なし。[1]昨日のみごとな書評、今朝のニューヨーク・タイムズの酷評が火に油を注ぎ、今朝三〇〇部の再注文あり。書店より引っぱりだことの報告。出版の日に祝福あれ！

ウォルター・ミントン

1　オーヴィル・プレスコット、「当世の本」――「このような倒錯を倒錯者の情熱をもって描き、かつ読者に嫌われぬことは不可能である。ナボコフ氏の試みているものがこれならば、失敗に終わっている」。八月二一日付の書簡で、ミントンは、最初の週に入った再注文の数を報告している

――月曜　一九四三部、火曜　二七八九部、水曜　六七〇部、木曜　一三七五部。

205

ウォルター・J・ミントン 宛

CC　一枚

ニューヨーク州イサカ
ゴールドウィン・スミス・ホール
一九五八年八月二九日

親愛なるウォルター

『断頭台への招待』については、別の手紙でどんな小説かお教えします。翻訳者にぜひ必要な条件は、㈠男性、㈡アメリカ生まれ、あるいはイギリス人であることです。また、ロシア語にかんして確かで学問的な知識を持つ人でなければなりません。私は、私の息子以外にこの要件を満たす人物を知りません――しかし、残念ながら息子はあまりに多忙で、すでに、ダブルデイのために一冊翻訳する仕事をやむをえず断わっています。

貴兄なら、ロシア語を話し、英語が書ける知的な人物をニューヨークで見つけれるのではないでしょうか。あるいは、こういう翻訳者を見つけるのはイギリスの方が容易でしょうか。いずれにせよ、私が最初から最後まで翻訳者の仕事を監督せねばならないでしょう。何よりも、雇い入れる前に試しに一部を翻訳させてみたいと思います。ガーニーに頼むのは止めてください――理由は手紙ではあまりに長くなるので省きますが。別の理由でマガルシャクもお断わりです。この人の仕事はとてもお粗末です。

エレクが、「信頼できる」ロシア語の翻訳者が何人かいると手紙で言っていました。彼は力を貸してくれるでしょうか？（その場合でも、ロシア生まれの女性の翻訳者は断固お断わりです。）

元気で

心から
ウラジーミル・ナボコフ

206

エレーナ・シコルスキー 宛

ALS　一枚　エレーナ・シコルスキー蔵
ニューヨーク州イサカ

一九五八年九月六日

私の親愛なるエレノチカ

プラハに送る一一月分のお金を同封します。

スナップ写真[1]をありがとう。胸が張り裂ける想いでした。もちろん、シナノキの並木など以前はなかった。記憶が描き出す絵よりもすべてが灰色がかっている。しかし、どの部分も細部まで写っていて、見覚えがある。

『ロリータ』が信じられないくらいよく売れている――しかし、こんなことは三〇年前に起きていて当然だったのだ。もう生活のために教える必要はないと思うが、それでものどかなコーネルを去るのは残念だ。まだ何も決めていないけれども、これからはいつでもアメリカ流のやり方でヨーロッパを訪ねられる。それまでにE・Oの出版準備をし、『イーゴリの遠征の歌』の英訳を終わらせる。

僕ら二人とも、心から君とジコチカに同情している。[2]元気を出して、健康でいておくれ。抱擁を送る。

V[3]

1　サンクト・ペテルブルグのナボコフ一家が住んでいた家の写真。ボリシャーヤ・モルスカヤ四七番地（現在はヘルツェン通り）。
2　エレーナ・シコルスキーの夫は重い病の床にあった。
3　ロシア語からDNが英訳。

207　ヴィクター・レナルズ[1]宛

CC　一枚

ニューヨーク州イサカ

一九五八年九月七日

親愛なるレナルズ様

私の「オネーギン」を貴社から出版しても印税はいただけないとうかがい失望を隠せません。しかしながら、印税を出せないという事情はよく分かります。なにしろ、貴社では数年間に九七五部しか売れないと予想されているのですから。ところが、私にはそれよりずっと多く売れるという直感があるのです。初版九七五部については印税なし、というのではどうでしょう。

一方、考えれば考えるほど、なぜ普及版（二〇〇頁以下で、訳と脚注だけです）が、私が貴社に提供しようとしている大判の本に差し障るのか、ますます分からなくなります。こちらの本には、普及版にはない詳細をきわめた評釈のゆえに特別の価値があるのです。

仮に貴社版を購入するのが、おっしゃるように図書館と一部の収集家だとすれば、彼らが貴社版の代わりに前述した実用本位の普及版を買って済ますということは考えられない、ということを申し上げておきます。

したがって、この件ではお互いに折り合って、前述の普及版（大判の本の十分の一の分量）を一九六一年一月に出すことに了解をいただきたいと思います――実のところ、大判の本と同時出版ではなぜだめなのか理由が分かりませんが。

今週中にご意見をお聞かせいただければ、たいへんありがたく思います。

心から
ウラジーミル・ナボコフ

1　コーネル大学出版局局長。

208　ウォルター・J・ミントン宛

CC　一枚
ニューヨーク州イサカ

一九五八年九月八日

親愛なるウォルター

ポール・オニール[1]ととても楽しい二日間を過ごしました。熟練した明敏な記者で、私から非常に巧みに話を聞き出して帰りました。

グールデン[2]が提示した条件にはあまり喜んでいません。私によこした手紙と貴兄と交した会話のあいだで条件を変えているところを見ると、あまり有望という印象を受けません。そちらに写しを送った私宛の手紙では、最初の三〇〇〇部が一二・五パーセント、三〇〇〇から一万部までが一五パーセント、一万から一万五〇〇〇部までが一七・五パーセント、それ以降二〇パーセントと、はっきり提示しています。貴兄の方は二〇パーセント台まで持って行けなかったようですね――貴兄に提示された三〇〇〇部までの印税がこちらに提示されたものより高いのは事実ですが。この件について、ロンドンで彼と会って話し合うまで決着を延ばせるとお考えなら、その方がよいと思います。反対に、これ以上時間を無駄にできないとお考えなら、喜んですぐにサインします。

ルーイス・アレン（プロデューサーズ・シアター社）が提示してきた条件の写しを送ります。彼には映画の版権は貴社が取り扱っていると書いておきます。彼が提示した条件に私はまったく魅力を感じません。映画化の契約における、私の最大かつ唯一の関心はお金です。彼らが「芸術」と呼んでいるものなど、私にはどうでもいいのです。それに、本当の子供の起用は拒否するつもりです。小人女を探させましょう。シャンブランから来た新たな手紙の写しも送ります。「糸口」をつかんだと言っています。しかし、貴兄が彼と取り引きしたくないのは分かっています。

カナダにおける発禁については、どう考えてよいのか分かりません。フィリップ殿下がどうにか一部入手したのは確実なのですが。ついでですが、このカナダ版を一、二部手に入れたいと思っています。

前に言ったかどうか分かりませんが、NYタイムズ・マガジンが、ポルノグラフィーについてのエッセイを求めてきましたが、断わりました。

もうひとつ別な問題に悩まされ始めています。私は金に困っている人間でありまして、『ロリータ』からの収入をまとめて一年の所得とされると、手元にはほんの僅かしか残りません。契約書を作るときに若干の予防措置を講じることができると人に言われています。弁護士に相談してみるべきでしょうか。誰かいないでしょうか――あまり料金の高くない人物がいいのですが。四〇丁目東九番地のマックス・チョプニクという人物を人から紹介されていますが、聞いたことがありますか。

最後に、お手数ですが、郵便で送った『断頭台への招待』のロシア語版を私の息子に送ってもらえますか。

心から

ウラジーミル・ナボコフ

1　『ロリータ』と鱗翅目研究者――作者ナボコフ、自ら創造した戦慄を怖れる」『ライフ・インターナショナル』（一九五九年四月一三日）。
2　W・H・アレン社のマーク・グールデン。
3　ジャック・シャンブラン。『ロリータ』の映画版権を扱いたがっていたエージェント。

209　ヴィクター・サラー[1]宛

CC　一枚

ニューヨーク州イサカ
ゴールドウィン・スミス・ホール
一九五八年九月一七日

親愛なるサラー様

キューブリック＝ハリス[2]との映画化の契約にサインする準備ができましたら、版権の代価を、たとえば五〇パーセントを現金、残る五〇パーセントを相当額の国債あるいは安全な株で支払うよう交渉していただけないでしょうか。その場合、貴社は年間一万二五〇〇ドルプラス同額の株か公債を私に支払うことになります。このような合意は可能でしょうか。貴社がこれらの株を保管しているあいだに生じる配当には関心ありません。私は、ただ、インフレあるいは平価の切り下げから資産を守りたいだけであります。
貴兄の目には用心が過ぎるように映るかもしれませんが、私は二度の大インフレを経験しているヨーロッパ人でありまして、私の提案通りに処理していただけると、たいへん安心できるのです。このことはミントン氏にも伝え、氏の返事は、それは無理とのことでした。しかし、その際、私の説明が十分だったか確信が持てないのです。

心から
ウラジーミル・ナボコフ

1　G・P・パットナムズ・サンズ社の経理部長。
2　スタンリー・キューブリックとジェイムズ・ハリス。

210　ジャン＝ジャック・デモレ教授[1]宛　CC　二枚

ニューヨーク州イサカ
一九五八年九月三〇日

親愛なるデモレ教授
ご存知のように、私が教えているコース三一五と三一六に登録するための「資格要件」は「ロシア語の能力があること」であります。この「能力」とは、私の理解では、読み書きの力、文法の知識、それにプーシキンのテキストを（私の力を借りて）理解するのに必要な語彙力のことであります。この秋、三人の学生がロシア文学三一五への登録を希望しました。三人とも才能ある優秀な男子学生で、教えることができればさぞや楽しかったことでありましょう。三人ともコーネルの近代語学科でロシア語一〇一と一〇二を取っておりました。このコースの目標は、私の聞いたところでは「ロシア語の上達」であります。私は、三人の学生の能力を見るために、一、一二行の平易なロシア語の詩を英訳させ、二、若干の簡単な単語の語尾変化と活用をやらせ、三、「初心者の手引き」（「会話ロシア語」）第一七章に出ている若干のセンテンスの空欄を埋めさせてみました。三人ともしばらく呆然と考え込んでいましたが、この問題はまったく手に負えないと、はっきり申しました。彼らの言うところによれば、単語も分からないし、この種の課題をこなすための訓練は全然受けていない、ということでした。
私が、モリル・ホールのロシア語科で、来る年も来る年も行なわれている茶番のことを知らなければ、このような情況を不可解なことと思ったでありましょう。悪の根源はただひとつ、ロシア語科の長であるG・フェアバンクス教授[2]がロシア語をまったく知らないことにあります。彼はロシア語を話すことも、書くこともできません。確かにアルメニア語、朝鮮語、ハンガリー語等々を含む、あらゆる言語についての学（リングィスティックス）を教えることはできます――しかし、彼にできるのはそれだけです。したがって、私たちの学生はロシア語そのものではなく、人にその教授法を教授するための方法を教えられているのです。

他方、ロシア語を知らないがために、フェアバンクス博士には、任命した教員が課された仕事に十分なロシア語の能力を持っているか否か、評価する手だてがありません。その結果、若い教員たち（大半は彼が任命した大学院生であります）も同様にロシア語を読み書きできない始末であります。

一九四八年に私がコーネルの教授団（ファカルティ）に加わったときには、ロシア語とその教授法について優れた知識を持った三人のロシア人女性が、ロシア語コースを担当しておりました。そのうち二人は退職して久しく、その穴は話にならぬほど能力に欠けた若い教員たちによって埋められておりますが、その専門領域がロシア語以外の者も多数おります。いまだに価値あるロシア語のコースは、ジャリク夫人の担当しているものだけであります。ひとりの優れた教員だけで、他のクラスで行なわれている馬鹿げた授業を相殺できるはずもありません。

ロシア語科の情況は何年にもわたって確実に悪化して参りました。今や危機的な状態にあり、私の方でこれ以上口を出さずにいれば大学に対する背信となると考えました。

さらに、この国がロシア語の専門家を喉から手が出るほど欲しがっているときに、フェアバンクス氏の出した修士号と博士号が、音素（フォウニム）などではなく有能な翻訳者を必要としている国務省や他の機関の仕事に、どんな混乱をもたらしているかを思うと心痛に耐えません。これらの機関はコーネルの修了証書がいまだに学識の保証書であるというまちがった前提の上で、コーネルの卒業生を採用しているのです。

言語学（リングイスティックス）はたいへん結構であります。しかしながら、ある言語の教育を、その言語を知らない人物に監督させるというのは正気の沙汰ではないということを繰り返し申し上げておきたいと思います。

心から

ウラジーミル・ナボコフ

1　コーネル大学ロマンス語文学科。

2　近代語学部、ゴードン・フェアバンクス。

211 ドワイト・マクドナルド[1] 宛

CC 一枚

ニューヨーク州イサカ
ゴールドウィン・スミス・ホール
一九五八年一〇月三日

親愛なるマクドナルド様

貴兄の楽しく、刺激的なお手紙にお礼申し上げるために、講義を終え図書館に向かう途中でこの短い手紙を書いております。

妻も私も、貴兄の短い——あまりに短い——訪問を楽しく思い出しております。

『ジバゴ』と私が、同じひとつの梯子[2]に乗っていなければ（足首をぎゅっと握られている感じがします）、あのくだらない、メロドラマじみた、インチキで、場ちがいな本を喜んで粉砕するところであります。風景描写も政治の問題も、この本を私の屑かごから救い出してはくれません。

一〇月二〇日か二七日にニューヨークのオフィスを訪ねますので、そのときお会いできると思います。お招きに感謝いたします。

心から

ウラジーミル・ナボコフ

『ロリータ』のために、ハリウッドにご親切なお言葉をお送りいただきありがとうございます。ヘッダ・ホッパーが激しい反『ロリータ』運動を繰り広げています——動機は道徳的なものと理解しております。

1 文芸批評家。
2 ベスト・セラーのリストを指す。

212 アニタ・ルース[1] 宛

CC 一枚

ニューヨーク州イサカ
ゴールドウィン・スミス・ホール
一九五八年一〇月三日

親愛なるルース様

夫の依頼で書いております。夫は貴女のために喜んで『ロリータ』にサインいたします。

次は少々申し上げにくいことです。夫は、親しい友人と彼が高く買っているごく少数の作家のためだけにしか『ロリータ』にサインをしておりません。彼は、自分自身が教えている学生の多くにも、また知人の多くにもサインを断わっております。したがって、若いマッカーサー[2]に限って例外を作ることはできないのです。夫は、お赦しいただけるものと願っております。とりわけ、貴女も同じ立場に必ずや何度も立たされたことがおありだと思いますので。

心から

（ウラジーミル・ナボコフ内）

二冊とも今日郵便で出します。

1　『紳士は金髪がお好き』の作者。九月二五日付のVN宛の手紙で次のように書いている――「『ロリータ』拝読いたしました。『ハックルベリー・フィン』以来の楽しい本でした。いつまでも感謝します。」

2　ジェイムズ・マッカーサー。ヘレン・ヘイズとチャールズ・マッカーサーの息子。

213　グレアム・グリーンとマックス・ラインハート宛

電報
ニューヨーク州イサカ

書信電報、ロンドン、ウェストセント、ボドリーアン

グレアム・グリーンならびにマックス・ラインハート殿

大喜び[1]

一九五八年一〇月一一日

ウラジーミル・ナボコフ

1　グリーンとラインハートは一〇月一〇日にVNに打った電報で、ボドリー・ヘッド社が、イギリスにおける『ロリータ』の版権獲得のためにパットナムに条件提示したと伝えてきた。

214　『コーネル・デイリー・サン』宛

公開書簡[1]
ニューヨーク州イサカ

編集者　殿

メトカーフ氏の記事「ロシア語を学ぶ」（『サン』一〇月一五日）における、二つの誤った記述を訂正させていただきたいと思います。

「唯一本物のロシア文学のコース」（ロシア語三一七[2]）が今期開設されていないのは、「関心不足」ではなく「文法不足」のためであります。優秀で知的な三人の受講希望

者が、モリル・ホールで一年間の勉強した後このコースに登録しましたが、私が課した簡単な試験にパスすることができなかったのです。このことによって、彼らがロシア語のもっとも基本的な規則さえ教えられていないことが判明しました。

メトカーフ氏の記事の最後の段落では、私が言語および言語学科のスタッフであるかのように書かれていますが、それはまちがいであります。私のロシア文学のコース（三一五—三一六および三一七—三一八）は、ロマンス語文学科の管轄下に、また、もうひとつ別のロシア文学のコース（三二五—三二六）は、文学部の管轄下に提供されているものであります。

言い換えれば、私はあくまでゴールドウィン・ホール[3]の人間であります。

——ウラジーミル・ナボコフ教授

1 一九五八年一〇月二〇日号に掲載された。
2 『サン』紙上では、この「なく」が脱落している。
3 ゴールドウィン・スミス・ホールはロマンス語ロマンス文学科の建物であった。

215 ウォルター・J・ミントン 宛

CC 一枚

ニューヨーク州イサカ
ゴールドウィン・スミス・ホール
一九五八年一二月二日

親愛なるウォルター

妻と私は、貴兄とすてきな奥様それにサラー夫妻とともに、とてもすばらしいひとときを過ごすことができました。テレビの三者会談は、本や菊の花やブランデーの入ったコーヒー・カップなど、実に生き生きとしたセットのなかで行なわれ大成功でした。

チェイス嬢の『ロリータ』について考えれば考えるほど、ますますその偶然の一致が厭わしいものに思えてきます。この問題は、哀れなウォレンの失態よりもはるかに深刻です。困ったことは、ロリータという名が、類似した情況や少女の問題を扱う作家たちのあいだで日常的に使われているということです。もしチェイスの劇が当たりでも取ろうものなら、歓迎されざる誤解が生じるでしょう。さらに、私の『ロリータ』が劇化され、上演されるなどということにでもなれば、必ずやもっと複雑なことになるでしょう。

このことを考えると頭が痛みます。彼女の品のないエージェントにまた会ったのですか？

貴兄の助言に従い、版権侵害のメキシコの女猟師、猟期破りのダイアナ[1]に手紙を送りましたが、思わぬ答えが返ってきました。彼らが無理もない怒りを込めて書いてきたところでは、スペイン語の版権を買いたかったらしいのですが、一〇月一六日付でパットナムズを経由して条件提示の手紙を送ったところ、オリンピアと接触するよう（！）貴社の誰かから言われたとのことです。英語の版権以外は私のものであり、私だけのものであります。この件にはオリンピアもジロディアスも口出しできません。きっと何かのまちがいだとは思いますが、翻訳についての問い合わせはすべて私のところに送るよう周知徹底させてもらいたいと思います。

ところで、『ロリータ』を日本とイスラエルに売ることになりました。これで事実上地球を一周することになります。

『プログレッシヴ』の一一月号に載ったリチャード・シッケルのとてもすてきな記事を見てください[2]。

心から
ウラジーミル・ナボコフ

1　メキシコの出版社、エディトーリアル・ディアーナ社。
2　「ナボコフの芸術性」（一九五八年一一月）。

216　フランシス・E・ミネカ[1]宛

CC　一枚
ニューヨーク州イサカ
一九五八年一二月七日

親愛なるミネカ学部長

あちこちの大学とカレッジにいる友人数人と連絡を取っておりました。名前をお手元に提出いたしました二人は、私から見て、私の代わりを来期つとめる教員として最適の人物であります。

スミスのヘレン・マクニク女史は比較文学とロシア文学の教授であります。スミスでの教歴は長く、少なくとも一冊、優れた評価を得た本を書いております。すでに申し上げましたように、マクニク女史がコーネルに来ることができるのは週の後半のみでありまして、その場合もノザンプトンからイサカに通わざるを得ません。時間割を変更して、私の二つのコースを週の後半の三日に持ってくることが、あるいは困難かもしれぬことは承知しておりますが、前回のお言葉では何とかなるかもしれぬということでありました。

もうひとりの有望な候補者であるH・ゴールド氏は、教師であるばかりか作家でもあり、私のコースを引き継いでくれる人物としてずっと適任であります。面識はありませんが、信頼できる人々から採用を強く薦められております。氏の名を最初に挙げたのは、私の友人であるアイリーン・ウォード女史でありますが、彼女はウェルズリーとヴァサーで数年間教鞭をとり、現在は一時的に教えるのを中断し、（助成金を得て）自著の仕上げにかかっております。聞いたところでは、ゴールド氏は、私のコースで扱う二つの領域（ヨーロッパ文学とロシア文学）に相当精通しているようであります。氏については、他からも強く推薦する言葉をもらっております。さらに、氏は来学期のあいだイサカに住むことが可能で、したがって両方のコースを正規に定められた時間通りに継続することができます。[2]

これで、春期に私の穴を埋める教員の問題は解決するものと信じます。私自身の現在の情況は、このように二月からの休職を再度申請せざるをえないものであります。安心して代わりを任せられるような人物がいなければ、今でも申請を躊躇するところであります。しかしながら、時間は迫っております。二人の候補者に返事をしなければなりません。どちらになるにせよ、コーネルで教えることを求められれば、そのための準備も必要であります。したがいまして、今週中にこの問題に決着をつけていただければ、たいへんありがたく思います。

心から
ウラジーミル・ナボコフ

追伸　考慮に入れていただくために、もうひとりの人物の名前を挙げておきたいと思います。チャールズ・ノーマン氏であります。氏はプロの作家であり、二冊の小説と四冊の詩集、マーロウ、シェイクスピア、ジョンソン、ロチェスター、E・E・カミングズについての伝記、さらにエズラ・パウンドに関して小さな本を出しております。氏は、私と近い視点から小説を教えることに関心を持っております。ロシア文学にもいくらか通じております。私の聞いたところでは、NYUとニュースクールでの教歴があり（シェイクスピアと創作のコース）、両大学からの推薦状を持っております。氏の住所は、ニューヨーク州ニューヨーク一四、ペリー通り四七であります。

1　コーネル大学アーツ・アンド・サイエンシズ・カレッジ学部長。
2　ハーバート・ゴールドが採用された。

217　パイク・ジョンソン・ジュニア[1] 宛　CC　一枚

ニューヨーク州イサカ
ゴールドウィン・スミス・ホール
一九五八年一二月一六日

親愛なるジョンソン様

貴社が、私の親しい友人シルヴィア・バークマンの短篇集（『ブラックベリーの荒野』）を出版されるとうかがいました。私は、彼女の才能と繊細な輝きを持つその作品を高く買う者であります。今回の本の成功には深い関心を持っております。貴社にこの本を温かい目で見守っていただければ、私としてもたいへんありがたく思います。どうぞ、出版の際にはお知らせください。バークマン女史がタイムズのブック・レヴューで「ナボコフの一ダース」を書評していなければ、なんとかしてこの本を広く推奨したいところですが、今は私の翅（はね）は縛られております。

お願いですが、「一ダース」[2]を一〇部送っていただけないでしょうか。代金は、私への支払いから差し引いてください。この本はクリスマスの贈物として理想的であります。貴社にこの本の宣伝をしていただけないことを、正直申し上げて悲しく思っております。

私のファイルを調べていて、スウェーデン語訳『プニン』にかんする契約書の写しがないことに気づきました。一部お送り願えるとありがたいのですが。

妻とともに、よき（メリー）クリスマスをお祈りします。

心から
ウラジーミル・ナボコフ

1　ダブルデイの編集者。
2　『ナボコフの一ダース』

218　デイヴィッド・C・マーンズ[1] 宛　CC　一枚

ニューヨーク州イサカ
ゴールドウィン・スミス・ホール
一九五八年一二月一〇日

親愛なるマーンズ様

明日、鉄道速達にて一箱分の原稿をお送りします。ロシア語の原稿も英語の原稿も入っております。この手紙にリストを同封いたしました。

連邦議会図書館に、私の初期のロシア語小説や短篇の原稿を預けることができ、とりわけ喜んでおります。これらは私の若い時代、すなわち作家として発展途上にあった時代を反映しております。また、激動のなかを生き残ってきた原稿でもあります。一九四〇年、私がこの国に移住するとき、ある友人の手に預けてきたのですが、侵攻してきたナチスよって、友人[2]は暗殺され、原稿の一部は散逸いたしました。彼の姪が救い出すことができた原稿は、それから何年も彼女の家の地下室の石炭の山の横に放置されました。ようやく残った原稿を取り戻しましたが、かなりの費用と労力を要しました。

近年は、自分が書いた原稿についてずっと無頓着になっております。『プニン』は収納箱の底に眠っているのではないかと思います。しかし、『ロリータ』は、索引カードに書かれておりまして、ある作品の執筆のためにファイルとして今なお使っております。これらは、用がなくなれば貴兄の元にお送りいたします——もし、そうしてよろしければでありますが。

また、家族のあいだで交わした手紙や家族にかんする書類の一部、およそ一五年前に出版社と交わした手紙、同じ作家仲間たちと交わした手紙等々も少しずつお預けしていきたいと思います。箱から出し、仕分けし、送り出す時間があるときに、少しずつお送りするのでよろしければの話ですが。[3]

今回お送りする資料についても、将来お送りするかもしれぬ資料についても、すべて著作権を保持したいと思います。利用制限期間は五〇年間としていただいた方が、それより短い期間とするよりも、私としては嬉しく思います。このあいだのコレクションの利用には、私の許可あるいは私の遺産相続人の許可が必要となります。

原稿の入った箱を鉄道速達で送る旨、本日、議会図書館交換寄贈図書部門に知らせておきます。

心から

ウラジーミル・ナボコフ

1 連邦議会図書館原稿部門。

2 イリヤ・フォンダミンスキー。

3 大量の原稿と、ここに述べられている書簡や他の書類のほとんどすべてが、その後整理され、モントルーのナボコフ文庫として残っている。DN。

219
ヴィクター・レナルズ宛

CC　一枚
ニューヨーク州イサカ
一九五八［一九五九］年一月八日

親愛なるレナルズ様

はっきりご理解いただけたかどうか分かりませんので再度申し上げますが、この翻訳の普及版を、若干の注釈付で出版する権利を確保しておくことは、私にとってはこの上もなく重要なことであります。私の方に誤解があったかもしれませんが、このことについては、話し合いの初めに貴兄とのあいだで了解が出来たものと思っておりました。ご記憶のことと思いますが、九七五部の初刷りから印税が出ないことを承服するのは、私にとって難しいことでした。しかし、貴社がテキスト全体を出版して一年後に、私が普及版を出すことに貴社の方から異議が出されたことは一度もありません。

ご存知のように、この本（全訳と評釈）をコーネルの出版局から出していただければ、私にとってはたいへん嬉しいことであります。私は、貴社での作業の便を考慮して、二つの付録を削除することに同意いたしております（渋々であります。なぜなら私の考えでは、この削除は本の価値を損なうからであります）。しかしながら、貴社が普及版の権利の保持に固執されるとすれば、きわめて残念に思います。なぜなら、そうなれば貴社との契約にサインすることが不可能となるからであります。

心から
ウラジーミル・ナボコフ

220
ジョージ・ワイデンフェルド[1]宛

CC　二枚
ニューヨーク州イサカ
ゴールドウィン・スミス・ホール
一九五八［一九五九］年一月一二日

親愛なるワイデンフェルド様

ご親切なお手紙と興味深い切り抜きをいただき、誠にありがとうございます。切り抜き代行業者との必要な手続きを整えていただき感謝いたします。また、いとこのピーター[2]と連絡を取られたとうかがい喜んでおります。

「『ロリータ』擁護の闘い」について「一部始終」お知らせいただけることを楽しみにいたしております。

すでに申し上げましたように、私の他の作品を少しずつ出版していくという貴兄のお考えに大きな魅力を感じております。手始めに『ベンド・シニスター』を出版されることをお勧めいたします。一九四七年に、当地のヘンリー・ホルト社から出た本であります。現在は絶版になっておりますので、そちらで入手困難な場合には喜んで一部お送りいたします。その次に『セバスチャン・ナイトの真実の生涯』、それから短篇集（ダブルデイから一九五八年に出した『ナボコフの一ダース』にほぼ対応するものですが、何篇か削り、何篇か追加します）と『記憶よ、語れ』（ゴランツ社、一九五一年。同年にハーパーから出た『確証』と同じです）。その後で、私がロシア語で書いた最良の小説三冊を英訳で出していただければと思います——『ルージンの防御』（発狂したチェス・プレイヤーの物語）、『賜物』（恋と文学をめぐる物語）、そして『断頭台への招待』（陰鬱な幻想小説。現在、私の息子ドミトリ・ナボコフがパットナムのために英訳中）の三冊であります。他にも小説がありますし、プーシキンの『エヴゲーニー・オネーギン』にかんする非常に大きな研究書（全訳と膨大な評釈）といった学問的な本もありますが、これらについては、また後日ということにいたしましょう。当面、翻訳という厄介な問題に関わらずに済みますので。

さて、次の小さな問題は、貴兄の目には取るに足らぬものに見えるかもしれませんが、私にとっては困ったことであります。「ナボコフ氏は第二のパステルナークである」という文句は新聞記者のこじつけではないかと思うのです。一部の記者が書いているように、パステルナークはソヴィエトの最良の詩人であり、ナボコフは最良のロシア語散文作家である、と言った方がたぶん正確かもしれません。しかし、比較はそこで終わりであります。善意から作られた宣伝文句がまちがった方向を向かぬように、私が『ドクトル・ジバゴ』に非常に不満であることを明らかにしておきたいと思います。確かに人間味にあふれる作品かもしれませんが、技巧は拙劣で、思想は月並みであります。政治的な側面に私は関心をそそられません。私の関心は、小説の芸術的性格がいかなるものかという点にしかありません。この観点から見れば、『ジバゴ』は使い古された情況と陳腐な登場人物ばかりの、ぎこちない、メロドラマじみた、惨めな本であります。才能ある詩人パステルナークを思い出させる風景や暗喩も散見されますが、過去四〇年間のソヴィエト文学に顕著な退屈至極の田舎根性からこの小説を救い出せるほどには十分ではありません。この小説の歴史的背景は不明瞭で、しばしば事実に反するものであります（パステルナークは、結局はボルシェヴィキのクーデターに終わる一連の事件のなかで沸き起こった自由主義革命とその西ヨーロッパ型の理想を、無視しております。これは共産党の路線と軌を一にするものであります）――しかし、再度申しますが、私はこの小説の芸術的側面以外には関心がありません。

嬉しいことに、二月半ばからふたたびコーネルを休職することができることになりました。貴兄が来ておられるときに、私もニューヨークにいることができるように、移動計画を立てたいと思っております。日程が決まり次第どうぞお知らせください。ぜひともお会いしたく思っております。

心から
ウラジーミル・ナボコフ

追伸　こんなことを議論するのは、おそらく早過ぎると思いますが、『ロリータ』の装丁とジャケットをお決めになる前に、できればオランダ語版のジャケットとカバーの絵を一目ご覧ください。完璧なまでに、そしてうっとりするほど当を得たものであります。反対に、スウェーデン語版には、私のニンフェットの代わりにおぞましい若い娼婦が描かれております。

1　ワイデンフェルド＆ニコルソン社社長。
2　ピーター・ディ・ピーターソン、VNのおばナターリャ・ナボコフ・ディ・ピーターソンの息子。

221　ジェイソン・エプスタイン　宛　CC　一枚

ニューヨーク州イサカ
ゴールドウィン・スミス・ホール
一九五九年一月一八日

親愛なるジェイソン

ウラジーミルが、コーネルの出版局に送ったプーシキンの原稿を引っ込めました。『ロリータ』の経済的成功以来、彼らはさまざまな手を使ってウラジーミルから金を引き出そうとしてきました。翻訳本文と若干の注から成る普及版の権利をウラジーミルが留保することは、交渉を始めたときからはっきり決まっていたことでした。ところが、いざ契約に調印という段になって、出版局はその権利も自分たちのものだと突然言い出しました。ウラジーミルは激怒して原稿を取り返しました。

この版を出すために多少の自腹を切ることに原則として異議はないのです。まず大判の本を出版し、その後、小さな方の本の収益からその費用の一部を賄うというような方法は考えられないでしょうか。コーネルの出版局（というよりその局長）は「美しい」出版物を作りたがっています。そのため予算が一万二〇〇〇ドルを上回ってしまったのです。このこともウラジーミルを悩ませました。なぜなら、豪華版にするツケをウラジーミルに回そうとしたからです。彼の望みは全訳を出版することです。活字になるのならば装丁がどんなにささやかなものでも、たとえペーパーバックでもかまわないのです。そういう形でも出版できないものか、その可能性を探ってはいただけないでしょうか。ボーリンゲン財団は相当な「コネ」がなければ（あるいは神秘家か、狂人でもなければ）、期待薄のようですが、コロンビアはどうでしょうか？　あるいはイェールは？　インディアナ大学出版局ならやってくれるかもしれませんが、彼らは大判の本も普及版も欲しがるでしょう。どうぞ考えを聞かせてください。

ウラジーミルは、イーゴリ叙事詩の翻訳に付ける評釈をほとんど書き上げ、また、かなりの数のロシア語の詩を自ら英訳し、若干の注を付けて一冊にまとめ上げました。この詩集はプーシキンの短い戯曲三篇と、ロモノソフ（一八世紀）に始まりジューコフスキー、バチュシュコフ、チュッチェフ、プーシキン、レールモントフ、フェートを経てブロークに至る詩人たちの作品から成ります。[1]

私たち二人から貴兄とバーバラに愛を送ります。

1　この訳詩集は出版されなかった。

222　ウォルター・J・ミントン 宛

CC　一枚

ニューヨーク州イサカ
ゴールドウィン・スミス・ホール
一九五八［一九五九］年一月二〇日

親愛なるウォルター

二通のお手紙ありがとう。貴兄の言う通りです。『招待』[1]にかんする契約は、貴社と私のあいだでサインし、私がドミトリを雇う形にした方がよいでしょう。貴社の条件を受け入れます。この契約は『ロリータ』の契約とは別にしておきたいと思います。つまり、契約にサインした時点で、前払金を受け取りたいと思います。

次は、ずっと頭を痛めている問題です。『プリグラシェーニエ・ナ・カズニ』の英訳題として最初に提案した題名（『断頭台への招待』）は、もっと短く『ブロックにようこそ』とすることもできます。どちらの意味にも取れ、みごとなまでに不気味です。（1）ガリマールが買ってくれた非常に優れたフランス語訳の題は、『拷問への招待（アンヴィタシヨン・オー・シュプリス）』です。

コーネルから一年間の休職を許可されました。ご存知の通り、『ロリータ』の件に対する大学の態度は非の打ちどころのないものでした。昨日、最後の二つの講義を行ないましたが、スウェーデンの『週刊ジャーナル（ヴェッコ・ジュルナーレン）』誌（ボンニエシュ社の出版物）から派遣された記者兼カメラマンが、授業のあいだずっと写真を撮りつづけ、ちょっと不思議な雰囲気を添えてくれました。

貴社のたいへんすてきな広告が再注文の数を増やし、元が取れそうだとのこと、嬉しく思います。

クレルーイン局がスタイマッキー社の契約を調査しています。[2] 私は当初反対でしたが、結局説得に屈しました。エージェントの報酬について教えてくれてありがとう。ジロディアスから長い手紙が来ました。過去をなんとも奇怪な視点から総括し、刺のあるしゅろの葉（2）を私に捧げる内容でした。

ウォレン[3]との契約にサインするのは構いませんが、まずハリス＝キューブリックとの件をはっきりさせておきましょう――万一のために。

心から

ウラジーミル・ナボコフ

1　翻訳者として。

2　オリンピア・プレス社の名の下に、不法に出版を許可され、イスラエルで販売された『ロリータ』の海賊版への言及。

3　ハリー・ウォレン。ソング・ライター。「ロリータ」という歌を作らないかと持ちかけられていた。

（1）「ブロック」には「首切り台」の他に「まな板」の意味もある。

（2）「しゅろの葉」は勝利、名誉を象徴する。

223

モーリス・ジロディアス宛

CC　一枚

ニューヨーク州イサカ

一九五九年一月二六日

親愛なるジロディアス様

一月一四日付のお手紙届いております。時間がないために私の意見を詳しく述べられないのが残念であります。私の言い分は、貴兄とエルガ夫人に宛てた手紙のなかで、すでに何度か列挙しております。貴社との関係を厭わしく思ったことは一度もありません。今更言うのも馬鹿げておりますが。

いずれにせよ、アメリカの税関は『ロリータ』を通しております。いかなる出版社にも、映画の版権から上がる利益を著者と山分けにする権利はありません。一部の外国語版権からの収益を部分的に貴社に提供することに私が同意したのは、私の側の譲歩であって、「当然の権利」を認めたわけではありません。等々。

『ロリータ』を書いたのは、この私であります。

心から
ウラジーミル・ナボコフ

224

マックス・ラインハート 宛

CC 一枚
ニューヨーク州イサカ
一九五九年一月二六日

親愛なるラインハート様

グレアム・グリーン氏が私の本に示してくださっている態度には、たいへん心を動かされております。どうぞ、氏に私からの深い感謝の気持ちをお伝えください。

私はいかなる情況下においても出版社が勝手に『ロリータ』に勝手な削除訂正（バウドラリゼイション）を行なうことを認めません。[1] パットナム＝オリンピア＝ワイデンフェルド間で結んだ契約には特別な条項があって、『ロリータ』のロンドン版は一字一句パットナム版に忠実でなければならない（著者の後書きも含め）、となっております。これまでのところ削除の問題は出てきておりません。

私の本に引き続き関心をお持ちいただき感謝いたします。ご承知のように、貴社の条件提示はたいへんありがたかったのですが、最後の決断は私の自由にはならないのです。どうぞ悪しからず。

心から
ウラジーミル・ナボコフ

1 ラインハートは、一月一九日付のVN宛の手紙で、イギリスにおいて『ロリータ』の削除版が出版されようとしているというグレアム・グリーンの懸念を伝え、完全なテキストを出版するというボドリー・ヘッド社の条件を繰り返している。

225

ジョージ・ワイデンフェルドからの書簡

TLS　二枚

一九五九年一月二八日

親愛なるナボコフ様

オランダとフランスへの旅行から帰ってきたばかりです。取り急ぎ最新の情報をお知らせいたします。

『ロリータ』擁護の闘いは続いております。新聞の切り抜きと、いとこの方からの情報によって、最新の展開についてはご承知になられることと存じます。来週、ディ・ピーターソン氏にふたたびお会いし、出版の戦略について話し合うことを楽しみにしております。

タイムズに載った手紙は、明らかにこちらにとってたいへんありがたいものでありました。もっとも、カトリック系の新聞「タブレット」の今日の号に出ている、編集者ダグラス・ウッドラフの反論は、真剣な議論をまじえた初めての反撃ではありますが。

今突出している問題は、タイミングの問題であります。ご存知のように、猥褻出版物法案が二回目の正式な読会（リーディング）を通過し、二月末には問題の委員会審議の段階になります。信頼できる筋の話では、そこを通れば、五月か六月に法律になるとのことであります。弊社の弁護士と実のところ文学上の支持者たちも、この新しい法律が発効するまでは出版すべきでないという強い意見であります。理由は、現行法の下では、該当する本の文学的特質は猥褻の問題とはまったく関連のないものとされ、証人を呼んで本の長所について証言させることが、いっさい許されていないからであります。新しい法案の下では、本の運命を決する際に文学的長所が考慮されるばかりか、弁護側が本の長所を証言する証人を呼ぶことも可能になります。タイムズ宛の手紙に[1]署名した文学界のそうそうたる顔ぶれの名士たちを、証人として法廷に出すことができれば、告訴された際に裁判で勝利できる可能性がどれほど大きなものになるか、ご説明の必要もないでしょう。

月曜日に電報を打ちましたが、それは、ナイジェル・ニコルソン[2]が土曜日にボーンマスで開いた集会にかんする報道からまちがった印象を持っていただいては困るからでありました。タイムズの報道では、弊社は『ロリータ』の出版を考えてはいない、とニコルソンが発言したことになっております。怒りに満ちた政治集会の白熱した議論のなかで、正確に何が言われたかを知ることは不可能に近いことでありますし、不用意にこんな文句が口をついたものと思います。むろん、これは弊社の方針ではありません。弊社としては、この本をできるだけ早期に出版するという当初の計画を進めて参ります。しかしながら、情況は日々変化しておりまして、今の私には貴兄への報告を絶やさぬのが精いっぱいであります。

ぜひとも弊社の手で、貴兄の過去の作品を時を移さず再版したいと願っております。再版の順序にかんしてお示しいただいた案はたいへん立派なものに思えます。しかしながら、私としては『セバスチャン・ナイトの真実の生涯』から始め、次に短篇集とロシア語小説とすることを提案いたします。『ベンド・シニスター』は、最初に出すロシア語小説と二番目のロシア語小説のあいだに挟むことができます。この案で合意できれば、『セバスチャン・ナイトの真実の生涯』をできるだけ早く——たぶん六月か七月に、『ロリータ』の出版期日とは関係なく——出版したいと思います。狙いは他でもなく、批評家、書籍業界、そして一般の人々それぞれに、弊社が貴兄の全作品を出版することに(できるだけ早くそうしたいと願っておりますが)懸命になっているという印象を植えつけるためであります。この案で前に進むことを許可していただきますよう何卒お願い申し上げます。また、条件にかんして、どこと接触すればよいかをご教示いただければありがたく思います。

原則的なご承認をいただければ、未決の細かい事項にかんしては、お会いしたときに詰めることができると思います。今のところロンドンを二月二〇日に発つ予定ですが、出発が二、三日遅れることが考えられます。したがいまして、その次の週末、つまり二八日土曜日か三月一日日曜日に、ニューヨークでお会いできないものかと思っております。夕食をごいっしょし、夜を過ごせることと思います。申し上げるまでもなく、お会いできることを大いに楽しみにいたしております。

どうぞよろしく。

心から

ジョージ・ワイデンフェルド

1　一九五九年一月二三日号。署名者は次の通り——J・R・アッカリー、ウォルター・アレン、A・アルヴァレス、アイザイア・バーリン、C・M・バウラ、ストーム・ジェイムソン、フランク・カーモード、アレン・レイン、マーガレット・レイン、ロザマンド・レーマン、コンプトン・マッケンジー、アイリス・マードック、ウィリアム・プロマー、V・S・プリチェット、アラン・プライス・ジョーンズ、ピーター・クウィネル、ハーバート・リード、スティーヴン・スペンダー、フィリップ・トインビー、バーナード・ウォール、アンガス・ウィルソン。

2　ワイデンフェルド＆ニコルソン社の共同経営者でイギリス議会議員。

226 ヴォーン・ギルマー 宛

CC 二枚

アメリカ合衆国ニューヨーク州イサカ
ゴールドウィン・スミス・ホール
一九五九年二月三日

親愛なるギルマー様

今日、鉄道速達にて『エヴゲーニー・オネーギン』の訳と評釈をお送りします——書類ばさみで一一冊（一一巻）あります。第一巻の冒頭に目次があります。今、三つの靴箱に入っている索引はまだ送る準備が完全には出来ておりません。短い書誌（本文中で使っている略号の一部を説明するものです）とともに後日お送りします。[1]

多くの頁が汚く、混乱していることは承知しておりますが、とりあえず読めるはずです。三、四度目かになる打ち直しをやらせて、これ以上遅らせたくないのです。これもお気づきになると思いますが、訳の最初の三章、第一巻の序文、そして「第一章評釈」の最初の一〇〇頁が編集済みです（私が原稿を引っ込める前に、コーネル大学出版局のたいへん有能な人がやってくれた仕事です）。

序文末尾の書誌学的な記述は、三冊の初版すべてを所蔵するホートン図書館で念を入れて再照合する予定です。プーシキン自身がE・Oに付した注のすべてを、第三巻一六〇頁にもう一度掲載せねばなりませんでしたが、これも承知の上です。これらの注は、該当する詩行に私がつけた評釈の中にすでに含まれていますが。

第四巻の赤や緑の下線は無視してください（私のために索引を作ってくれている者がチェックした印です——手元のもうひとつの原稿に書き写してあります）。

あと二、三点——詩本文中の私の書き込みには鉤括弧［　］を付け、草稿でプーシキン自身が削除した個所は山形括弧〈　〉で囲みました。

この詩を書いているとき、プーシキンは「歌章［キャントウ］」という用語と「章［チャプター］」という用語を区別することなく使っていますが、出版した本では「章」に落ち着いています。私もこれに従いました。注では、該当する本文の個所は「章、連、行」の形で指示してあります（例、One, I, i）。ロシア語の原詩を（ローマ字に転写して）引用する場合、アクセント記号を付けました。しかし、これは、ロシア語を知らない読者が強勢や韻律を調べる際に役立つように付けたのであって、このような記号がロシア語の原稿や印刷物で使われているわけではありません。それに、単語を詩のなかから抜き出して引用する場合には、だいたいこの記号は省略しています。原詩をローマ字に転写して引用する場合、あるいは、翻訳においてリズムと脚韻を保存する場合、行の冒頭の文字は大文字にしました――その他の場合は小文字です（私のE・O訳は脚韻を再現していません）。

できることなら、膨大な評釈を脚注として印刷したいと思います（そのため海面が上昇するとしても。詩の本文は泳ぎが達者です）。

『パーティザン・レヴュー』が第一章を掲載する予定です（一頁程度の最小限の注が付きます）[2]。

以上のような乱雑な注意書きが、貴社の編集者のお役に立つことを願っております。また、句読点、大文字、イタリック体等々について、貴社が好まれる特別な使用法がありましたら、それに従います。

貴社が私の本の出版を決意されたことを、この上もなく嬉しく思っております。原稿が無事届いたとうかがうまでは心配でなりません。受け取られましたら、すぐにお知らせいただけるでしょうか。貴社の決断は最終的なものと理解しております。契約にサインすることを心待ちにしております。

電話でお話ができ、たいへん嬉しく思いました。何卒よろしく。

心から
ウラジーミル・ナボコフ

1　ウィリアム・マクガイアー『ボーリンゲン――過去収集の冒険』（プリンストン、ボーリンゲン・シリーズ／プリンストン大学出版局、一九八二年）。また、この出版計画の背景については『ナボコフ＝ウィルソン書簡集』サイモン・カーリンスキー編（ニューヨーク、ハーパー&ロウ社、一九七九年）を見よ。

2　掲載されなかった。

227　ウォルター・J・ミントン 宛

CC　一枚

ニューヨーク州イサカ
ゴールドウィン・スミス・ホール
一九五九年二月六日

親愛なるウォルター

ちょっとした面白い計画を思いつきました。

貴社版の『ロリータ』に添えたエッセイで説明したよう

に、私は、一九三九年秋、パリで『ロリータ』の前身ともいうべき中編小説を書きました。とうの昔に廃棄したとすっかり思い込んでいたのですが、今日、ヴェーラといっしょに、連邦議会図書館に送る追加資料を集めていたところ、この小説の写しが一部出てきました。最初は（アメリカ版『ロリータ』のために準備して、結局使わなかった資料が書き込まれた索引カードの束といっしょに）議会図書館に預けようと準備を整えましたが、その後、別の考えが浮かびました。

　この作品は、タイプ原稿で五五頁のロシア語で書かれた物語で、題は『ヴォルシェーブニク』（「魔法使い」）です。『ロリータ』と私をつなぐ創造の糸が切れてみると、『ロリータ』の執筆中に、廃棄した作品として思い出していた頃よりも、かなり楽しく、この『ヴォルシェーブニク』を読み返すことができました。これは、正確で澄明なロシア語散文で書かれた美しい小品です。ちょっとした努力によって、ナボコフ父子の手で英訳できます。そこで、いつか時期を見計らって『魔法使い』を出すことに関心はないだろうかと考えた次第です。数を限定した版で、やや高めの価格にして（しかし、決めるのは貴社です）[1]。

　このアイデアをどう思うか聞かせてください。

心から

ウラジーミル・ナボコフ

1 『魔法使い』DN英訳（ニューヨーク、パットナム社、一九八六年）。

228

F・J・ピョトロー[1] 宛　CC 一枚

ニューヨーク州ニューヨーク16
マディソン街210
パットナムズ・サンズ社気付
一九五九年三月五日

親愛なるピョトロー様

二月二四日付のお手紙がニューヨークの私の元に転送されてきました。西部に出発する前に、ここで二週間ほど過ごします。お問い合わせの件ですが、以下の資料に当ってみてください――

一九二二年三月二八日[1]直後のロシア語の新聞および評論誌――たとえば『舵（ルーリ）』、『最新報知（パスレードニエ・ノヴォスチ）』、『ロシア思想（ルースカヤ・ミスリ）』『現代紀要（ソヴレメーンヌイエ・ザピースキ）』等。

　新しい（未完結の）『ブロックハウス＝エフロン百科事典』（一九一四年）。父の短い伝記が載っています。

父自身が寄稿した記事——たとえば『言葉（レーチ）』（とくに、キシニョフ市のユダヤ人虐殺（ポグロム）（一九〇九年）[2]やベイリス裁判[3]についての記事）と『権利（プラーヴァ）』。

クレースティ監獄投獄（一九〇八年）についての父自身の記述（小冊子として出版）。

父も一員であった英国派遣使節（一九一四年）についての記述。

私の回想録『記憶よ、語れ』[4]（確か、ヴィクター・ゴランツ社、一九五三年刊です）。

これでお役に立てば幸いです。

心から

ウラジーミル・ナボコフ

1　このオックスフォード大学の研究者はVNの父についての情報を求めてきていた。

（1）ナボコフの父が暗殺された日。

（2）キシニョフ市のポグロムは一九〇三年の事件。

（3）殺人罪で起訴され、後に無罪となったユダヤ人メンデル・ベイリスの裁判（一九一三年）。ロシア版ドレフュス事件と呼ばれた反ユダヤ主義的事件。

（4）VNの記憶ちがい。一九五一年刊。

229

パイク・ジョンソン・ジュニア 宛　CC　一枚

ニューヨーク州ニューヨーク25
ウェスト・エンド街666
ウィンダミア・ホテル
一九五九年三月一五日

親愛なるジョンソン様

詩集のジャケットと扉のデザインをお送りいただき誠にありがとうございます。[1]

ジャケット用の二匹の彩色した蝶は気に入っていますが、体が蟻になってしまっています。様式化は単純なまちがいの言訳にはなりません。適切な様式化を行なうには、対象についての完全な知識を持たねばなりません。同じ昆虫学研究者らが、こんな絶対にありえない継ぎ接ぎの虫を目にしたら、私は彼らの物笑いの種になってしまいます。近頃は、誕生日のカード、ランプ・シェード、子供のフロック、カーテン、菓子箱、包装紙、そしてあらゆる種類の広告などにも蝶の絵が描かれるという事実に、目を向けていただきたいと思います。

いずれにせよ、体は同封したスケッチのように描いてもらわねばなりません。貴社のデザイナーの絵に描かれたものでは困ります。翅は腹ではなく、胸に付けなければなりません。この二匹の蝶の色合いと肌理は気に入っていますし、文字のデザインもみごとなものです。

さて、本の扉に描かれた蝶を見ると、その頭は小さな亀の頭ですし、模様はどこにでもいるモンシロチョウのものです（一方、私の詩のなかの蝶は、翅の裏面に紋を持つ小型のブルーのグループに属するものとして、はっきり記述されております）。この絵はまったく無意味です。『白鯨』のジャケットにマグロの絵が描かれているのと同じくらい無意味です。はっきり率直に申し上げたいと思います――様式化に別段異存はありませんが、様式化された無知には断固反対です。

したがいまして、次のどちらかにすることを提案します――㈠蝶の絵も他の絵もいっさい使わない、あるいは、㈡貴社のデザイナーが描いた虫に、蝶の体と蝶の頭、それに（扉の蝶については）別の模様を与える。

『プニン』のジャケットのことで、私がジェイソンに書いた手紙をご覧になると、他の仕事では立派な腕のデザイナーが、最初に描いたスケッチでどんなひどい失敗をしたかお分かりになると思います。確か一四個所かそこらの誤りがあったと思います。

心から

追伸　送っていただいた二枚のスケッチと、体の構造と模様についての説明書きを同封します。

1　『詩集』（ガーデン・シティー、ニューヨーク、ダブルデイ社、一九五九年）。

230

『エンカウンター』宛

公開書簡1
ニューヨーク

以下は、ウラジーミル・ナボコフから寄せられた手紙であります（氏は『エンカウンター』初の暗号破りの名人五人を祝福しています――名前は下欄に列挙）――

「『ヴェイン姉妹』（『エンカウンター』三月号、一〇頁）最終段落の単語の頭文字をつづけて読めば、ひとつの文になります。具体的にご説明しましょう――

I Could Isolate, Consciously, Little. Everything Seemed Blurred, Yellow-Clouded, Yielding Nothing Tangible. Her Inept Acrostics, Maudlin Evasions, Theopathies――Every

Recollection Formed Ripples Of Mysterious Meaning. Everything Seemed Yellowly Blurred, Illusive, Lost.

［意識しても、私には何も分離できなかった。すべてが霞み、黄色い雲がかかり、形あるものを何も生み出さなかった。彼女の馬鹿げた頭文字遊び、涙もろい逃避、降霊術――すべての記憶が、謎めいた意味のさざ波となった。すべてが黄色く霞み、つかみどころなく、失われていた］。

暗号化されたメッセージは――

ICICLES BY CYNTHIA. METER FROM ME, SYBIL.

［つららはシンシアの仕業。メーターは私からよ、シビル］

「意味するところは、この物語の第一頁で語り手が目にする光り輝く氷柱は、霜や霜解けの絵を描かせると巧かったシンシアの亡霊が用意したものであるということです。語り手は、その直後にシンシアの死を知ることになります。また、同じ日曜日の少し後に、語り手は、パーキング・メーターが雪の上に奇妙な赤い影を投げかけているのに気づきますが、これは死んだシビルの仕業であるということです。

「この頭文字のメッセージが、シェイクスピアのソネットの"ATOM"（九頁）のように偶然の産物でないとすれば、シンシアは自分の理論（六頁に説明があります）の正しさを証明したことになります。私が苦労したのは、語り手に知られぬように、この頭文字のメッセージをこっそり持ち込むことでした。語り手は、自分でも気づかぬまま、二人の亡霊の言葉を伝えているのです。この種のことは、かつてどんな作家も試みたことがないものであります……。」

ひとり一ギニーの賞金は、次の各氏に送られます――フィリップ・ガブリエル（タッドワース）、アラン・R・スミス（ロンドン）、L・F・T・スミス（ケンブリッジ）、T・M・シュモラー夫人（ウェスト・ドレイトン）、M・B・シュエル師（ランデイロー）。

1　一九五九年四月号掲載。

231

『ライフ・インターナショナル』宛　CC　一枚

ニューヨーク

一九五九年四月二日

拝啓

この手紙を次号の『ライフ・インターナショナル』に載せていただけないでしょうか。

私と『ロリータ』を紹介した貴誌の魅力的な記事[1]には、小さなまちがいが二つあります。弟と私の少年時代の写真（六四頁）ですが、左に写っているのが弟で、右に写っているのが私であります。写真に添えた説明は、その反対になっています。次に六八頁で、オリンピア・プレスが「『ロリータ』を出版目録に加え」たがっている、とパリのエージェントから聞かされて、私が「仰天し……憤慨した」と述べられています。私は「仰天」も「憤慨」もしませんでした。なぜなら、私の関心はあの本を出版してもらうことだけだったのです——出版社がどこかは問題ではなかったのです。[2]

心から
ウラジーミル・ナボコフ

1 「『ロリータ』と鱗翅目研究者」、一九五九年四月一三日号。

2 この手紙は一部書き改められて、『ライフ・インターナショナル』一九五九年七月六日号に、モーリス・ジロディアスの手紙とともに掲載された。

232

パイク・ジョンソン・ジュニア 宛　CC　一枚

ニューヨーク25
ウェスト・エンド街666
ウィンダミア・ホテル
一九五九年四月一五日

親愛なるジョンソン様

デザインを送っていただき、ありがとうございます。本の扉の蝶は今度はすてきなものになりました——とても自然で、粋な蝶（レップ）で、背景も心が落ち着きます。表紙のデザインのアゲハチョウは触角がありませんが、他の点では表紙として恥ずかしくないものです。ジャケットの絵は巧く描けていますが、モデルにした蝶（ガラティア・マーブルド・ホワイトとマカオン・ホワイト、いずれもヨーロッパのありふれた蝶）の選択が適切ではありません。全体として、若い収集家がこぞって買う昆虫図鑑のジャケットのように見えます。お願いですから、蝶の絵のジャケットは諦めてください。絵はいっさいなしの無地のものにするか、あるいは扉と同じ蝶を持ってくるだけにいたしましょう。

今朝届いたお手紙にも感謝します。W&W社との不幸な一件にけりがつきそうで喜んでおります。[1]

外国語版の印税の分配についてですが、契約で保留されている二五パーセントは、ダブルデイが私のエージェントあるいは代理人をつとめてくれるためのものと思っておりました。外部のエージェントも使われ、その報酬が印税から払われていることに非常に驚いております。

心から

ウラジーミル・ナボコフ

追伸　今こそ『プニン』と『一ダース』をまとめて、大々的に宣伝する好機です。

1　ヴァールストレム&ヴィードストランド社はスウェーデン語版『プニン』を縮約版として出した。ダブルデイ社はこの版の破棄を手配した。

233

グレープ・ストルーヴェ教授[1]宛

TL　一枚　フーヴァー研究所蔵

アリゾナ州セドーナ
局留め
一九五九年六月三日

親愛なるグレープ・ペトローヴィチ

とても明快な組み立ての、興味深い論文を送ってもらい本当にありがとう。「何よりもまず第一に」（レーニンの口癖でしたが）、君の世界と僕の世界のあいだに立ちはだかる若干の障害物を片づけ、雪に被われた落し穴を埋め戻したいと思います。君ほどの審美眼を持ち経験を積んだ人が、水死体にも似た、凡庸で、わざとらしく、骨の髄まで反リベラルな『ドクトル・ジバゴ』を乗せて運ぶ濁りきった親ソヴィエト的奔流に、なぜ流されてしまったのか理解に苦しみます。それはさておき（スシ・ディ）、言わせてもらいたいのですが、我らの親愛なるエドマンド[2]のロシア語について君が述べている意見を、僕は高く評価します。今、妻と僕はフラッグスタッフの近くのすてきな峡谷にいて、僕の方は蝶採集をやっているところです。ここで評釈付の『イーゴリの遠征の歌』の翻訳も完成させました（赦しがたいローマン・ヤーコブソンの協力なしにです）。ランダム・ハウスから出版の予定です。また、息子が英訳した『断頭台への招待』の校正も終えました。（むろん、このすばらしい本にはカフカと似たところは全然ありません。[3]）

他にも、前から言いたかったが、なぜか言わずじまいになっていることがあります。イワーノフ[4]が『数』（チースラ）で行なった僕に対する攻撃について、君がどこかで書いているのを以前読みました。君ほどの博覧強記の文学史家ならば、興味を持つだろうと思いますが、この攻撃の根拠は以下のようなことに過ぎなかったのです——つまり、僕はマダム・オドーエツェフ[5]から彼女の本（題は思い出せません——『翼のある恋』だったか、『恋の翼』だったか、あるいは『翼の恋』だったか）をもらったのですが、それには「『キング、クィーン、ジャック』をありがとうございました」という献辞があったのです（すなわち『キング、クィーン、ジャック』を書いてくれてありがとう、という意味です。なぜなら、当然ながら、僕は彼女に何も送っていなかったからです）。僕は、この彼女の小説を『舵（ルーリ）』でこき下ろしました。そして、この酷評がイワーノフの復讐を招来したのです。それだけのこと（ヴォワラ・トゥー）です。他に何かあるとすれば、僕がホダセヴィチのアルバムのために書いた諷刺詩のことが、彼の耳に入ったのかもしれません。こういうものです——

「グループ通りに住む輩のうちで
奴ほどひどいごろつきもいるまいよ！」
「誰のことだ？——ペトロフか？　それともイワーノフか？
まあ、いいってことよ……でも、おい——ペトロフって誰だ？」

シュメリョーフの手紙[6]（『橋（モストゥイ）』か『実験（オープイトゥイ）』でした）には本当に面食らいました。フォマー・マン[7]の訪問を受けた事実を誌上で紹介しろなどと要求するのですから。

グレープ・ペトローヴィチよ、目を疑うほどお粗末なパステルナーク「訳」のシェイクスピアを学問的に分析してみせてはどうですか？（僕の手はうずうずしているのだけれども、パステルナークと僕は、ベストセラー・リストという光り輝く空中ぶらんこに、まだ二人してぶら下がっているのです）[8]。ニューヨーク滞在中に薔薇の花束を抱えたフェルトリネッリの訪問を受けました。

ここの次はカリフォルニアに行きます。再会を楽しみにしています。

ご家族にも心を込めて
V・ナボコフ[9]

1　VNとグレープ・ペトローヴィチ・ストルーヴェの交友は、遥か昔の亡命時代および大学時代に遡る（ナボコフとストルーヴェは、前者がケンブリッジ、後者がオックスフォードの学生であった頃知り合い、その後すぐベルリンで親しくなった)。ストルーヴェは、学者、教師、そして、文芸批評家として際立った経歴を持ち、長年にわたってカリフォルニア大学バークリー校のスラヴ文学の教授であった。彼をニキータ・ストルーヴェ教授と混同せぬよう注意されたい。こちらのストルーヴェ教授は、「アゲーイェフ」著『コカインの入った小説』の本当の作者がVNであるという、辻褄の合わない仮説を自信たっぷりに提起した(この本はマーク・レヴィの作であるというのが定説になっている)。DN。

2 エドマンド・ウィルソン。

3 「学派」とか「影響」を重視する、ある種の人々を念頭に置いた発言。DN。

4 ゲオルギー・イワーノフ、亡命詩人。

5 イリーナ・オドーエツェフ、詩人、小説家。イワーノフの妻。

6 イワン・セルゲイエヴィチ・シュメリョーフ、小説家、短篇小説作家。

7 「トーマス」に相当するロシア語の名前。

8 VNは、パステルナーク批判がさもしい敵愾心の表われと取られるのを懸念した。DN。

9 ロシア語からヴェーラ・ナボコフおよびDNが英訳。

234 ピーター・ムロソフスキー[1]宛 CC 一枚

アリゾナ州セドーナ
一九五九年六月六日

親愛なるピーター

君からまた便りがあって嬉しく思いました。手紙はアリゾナ州の峡谷（キャニオン）に転送されてきました。ここで妻と蝶をいっしょに採集しています。テキサス州のビッグ・ベンド国立公園で何日か過ごしましたが、君が以前よく行っていた場所からあまり遠くないと思います。たくさんのお子さんについての話、興味深く読ませてもらいました。こちらは息子ひとりです。現在二五で、六フィート五インチに少し足りません。一九五五年にハーヴァードを優等で卒業し、それ以来歌手として身を立てる勉強をしています。すばらしい低音をしています。登山家、スキーヤー、そして翻訳家としても大したものです。何年か前に、彼と二人でレールモントフの現代の英雄の訳を出しました。今年は私のロシア語小説のひとつ（プリグラシェーニエ・ナ・カズニ）を息子が翻訳しました。九月に、パットナムが断頭台への招待として出版する予定です。君が詩集のことに触れているので、とても面白く思いました。なぜなら、本当に詩を一巻にまとめたからです。今月ダブルデイから出ます。もうひとつ楽しい偶然の一致ですが、ヴェーラ、ドミトリといっしょに、この秋イタリアに行く予定です。パリとロンドンも訪ねるつもりです。ドミトリはミラノで一年勉強する予定です。

　この一〇年間、春の学期にはいつもジョイスのユリシーズについて講義してきました。四〇年前君が初めて僕に紹介してくれた小説です。

　元気で。近々会いましょう。

心から

1　ケンブリッジ大学時代の友人。

235
ジェイソン・エプスタイン　宛

CC　一枚

アリゾナ州セドーナ
局留め
一九五九年六月六日

親愛なるジェイソン
私のイーゴリの遠征の歌が完成しました——きちんとタイプされ、いつでも郵送できます。しかしながら、送る前に次のことを言っておきたいと思います——

　この作品には『スローヴォ』の発見について解説し、詩の構造を説明した前書き（タイプ原稿で一八頁）が含まれます。この後には、諸公の索引、系図、それに地図が続きます。そして、その次が『歌』本文です（活字に組まれた際の『歌』の頁割りは、全四四頁のタイプ原稿の頁割りと正確に一致せねばなりません）。この後に評釈が来ますが、前書きへの注と『歌』への注を含み、全部で七四頁です。

　この仕事が進むにつれて、この作品がそれ自体で一冊の本であり、我々が計画した種類の後半部といっしょにできないことがますますはっきりしてきました。後半部のプーシキン、チュッチェフ他の翻訳をいっしょにすれば、この本は完全に均衡を欠いたものになるでしょう。なぜなら、この後半部は前半部のような詳しい注のないものにならざるをえないからです。

　後半部が、ロシア詩が開花した一世紀全体にまたがるものになることを考えると、それに付ける評釈は、少なくとも『歌』に付けたそれの倍の頁数にならねばなりません。それを今やることが考えられない以上、また、今回完成した本が貴兄と私が計画した「アンソロジー」とは違ったものになってしまった以上、貴兄がこんな本は欲しくはないと言っても、もちろん私には反対できません。その場合、前払金は速やかに返します。[1]

貴兄もバーバラも元気なことを祈ります。ここに、もう二週間滞在します（右記の住所を見てください）。ここは緑が美しく、涼しい峡谷で、快適なシャレー風のコテージを借りています。

ヴェーラもよろしくと言っています。

心から

追伸　ジャッキーが熊のスモーキーを気に入ってくれたならいいのですが。

1　『イーゴリの遠征の歌』は、一九六〇年、ランダム・ハウスによってヴィンテイジ・ペイパーバック・シリーズの一冊として出版された。

236　『サタデー・レヴュー』宛

TLS　一枚

アリゾナ州セドーナ

一九五九年六月一九日

S・R誌、一九五九年六月二〇日号、純文学欄、二〇頁について。

拝啓

もしロバート・ペイン氏に、ボリス・パステルナーク氏によるシェイクスピアからの「翻訳」と原文を比較することができれば、この翻訳が平凡で、不器用で、そして噴飯ものの誤訳だらけであり、ヴィクトリア朝の売文家連中がでっち上げたトルストエフスキーの訳と変わるところがないことに、ご自分でお気づきになるでしょう（親ソヴィエト的なプロパガンダが覆い隠してきたことです）。しかし、ペイン氏にこれらの問題を論じる資格があるかどうか疑わざるをえません。なにしろ、氏は *mir*（мирь）「平和（ピース）」と *mir*（мiрь）「世界（ワールド）」のちがいを、いまだにご存じないのですから。「片（ピース）」と「回転した（ホワールド）」も混同されているのではないでしょうか。[1]

心から
ウラジーミル・ナボコフ

1　この手紙は投函されなかった。

237

ウォルター・J・ミントン 宛

ＣＣ 一枚

七月一五日まで
アリゾナ州セドーナ
局留め
一九五九年七月三日

親愛なるウォルター

電報に感謝します。『招待』をもう一部送りました。パリの弁護士の住所を入手してくれたことにも感謝します。グラッセはけりをつけたがっているように思えますが、どうなるかはっきり分かりません。

お願いしたいことがあります――この本についても、私の他のどの本についても、エドマンド・ウィルソンに推薦文を依頼するのは、どうぞやめてください。私自身は推薦文と名のつくものにはすべて反対です――とりわけ古い友人の書いたものには。しかしながら、今回の場合は、『ドクトル・ジバゴ』にかんするエドマンドの象徴社会学的批評（シンボリコ＝ソーシャル）とインチキな博識にすっかり嫌気が差して、こんなことを言うのであります。

七月の『プレイボーイ』に『ロリータ』の愉快な漫画が出ています。[1]

元気で。

常に変わらぬ
ウラジーミル・ナボコフ

1　ジョン・デンプシーによる漫画。小さな女の子連れの中年男が、モーテルにチェックインしようとしているところが描かれている。男はモーテルの経営者たち（そのうちのひとりが『ロリータ』を手にしている）に向かって、こう言っている――「ちぇ！　あんたらいったいどうしたっていうんだ？　これは俺の娘だって言ってるじゃないか！」

238

ハリー・レヴィン 宛

ＣＣ 一枚

アリゾナ州セドーナ
局留め
一九五九年七月一〇日

親愛なるハリー

緑と赤に彩られた、水流豊かな、驚嘆すべきアリゾナの峡谷の底からこの手紙を書いています。ここでは落葉樹と砂漠特有の植物相が交じり合い、実に興味深い生態学的パラドックスを作り上げています。

夏はどこで過ごす予定ですか。貴兄一家が戻って来たときに、イサカにいることができず残念でした。私の代わりをつとめているハーバート・ゴールドには紹介されましたか。才能ある人物です。

貴兄のシェイクスピアの本については、あらゆる種類のよき言葉が聞こえてきます。

私のプーシキンについての大作は、ボーリンゲンの人たちの手で出版準備中です。他にも二冊の本が近く出版されます――詩集とイーゴリの歌の評釈付翻訳です（ヤーコブソンは嚙んでいません）。私のロシア語小説、断頭台への招待のドミトリ訳がパットナムから九月に出ます。我らの『ロリータ』はフランスとイタリアでも元気にやっています。

パステルナークのシェイクスピア訳が優れているなどと、ポッジョーリ[1]が本当に信じているのか私には信じられません。彼の『ハムレット』の翻訳はまったくの道化芝居です。哀れで、凡庸な『ジバゴ』の成功を貴兄がどんなに面白がっているか、目に見えるようです。

現代の珠玉とも言うべき、真に偉大な二つの小説、ロブ＝グリエ[2]の『覗く人』と『嫉妬』を読みましたか。

ここではすばらしい蝶がいくつか採れます。私たちが滞在しているすばらしい場所は、過去にマックス・エルンストとチョリシシェーフも住んだことがある所です。もっとも私たちがここに来たのはまったくの偶然ですが。いつか西部を訪れることがあったら、このリゾート（オーク・クリーク・キャニオン、フォレスト・ハウジズ）をぜひ勧めます。

家族の皆さんにもよろしく。

心から

1　レナート・ポッジョーリ、ハーヴァード大学教授。
2　フランスの小説家、アラン・ロブ＝グリエ。

239　グレープ・ストルーヴェ教授　宛

TL　一枚　フーヴァー研究所蔵

アリゾナ州セドーナ
局留め
一九五九年七月一四日

親愛なるグレープ・ペトローヴィチ

私が『ドクトル・ジバゴ』のなかに「反ユダヤ主義」を見出したなどと、どんな馬鹿なら貴兄に吹き込み得たものか知りたいものです――へぼな田舎小説にどんな「思想」があろうと私には関心ありません。ただ、二月革命が完全に無視され、十月革命が不当に高く評価されているというのに、ロシアの「インテリゲンツィヤ」の人々がどうして苛立たしく思わずにいられるのかに関心があります（あのわざとらしい雪の場面で、あの号外を読んでソヴィエトの勝利を知るとき、ジバゴは正確に何を喜んでいるのでしょうか）。それに、正統的なキリスト教徒たる貴兄が、教会に対する悪臭ぷんぷんたる安手のおべっかに、どうして吐き気を覚えなかったのでしょうか。「その冬はとりわけ雪が多かった。聖パフヌティーの日に寒波が襲った」（記憶による引用です）。この手のやつなら、もうひとりのボリス（ザイツェフのこと）の方が上を行っています。それに、あの善良な医者の詩ときたら！「女であることは巨大な一歩である……」[1]ときたものです。

ああ、かつての同志が今もなお、浜辺のスタンドでコケモモの酒をちびちび飲んでいるというのに、自分はどこか遠くの鳩灰色の水平線の彼方に消えてしまったと、感じることがあります。

心から

ウラジーミル・ナボコフ[2]

1　パステルナーク自身の初期の詩とは対照的に。VNは彼の初期の詩のいくつかを高く評価していた。DN。

2　ヴェーラ・ナボコフおよびDNがロシア語から英訳。

240　ジェイムズ・ハリス[1]宛

CC　一枚

カリフォルニア州ブロックウェイ
ブロックウェイ・ホテル
一九五九年八月一二日

親愛なるハリス様

夫の依頼で、なぜ夫が『ロリータ』の脚本執筆をお断わりする決心をしたか、少々ご説明申し上げます。キューブリック氏と貴兄がお越しになって、夫といろいろ話をされたあの日、夫は、あの会話のなかで進展していった脚本の書き方に相当乗り気になっておりました。しかし、その後のやりとりが長引くうちに、作品の原型が覆されてしまい、夫は次第に（少なくとも彼にかんするかぎり）最初の提案の線に沿ってこの仕事をやり遂げることは無理だと感じ始めました。とりわけ、二人の主人公の結婚が、親戚の大人たちの祝福をもって迎えられるというアイデアが夫の躓（つまず）きの石となったのです。

夫としては、シエラ山脈の松に囲まれて二、三日完全に独りになり、静かに考えをめぐらせば、想像力を刺激され、何か芸術上の解決策を発見し、貴兄のご要望と彼自身のこの本についてのヴィジョンを調和させることができるかもしれないと考えたのです。しかし、残念ながら何も浮かんでは来ませんでした。

夫も私も、キューブリック氏にお会いでき、また貴兄とも再会できたいへん嬉しく思いました。夫は、お二人のこの本の読み方と見方に快い感銘を受けました。『ロリータ』をもとに最終的に出来上がる映画が、あらゆる点において芸術的で、卓越したものになることを確信しております。

心から
（ウラジーミル・ナボコフ内）

1　映画『ロリータ』の共同制作者、ハリス＝キューブリック映画社の共同経営者。

241

パイク・ジョンソン・ジュニア 宛　CC　一枚

カリフォルニア州ブロックウェイ
ブロックウェイ・ホテル
一九五九年八月一六日

親愛なるジョンソン様

『青白い炎』[1]の執筆を無期限に延期することにしました。この作品はこれまであまりはかどっておりませんが、契約上の義務が存在するということそれ自体が、この小説の自由な進展を妨げているという結論に達したのです。ふたたび着手するかどうか自分ながらよく分かりません。もしそうなるとしても近い将来のことではないでしょう。したがって、あの契約に規定されているあらゆる義務から解放していただきたく思います。九月初めにニューヨークに出ますので、そのときに、『青白い炎』にかんする一九五七年四月八日付の契約に基づいて受領した前払金二五〇〇ドルの返却を手配いたします。

妻が手紙ですでに触れていると思いますが、例の詩集には喜んでおります。たいへん美しく、詩の数が少ないにもかかわらず、非常に読みごたえのあるものです。ようやく進化してくれたあの蝶も、鱗翅学的に正しいものです。
明日、車でタホ湖を後にします。途中、寄り道せねばならないので、ニューヨークには九月一日前後に着くと思います。到着次第ご連絡いたします。

心から
ウラジーミル・ナボコフ

1　ニューヨーク、パットナム社、一九六二年。

242

ドミトリ・ナボコフ 宛
一九五九年
ALS　一枚
ロサンジェルス

親愛なる少年騎士君[1]
私の祝福と愛を受け取っておくれ。二、三か月後には会えると思う――ここでなければ、ヨーロッパのどこかお前がよく行く場所で。そうでなければ、ラズルカ［離れて暮らすこと］が耐えられぬくらい退屈なものになるだろう。私の可哀想な『ダール』[2]の翻訳は、はかどっているかい？
コンサートの成功を詳しく知らせてくれることを、二人とも心待ちにしている。真面目に頼むから、どうか手紙を書いておくれ！　アニュータ[3]にも長めの手紙を出すように。それからダヴィードワ[4]にも。
私は、今、例の脚本[5]と格闘している――非常に難しく、疲労困憊させられる。

私の抱擁を受け取っておくれ
P［パーパの略］[6]

1　*ragazzo*（イタリア語で「少年」）と *ritsar'*（ロシア語で「騎士」）を組み合わせた言葉遊び。
2　おそらくイタリア・デビューのコンサートが成功したと伝えるDNの電報に対する言葉。
3　ヴェーラ・ナボコフのいとこで、一家の親しい友人であるアンナ・フェイギン。
4　ルチア・ダヴィードヴァ。女性飛行士の草分け的存在。一家の親しい友人。
5　『ロリータ』の脚本。
6　ロシア語からDNが英訳。

243 ディーン・W・マロット学長[1] 宛

CC 一枚　コーネル大学蔵

ニューヨーク州ニューヨーク16
マディソン街210
パットナムズ・サンズ社気付
一九五九年九月二三日

親愛なるマロット学長

去る二月、私は一年間の休職を許可されましたが、熟慮に熟慮を重ねた末、これをかぎりに職務を解いていただくよう、コーネル大学にお願いすることといたしました。いくつかの事情から、文学作品の執筆に専念したいという、この上なく強い衝動を感じております。大学ではたいへん幸福でありました。ここを去ることには深く胸が痛みます。しかし、自分の年齢のことを考えないわけにはいきません。長年の間教える喜びと創作の苦労を両立させて来ましたが、もはや今の私にはそれができないと感じております。

必ずや貴兄と教授団（ファカルティ）の皆様のご理解を得られるものと思っております。

心より
ウラジーミル・ナボコフ

1　コーネル大学学長。

244 ジョージ・ワイデンフェルド 宛

CC 一枚
ニューヨーク
一九五九年九月二五日

親愛なるワイデンフェルド様

『ロリータ』の印刷が万事うまく行っているようで嬉しく思います。ゲラを忘れずにお見せください——誤植はないと絶対の自信がおありになれば別ですが。遅くとも一〇月一〇日にはジュネーヴに着きます。手紙は、妹気付（スイス、ジュネーヴ市、ビブリオテーク、パレ・ド・ナション、マダム・エレーヌ・シコルスキー）でお願いします。そこに少なくとも二週間は滞在します。

知らせていただいたインドからの情報には実に困惑しております。このけしからんパンディットなる人物[1]はマダム・パンディットの親戚か何かでしょうか。彼女からはロンドンの家を訪ねるよう招待されております（彼女の娘を知っているのです）。

さてケンブリッジでの講演の件です。アナン氏からは間接的にしか聞いておりません――つまり、転送していただいたエリザベス・ヒル教授の手紙に「学寮長が夜の歓迎パーティーを開くと私に申しております」とあるのです。日取り（一一月四日）はよかったのですが、率直に申しまして、スラヴ語科に招かれていることを知り驚きました。私の理解ではアメリカの作家として行くのであって、ロシア語の教授として行くのではありませんでした。英文科が後押しする講演ならば、『ロリータ』出版に関連した、貴兄の意図におそらく適うものになるかもしれません。しかし、辺境学科の二流の後押しの下に私が姿を見せても、その目的に適うとは思われません。

講演は、私にとっては非常に骨の折れる仕事でありますので、今回の案では、寒いケンブリッジまで旅する価値があるとは思われません。したがって、今回の講演は取り止め、『ロリータ』が出版されるときに、ロンドン周辺で行なうことを提案いたします。ついでながら、通常、私の講演料は高いということを申し添えておきます。今回だけはこの点に目をつぶりましたが、それはケンブリッジ行きを教育活動ではなく、貴社のキャンペーンの一環として捉えたからなのです。コーネルを退職しました。復帰することはありません。

心から

ウラジーミル・ナボコフ

1　R・V・パンディット、インドにおける海賊版『ロリータ』の出版者。

著者略歴

(Vladimir Vladimirovich Nabokov, 1899-1977)

サンクト・ペテルブルグに生れる．裕福な家庭環境で育つが，ロシア革命時に一家でロシアを脱出．ケンブリッジ大学卒業後，ベルリン次いでパリにおいて亡命生活を送る．その間に『キング，クィーン，ジャック』(1928)，『暗箱』(1932)，『絶望』(1936) 等によってロシア語作家としての地位を築く．1940 年，ナチス・ドイツの侵攻直前にパリを脱出，アメリカに移る．英語作家に転身，大学で教えながら『セバスチャン・ナイトの真実の生涯』(1941)，『ベンド・シニスター』(1947) 等を発表．代表作『ロリータ』(1955) によって世界的な名声を得て後は，スイスに移って著作に専念，『青白い炎』(1962)，『アーダ』(1969) 等を発表．鱗翅目研究者としても知られる．

編者略歴

(Dmitri Nabokov)

1934 年，ウラジーミルの長男としてベルリンに生まれる．ハーヴァード大学卒業．欧米でオペラのバス歌手として活躍．父の著作をロシア語から英語に，また英語からイタリア語に翻訳．父をめぐるエッセー他も著している．翻訳・著述以外にも，登山，自動車レース，モーターボート・レースの各分野で活躍．

(Matthew J. Bruccoli)

1931 年生まれ．サウス・カロライナ大学の英文学教授．著書にスコット・フィッツジェラルド，ジョン・オハラ，ジェイムズ・グールド・コゼンス，ミッチェル・ケナリーなどの伝記がある．

訳者略歴

江田孝臣〈えだ・たかおみ〉 1956 年，鹿児島県に生れる．1979 年，千葉大学人文学部卒業．1985 年，東京都立大学大学院博士課程人文科学研究科英文学専攻退学．現在，中央大学経済学部助教授．著書『初めて学ぶアメリカ文学史』(共著，ミネルヴァ書房，1991)，『批評理論とアメリカ文学――検証と読解』(共著，中央大学出版部，1995)．訳書，ヘレン・ヴェンドラー『アメリカの抒情詩』(共訳，彩流社，1993)，『アメリカ現代詩人 101 人集』(共訳，思潮社，1999) など．

ドミトリ・ナボコフ／マシュー・J・ブルッコリ編
ナボコフ書簡集 1
1940-1959
江田孝臣訳

2000 年 2 月 15 日　印刷
2000 年 2 月 25 日　発行

発行者 加藤敬事
発行所 株式会社 みすず書房 〒113-0033 東京都文京区本郷 5 丁目 32-21
電話 3814-0131(営業) 3815-9181(編集)
本文印刷所 理想社
扉・口絵・カバー印刷所 栗田印刷
製本所 鈴木製本所

ISBN 4-622-04711-X
落丁・乱丁本はお取替えいたします